HEYNE <

Das Buch
Rehvenge, Aristokrat und Besitzer des Nachtclubs Zero Sum, hat in der Stunde der Not den Vorsitz über den Rat der Vampirgesellschaft übernommen. Doch das kommt ihn teuer zu stehen, als seine Feinde ihn mit ihrem Wissen über seine Symphathennatur erpressen. Um seine Geliebte Ehlena zu schützen, täuscht er seinen eigenen Tod vor und begibt sich ins Exil. Als Ehlena und Rehvs ehemalige Leibwächterin Xhex erfahren, dass Rehv noch lebt und in der Symphathenkolonie unter grausamen Bedingungen gefangen gehalten wird, müssen die beiden Frauen mit der Bruderschaft der Black Dagger zusammenarbeiten, um ihn zu befreien. Gemeinsam planen sie einen riskanten Angriff auf die Kolonie – ein Vorhaben, das tödliche Gefahren birgt, doch Ehlena setzt alles daran, den Mann, den sie liebt, zu retten ...

Die BLACK DAGGER-Serie:
Erster Roman: Nachtjagd
Zweiter Roman: Blutopfer
Dritter Roman: Ewige Liebe
Vierter Roman: Bruderkrieg
Fünfter Roman: Mondspur
Sechster Roman: Dunkles Erwachen
Siebter Roman: Menschenkind
Achter Roman: Vampirherz
Neunter Roman: Seelenjäger
Zehnter Roman: Todesfluch
Elfter Roman: Blutlinien
Zwölfter Roman: Vampirträume
Sonderband: Die Bruderschaft der BLACK DAGGER
Dreizehnter Roman: Racheengel
Vierzehnter Roman: Blinder König
Fünfzehnter Roman: Vampirseele
Sechzehnter Roman: Mondschwur

Die FALLEN ANGELS-Serie:
Erster Roman: Die Ankunft

Die Autorin
J. R. Ward begann bereits während des Studiums mit dem Schreiben. Nach dem Hochschulabschluss veröffentlichte sie die BLACK-DAGGER-Serie, die in kürzester Zeit die amerikanischen Bestseller-Listen eroberte. Die Autorin lebt mit ihrem Mann und ihrem Golden Retriever in Kentucky und gilt seit dem überragenden Erfolg der Serie als neuer Star der romantischen Mystery.

J. R. Ward

Blinder König

Ein BLACK DAGGER-Roman

WILHELM HEYNE VERLAG
MÜNCHEN

Titel der Originalausgabe
LOVER AVENGED (Part 2)

Aus dem Amerikanischen
von Corinna Vierkant

FSC
Mix
Produktgruppe aus vorbildlich
bewirtschafteten Wäldern und
anderen kontrollierten Herkünften

Zert.-Nr. SGS-COC-001940
www.fsc.org
© 1996 Forest Stewardship Council

Verlagsgruppe Random House FSC-DEU-0100
Das für dieses Buch verwendete FSC-zertifizierte Papier
Holmen Book Cream liefert Holmen Paper, Hallstavik, Schweden.

Deutsche Erstausgabe 09/2010
Redaktion: Natalja Schmidt
Copyright © 2009 by Jessica Bird
Copyright © 2010 der deutschen Ausgabe
und der Übersetzung by
Wilhelm Heyne Verlag, München,
in der Verlagsgruppe Random House GmbH
Printed in Germany 2010
Umschlagbild: Dirk Schulz
Umschlaggestaltung: Animagic, Bielefeld
Autorenfoto © by John Rott
Satz: Buch-Werkstatt GmbH, Bad Aibling
Druck und Bindung: GGP Media GmbH, Pößneck

ISBN: 978-3-453-53350-9

www.heyne-magische-bestseller.de

Gewidmet: Dir.
Nie waren die Begriffe von Gut *und* Böse *so relativ wie in dem Moment, als sie auf deinesgleichen angewendet wurden. Aber ich schließe mich an. Für mich warst du immer ein Held.*

DANKSAGUNG

Ein Riesendankeschön an alle Leser der Bruderschaft der Black Dagger und ein Hoch auf die Cellies!

Vielen Dank an: Steven Axelrod, Kara Cesare, Claire Zion, Kara Welsh und Leslie Gelbman.

Dank an Lu und Opal sowie an unsere Cheforganisatoren und Ordnungshüter für alles, was ihr aus reiner Herzensgüte tut!

Und natürlich wie immer Danke an meinen Exekutivausschuss: Sue Crafton, Dr. Jessica Andersen und Betsey Vaughan. Meine Achtung gilt der unvergleichlichen Suzanne Brockmann und der stets brillanten Christine Feehan (plus Familie).

An D. L. B. – dass ich zu dir aufblicke, muss ich eigentlich nicht sagen, aber so ist es nun mal. Ich liebe dich unendlich, Mummy.

An N. T. M. – der immer Recht hat und trotzdem von uns allen geliebt wird.

An LeElla Scott – du bist die Größte.

An die kleine Kaylie und ihre Mama – weil ich sie so liebe.

Nichts von alledem wäre möglich ohne: meinen liebevollen Mann, Ratgeber, Helfer und Visionär; meine wundervolle Mutter, deren Übermaß an Liebe ich unmöglich zurückzahlen kann; meine Familie (sowohl blutsverwandt als auch selbst gewählt) und meine liebsten Freunde.

Oh, und in Liebe zur besseren Hälfte von WriterDog, wie immer.

Glossar der Begriffe und Eigennamen

Ahstrux nohtrum – Persönlicher Leibwächter, der vom König ernannt wird

Die Auserwählten – Vampirinnen, deren Aufgabe es ist, der Jungfrau der Schrift zu dienen. Sie werden als Angehörige der Aristokratie betrachtet, obwohl sie eher spirituell als weltlich orientiert sind. Normalerweise pflegen sie wenig bis gar keinen Kontakt zu männlichen Vampiren; auf Weisung der Jungfrau der Schrift können sie sich aber mit einem Krieger vereinigen, um den Fortbestand ihres Standes zu sichern. Sie besitzen die Fähigkeit zur Prophezeiung. In der Vergangenheit dienten sie alleinstehenden Brüdern zum Stillen ihres Blutbedürfnisses, aber diese Praxis wurde von den Brüdern aufgegeben.

Bannung – Status, der einer Vampirin der Aristokratie auf Gesuch ihrer Familie durch den König auferlegt werden kann. Unterstellt die Vampirin der alleinigen Aufsicht ihres Hüters, üblicherweise der älteste Mann des Haushalts. Ihr Hüter besitzt damit das gesetzlich verbriefte Recht, sämtliche Aspekte ihres Lebens zu bestimmen und nach eigenem Gutdünken jeglichen Umgang zwischen ihr und der Außenwelt zu regulieren.

Die Bruderschaft der Black Dagger – Die Brüder des Schwarzen Dolches. Speziell ausgebildete Vampirkrieger, die ihre Spezies vor der Gesellschaft der *Lesser* beschützen. Infolge selektiver Züchtung innerhalb der Rasse besitzen die Brüder ungeheure physische und mentale Stärke sowie die Fähigkeit zur extrem raschen Heilung. Die meisten von ihnen sind keine leiblichen Geschwister; neue Anwärter werden von den anderen Brüdern vorgeschlagen und daraufhin in die Bruderschaft aufgenommen. Die Mitglieder der Bruderschaft sind Einzelgänger, aggressiv und verschlossen. Sie pflegen wenig Kontakt zu Menschen und anderen Vampiren, außer um Blut zu trinken. Viele Legenden ranken sich um diese Krieger, und sie werden von ihresgleichen mit höchster Ehrfurcht behandelt. Sie können getötet werden, aber nur durch sehr schwere Wunden wie zum Beispiel eine Kugel oder einen Messerstich ins Herz.

Blutsklave – Männlicher oder weiblicher Vampir, der unterworfen wurde, um das Blutbedürfnis eines anderen zu stillen. Die Haltung von Blutsklaven ist heute zwar nicht mehr üblich, aber nicht ungesetzlich.

Chrih – Symbol des ehrenhaften Todes in der alten Sprache.

Doggen – Angehörige(r) der Dienerklasse innerhalb der Vampirwelt. *Doggen* pflegen im Dienst an ihrer Herrschaft altertümliche, konservative Sitten und folgen einem formellen Bekleidungs- und Verhaltenskodex. Sie können tagsüber aus dem Haus gehen, altern aber relativ rasch. Die Lebenserwartung liegt bei etwa fünfhundert Jahren.

Dhunhd – Hölle

Ehros – Eine Auserwählte, die speziell in der Liebeskunst ausgebildet wurde.

Exhile Dhoble – Der böse oder verfluchte Zwilling, derjenige, der als Zweiter geboren wird.

Gesellschaft der *Lesser* – Orden von Vampirjägern, der von Omega zum Zwecke der Auslöschung der Vampirspezies gegründet wurde.

Glymera – Das soziale Herzstück der Aristokratie, sozusagen die »oberen Zehntausend« unter den Vampiren.

Granhmen – Großmutter

Gruft – Heiliges Gewölbe der Bruderschaft der Black Dagger. Sowohl Ort für zeremonielle Handlungen wie auch Aufbewahrungsort für die erbeuteten Kanopen der *Lesser*. Hier werden unter anderem Aufnahmerituale, Begräbnisse und Disziplinarmaßnahmen gegen Brüder durchgeführt. Niemand außer Angehörigen der Bruderschaft, der Jungfrau der Schrift und Aspiranten hat Zutritt zur Gruft.

Hellren – Männlicher Vampir, der eine Partnerschaft mit einer Vampirin eingegangen ist. Männliche Vampire können mehr als eine Vampirin als Partnerin nehmen.

Hohe Familie – König und Königin der Vampire sowie all ihre Kinder.

Hüter – Vormund eines Vampirs oder einer Vampirin. Hüter können unterschiedlich viel Autorität besitzen, die größte Macht übt der Hüter einer gebannten Vampirin aus.

Jungfrau der Schrift – Mystische Macht, die dem König als Beraterin dient sowie die Vampirarchive hütet und Privilegien erteilt. Existiert in einer jenseitigen Sphäre und besitzt umfangreiche Kräfte. Hatte die Befähigung zu einem einzigen Schöpfungsakt, den sie zur Erschaffung der Vampire nutzte.

Leahdyre – Eine mächtige und einflussreiche Person.

Lesser – Ein seiner Seele beraubter Mensch, der als Mitglied der Gesellschaft der *Lesser* Jagd auf Vampire macht, um sie auszurotten. Die *Lesser* müssen durch einen Stich in die Brust getötet werden. Sie altern nicht, essen und trinken nicht und sind impotent. Im Laufe der Jahre verlieren ihre Haare, Haut und Iris ihre Pigmentierung, bis sie blond, bleich und weißäugig sind. Sie riechen nach Talkum. Aufgenommen in die Gesellschaft werden sie durch Omega. Daraufhin erhalten sie ihre Kanope, ein Keramikgefäß, in dem sie ihr aus der Brust entferntes Herz aufbewahren.

Lewlhen – Geschenk.

Lheage – Respektsbezeichnung einer sexuell devoten Person gegenüber einem dominanten Partner.

Lielan – Ein Kosewort, frei übersetzt in etwa »mein Liebstes«.

Lys – Folterwerkzeug zur Entnahme von Augen.

Mahmen – Mutter. Dient sowohl als Bezeichnung als auch als Anrede und Kosewort.

Mhis – Die Verhüllung eines Ortes oder einer Gegend; die Schaffung einer Illusion.

Nalla – Kosewort. In etwa »Geliebte«.

Novizin – Eine Jungfrau.

Omega – Unheilvolle mystische Gestalt, die sich aus Groll gegen die Jungfrau der Schrift die Ausrottung der Vampire zum Ziel gesetzt hat. Existiert in einer jenseitigen Sphäre und hat weitreichende Kräfte, wenn auch nicht die Kraft zur Schöpfung.

Phearsom – Begriff, der sich auf die Funktionstüchtigkeit der männlichen Geschlechtsorgane bezieht. Die wörtliche Übersetzung lautet in etwa »würdig, in eine Frau einzudringen«.

Princeps – Höchste Stufe der Vampiraristokratie, untergeben nur den Mitgliedern der Hohen Familie und den Auserwählten der Jungfrau der Schrift. Dieser Titel wird vererbt; er kann nicht verliehen werden.

Pyrokant – Bezeichnet die entscheidende Schwachstelle eines Individuums, sozusagen seine Achillesferse.

Diese Schwachstelle kann innerlich sein, wie zum Beispiel eine Sucht, oder äußerlich, wie ein geliebter Mensch.

Rahlman – Retter.

Rythos – Rituelle Prozedur, um verlorene Ehre wiederherzustellen. Der Rythos wird von dem Vampir gewährt, der einen anderen beleidigt hat. Wird er angenommen, wählt der Gekränkte eine Waffe und tritt damit dem unbewaffneten Beleidiger entgegen.

Schleier – Jenseitige Sphäre, in der die Toten wieder mit ihrer Familie und ihren Freunden zusammentreffen und die Ewigkeit verbringen.

Shellan – Vampirin, die eine Partnerschaft mit einem Vampir eingegangen ist. Vampirinnen nehmen sich in der Regel nicht mehr als einen Partner, da gebundene männliche Vampire ein ausgeprägtes Revierverhalten zeigen.

Symphath – Eigene Spezies innerhalb der Vampirrasse, deren Merkmale die Fähigkeit und das Verlangen sind, Gefühle in anderen zu manipulieren (zum Zwecke eines Energieaustauschs). Historisch wurden die Symphathen oft mit Misstrauen betrachtet und in bestimmten Epochen auch von den Vampiren gejagt. Sind heute nahezu ausgestorben.

Tahlly – Kosewort. Entspricht in etwa »Süße«.

Trahyner – Respekts- und Zuneigungsbezeichnung unter männlichen Vampiren. Bedeutet ungefähr »geliebter Freund«.

Transition – Entscheidender Moment im Leben eines Vampirs, wenn er oder sie ins Erwachsenenleben eintritt. Ab diesem Punkt müssen sie das Blut des jeweils anderen Geschlechts trinken, um zu überleben, und vertragen kein Sonnenlicht mehr. Findet normalerweise mit etwa Mitte zwanzig statt. Manche Vampire überleben ihre Transition nicht, vor allem männliche Vampire. Vor ihrer Transition sind Vampire von schwächlicher Konstitution und sexuell unreif und desinteressiert. Außerdem können sie sich noch nicht dematerialisieren.

Triebigkeit – Fruchtbare Phase einer Vampirin. Üblicherweise dauert sie zwei Tage und wird von heftigem sexuellen Verlangen begleitet. Zum ersten Mal tritt sie etwa fünf Jahre nach der Transition eines weiblichen Vampirs auf, danach im Abstand von etwa zehn Jahren. Alle männlichen Vampire reagieren bis zu einem gewissen Grad auf eine triebige Vampirin, deshalb ist dies eine gefährliche Zeit. Zwischen konkurrierenden männlichen Vampiren können Konflikte und Kämpfe ausbrechen, besonders wenn die Vampirin keinen Partner hat.

Vampir – Angehöriger einer gesonderten Spezies neben dem Homo sapiens. Vampire sind darauf angewiesen, das Blut des jeweils anderen Geschlechts zu trinken. Menschliches Blut kann ihnen zwar auch das Überleben sichern, aber die daraus gewonnene Kraft hält nicht lange vor. Nach ihrer Transition, die üblicherweise etwa mit Mitte zwanzig stattfindet, dürfen sie sich nicht mehr dem Sonnenlicht aussetzen und müssen sich in regelmäßigen Abständen aus der Vene ernähren. Entgegen einer weit verbreiteten Annahme können Vampire Menschen nicht durch einen Biss oder eine Blutübertragung »verwandeln«; in seltenen Fällen aber können sich die beiden Spezies zusammen fortpflanzen. Vampire können sich nach Belieben dematerialisieren, dazu müssen sie aber ganz ruhig werden und sich konzentrieren; außerdem dürfen sie nichts Schweres bei sich tragen. Sie können Menschen ihre Erinnerung nehmen, allerdings nur, solange diese Erinnerungen im Kurzzeitgedächtnis abgespeichert sind. Manche Vampire können auch Gedanken lesen. Die Lebenserwartung liegt bei über eintausend Jahren, in manchen Fällen auch höher.

Vergeltung – Akt tödlicher Rache, typischerweise ausgeführt von einem Mann im Dienste seiner Liebe.

Wanderer – Ein Verstorbener, der aus dem Schleier zu den Lebenden zurückgekehrt ist. Wanderern wird großer Respekt entgegengebracht, und sie werden für das, was sie durchmachen mussten, verehrt.

Whard – Entspricht einem Patenonkel oder einer Patentante.

Zwiestreit – Konflikt zwischen zwei männlichen Vampiren, die Rivalen um die Gunst einer Vampirin sind.

Alle Könige sind blind.
Die Guten unter ihnen wissen das und führen durch
mehr als ihre Augen an.

1

Rehvenges Mutter trat um elf Uhr elf vormittags in den Schleier ein.

Sie war umgeben von ihrem Sohn, ihrer Tochter, ihrer schlafenden Enkelin und ihrem Schwiegersohn und wurde von ihrer geliebten *Doggen* umsorgt. Es war ein guter Tod. Ein sehr guter Tod. Sie schloss die Augen, und eine Stunde später keuchte sie zweimal und stieß langsam den Atem aus, als seufzte ihr Körper erleichtert, als ihre Seele sich von den Fesseln des Fleisches löste. Und es war seltsam … genau in diesem Moment wachte Nalla auf und blickte nicht auf ihre *Granhmen*, sondern auf einen Punkt über dem Bett. Ihre kleinen Patschehändchen langten in die Luft, und sie lächelte und gurrte, als hätte ihr jemand die Wange gestreichelt.

Rehv starrte auf den Körper hinab. Seine Mutter hatte immer geglaubt, dass sie im Schleier wiedergeboren werden würde, die Wurzeln ihres Glaubens reichten tief in ihre Kindheit bei den Auserwählten zurück. Er hoffte, es stimmte. Er wollte glauben, dass sie irgendwo weiterlebte.

Es war das einzige, was den Schmerz in seiner Brust auch nur annähernd lindern konnte.

Als die *Doggen* leise anfing zu weinen, umarmte Bella ihre Tochter und Zsadist. Rehv hielt sich abseits, er saß allein am Fuß des Bettes und sah zu, wie die Farbe aus dem Gesicht seiner Mutter schwand.

Als sich ein Kribbeln in seinen Händen und Füßen ausbreitete, wurde er daran erinnert, dass ihn das Vermächtnis seines Vaters ebenso stetig begleitete wie das seiner Mutter.

Er stand auf, verbeugte sich vor ihnen allen, und entschuldigte sich. Im Bad, das an das Zimmer angrenzte, das er immer benutzte, blickte er unter das Waschbecken und dankte der Jungfrau der Schrift, dass er klug genug gewesen war, ein paar Ampullen Dopamin hier zu deponieren. Er schaltete die Wärmelampe an der Decke an, zog den Zobelmantel aus und streifte das *Gucci*-Jackett von den Schultern. Als ihm das rötliche Leuchten von oben einen höllischen Schrecken einjagte, weil er dachte, der Schock des Todes brächte seine dunkle Seite zum Vorschein, schaltete er das Ding wieder aus, stellte die Dusche an und wartete, bis Dampf aufstieg, bevor er fortfuhr.

Er schluckte zwei weitere Penicillin-Tabletten und tappte ungeduldig mit dem Schuh auf den Boden.

Schließlich riss er sich zusammen und rollte den Hemdsärmel hoch, wobei er es vermied, sein Spiegelbild anzusehen. Dann zog er eine Spritze auf, nahm seinen *Louis Vuitton*-Gürtel, schlang ihn um seinen Bizeps, zurrte das schwarze Lederende fest und presste den Arm an die Rippen.

Er stieß die Nadel in eine seiner entzündeten Venen, drückte den Kolben herunter …

»Was machst du da?«

Als er die Stimme seiner Schwester hörte, riss er den

Kopf herum. Im Spiegel starrte sie die Nadel in seinem Arm und die geröteten, entzündeten Adern an.

Sein erster Impuls war, sie anzufahren, bloß zu verschwinden. Er wollte nicht, dass sie das sah, und nicht nur, weil es weitere Lügen nach sich zog. Das hier war privat.

Stattdessen zog er die Spritze ruhig wieder heraus, steckte eine Kappe auf die Nadel und warf sie weg. Während die Dusche zischte, rollte er den Ärmel herunter, dann zog er Jackett und Mantel wieder an.

Er stellte das Wasser ab.

»Diabetes«, erklärte er. Verflucht, er hatte Ehlena erzählt, er habe Parkinson. Verdammt.

Andrerseits würden sich die beiden sicher nicht in näherer Zukunft begegnen.

Bella hob erschrocken die Hand an den Mund. »Seit wann? Geht es dir gut?«

»Es ist in Ordnung.« Er rang sich ein Lächeln ab. »Bei dir alles okay?«

»Warte, seit wann hast du das?«

»Ich spritze jetzt seit zwei Jahren.« Zumindest das war nicht gelogen. »Ich bin regelmäßig bei Havers.« *Ding! Ding!* Schon wieder die Wahrheit. »Ich habe es gut im Griff.«

Bella blickte auf seinen Arm. »Ist dir deshalb immer so kalt?«

»Schlechte Durchblutung. Deswegen brauche ich auch den Stock. Mein Gleichgewichtssinn ist gestört.«

»Hattest du nicht gesagt, du bräuchtest ihn wegen einer Verletzung?«

»Der Diabetes verzögert die Heilung.«

»Ach so.« Sie nickte traurig. »Ich wünschte, ich hätte es gewusst.«

Als sie mit ihren blauen Augen zu ihm aufsah, verabscheute er die Lügen, die er ihr erzählte, aber dann dachte er an das friedliche Gesicht seiner Mutter.

Rehv legte den Arm um seine Schwester und führte sie aus dem Bad. »Es ist keine große Sache. Ich behandle es.«

Im Schlafzimmer war es kälter, aber das merkte er nur daran, dass Bella die Arme um sich schlang und die Schultern hochzog.

»Wann sollen wir die Zeremonie abhalten?«, fragte sie.

»Ich rufe in der Klinik an und bitte Havers zum Einbruch der Nacht herzukommen, um sie einzuwickeln. Dann müssen wir entscheiden, wo wir sie begraben.«

»Auf dem Gelände der Bruderschaft. Dort möchte ich sie begraben.«

»Wenn Wrath die *Doggen* und mich dabei sein lässt, ist es in Ordnung.«

»Das wird er sicher. Z telefoniert gerade mit dem König.«

»Ich glaube, es gibt nicht mehr viele Angehörige der *Glymera* in der Stadt, die sich verabschieden wollen.«

»Ich hole ihr Adressbuch von unten und entwerfe eine Anzeige.«

So eine nüchterne, praktische Unterhaltung, die zeigte, dass der Tod tatsächlich Teil des Lebens war.

Als Bella ein leiser Schluchzer entfuhr, zog Rehv sie an sich. »Komm her, Schwesterchen.«

Als sie zusammen standen, ihr Kopf an seiner Brust, dachte er an die unzähligen Male, bei denen er sie vor der Welt hatte bewahren wollen. Doch das Leben war einfach trotzdem geschehen.

Himmel, als sie klein gewesen war, vor ihrer Transition, war er sich so sicher gewesen, dass er sie beschützen und sich um sie kümmern konnte. Wenn sie Hunger hatte, sorgte er für Essen. Wenn sie Kleidung brauchte, kaufte er welche. Wenn sie nicht schlafen konnte, blieb er bei ihr, bis sich ihre Augen schlossen. Aber jetzt war sie erwachsen, und ihn beschlich das Gefühl, dass ihm nur noch tröstende Worte blieben. Aber vielleicht war es einfach so. Wenn man klein war, brauchte es nicht mehr als ein sanftes Wiegenlied, um die Sorgen des Tages zu vertreiben und das Gefühl von Sicherheit zu vermitteln.

Als er sie jetzt im Arm hielt, wünschte er sich, es gäbe auch für Erwachsene solche Sofortheilungsmittel.

»Sie wird mir fehlen«, seufzte Bella. »Wir waren uns nicht sehr ähnlich, aber ich habe sie immer geliebt.«

»Du warst ihr ganzer Stolz. Immer.«

Bella löste sich von ihm. »Du auch.«

Er strich ihr eine Strähne hinters Ohr. »Willst du dich mit deiner Familie etwas ausruhen?«

Bella nickte. »Welches Zimmer sollen wir nehmen?«

»Frag *Mahmens Doggen.*«

»Das werde ich.« Bella drückte seine Hand, obwohl er es nicht fühlen konnte.

Als er allein war, ging er zum Bett und holte sein Handy heraus. Ehlena hatte ihm in der letzten Nacht nicht mehr gesimst. Und als er jetzt die Nummer der Klinik aus seinem Nummernverzeichnis heraussuchte, versuchte er, sich keine Sorgen zu machen. Vielleicht hatte sie die Tagschicht gehabt. Gott, er hoffte, das hatte sie.

Es war sehr unwahrscheinlich, dass etwas passiert war. Höchst unwahrscheinlich.

Aber er würde sie dennoch anrufen.

»*Hallo, Klinik*«, meldete sich eine Stimme in der Alten Sprache.

»Hier ist Rehvenge, Sohn des Rempoon. Meine Mutter ist soeben dahingegangen, und ich muss Vorkehrungen treffen, um ihren Leichnam zu konservieren.«

Die Frau am anderen Ende der Leitung keuchte. Keine der Schwestern mochte ihn, aber sie liebten seine Mutter. Alle liebten sie ...

Oder besser gesagt: hatten sie geliebt.

Er rieb sich den Irokesen. »Besteht vielleicht die Möglichkeit, dass Havers bei Nachtanbruch zu unserem Haus kommt?«

»Ja, natürlich. Und darf ich im Namen von uns allen sagen, dass wir ihr Dahinscheiden zutiefst bedauern und ihr einen sicheren Eingang in den Schleier wünschen.«

»Danke.«

»Einen Moment.« Als die Frau wieder ans Telefon kam, sagte sie: »Der Doktor kommt sofort nach Sonnenuntergang zu Euch. Mit Eurer Erlaubnis wird er jemanden mitbringen, der ihm assistiert ...«

»Wen?« Rehv war sich nicht sicher, was er davon halten sollte, wenn es Ehlena war. Er wollte nicht, dass sie so bald schon mit der nächsten Leiche zu tun hätte, und der Umstand, dass es seine Mutter war, machte es noch schlimmer. »Ehlena?«

Die Schwester zögerte. »Äh, nein, nicht Ehlena.«

Er runzelte die Stirn, beim Tonfall der Schwester erwachte der *Symphath* in ihm. »Ist Ehlena letzte Nacht in die Klinik gekommen?« Wieder eine Pause. »Ist sie gekommen?«

»Entschuldigt, darüber kann ich nicht reden ...«

Seine Stimme wurde zu einem tiefen Knurren. »Ist sie gekommen oder nicht. Einfache Frage. Ist sie. Oder ist sie nicht.«

Die Schwester wurde nervös. »Ja, doch, sie ist gekommen ...«

»Und?«

»Nichts. Sie ...«

»Also, wo liegt das Problem?«

»Es gibt keines.« Der Ärger in ihrer Stimme verriet ihm, dass es Gespräche wie dieses waren, die ihn so beliebt bei der Belegschaft machten.

Er bemühte sich um einen etwas ruhigeren Ton. »Offensichtlich gibt es ein Problem, und du wirst mir sagen, was es ist, oder ich rufe so lange an, bis jemand mit mir redet. Und wenn sich keiner dazu bereiterklärt, komme ich an den Empfangstresen und treibe euch alle in den Wahnsinn, bis jemand vom Team nachgibt und es mir sagt.«

Es gab eine Pause, in der *Du bist so ein Arschloch* deutlich in der Luft schwang. »In Ordnung. Sie arbeitet nicht mehr hier.«

Rehv zog pfeifend die Luft ein, und seine Hand schoss zu dem Plastiktütchen Penicillin, das er in der Brusttasche bei sich trug. »Warum?«

»Das werde ich Euch nicht verraten, egal, was Ihr tut.«

Es klickte leise, als sie auflegte.

Ehlena saß in der heruntergekommenen Küche im Erdgeschoss, das Manuskript ihres Vaters vor sich. Sie hatte es zweimal an seinem Schreibtisch gelesen, dann hatte sie ihn ins Bett gebracht, war hier hinauf gekommen und hatte es noch einmal gelesen.

Der Titel lautete: *Im Regenwald des Affengeistes.*

Gütige Jungfrau der Schrift, hatte sie vorher geglaubt, Verständnis für den Mann zu haben, hatte sie jetzt Mitgefühl. Die dreihundert handgeschriebenen Seiten waren eine geführte Tour durch seine Geisteskrankheit, eine lebhafte, anschauliche Studie seiner Krankheit, wie sie angefangen und wohin sie ihn gebracht hatte.

Sie blickte zur Aluminiumabdeckung an den Fenstern. Die Stimmen in seinem Kopf, die ihn malträtierten, hatten eine Vielzahl von Quellen, und eine davon waren Radiowellen von Satelliten auf Erdumlaufbahnen.

All das wusste sie.

Doch in seinem Buch verglich ihr Vater diese Alufolie mit seiner Psychose: Sowohl Folie als auch Schizophrenie hielten die Wirklichkeit von ihm fern, isolierten ihn ... und gaben ihm die Sicherheit, die er brauchte. In Wahrheit liebte er seine Krankheit ebenso sehr, wie er sie fürchtete.

Vor vielen, vielen Jahren, nachdem ihn eine Familie geschäftlich übers Ohr gehauen und ihn in den Augen der *Glymera* ruiniert hatte, verlor er das Vertrauen in seine Fähigkeit, die Interessen anderer zu beurteilen. Er hatte sich auf die falschen Leute verlassen, und es hatte ihn seine *Shellan* gekostet.

Ehlena hatte den Tod ihrer Mutter falsch eingeschätzt. Kurz nach dem großen Fiasko hatte sich ihre Mutter dem Laudanum zugewandt, doch die kurzzeitige Erleichterung entwickelte sich bald zu einem Klotz am Bein, als ihr das vertraute Leben entglitt ... Geld, Ansehen, Häuser, Besitztümer flohen wie scheue Tauben aus einem Feld, um sich einen sichereren Ort zu suchen.

Und dann wurde Ehlenas Verlobung gelöst. Ihr Mann hatte sich von ihr distanziert, bevor er öffentlich erklärte, dass er sich von ihr lossagte – weil Ehlena ihn ins Bett gezerrt und damit seine Unschuld ausgenutzt habe.

Daran war ihre Mutter endgültig zerbrochen.

Ihre einvernehmliche Entscheidung wurde nun so hingedreht, als wäre Ehlena eine Frau ohne Wert, eine Metze, die um jeden Preis darauf aus gewesen war, einen Mann zu verführen, der nur die edelsten Absichten hegte. Nachdem dieser Skandal in der *Glymera* bekanntgeworden war, waren Ehlenas Heiratsaussichten dahin und wären es auch gewesen, hätte ihre Familie noch den alten Status gehabt, den sie verloren hatte.

In dieser Nacht war ihre Mutter ins Schlafzimmer gegangen, wo man sie ein paar Stunden später tot auffand. Ehlena hatte immer gedacht, dass sie eine Überdosis Laudanum genommen hatte, aber nein: Wie sie jetzt im Manuskript las, hatte sie sich die Pulsadern aufgeschnitten und war auf den Laken verblutet.

Ihr Vater schrieb, dass sich die Stimmen in seinem Kopf das erste Mal meldeten, als er seine Frau tot auf dem Ehebett liegen sah, ihr blasser Körper umgeben von einem Halo aus dunkelrotem, vergossenem Leben.

Mit fortschreitender Umnachtung hatte er sich mehr und mehr in seinen Verfolgungswahn zurückgezogen, aber auf merkwürdige Art und Weise fühlte er sich dort sicherer als in der Realität. Das wirkliche Leben steckte voller Gefahren, man wusste nie, wer einen betrügen würde. Bei den Stimmen in seinem Kopf war das anders: Sie waren ohnehin alle hinter ihm her. Bei den verrückten Affen, die sich durch das Dickicht seiner Geisteskrankheit schwangen und die ihn mit Stöcken und harten Früchten in Form von Gedanken bombardierten, erkannte er seine Feinde. Sie waren verlässlich. Und die Waffen, um sie zu bekämpfen, waren ein gut geordneter Kühlschrank, Aluminiumfolie vor den Fenstern und das Schreiben.

In der wirklichen Welt fühlte er sich hilflos und verloren, anderen schutzlos ausgeliefert, unfähig zu beurteilen, was gefährlich war und was nicht. Deshalb zog er die Krankheit vor, denn hier kannte er, wie er es ausdrückte, die Grenzen des Urwalds, die Pfade, die um die Stämme herumführten und die Tricks der Affen.

Dort wies sein Kompass noch nach Norden.

Und die Überraschung für Ehlena war, dass er dabei nicht nur litt. Vor seiner Erkrankung war er Prozessanwalt für Angelegenheiten des Alten Gesetzes gewesen, ein Mann, bekannt für seine Diskussionsfreude und seine Vorliebe für starke Opponenten. In seiner Krankheit entdeckte er genau die Sorte Konflikt, die er in gesundem Zustand so geschätzt hatte. Die Stimmen in seinem Kopf waren, wie er mit treffender Selbstironie ausdrückte, genauso intelligent und redegewandt wie er. Für ihn waren die gewaltsamen Episoden nichts anderes, als die geistige Entsprechung eines guten Boxkampfs, und nachdem er immer irgendwann ungeschoren aus ihnen hervorging, fühlte er sich stets als Sieger.

Er war sich außerdem bewusst, dass er den Dschungel nie mehr verlassen würde. Der Regenwald war, wie er in der letzten Zeile des Buches sagte, seine letzte Adresse, bevor er in den Schleier eintrat. Und sein einziges Bedauern war, dass der Dschungel nur Platz für einen Bewohner bot – dass sein Aufenthalt unter den Affen bedeutete, dass er nicht bei ihr, seiner Tochter, sein konnte.

Die Trennung betrübte ihn sehr und auch, dass er eine Last für sie war.

Er wusste, dass es nicht einfach für sie war. Er war sich ihres Opfers bewusst. Er bedauerte ihre Einsamkeit.

In diesen Seiten stand alles, was sie immer hatte hören wollen, und als sie die Blätter in der Hand hielt, machte es nichts aus, dass er es ihr schriftlich und nicht mündlich mitteilte. Eigentlich war es sogar besser so, weil sie es auf diese Weise immer wieder lesen konnte.

Ihr Vater wusste so viel mehr, als sie je gedacht hatte.

Und er war viel zufriedener, als sie je erraten hätte.

Sie strich mit der Hand über die erste Seite. Die Handschrift, blau, weil ein ordentlich ausgebildeter Anwalt nie mit Schwarz schrieb, war ordentlich und sauber, und so elegant und präzise, wie die Schlüsse, die er zog, und die Einsicht, die er ihr eröffnete.

Gütige Jungfrau ... so lange hatte sie mit ihm zusammengewohnt, doch erst jetzt wusste sie, in welcher Welt er lebte.

Und eigentlich waren doch alle wie er, oder etwa nicht? Jeder lebte in seinem eigenen Dschungel, allein, egal, von wie vielen Leuten man umgeben war.

War geistige Gesundheit nur eine Frage von weniger Affen? Oder vielleicht der gleichen Anzahl, aber von einer netteren Art?

Der gedämpfte Klingelton ihres Handys ließ sie aufblicken. Sie langte in ihre Manteltasche und holte das Telefon heraus. »Hallo?« Sie erkannte am Schweigen, wer es war. »Rehvenge?«

»Du wurdest gefeuert.«

Ehlena stützte die Ellbogen auf den Tisch und bedeckte ihre Stirn mit der Hand. »Mir geht es gut. Ich wollte gerade schlafen gehen. Und du?«

»Es war wegen der Tabletten, die du mir gebracht hast, stimmt's?«

»Das Abendessen war echt super. Hüttenkäse und Karottengemüse ...«

»Hör auf!«, blaffte er.

Sie ließ den Arm sinken und zog die Stirn in Falten. »Ich bitte um Verzeihung?«

»Warum hast du das getan, Ehlena? Warum zur Hölle ...«

»Okay, du solltest deinen Tonfall überdenken, sonst ist dieses Gespräch beendet.«

»Ehlena, du brauchst diesen Job.«

»Erzähl mir nicht, was ich brauche.«

Er fluchte. Fluchte noch einmal.

»Weißt du«, murmelte sie, »wenn ich jetzt noch den Soundtrack einlege und sich ein paar Maschinengewehrsalven dazugesellen, hätten wir einen *Stirb langsam*-Film. Wie hast du es überhaupt herausgefunden?«

»Meine Mutter ist gestorben.«

Ehlena stöhnte auf. »Was ...? Lieber Himmel, wann? Ich meine, es tut mir so leid ...«

»Vor ungefähr einer halben Stunde.«

Sie schüttelte langsam den Kopf. »Rehvenge, mein Beileid.«

»Ich habe die Klinik angerufen um … das Einbalsamieren zu vereinbaren.« Er stieß die Luft mit der Art Erschöpfung aus, die sie ebenfalls empfand. »Jedenfalls … ja. Du hast mir keine SMS geschickt, ob du sicher angekommen bist. Deshalb habe ich nach dir gefragt, und auf diese Weise habe ich davon erfahren.«

»Verflixt, ich hatte es vor, aber …« Naja, sie war damit beschäftigt gewesen, entlassen zu werden.

»Aber das war nicht der einzige Grund, warum ich dich anrufen wollte.«

»Nein?«

»Ich … wollte nur deine Stimme hören.«

Ehlena atmete tief durch, ihre Augen hefteten sich an die Zeilen in der Handschrift ihres Vaters. Sie dachte an alles, was sie auf diesen Seiten erfahren hatte, Gutes wie Schlechtes.

»Witzig«, sagte sie. »Mir geht es heute Nacht genauso.«

»Wirklich? Also … im Ernst?«

»Ja, absolut … ja.«

2

Wrath war in übler Stimmung, und das erkannte er daran, dass die Geräusche des *Doggen*, der die hölzerne Balustrade oben an der Haupttreppe wachste, in ihm den Wunsch weckte, die ganze verdammte Hütte in Brand zu stecken.

Beth spukte ihm im Kopf herum. Was erklärte, warum er hier hinter seinem Schreibtisch saß und solche Schmerzen in der Brust spürte.

Er verstand ja, warum sie wütend auf ihn war. Er glaubte ja auch, dass er irgendeine Form der Bestrafung verdiente. Er kam nur einfach nicht damit zurecht, dass Beth nicht zu Hause schlief und er seine *Shellan* per SMS fragen musste, ob er sie anrufen konnte.

Der Umstand, dass er seit Tagen nicht geschlafen hatte, trug natürlich auch zu seiner miserablen Verfassung bei.

Und wahrscheinlich sollte er sich auch wieder nähren. Aber ebenso wie beim Sex war auch dieses letzte Mal so lange her, dass er sich kaum daran erinnerte.

Er sah sich im Arbeitszimmer um und wünschte, er könnte den Impuls zu schreien unterdrücken, indem er hinausging und etwas bekämpfte. Seine einzigen Alternativen waren ein Besuch im Trainingszentrum oder ein Besäufnis, und aus Ersterem kam er gerade und auf Letzteres hatte er keine Lust.

Wieder blickte er auf sein Handy. Beth hatte noch nicht zurückgesimst, und seine SMS hatte er vor drei Stunden geschickt. Was in Ordnung war. Sie hatte wahrscheinlich einfach gerade zu tun. Oder sie schlief.

Scheiße, es war überhaupt nicht in Ordnung.

Er stand auf, steckte sein RAZR hinten in die Tasche seiner Lederhose und ging zur Flügeltür. Der *Doggen* im Flur direkt vor dem Arbeitszimmer wienerte manisch das Holz, und der frische Zitrusduft, der dank seiner Bemühungen aufstieg, war überwältigend.

»Mein Herr«, grüßte der *Doggen* und verbeugte sich tief.

»Du machst das großartig.«

»Mit dem größten Vergnügen.« Der Mann strahlte. »Es ist mir eine Freude, Euch und Eurem Haushalt zu dienen.«

Wrath klatschte dem Diener auf die Schulter und joggte dann die Treppe hinunter. Unten steuerte er links durch die Eingangshalle auf die Küche zu, und war froh, dass keiner dort war. Er öffnete den Kühlschrank und holte ohne Begeisterung jede Menge Reste und eine halbgegessene Pute hervor.

Dann wandte er sich den Schränken zu ...

»Hi.«

Er riss den Kopf herum. »Beth? Was machst du ... ich dachte, du wärst im Refugium.«

»War ich auch. Ich bin gerade zurückgekommen.«

Er runzelte die Stirn. Als Mischling vertrug Beth Sonnenlicht, aber Wrath bekam jedes Mal einen Herzinfarkt, wenn sie tagsüber unterwegs war. Nicht, dass er jetzt darauf eingehen wollte. Sie wusste, wie er dazu stand, und außerdem war sie zu Hause, und allein das zählte.

»Ich mache mir gerade einen Happen zu essen«, erklärte er, obwohl die Pute auf dem Hackbrett für sich sprach. »Möchtest du auch etwas?«

Himmel, er liebte ihren Geruch. Nachtblühende Rosen. Für ihn heimeliger als jede Zitruspolitur, köstlicher als jedes Parfüm.

»Wie wäre es, wenn ich das für uns übernehme?«, schlug sie vor. »Du siehst aus, als würdest du gleich zusammenklappen.«

Ihm lag schon ein *Nein, mir geht es gut* auf der Zunge, doch er bremste sich. Selbst die kleinste Halbwahrheit würde ihre Probleme nur verschlimmern – und die Tatsache, dass er völlig erschöpft war, war offenkundig.

»Das wäre super. Danke.«

»Setz dich«, sagte sie und kam zu ihm.

Er wollte sie umarmen.

Er tat es.

Wraths Arme schossen einfach nach vorne, umschlossen sie und zogen sie an seine Brust. Ihm wurde bewusst, was er getan hatte, und er ließ los, doch Beth blieb bei ihm, dicht an ihn gedrängt. Mit einem Schaudern ließ er den Kopf in ihr duftendes Haar fallen und presste ihren weichen Körper gegen die Konturen seiner harten Muskeln.

»Du hast mir so gefehlt«, murmelte er.

»Du mir auch.«

Als sie sich gegen ihn sinken ließ, verfiel er nicht dem Irrglauben, dass damit wieder alles gut war, aber er würde nehmen, was er bekommen konnte.

Er lehnte sich zurück und schob die Brille auf den Kopf, damit sie seine nutzlosen Augen sehen konnte. Ihr Gesicht war verschwommen und wunderschön, obwohl ihm der Geruch von frischem Regen, der von Tränen herrührte, gar nicht behagte. Er strich ihr mit beiden Daumen über die Wangen.

»Darf ich dich küssen?«, bat er.

Als sie nickte, umschloss er ihr Gesicht mit den Händen und senkte seinen Mund auf ihren. Der weiche Kontakt war herzzerreißend vertraut und dennoch etwas aus der Vergangenheit. Es schien ewig her zu sein, seit sie mehr als ein Küsschen auf die Wange ausgetauscht hatten – und diese Entfremdung hatte nicht allein er verschuldet. Es war alles. Der Krieg. Die Brüder. Die *Glymera*. John und Tohr. Dieser Haushalt.

Er schüttelte den Kopf: »Das Leben ist uns in die Quere gekommen.«

»Du hast so Recht.« Sie streichelte sein Gesicht. »Es ist auch deiner Gesundheit in die Quere gekommen. Deshalb will ich, dass du dich da drüben hinsetzt und dich von mir füttern lässt.«

»Eigentlich sollte es andersherum sein. Der Mann füttert seine Frau.«

»Du bist der König.« Sie lächelte. »Du bestimmst die Regeln. Und deine *Shellan* möchte dich gern bedienen.«

»Ich liebe dich.« Er zog sie wieder fester an sich und hielt sie einfach im Arm. »Du musst nicht antworten ...«

»Ich liebe dich auch.«

Jetzt war er es, der sich gegen sie sinken ließ.

»Zeit, dass du etwas isst«, befand sie, zerrte ihn an den rustikalen Eichentisch und zog einen Stuhl für ihn heran.

Er setzte sich, hob mit einem Seufzen die Hüften und zog das Handy aus der Gesäßtasche. Das Ding schlitterte über den Tisch und krachte in den Salz- und Pfefferstreuer.

»Sandwich?«, fragte Beth.

»Das wäre toll.«

»Machen wir dir lieber zwei.«

Wrath setzte seine Brille wieder auf, weil ihm die Deckenbeleuchtung Kopfschmerzen verursachte. Als das nicht reichte, schloss er die Augen, und obwohl er nicht sah, wie Beth in der Küche werkelte, beruhigten ihn die Geräusche wie ein Wiegenlied. Er hörte, wie sie Schubladen aufzog und im Besteckkasten kramte. Dann öffnete sich die Kühlschranktür, und Flaschen klimperten aneinander. Das Brotschneidebrett wurde hervorgezogen, und die Plastikverpackung von dem Roggenbrot, das er so mochte, knisterte. Es knackte, als ein Messer durch Salat schnitt ...

»Wrath ...«

Der leise Klang seines Namens ließ ihn die Augen öffnen und den Kopf heben. »Was ...?«

»Du bist eingeschlafen.« Die Hand seiner *Shellan* strich über sein Haar. »Iss jetzt. Danach bringe ich dich ins Bett.«

Die Sandwiches waren genau, wie er sie liebte: mit reichlich Fleisch versehen, ordentlich Mayo, und zurückhaltend im Bereich Tomate und Salat. Er aß sie beide, und obwohl sie ihn beleben hätten sollen, machte sich die bleierne Erschöpfung nur noch stärker bemerkbar.

»Komm, gehen wir.« Beth nahm seine Hände.

»Nein, warte«, bat er sie und stand auf. »Ich muss dir noch sagen, was mir heute Abend bevorsteht.«

»Okay.« Ihre Stimme war angespannt, als sie sich innerlich wappnete.

»Setz dich. Bitte.«

Mit einem Quietschen wurde der Stuhl unter dem Tisch hervorgezogen, dann setzte sie sich langsam hin. »Ich bin froh, dass du ehrlich zu mir bist«, murmelte sie. »Was immer es ist.«

Wrath streichelte über ihre Finger und versuchte, sie zu beruhigen, obwohl er wusste, dass seine nächsten Worte sie noch mehr verängstigen würden. »Es gibt da jemanden ... oder höchstwahrscheinlich mehr als einen, aber von einem wissen wir es sicher, der mich töten will.« Ihre Hand spannte sich unter seiner an, und er streichelte sie weiter und versuchte, sie zu beruhigen. »Ich treffe mich heute Nacht mit dem Rat der *Glymera,* und ich erwarte ... Probleme. Die Brüder werden alle dabei sein, und wir machen keine Dummheiten, aber ich werde nicht lügen und sagen, dass es ein Nullachtfünfzehn-Treffen ist.«

»Dieser ... jemand ... ist offensichtlich ein Ratsmitglied, oder? Ist es die Sache wert, dass du persönlich hingehst?«

»Der Initiator des Ganzen ist kein Problem.«

»Wie das?«

»Rehvenge hat ihn ausschalten lassen.«

Ihre Hände verkrampften sich erneut. »Himmel ...« Sie atmete tief durch. Und noch einmal. »Oh ... lieber Gott.«

»Die Frage, die uns jetzt alle beschäftigt ist: Wer steckt noch mit drin? Allein aus diesem Grund ist es wichtig, dass ich mich auf dem Treffen zeige. Außerdem ist es eine Machtdemonstration, und auch darauf kommt es an. Ich laufe nicht davon. Ebenso wenig die Brüder.«

Wrath machte sich auf ein *Nein, geh nicht* gefasst und fragte sich, was er dann tun würde.

Nur, dass Beth mit ruhiger Stimme sagte: »Ich verstehe. Aber ich habe eine Bitte.«

Seine Brauen schossen über der Sonnenbrille hervor. »Die wäre?«

»Ich will, dass du eine kugelsichere Weste trägst. Ich zweifle zwar nicht an den Brüdern – aber es würde mir ein etwas besseres Gefühl geben.«

Wrath blinzelte. Dann hob er ihre Hände an die Lippen und küsste sie. »Das kann ich tun. Für dich kann ich das.«

Sie nickte und stand auf. »Okay. Okay ... gut. Jetzt komm, gehen wir schlafen. Wir sind beide erschöpft.«

Wrath stand auf und zog sie an sich. Zusammen gingen sie hinaus in die Eingangshalle und überquerten das Mosaik eines Apfelbaums, der in Blüte stand.

»Ich liebe dich«, sagte er. »Ich liebe dich so sehr.«

Beth fasste ihn fester um die Hüfte und legte das Gesicht an seine Brust. Der bittere, rauchige Geruch von Angst stieg von ihr auf und trübte ihren natürlichen Rosenduft. Und doch nickte sie und sagte: »Deine Königin läuft auch nicht davon, weißt du.«

»Das weiß ich. Das weiß ich doch.«

In seinem Zimmer im Haus seiner Mutter lehnte sich Rehv zurück, bis er in den Kissen lag. Er schlug den Zobelmantel über die Knie und sagte in sein Handy: »Ich habe eine Idee. Wie wäre es, wenn wir dieses Telefonat noch einmal von vorn beginnen?«

Ehlenas leises Lachen versetzte ihn in eine merkwürdige Hochstimmung. »Okay. Willst du mich noch einmal anrufen, oder …«

»Wo bist du denn jetzt?«

»Oben in der Küche.«

Was den leichten Hall erklärte. »Kannst du in dein Zimmer gehen? Es dir gemütlich machen?«

»Wird das eine lange Unterhaltung?«

»Nun, ich habe meinen Tonfall überdacht, und jetzt hör dir mal den an.« – er senkte die Stimme, bis sie verführerisch tief vibrierte – »Bitte, Ehlena. Geh zu deinem Bett und nimm mich mit.«

Ihr Atem stockte, dann lachte sie wieder. »Viel besser.«

»Ich weiß – damit du nicht denkst, ich könnte keine Befehle befolgen. Also, wie wäre es, wenn du die Gefälligkeit erwiderst? Geh in dein Zimmer und mach es dir bequem. Ich will nicht allein sein und habe das Gefühl, dir geht es genauso.«

Anstatt einer Bestätigung hörte er zu seiner Freude, wie ein Stuhl zurückgeschoben wurde. Ihre leisen Schritte waren wundervoll, die knarrenden Stufen hingegen weniger – er fragte sich, wo genau sie mit ihrem Vater wohnte.

Er hoffte, dass es ein gemütliches Haus mit alten Dielen war und nicht irgendeine Bruchbude.

Es quietschte leise, als eine Tür geöffnet wurde, dann war es einen Moment lang still, und er hätte gewettet, dass sie nach ihrem Vater sah.

»Schläft er fest?«, erkundigte sich Rehv.

Die Scharniere quietschten erneut. »Wie hast du das erraten?«

»Weil das typisch für dich ist.«

Rehv hörte eine weitere Tür und dann das Klicken eines einschnappenden Schlosses. »Gibst du mir eine Minute?«

Eine Minute? Verdammt, er würde ihr die ganze Welt geben, wenn er könnte. »Lass dir Zeit.«

Es gab ein gedämpftes Geräusch, als sie das Handy auf eine Decke legte. Wieder quietschte eine Tür. Stille. Dann das entfernte Gurgeln einer Toilettenspülung. Schritte. Bettfedern. Ein Rascheln in der Nähe und dann …

»Hallo?«

»Hast du es bequem?«, fragte er und war sich bewusst, dass er grinste wie ein Idiot – Gott, die Vorstellung, dass sie da war, wo er sie haben wollte, war einfach umwerfend.

»Ja. Und du?«

»Das kannst du glauben.« Andererseits, solange er ihre Stimme im Ohr hatte, hätte man ihm die Fingernägel ausreißen können, und er wäre immer noch vergnügt gewesen.

Die Stille, die folgte, war so weich wie der Zobel seines Mantels und genauso warm.

»Willst du über deine Mutter sprechen?«, fragte sie sanft.

»Ja. Obwohl ich nicht weiß, was ich sagen soll, außer dass sie still gegangen ist, umgeben von ihrer Familie, und dass das alles ist, was man sich wünschen kann. Es war ihre Zeit.«

»Aber sie wird dir fehlen.«

»Ja, das wird sie.«

»Kann ich irgendetwas für dich tun?«

»Ja.«

»Sag mir, was.«

»Lass zu, dass ich mich um dich kümmere.«

Sie lachte leise. »Okay, ich glaube, ich muss dir da etwas erklären: In dieser Art von Situation bist du derjenige, um den ich mich kümmern sollte.«

»Aber wir beide wissen, dass du deine Stelle wegen mir verloren ...«

»Moment.« Es raschelte erneut, als hätte sie sich gerade aufgesetzt. »Ich habe die Entscheidung getroffen, dir diese Tabletten zu bringen. Ich bin eine erwachsene Frau und in der Lage, meine falschen Entscheidungen selbst zu treffen. Du schuldest mir nichts, weil ich es vermasselt habe.«

»Da stimme ich überhaupt nicht mit dir überein. Aber abgesehen davon, werde ich mit Havers reden, wenn er kommt, um ...«

»Nein, wirst du nicht. Lieber Himmel, Rehvenge, deine Mutter ist gerade gestorben. Du brauchst dich nicht zu sorgen, dass ...«

»Was ich für sie tun kann, habe ich getan. Lass mich dir helfen. Ich kann mit Havers reden ...«

»Das wird nichts bringen. Er vertraut mir nicht mehr, und ich kann es ihm nicht verübeln.«

»Aber jeder macht mal Fehler.«

»Und einige lassen sich nicht wiedergutmachen.«

»Das glaube ich nicht.« Obwohl er als *Symphath* nicht gerade jedermanns Vorbild in Fragen der Moral war. Ganz und gar nicht. »Insbesondere, wenn es um dich geht.«

»Ich bin nicht anders als andere.«

»Schau, bitte bring mich nicht dazu, meinen Tonfall erneut zu überdenken«, warnte er sie sanft. »Du hast etwas für mich getan. Jetzt möchte ich etwas für dich tun. Es ist ein einfacher Tausch.«

»Aber ich finde bestimmt einen neuen Job, und ich

sorge schon ziemlich lange für mich selbst. Das ist zufällig eine meiner Kernkompetenzen.«

»Daran zweifle ich nicht.« Er machte eine dramatische Pause und spielte dann seinen besten Trumpf aus: »Aber hier ist das Problem: Du kannst mich nicht mit dieser Last auf dem Gewissen zurücklassen. Es würde mich innerlich zerfressen. Deine Fehlentscheidung war die Folge von meiner.«

Sie lachte leise. »Warum überrascht es mich nicht, dass du meine Schwäche kennst? Und ich bin dir wirklich verbunden, aber wenn Havers für mich die Regeln beugt, wirft das kein gutes Licht auf ihn und die Klinik. Er und Catya, meine Vorgesetzte, haben es bereits dem Rest der Belegschaft erzählt. Er kann jetzt nicht mehr zurück, nur, weil du ihn dazu nötigst, und das würde ich auch nicht wollen.«

Schade eigentlich, dache Rehv. Er hatte vorgehabt, Havers Gedanken zu beeinflussen, aber damit war das Problem mit dem Rest der Klinikbelegschaft natürlich nicht gelöst.

»Okay, dann lass mich dir helfen, bis du wieder Boden unter den Füßen hast.«

»Danke, aber ...«

Am liebsten hätte er geflucht. »Ich habe eine Idee. Komm heute Nacht zu mir, und wir streiten dann darüber.«

»Rehv ...«

»Prima. Frühabends muss ich mich um meine Mutter kümmern und um Mitternacht habe ich noch ein Treffen. Wie wäre es mit drei? Wundervoll – wir sehen uns dann.«

Einen Herzschlag lang herrschte Schweigen, dann lachte sie leise auf. »Du bekommst immer, was du willst, oder?«

»Meistens.«

»In Ordnung. Um drei.«

»Ich bin *so* froh, dass ich meinen Tonfall geändert habe, du nicht auch?«

Nun lachten sie beide, und die Anspannung löste sich aus der Verbindung, als wäre sie herausgespült worden.

Als es erneut raschelte, vermutete er, dass sie sich wieder hinlegte und es sich erneut gemütlich machte.

»Also, kann ich dir erzählen, was mein Vater gemacht hat?«, fragte sie plötzlich.

»Du kannst, und dann kannst du mir erklären, warum du so wenig zu Abend gegessen hast. Und danach werden wir über den letzten Film reden, den du gesehen hast, und die Bücher, die du gelesen hast und darüber, was du über den Klimawandel denkst.«

»Wirklich? All das?«

Gott, er liebte ihr Lachen. »Jawohl. Wir sind beim gleichen Netzanbieter, also kostet es uns nichts. Ach ja, und du musst mir sagen, was deine Lieblingsfarbe ist.«

»Rehvenge ... du willst wirklich nicht alleine sein, oder?« Die Worte wurden sacht gesprochen und beinahe abwesend, als hätten sie sich aus ihrem Mund gestohlen.

»Im Moment ... will ich einfach nur bei dir sein. Das ist alles, was ich weiß.«

»Ich wäre auch noch nicht bereit. Würde mein Vater heute Nacht sterben, wäre ich nicht bereit, ihn gehen zu lassen.«

Er schloss die Augen. »Das ist ...« Er musste sich räuspern. »Das ist genau, wie ich fühle. Ich bin noch nicht bereit dafür.«

»Dein Vater ist auch ... gestorben. Deshalb ist es sicher besonders schwer.«

»Nun ja, er ist tot, aber ich vermisse ihn eigentlich gar nicht. Sie war immer meine Bezugsperson. Und jetzt, wo sie nicht mehr da ist, habe ich das Gefühl, als wäre ich gerade heimgefahren und müsste herausfinden, dass jemand das Haus abgebrannt hat. Ich meine, ich habe sie nicht jede Nacht gesehen oder auch nur jede Woche, aber ich hatte jederzeit die Möglichkeit, zu ihr zu gehen, mich zu ihr setzen und ihr Chanel No. 5 zu schnuppern. Ihr am Tisch gegenüberzusitzen und ihre Stimme zu hören. Diese Möglichkeit ... hat mir Halt gegeben, und ich wusste es nicht mal, bis ich sie verloren habe. Scheiße ... ich rede Unsinn.«

»Nein, das tust du überhaupt nicht. Für mich ist es genauso. Meine Mutter ist fort, und mein Vater ... er ist hier, aber auch wieder nicht. Deshalb fühle ich mich auch so heimatlos. Verloren.«

Das war der Grund, warum sich Leute verbanden, schoss es Rehv plötzlich durch den Kopf. Scheiß auf den Sex und die gesellschaftliche Stellung. Wer schlau war, baute sich dieses Haus ohne Mauern, mit einem unsichtbaren Dach und Böden, auf denen niemand laufen konnte – und das doch einen Schutz bot, den kein Sturm davonblasen, kein Streichholz anzünden, keine Anzahl von Jahren zerreiben konnte.

In diesem Moment wurde es ihm klar. Ein solcher Bund half einem durch beschissene Nächte wie diese.

Bella hatte diesen Unterschlupf bei Zsadist gefunden. Und vielleicht musste der großer Bruder dem Beispiel seiner Schwester folgen.

»Na ja«, sagte Ehlena verlegen, »Ich kann die Frage bezüglich meiner Lieblingsfarbe beantworten, wenn du möchtest. Damit es nicht zu tiefsinnig wird.«

Rehv riss sich aus seinen Grübeleien heraus. »Und die wäre?«

Ehlena räusperte sich leicht. »Meine Lieblingsfarbe ist ... Amethyst.«

Rehv lächelte, bis seine Wangen schmerzten. »Ich finde, das ist eine sehr gute Farbe für dich. Eine perfekte Farbe.«

3

Auf Chrissys Beerdigung waren fünfzehn Besucher, die sie gekannt hatten, einer, der sie nicht gekannt hatte, und nun blickte sich Xhex nach Nummer siebzehn um, der sich auf dem windumwehten Friedhof vielleicht zwischen den Bäumen und Gräbern versteckte.

»Pine Grove« – der Name des verdammten Friedhofs war Programm. Überall Kiefern mit buschigen Zweigen, die reichlich Deckung für jemanden boten, der nicht gesehen werden wollte. Verflixt.

Den Friedhof hatte sie in den Gelben Seiten gefunden. Die ersten beiden, die sie angerufen hatte, waren belegt gewesen. Der dritte hatte nur noch Plätze in der »Mauer der Ewigkeit«, wie der Typ es nannte, für eingeäscherte Tote. Schließlich hatte Xhex dieses Kieferndings entdeckt und den Flecken Erde erstanden, um den sie jetzt herumstanden. Fünf Riesen hatte der rosa Sarg gekostet. Weitere drei das Grab. Der Priester, Pfarrer, oder wie ihn die Menschen auch immer nannten, hatte angedeutet, dass eine Spende von hundert Dollar angemessen wäre.

Kein Problem. Chrissy war es wert.

Xhex ließ den Blick erneut über die verfluchten Kiefern schweifen, in der Hoffnung, das Arschloch zu finden, das Chrissy umgebracht hatte. Bobby Grady musste einfach kommen. Die meisten Frauenschänder kamen nicht vom Objekt ihrer Begierde los, nicht mal, wenn die Frau schon tot war. Und obwohl die Polizei hinter ihm her war und er das sicher wusste, würde der Drang, ihre Beisetzung zu sehen, über jede Vorsicht und Vernunft siegen.

Xhex richtete ihre Aufmerksamkeit wieder auf den Geistlichen. Der Mann trug einen schwarzen Mantel, der weiße Kragen schaute am Hals heraus. In seinen Händen, die er über Chrissys hübschen Sarg erhoben hielt, trug er die Bibel, aus der er las, in tiefem, andächtigem Ton. Lesebändchen markierten seine bevorzugten Vorlesestellen zwischen den Goldschnittseiten, und die Enden hingen aus dem Buch und flatterten rot, gelb und weiß in der Kälte. Xhex überlegte, wie wohl seine Liste der Favoriten aussah. Eheschließungen. Taufen – oder wie sich das nannte. Beerdigungen.

Ob er wohl für die Sünder betete, fragte sie sich. Wenn sie sich richtig an diese Christengeschichte erinnerte, musste er das – also hätte er diese ehrfurchtsvolle Stimme und Miene auch dann zur Schau getragen, wenn er gewusst hätte, dass es sich um eine Prostituierte handelte, die hier beerdigt wurde.

Irgendwie fand Xhex das tröstlich, obwohl sie auch nicht wusste, warum.

Aus dem Norden wehte ein eisiger Wind, und Xhex nahm wieder ihre Beobachtung der Umgebung auf. Chrissy würde hier nicht zur Ruhe gebettet, wenn sie erst einmal fertig waren. Wie so viele Rituale diente auch dieses hier allein der Show. Weil die Erde gefroren war, würde die Tote bis zum Frühling warten müssen, aufbewahrt in einem Kühlfach in der Leichenhalle. Aber zumindest wurde schon mal ihr Grabstein – rosa Granit, klar – an ihrem Grab aufgestellt. Xhex hatte eine schlichte Inschrift gewählt, nur Chrissys Namen und ihre Lebensdaten, aber umrankt von vielen hübschen Schnörkeln.

Es war das erste menschliche Totenritual, an dem Xhex teilnahm, und es war ihr völlig fremd. All dieses Einsperren, erst in der Kiste, dann unter der Erde. Bei der Vorstellung, unter der Erde gefangen zu sein, griff Xhex unwillkürlich an den Kragen ihrer Lederjacke. Hilfe. Nichts für sie. In dieser Hinsicht hielt sie es ganz mit den *Symphathen*.

Ein Scheiterhaufen, sonst nichts.

Der Geistliche beugte sich nun mit einer silbernen Schippe herab, lockerte etwas Erde vor dem Grab und hielt sie über den Sarg: »Asche zu Asche, Staub zu Staub.«

Dann ließ er die Erde auf den Sarg rieseln, und als der frische Wind sie erfasste, seufzte Xhex. Diesen Teil konnte sie nachvollziehen. In der Tradition der *Symphathen* wurden Tote auf Holzgerüste gelegt und von unten angezündet, und wenn der Rauch aufstieg, wurde er verweht, genau wie diese Erde, den Elementen ausgeliefert. Und was blieb? Asche, die man ließ, wo sie war.

Natürlich wurden *Symphathen* verbrannt, weil man sich sonst nie sicher sein konnte, ob sie wirklich tot waren, wenn sie »starben«. Manchmal waren sie es. Manchmal täuschten sie es nur vor. Und es war besser, auf Nummer sicher zu gehen.

Aber die vornehme Lüge war in beiden Traditionen die Gleiche, oder etwa nicht? Davongeweht zu werden, vom Körper befreit, fort und dennoch Teil von etwas.

Der Priester schloss die Bibel und senkte den Kopf, und während alle seinem Beispiel folgten, sah sich Xhex erneut nach diesem Mistkerl von Grady um.

Doch soweit sie sah, war er noch nicht aufgekreuzt.

Scheiße, man sehe sich nur all diese Grabsteine an ... in sanfte, winterlich braune Hügel gebettet. Obwohl die Steine alle unterschiedlich waren – hoch und dünn oder niedrig und gedrungen, weiß, grau, schwarz, rosa, gold – lag doch eine Regelmäßigkeit darin. Die Reihen der Gräber waren angeordnet wie die Häuser einer Wohnanlage, mit baumbestandenen Flächen durchsetzt und von gewundenen Pfaden durchzogen.

Eine Grabstelle zog immer wieder ihre Aufmerksamkeit auf sich. Darauf befand sich die Statue einer Frau in fließenden Gewändern, den Blick in den Himmel gerichtet. Ihr Gesicht und ihre Haltung waren so ernst wie der bedeckte Himmel, zu dem sie aufsah. Der hellgraue Granit, aus dem sie gehauen war, hatte die gleiche Farbe wie die Wolken, die sich über ihr zusammenbrauten, und einen Moment lang ließ sich kaum unterscheiden, wo der Stein aufhörte und der Himmel begann.

Xhex riss sich von der Statue los und sah zu Trez hinüber. Er erwiderte ihren Blick und schüttelte unmerklich den Kopf. Das Gleiche bei iAm. Auch von ihnen hatte keiner Bobby gewittert.

Währenddessen schielte Detective de la Cruz zu Xhex. Sie wusste das nicht, weil sie seinen Blick erwiderte, sondern weil sich sein Gefühlsraster jedes Mal änderte, wenn sein Blick an ihr hängenblieb. Er verstand, was in ihr vorging. Das tat er wirklich. Und ein Teil von ihm akzeptierte ihre Rachelust. Aber das änderte nichts an seiner Entschlossenheit.

Als der Priester zurücktrat und unter den Besuchern Gemurmel einsetzte, bemerkte Xhex, dass die Beisetzung vorbei war. Sie sah zu, wie Marie-Terese als Erste aus der Reihe trat, auf den Geistlichen zuging und ihm die Hand schüttelte. Sie sah umwerfend aus in ihrem Trauerkleid, der schwarze Spitzenschleier auf dem Kopf sah aus wie ein

Hochzeitsschleier. Mit den Perlen und dem Kreuz in den Händen wirkte sie fast so keusch wie eine Nonne.

Dem Priester gefiel das Kleid und das ernste, hübsche Gesicht und was immer sie zu ihm sagte, denn er verbeugte sich und hielt ihre Hand. Als sie sich berührten, wandelten sich seine Gefühle in Liebe, in reine, unverfälschte, sittsame Liebe.

Das war das Besondere an dieser Statue, bemerkte Xhex jetzt. Marie-Terese sah genauso aus wie die Frau in dem fließenden Gewand. Verrückt.

»Eine schöne Beerdigung, nicht wahr?«

Xhex drehte sich zu Detective de la Cruz um. »Schien mir ganz okay zu sein – aber ich habe keine Ahnung von so was.«

»Dann sind Sie keine Katholikin.«

»Nein.« Xhex winkte Trez und iAm, als sich die Besucher zerstreuten. Die Jungs hatten zum Essen eingeladen, bevor später alle zur Arbeit gingen, auch das zu Ehren von Chrissy.

»Grady ist nicht aufgetaucht«, bemerkte der Detective.
»Nein.«

De la Cruz lächelte. »Sie reden so, wie Sie sich einrichten.«

»Ich beschränke mich gerne auf das Wesentliche.«

»›Bitte nur die Tatsachen, Ma'am‹? Ich dachte, das sei mein Text.« Sein Blick schweifte zu den Leuten, die sich zu den drei nebeneinanderstehenden Autos aufmachten. Einer nach dem anderen parkten Rehvs Bentley, ein Honda Minivan und Marie-Tereses fünf Jahre alter Toyota Camry aus.

»Wo ist Ihr Chef?«, erkundigte sich de la Cruz. »Ich hatte ihn hier erwartet.«

»Er ist ein Nachtschwärmer.«

»Verstehe.«

»Okay, Detective, ich verschwinde jetzt auch.«

»Wirklich?« Er machte eine ausladende Bewegung. »Womit? Oder laufen Sie gerne bei diesem Wetter?«

»Ich parke woanders.«

»Tatsächlich? Sie spielen nicht mit dem Gedanken, noch ein bisschen hierzubleiben? Sie wissen schon, nur falls noch ein Nachzügler kommt.«

»Nein, warum sollte ich?«

»Tja, warum?«

Es entstand eine lange, lange Pause, in der Xhexs Blicke wieder auf die Statue fielen, die sie an Marie-Terese erinnerte. »Wollen Sie mich in Ihrem Wagen mitnehmen, Detective?«

»Gerne.«

Der zivile Wagen des Detective war zweckmäßig wie seine Kleidung, doch dafür auch so warm wie sein schwerer Mantel. Und wie unter den Kleidern des Mannes steckte unter der Haube ein kraftvoller Motor: Er klang wie eine Corvette, als er ihn anließ.

De la Cruz sah sie fragend an: »Wo kann ich Sie hinfahren?«

»Zum Club, wenn es Ihnen nichts ausmacht.«

»Dort haben Sie Ihr Auto geparkt?«

»Ich bin bei jemandem mitgefahren.«

»Ach so.«

Während de la Cruz das kurvige Sträßchen hinunterfuhr, starrte Xhex auf die Grabsteine und dachte einen kurzen Moment an all die Leichen, die ihren Lebensweg pflasterten.

Inklusive John Matthew.

Sie hatte versucht zu verdrängen, was zwischen ihnen geschehen war, und wie sie ihn zurückgelassen hatte, diesen großen, muskulösen Kerl in ihrem Bett. In seinem Blick hatte ein Schmerz gelegen, den sie nicht an sich heranlassen durfte. Denn er war ihr nicht egal. Ganz im Gegenteil.

Deshalb musste sie gehen. Sie hatte sich schon einmal auf so etwas eingelassen, mit verheerendem Ergebnis.

»Alles okay bei Ihnen?«, erkundigte sich de la Cruz.

»Es geht mir gut, Detective. Und Ihnen?«

»Gut. Okay. Danke der Nachfrage.«

Das offene Friedhofstor erschien vor ihnen, zwei Flügel mit schmiedeeisernen Ranken, die den Weg säumten.

»Ich werde wieder herkommen«, meinte de la Cruz und bremste ab, um auf die Straße zu biegen. »Ich bin mir sicher, dass Grady früher oder später hier vorbeischaut.«

»Nun, mich werden Sie hier nicht sehen.«

»Nein?«

»Nein. Verlassen Sie sich drauf.« Dafür konnte sich Xhex einfach viel zu gut verstecken.

Als Ehlenas Handy piepste, musste sie es vom Ohr nehmen. »Was zum ... Ach so. Akku fast leer. Moment.« Sie griff nach dem Ladekabel.

Rehvenges lachte sein tiefes Lachen, und Ehlena hielt in ihrer Bewegung inne, um es bis zum letzten Nachhallen auskosten.

»Okay. Hab's eingesteckt.« Sie lehnte sich zurück in die Kissen. »Also, wo waren wir stehengeblieben – ach ja. Also, ich bin neugierig, was für Geschäfte betreibst du?«

»Erfolgreiche.«

»Was die Garderobe erklärt.«

Er lachte erneut. »Nein, die erklärt sich durch meinen Geschmack.«

»Dann dient dir der Erfolg dazu, sie zu bezahlen.«

»Ich komme aus einer wohlhabenden Familie. Belassen wir es dabei.«

Sie konzentrierte sich auf ihre Bettdecke, um nicht an

das niedrige Rattenloch erinnert zu werden, in dem sie hauste. Oder besser noch ... Ehlena schaltete die Lampe auf den Milchkisten aus, die sie behelfsmäßig neben ihrem Bett aufgestellt hatte.

»Was war das?«, wollte er wissen.

»Das Licht. Ich, äh, habe es ausgeschaltet.«

»Oh je, ich halte dich viel zu lange wach.«

»Nein, ich ... wollte es einfach nur dunkel haben, das ist alles.«

Rehvs Stimme wurde so tief, dass sie fast nicht mehr zu hören war. »Warum?«

Klar, als ob sie ihm verklickern würde, dass sie ihr schäbiges Zimmer nicht sehen wollte. »Ich ... wollte es mir noch gemütlicher machen.«

»Ehlena.« Verlangen erfüllte seine Stimme und wandelte ihr Geplänkel in etwas ... Hocherotisches. Und sofort lag sie wieder auf dem Bett in seinem Penthouse, nackt, und spürte seine Lippen auf ihrer Haut.

»Ehlena ...«

»Was?«, fragte sie heiser.

»Trägst du noch immer deine Uniform? Die, die ich dir ausgezogen habe?«

Ihr gehauchtes »Ja« war so viel mehr als nur die Antwort auf seine Frage. Sie wusste, was er wollte, und sie wollte es auch.

»Die Knöpfe vorne«, murmelte er. »Machst du einen für mich auf?«

»Ja.«

Als sie den ersten öffnete, sagte er. »Und noch einen?«

»Ja.«

Sie fuhren fort, bis ihre Uniform vorne ganz geöffnet war und Ehlena wirklich froh war, dass kein Licht brannte – nicht, weil es ihr peinlich gewesen wäre, sondern weil es ihr das Gefühl gab, Rehv tatsächlich bei sich zu haben.

Rehvenge stöhnte, und sie hörte, wie er sich die Lippen befeuchtete. »Wenn ich da wäre, weißt du, was ich dann tun würde? Ich würde mit den Fingerspitzen zu deinen Brüsten fahren. Ich würde einen Nippel ertasten und Kreise darum ziehen, um ihn vorzubereiten.«

Sie tat, wie beschrieben und stöhnte unter der eigenen Berührung. Dann fiel es ihr auf … »Vorzubereiten für was?«

Er lachte lang und tief. »Du willst, dass ich es sage, oder?«

»Das will ich.«

»Vorzubereiten für meinen Mund, Ehlena. Erinnerst du dich, wie sich das angefühlt hat? Denn ich weiß noch genau, wie du geschmeckt hast. Lass deinen BH an und zwick dich. Tu's für mich … als würde ich durch diese hübsche weiße Spitze saugen.«

Ehlena legte Daumen und Zeigefinger an den Nippel und drückte die Finger zusammen. Es war nicht so schön wie sein warmes, feuchtes Saugen, aber es war gut genug, insbesondere, weil er sie dazu aufgefordert hatte. Sie tat es noch einmal, bäumte sich auf und stöhnte seinen Namen.

»Oh, Himmel … *Ehlena.*«

»Jetzt … was …«, keuchte sie, und zwischen ihren Beinen pulsierte es. Sie konnte seinen nächsten Befehl kaum abwarten.

»Ich möchte bei dir sein«, knurrte er.

»Das bist du.«

»Noch einmal. Zwick dich für mich.« Als sie erbebte und seinen Namen rief, kam die nächste Order. »Zieh deinen Rock hoch. Bis zur Taille. Leg das Handy weg und mach schnell. Ich bin ungeduldig.«

Sie ließ das Handy auf das Bett fallen und zog sich den Rock über Schenkel und Hüften. Dann ertastete sie hektisch ihr Handy und drückte es sich ans Ohr.

»Hallo?«

»Gott, das klang gut … ich habe gehört, wie der Stoff

über deine Haut gestreift ist. Ich möchte, dass du mit deinen Schenkeln anfängst. Hand aufs Bein. Lass die Strumpfhose an und streichle aufwärts.«

Die Strumpfhose leitete ihre Hand und intensivierte das Gefühl, so wie seine Stimme.

»Erinnere dich daran, wie ich das getan habe«, mahnte er mit tiefer Stimme. »*Erinnere dich.*«

»Ja, oh, ja ...«

Sie war so außer Atem vor Erwartung, dass sie fast verpasste, wie er knurrte: »Ich wünschte, ich könnte dich riechen.«

»Weiter rauf?«, fragte sie.

»Nein.« Als sie protestierte, lachte er wie ein Liebhaber, leise und tief, zufrieden und verheißungsvoll. »Streiche außen an deinem Schenkel bis zur Hüfte, dann zum Rücken und wieder zurück.«

Sie tat wie geheißen, und er leitete sie durch die Liebkosungen: »Es war wundervoll mit dir. Ich kann nicht erwarten, das zu wiederholen. Weißt du, was ich tue?«

»Was?«

»Ich lecke mir die Lippen. Denn ich denke daran, wie ich Küsse auf deine Schenkel hauche und dann mit der Zunge an den Punkt stoße, nach dem ich mich verzehre.« Sie stöhnte seinen Namen und wurde belohnt. »Berühre dich dort, Ehlena. Ganz oben. Streichle dich dort, wo ich jetzt sein möchte.«

Als sie das tat, spürte sie die gesammelte Hitze, die sie durch das dünne Nylon erzeugt hatte, und ihr Geschlecht reagierte, indem es noch stärker anschwoll.

»Zieh sie aus«, befahl er. »Die Strumpfhose. Zieh sie aus, aber leg sie nicht weg.«

Ehlena legte das Handy erneut zur Seite und kümmerte sich nicht darum, ob sie sich Laufmaschen riss, als sie die Strumpfhose abstreifte. Dann griff sie nach dem Handy und verlangte schon nach mehr, bevor sie es noch ganz am Ohr hatte.

»Steck die Hand unter den Slip. Und sag mir, was du spürst.«

Es gab eine Pause. »Oh, Gott ... ich bin so feucht.«

Als Rehvenge diesmal stöhnte, fragte sie sich, ob er wohl steif war. Sie hatte gesehen, dass er hart werden konnte, doch Impotenz bedeutete nicht, dass man keinen hochbekam. Es hieß nur, dass man aus irgendwelchen Gründen nicht zum Höhepunkt kam.

Himmel, sie wünschte, sie könnte sich mit ein paar Befehlen bei ihm revanchieren, aber sie wusste nicht, wie weit sie gehen konnte.

»Streichle dich. Du weißt, dass ich es in Wirklichkeit bin«, knurrte er. »Es ist meine Hand.«

Sie tat es. Heftig kam sie zum Höhepunkt, bäumte sich auf dem Bett auf und stieß, so leise es ihr möglich war, seinen Namen aus.

»*Weg mit dem Slip.*«

Kein Problem, dachte sie, riss ihn herunter und warf ihn in die Dunkelheit.

Sie legte sich wieder auf die Kissen, und freute sich schon, es erneut zu tun, als er sagte: »Kannst du das Handy mit der Schulter ans Ohr halten?«

»Ja.« Verdammt. Wenn er sie in eine Vampirbrezel verwandeln wollte – sie war dabei.

»Nimm die Strumpfhose mit beiden Händen, zieh sie straff und führe sie zwischen den Beinen durch.«

Sie lachte rau, dann sagte sie liebenswürdig: »Du willst, dass ich mich an ihr reibe, stimmt's?«

Sein Atem schoss in ihr Ohr. »Verdammt, ja.«

»Schmutziger Kerl.«

»Möchtest du mich sauber lecken?«

»Ja.«

»Ich liebe dieses Wort von deinen Lippen.« Als sie lachte, sagte er: »Also, worauf wartest du, Ehlena? Nimm diese Strumpfhose und fang an.«

Sie klemmte sich das Handy ans Ohr und nahm ihre weiße Strumpfhose. Sie fühlte sich selbst herrlich schmutzig und genoss das Gefühl. Auf die Seite gerollt führte sie den Nylonstrang zwischen ihren Beinen hindurch.

»Hübsch fest anziehen«, forderte er atemlos.

Sie stöhnte auf, als sie der Stoff berührte, der harte, glatte Strang glitt genau an der richtigen Stelle in ihre Ritze.

»Jetzt reibe dich daran«, sagte Rehvenge zufrieden. »Lass mich hören, wie gut es sich anfühlt.«

Sie folgte seiner Anweisung. Die Strumpfhose sog sich voll und wurde warm wie ihr Innerstes. Sie machte weiter und ließ sich von ihren Empfindungen und seinem Wortfluss davontragen, bis sie wieder und wieder kam: In der Dunkelheit, die Augen geschlossen und seine Stimme im Ohr, war es fast so gut, wie mit ihm zusammen zu sein.

Als sie nicht mehr konnte und erschöpft auf dem Bett lag, auf sehr angenehme Weise atemlos, kuschelte sie sich um das Handy.

»Du bist so schön«, seufzte er leise.

»Nur, weil du mich dazu machst.«

»Was für ein Irrtum.« Seine Stimme wurde tiefer. »Kannst du heute Abend früher kommen? Ich kann nicht warten bis um vier.«

»Ja.«

»Gut.«

»Wann?«

»Ich bin bis zehn bei meiner Mutter und meiner Familie. Danach?«

»Ja.«

»Ich muss zu einem Meeting, aber wir hätten über eine Stunde für uns.«

»Perfekt.«

Es entstand eine Pause. Ehlena hatte das mulmige Gefühl, sie hätte von beiden mit *Ich liebe dich* gefüllt werden können, hätten sie sich getraut.

»Schlaf gut«, flüsterte er.

»Du auch, wenn du kannst. Und hör zu, wenn du nicht schlafen kannst, ruf an. Ich bin hier.«

»Das werde ich. Versprochen.«

Wieder entstand ein Schweigen, als warte jeder darauf, dass der andere auflegte.

Ehlena lachte, obwohl sie die Vorstellung aufzulegen in leichte Panik versetzte. »Okay, bei drei. Eins, zwei …«

»Warte.«

»Was?«

Er antwortete ewig nicht. »Ich will nicht auflegen.«

Sie schloss die Augen. »Ich auch nicht.«

Rehvenge atmete aus, tief und langsam. »Danke. Dass du so lange drangeblieben bist.«

Das Wort, das ihr auf der Zunge lag, ergab eigentlich keinen Sinn, und sie wusste auch nicht, warum sie es aussprach, aber sie sagte:

»Immer.«

»Wenn du willst, kannst du die Augen schließen und dir vorstellen, ich läge neben dir. Und hielte dich im Arm.«

»Genau das werde ich tun.«

»Gut. Schlaf schön.« Schließlich legte er zuerst auf.

Als Ehlena das Handy vom Ohr nahm und auf die rote Taste drückte, leuchtete das Tastenfeld blau auf. Das Ding war warm, weil sie es so lange in der Hand gehalten hatte, und sie strich mit dem Daumen über das flache Display.

Immer. Sie wollte immer für ihn da sein.

Das Tastenfeld erlosch mit einer schrecklichen Endgültigkeit. Aber Ehlena konnte ihn schließlich jederzeit anrufen. Sie würde sich zwar lächerlich machen und total abhängig von ihm erscheinen, aber er war auch noch da, wenn er gerade nicht mit ihr telefonierte.

Die Möglichkeit, ihn zu sprechen, bestand.

Gott, seine Mutter war heute gestorben. Und aus all den Leuten, mit denen er die Stunden hätte verbringen können, hatte er sie ausgewählt.

Sie zog sich die Decke über die Beine, rollte sich um das Handy zusammen, zog es an sich und schlief ein.

4

In der heruntergekommenen Ranch, die er als seinen Drogenumschlagplatz ausgewählt hatte, legte Lash eine Pause ein und setzte sich in seinem Kunstledersessel auf. In diesen Sessel hätte er in seinem früheren Leben nicht einmal seinen Rottweiler scheißen lassen, denn es war ein billiges, fett gepolstertes Monstrum – aber leider unverschämt gemütlich.

Nicht gerade der Thron, auf den er es abgesehen hatte, aber ein prima Ort, um seinen Hintern zu parken.

Hinter seinem aufgeklappten Laptop erstreckte sich das Reich eines Einkommensschwachen: Sofas mit abgewetzten Armlehnen, ein ausgeblichenes Jesusbild schräg an der Wand, kleine, rundliche Flecken auf dem blassen Teppich – vermutlich Katzenpisse.

Mr D schlief mit dem Rücken an die Haustür gelehnt, die Pistole in der Hand, den Cowboyhut in die Stirn gezogen. Zwei weitere *Lesser* lagen in den Durchgängen zu den anderen Zimmern an die Rahmen gelehnt, die Beine von sich gestreckt.

Grady fläzte sich seitlich auf der Couch, neben ihm ein leerer Domino-Pizza-Karton mit einem Speichenmuster aus Fett auf der weißen Pappe. Er hatte eine ganze *Mighty Meaty* allein verdrückt und las jetzt das *Caldwell Courier Journal* von gestern.

Die entspannte Haltung dieses Verlierers erweckte in Lash den Drang, ihn bei lebendigem Leib zu sezieren. Was sollte der Mist? Er war der Sohn von Omega. Sollten sich seine Entführungsopfer nicht ein bisschen mehr vor ihm fürchten?

Lash blickte auf die Uhr. Eine halbe Stunde Schlaf würde er seinen Männern noch gönnen. Heute standen zwei weitere Treffen mit Drogenhändlern an, und nachts sollten seine Männer das erste Mal Ware auf der Straße an den Mann bringen.

Weswegen die Sache mit dem König der *Symphathen* bis morgen warten musste – Lash würde den Auftrag annehmen, aber die finanziellen Interessen der Gesellschaft gingen vor.

Er sah an einem seiner schlummernden *Lesser* vorbei in die Küche, wo sie einen langen Klapptisch aufgestellt hatten. Über die Kunststoffplatte verstreut lagen winzige Plastiktütchen, wie man sie beim Kauf von billigen Ohrsteckern in Einkaufspassagen bekam. Ein paar enthielten weißes Pulver, einige kleine braune Steinchen, andere wiederum Pillen. Streckmittel wie Backpulver und Puder bildeten weiche Pyramiden, und die Plastikfolie, in der die Drogen eingepackt waren, lag auf dem Boden.

Ein guter Fang. Grady schätzte, dass er um die 250 000 Dollar einbrachte und sich mit vier Männern in zwei Tagen auf der Straße verchecken ließ.

Die Rechnung gefiel Lash, und er hatte die letzten Stunden damit verbracht, sich ein Geschäftsmodell zu überlegen. Der Zugriff auf Warennachschub würde bald ein Problem darstellen: Er konnte nicht ewig Dealer umlegen und ausnehmen, weil es gar nicht so viele von ihnen gab. Er musste sich entscheiden, an welcher Stelle er sich in die Handelskette einklinken sollte: Da waren die ausländischen Importeure wie die Kolumbianer, Japaner oder Europäer. Dann gab es Großhändler wie Rehvenge und Zwischenhändler, wie die Typen, bei denen sich Lash derzeit bediente. Da es sicher schwierig würde, an die Großhändler ranzukommen, und es dauern würde, Beziehungen mit den Importeuren aufzubauen, war der logische Schluss, selbst in die Produktion einzusteigen.

Die geografische Lage schränkte seine Möglichkeiten ein, das Klima in Caldwell eignete sich nicht für den Anbau von Mohn, aber für Drogen wie XTC und Crystal brauchte man kein gutes Wetter. Und ob man es glaubte oder nicht, die Anleitung zum Aufbau und Betrieb von Drogenlaboratorien konnte man sich aus dem Internet holen. Natürlich war die Beschaffung der Zutaten nicht ganz einfach. Es gab Regulierungen und Überwachungsmechanismen, um den Verkauf der diversen chemischen Inhaltsstoffe zu kontrollieren. Aber Menschen waren so leicht zu manipulieren. Mit einer kleinen Gedächtniswäsche ließen sich viele Probleme regeln.

Lash starrte auf den leuchtenden Bildschirm und entschied, dass Mr Ds nächste große Aufgabe die Errichtung einiger solcher Produktionsstätten sein würde. Die Gesellschaft der *Lesser* besaß genügend Grundstücke. Zur Hölle, einer dieser Bauernhöfe wäre doch perfekt. Nur um mehr Mitarbeiter musste man sich kümmern, aber neue Rekruten brauchte er ohnehin.

Während Mr D die Fabriken errichten ließ, könnte Lash den Weg auf dem Markt freiräumen. Rehvenge musste weg. Selbst wenn die Gesellschaft nur mit Ecstasy und Crystal handelte, je weniger Verkäufer diese Produkte anboten, desto besser, und das bedeutete, dass man die Großhändler an der Spitze ausschalten musste – obwohl er sich noch nicht darüber im Klaren war, wie er an Rehv herankommen sollte. Im *ZeroSum* hüpften ständig diese zwei Mauren rum, ebenso wie diese Kampflesbe in Leder. Außerdem musste das Überwachungs- und Alarmsystem in dem Laden der feuchte Traum des Sicherheitsteams vom Metropolitan Museum of Art sein.

Und Rehvenge war sicher verdammt gerissen, sonst hätte er sich nicht so lange halten können. Diesen Club gab es jetzt schon seit – wie lang wohl? Fünf Jahren?

Ein lautes Rascheln zog Lashs Blick über den Rand des Laptops. Grady war aus seiner entspannten Haltung hochgeschnellt und umklammerte das *Caldwell Courier Journal* so fest, dass seine Knöchel weiß hervortraten und sich der Highschool-Ring mit dem herausgebrochenen Stein in seinen Finger eingrub.

»Ist was?«, fragte Lash gelangweilt. »Hast du gelesen, dass Pizza die Cholesterinwerte hochtreibt oder so was?«

Nicht, dass dieser Penner lang genug leben würde, damit sich die Sorge um verkalkte Arterien lohnte.

»Nein, nein, nichts. Es ist nichts.«

Grady warf die Zeitung von sich und klappte auf der Couch zusammen. Sein unscheinbares Gesicht hatte jede Farbe verloren, und seine Hand fuhr ans Herz, als würde das Ding in seinem Brustkorb Purzelbäume vollführen, während er sich mit der anderen Hand Haare aus der Stirn strich, die sich eigentlich schon von alleine zurückzogen.

»Was zur Hölle ist mit dir los?«

Grady schüttelte den Kopf, schloss die Augen und bewegte die Lippen wie im Selbstgespräch.

Lash wandte sich wieder seinem Computer zu.

Wenigstens litt dieser Idiot. Das war doch schon etwas.

5

Am nächsten Abend ging Rehv vorsichtig die geschwungene Treppe im sicheren Haus seiner Familie herunter und geleitete Havers zu der mächtigen Eingangstür, durch die der Arzt vor gerade vierzig Minuten gekommen war. Bella und die Schwester, die beide assistiert hatten, folgten ihm. Keiner sagte ein Wort. Nur die ungewohnt lauten Tritte auf dem dicken Teppich waren zu hören.

In Rehvs Nase hing der Geruch des Todes. Der Duft der zeremoniellen Kräuter war tief in seine Nebenhöhlen eingedrungen, als wolle er sich dort vor der Kälte verstecken, und Rehv fragte sich, wie lange er wohl noch bei jedem Atemzug einen Hauch davon abbekam.

Am liebsten hätte er mit einem Sandstrahler da oben vorbeigeschaut.

Er dürstete nach Frischluft, wagte aber nicht, schneller zu gehen. Mit Stock und Geländer kam er so einigermaßen zurecht, aber nach dem Anblick seiner in Leinen eingehüllten Mutter war nicht nur sein Körper taub, sondern auch sein Kopf. Und ein spektakulärer Sturz in die marmorne Eingangshalle war mit das Letzte, was er im Moment gebrauchen konnte.

Rehv nahm die letzte Stufe, wechselte den Stock in die rechte Hand und riss regelrecht die Tür auf. Der kalte Wind, der ihm entgegenblies, war Fluch und Segen zugleich. Seine Körpertemperatur stürzte ins Bodenlose, aber dafür konnte er einen tiefen eisigen Atemzug nehmen, der etwas von dem scheußlichen Zeug aus seiner Nase vertrieb und mit dem beißenden Versprechen auf kommenden Schnee ersetzte.

Rehv räusperte sich und streckte dem Arzt die Hand hin. »Du hast meine Mutter mit dem größtem Respekt behandelt. Ich danke dir.«

In Havers Augen, die hinter der Hornbrille hervorsahen, spiegelte sich nicht professionelles Mitgefühl, sondern ehrliche Betroffenheit, und er streckte die Hand als Mittrauernder aus. »Sie war etwas ganz Besonderes. Unser Volk hat ein spirituelles Licht verloren.«

Bella trat vor und umarmte den Arzt, und Rehv verbeugte sich vor der Assistenzschwester, wohl wissend, dass sie ihn sicher lieber nicht berühren wollte.

Als die beiden hinausgingen, um sich in die Klinik zurück zu materialisieren, blieb Rehv noch kurz stehen und blickte in die Nacht. Es würde wirklich bald schneien, und zwar nicht so zaghaft wie in der letzten Nacht.

Ob seine Mutter die ersten Flocken des Winters am Vorabend gesehen hatte, fragte er sich. Oder hatte sie ihre letzte Gelegenheit verpasst, zarte Kristallwunder vom Himmel schweben zu sehen?

Gott, für niemand gab es eine unzählige Anzahl von Nächten. Nicht unendlich viele Schneegestöber, die man bestaunen konnte.

Seine Mutter hatte Schnee geliebt. Immer, wenn es schneite, war sie ins Wohnzimmer gegangen, hatte die

Außenbeleuchtung ein- und die Innenbeleuchtung ausgeschaltet, sich dort hingesetzt und in die Nacht geblickt. Sie blieb immer dort sitzen, bis es aufhörte. Stundenlang.

Was hatte sie gesehen, fragte er sich jetzt. Was hatte sie in den fallenden Flocken gesehen? Er hatte sie nie gefragt.

Himmel, warum mussten alle Dinge ein Ende haben?

Rehv schloss den Winter aus und lehnte sich an die schwere hölzerne Tür. Vor ihm stand seine Schwester mit leeren Augen unter dem Deckenlüster und hielt ihre Tochter in den Armen.

Sie hatte Nalla seit dem Tod ihrer Mutter nicht abgelegt, aber das störte die Kleine nicht im Geringsten. Sie schlief in Bellas Armen, die Stirn in angestrengte Falten gelegt, als wüchse sie so schnell, dass sie nicht einmal im Schlaf eine Pause machen konnte.

»So habe ich dich früher auch immer gehalten«, sagte Rehv. »Und du hast genauso geschlafen. So tief.«

»Hab ich das?« Bella lächelte und streichelte Nallas Rücken.

Heute trug die Kleine einen schwarzen Strampelanzug mit dem AC/DC Live-Tour-Logo, und Rehv musste lächeln. Es überraschte ihn nicht, dass seine Schwester das ganze pappsüße Zeug mit Bärchen und Entchen weggeschmissen und gegen eine anständige Neugeborenen-Garderobe eingetauscht hatte. Die Jungfrau segne sie. Sollte er jemals Kinder haben …

Rehv runzelte die Stirn und stoppte diesen Gedanken.

»Was ist?«, wollte seine Schwester wissen.

»Nichts.« Ja, nur dass er zum ersten Mal in seinem Leben an eigene Kinder gedacht hatte.

Vielleicht lag es am Tod seiner Mutter.

Vielleicht lag es an Ehlena, wandte ein anderer Teil von ihm ein.

»Möchtest du etwas essen?«, fragte er. »Bevor du mit Z zurückfährst?«

Bella blickte zur Treppe. Oben hörte man leise eine Dusche rauschen. »Ja, gerne.«

Rehv legte ihr eine Hand auf die Schulter, und zusammen gingen sie durch einen Gang mit gerahmten Landschaftsbildern in ein Esszimmer, das in der Farbe von Merlot gestrichen war. Die Küche dahinter war schlicht im Kontrast zum Rest des Hauses, fast schon zweckmäßig, aber sie hatte einen hübschen Tisch, an dem man sitzen konnte, und Rehv manövrierte seine Schwester und ihre Tochter auf einen der Stühle mit hoher Rückenlehne und Armstützen.

»Was schwebt dir vor?«, fragte er und ging zum Kühlschrank.

»Gibt es hier so etwas wie Cornflakes?«

Rehv ging zum Schrank, in dem Cracker und Konserven aufbewahrt wurden, in der Hoffnung, dass ... *Frosties, fantastisch.* Eine große Packung *Frosties* stand Schulter an Schulter mit einer Packung *Keebler Club Cracker* und *Pepperidge Farm Croutons.*

Er holte die Packung heraus und drehte sie so, dass sie Tiger Tony sah.

Mit dem Finger fuhr er den Umriss der Figur nach und sagte leise: »Magst du die immer noch so gerne?«

»Oh ja, absolut, das sind meine Liebsten.«

»Gut. Das ist schön.«

Bella lachte leicht. »Warum?«

»Erinnerst du dich denn ... nicht?« Er hielt inne. »Aber warum solltest du.«

»An was?«

»Es ist schon lange her. Ich habe dir beim Essen zugesehen und ... es war einfach nur nett, das ist alles. Wie sie dir so gut geschmeckt haben. Es war schön, wie dir die Flakes geschmeckt haben.«

Er holte Schale, Löffel und fettarme Milch und deckte seiner Schwester den Tisch.

Während sie das Kind in ihren Armen verlagerte, um die rechte Hand für den Löffel frei zu bekommen, öffnete er den Karton und schüttete ihr ein.

»Du sagst Stopp«, meinte er.

Das Rascheln der Flocken in der Schale war ein Klang aus dem normalen Leben. Wie die Schritte auf der Treppe vorher wirkte es viel zu laut. Es war, als wäre durch das schweigende Herz ihrer Mutter der Lautstärkeregler der Welt aufgedreht geworden, bis Rehv das Gefühl hatte, Ohrstöpsel zu brauchen.

»Stopp«, meinte Bella.

Rehv tauschte den Frosties- gegen den Milchkarton und goss einen weißen Strahl in die Schale. »Noch einmal, aber diesmal mit Gefühl.«

»Stopp.«

Rehv klappte die Lasche an der Milch zu und setzte sich. Er verbiss sich die Frage, ob er Nalla halten sollte. So umständlich das Essen war, Bella würde ihre Tochter erst einmal nicht loslassen, und das war in Ordnung. Mehr als in Ordnung. Zu sehen, wie sich seine Schwester mit der nächsten Generation tröstete, war auch ein Trost für ihn.

»Mmm«, murmelte Bella bei ihrem ersten Löffel.

Als sich Schweigen zwischen ihnen ausbreitete, erlaubte sich Rehv, an eine andere Küche zu denken, in einer anderen Zeit, als seine Schwester noch viel jünger war und er noch nicht so verkommen. Er dachte an diese eine spezielle Schale Frosties, an die sie sich nicht erinnerte. Die, nach der sie Hunger auf mehr gehabt hatte, jedoch gegen alles ankämpfen musste, was ihr mieser Vater ihr eingebläut hatte – das Frauen sich niemals eine zweite Portion von irgendetwas nachnahmen, weil sie schlank zu sein hatten. Rehv hatte innerlich gejubelt, als sie die Küche in ihrem alten Haus durchquert hatte, um den Frostieskarton an ihren Platz zu holen – als sie sich eine zweite Portion einschüttete, hatte er eine Blutsträne geweint und musste sich entschuldigen und ins Bad gehen.

Zwei Gründe hatte er gehabt, ihren Vater zu ermorden: seine Mutter und Bella.

Der erste Lohn war Bellas zaghaft genutzte Freiheit gewesen, sich nachzunehmen, wenn sie hungrig war. Der andere war, dass seine Mutter keine blauen Flecken mehr im Gesicht trug.

Er fragte sich, was Bella wohl denken würde, wenn sie von seiner Tat erführe. Würde sie ihn hassen? Vielleicht. Er war sich nicht sicher, ob sie sich an die Misshandlungen erinnerte, insbesondere an die, die ihrer *Mahmen* zuteilgeworden waren.

»Ist bei dir alles in Ordnung?«, fragte sie plötzlich.

Er strich sich über den Irokesenschnitt. »Ja.«

»Du bist manchmal schwer zu durchschauen.« Sie lächelte leicht, wie um ihm zu versichern, dass ihre Worte nicht böse gemeint waren. »Ich weiß nie, ob es dir gutgeht.«

»Mir geht es gut.«

Sie sah sich in der Küche um. »Was wirst du mit diesem Haus tun?«

»Ich behalte es noch mindestens sechs Monate. Ich habe es vor eineinhalb Jahren einem Menschen abgekauft und muss es noch eine Weile behalten, sonst brummen sie mir Spekulationssteuer auf.«

»Du hattest immer ein Händchen für das Finanzielle.« Bella beugte sich vor und schob sich einen weiteren Löffel in den Mund. »Darf ich dich etwas fragen?«

»Was du willst.«

»Gibt es für dich eigentlich jemanden?«

»Wie, jemanden?«

»Du weißt schon ... eine Frau. Oder einen Mann.«

»Du glaubst, ich bin schwul?« Als er lachte, wurde sie feuerrot, und er hätte sie am liebsten umarmt.

»Das wäre doch auch okay, Rehvenge.« Ihr Nicken fühlte sich an wie ein vertrautes Streicheln. »Ich meine, du hast nie irgendwelche Freundinnen mitgebracht, nie. Und ich will nicht folgern ... dass du ... äh ... Na ja, ich habe tagsüber mal nach dir geschaut und bin zu deinem Zimmer gegangen. Und dabei habe ich gehört, wie du mit jemanden geredet hast. Nicht, dass ich gelauscht hätte – das habe ich nicht ... Ach, Mist.«

»Ist schon okay.« Er grinste sie an, und dann fiel ihm auf, dass es keine einfache Antwort auf ihre Frage gab. Zumindest nicht auf den Teil, ob es für ihn jemanden gab.

Ehlena war ... Ja, was war sie eigentlich?

Er runzelte die Stirn. Die Antwort, die ihm durch den Kopf schoss, ging ihm unter die Haut. Tief. Aber nachdem sein ganzes Leben auf einem Lügengerüst aufgebaut war, war er sich nicht sicher, ob tiefes Graben so clever war: Das Gestein seines Bergwerks war vermutlich zu löchrig, um tiefe Schächte hineinzubohren.

Bella ließ den Löffel sinken. »Mein Gott ... es gibt jemanden, nicht wahr?«

Er zwang sich zu einer Antwort, die es einfacher und nicht noch komplizierter machte. Obwohl das war, als würde man ein Stückchen Abfall von einem Müllberg wegtragen.

»Nein. Nein, es gibt niemanden.« Er blickte auf ihre Schale. »Mehr?«

Sie lächelte. »Gern.« Er füllte das Schälchen auf, und sie meinte: »Weißt du, die zweite Schale ist immer die beste.«

»Ganz meine Meinung.«

Bella drückte die Flocken mit der Rückseite ihres Löffels in die Milch. »Ich liebe dich, Bruderherz.«

»Und ich dich, geliebte Schwester. Immer.«

»Ich glaube, *Mahmen* ist im Schleier und beobachtet uns. Ich weiß nicht, ob du an solche Dinge glaubst, aber sie glaubte daran, und ich tue es seit Nallas Geburt ebenfalls.«

Rehv war bewusst, dass sie Bella auf dem Entbindungstisch beinahe verloren hätten, und er fragte sich, was sie in diesen Momenten gesehen hatte, als ihre Seele zwischen dem Hier und dem Schleier hing. Er hatte nie groß darüber nachgedacht, wo man nach dem Tod hinkam, aber vermutlich hatte sie Recht. Wenn irgendjemand seine Nachkommen vom Schleier aus beobachten konnte, dann ihre wundervolle, fromme Mutter.

Das gab ihm Trost und festigte seinen Entschluss.

Seine Mutter würde sich da oben niemals Sorgen über ihr Problem machen müssen. Nicht wegen ihm.

»Oh, schau, es schneit«, rief Bella.

Er blickte aus dem Fenster. Im Licht der Gaslampen entlang der Einfahrt schwebten kleine weiße Punkte herab.

»Das hätte ihr gefallen«, murmelte er.

»*Mahmen*?«

»Weißt du noch, wie sie immer im Sessel saß und das Fallen der Flocken beobachtete?«

»Sie beobachtete nicht das Fallen.«

Verwundert blickte Rehv über den Tisch. »Aber sicher tat sie das. Stundenlang hat sie …«

Bella schüttelte den Kopf. »Ihr gefiel der Anblick, nachdem sie gefallen waren.«

»Woher weißt du das?«

»Ich habe sie einmal gefragt. Du weißt schon, warum sie so lange dasaß und aus dem Fenster blickte.« Bella legte Nalla anders in ihren Arm und streichelte über die ersten sprießenden Haare der Kleinen. »Sie sagte, wenn der Schnee Boden, Äste und Häuserdächer bedecke, erinnere sie das an die Andere Seite, an ihr Leben mit den Auserwählten, als alles noch in Ordnung war. Sie sagte ... wenn der Schnee gefallen war, würde sie zurückversetzt in ihre Zeit vor dem Fall. Ich habe nie verstanden, was sie damit meinte, und sie hat es mir nie erklärt.«

Rehv blickte wieder aus dem Fenster. So langsam, wie die Flocken fielen, würde es eine Weile dauern, bis die Landschaft weiß war.

Kein Wunder, dass seine Mutter stundenlang zugesehen hatte.

Wrath erwachte in der Dunkelheit, aber es war eine herrlich vertraute, wohlige Dunkelheit. Sein Kopf ruhte auf seinem eigenen Kissen, der Rücken auf der eigenen Matratze, die Decke war bis zum Kinn hochgezogen, und der Duft seiner *Shellan* umgab ihn.

Er hatte lange und selig geschlafen, das merkte er daran, wie sehr ihm nach Strecken zumute war. Und die Kopfschmerzen waren fort. Wie weggeblasen ... Gott, er hatte so lange mit dem Schmerz gelebt, dass er erst jetzt, wo er fort war, merkte, wie schlimm er geworden war.

Er streckte sich ausgiebig und spannte die Muskeln in Armen und Beinen an, bis seine Schultern knackten und sich die Wirbel einrenkten, und er sich rundherum blendend fühlte.

Er rollte sich herum, ertastete Beth, schlang von hinten einen Arm um ihre Hüfte und schmiegte sich sanft an sie, so dass sein Gesicht im weichen Haar an ihrem Nacken vergraben war. Sie schlief immer auf der rechten Seite, und Wrath war ein absoluter Fan der Löffelstellung – er liebte es, seine zierlichere *Shellan* mit seinem viel größeren Leib zu umfangen, weil es ihm das Gefühl gab, stark genug zu sein, um sie zu beschützen.

Mit den Hüften blieb er allerdings auf Abstand. Sein Schwanz war steif und einsatzwillig, aber Wrath war dankbar, einfach bei ihr liegen zu können – und wollte den Moment nicht verderben, indem er sie bedrängte.

»Mmm«, machte sie und streichelte seinen Arm. »Du bist wach.«

»Das bin ich.« Und wie.

Es raschelte, als sie sich in seinem Arm herumdrehte. »Hast du gut geschlafen?«

»Oh, ja.«

Als es sanft an seinem Haar ziepte, wusste er, dass sie mit den gelockten Enden spielte und war froh, dass er es so lang hatte wachsen lassen. Obwohl er es zum Kämpfen zurückbinden musste und der Scheiß ewig brauchte, um zu trocknen – so lang, dass er tatsächlich einen Fön benutzen musste, was einfach zu weibisch war – aber Beth *liebte* diese Mähne. Er erinnerte sich an die vielen Male, wo sie seine Haarsträhnen über ihre nackten Brüste ausgebreitet hatte ...

Okay, Zeit für etwas Abkühlung. Mehr Gedanken in diese Richtung, und er musste sie besteigen oder den verdammten Verstand verlieren.

»Ich liebe dein Haar, Wrath.« In der Dunkelheit war ihre leise Stimme wie die Berührung ihrer Finger, zart und überwältigend.

»Ich liebe deine Hände darin«, erwiderte er heiser.

Sie lagen Gott weiß wie lange dort, einfach Seite an Seite, die Gesichter einander zugewandt, und ihre Finger spielten und vergruben sich in seinem dichten, welligen Haar.

»Danke«, flüsterte sie, »dass du mir das mit heute Nacht gesagt hast.«

»Ich hätte dir lieber einmal gute Neuigkeiten gebracht.«

»Ich bin trotzdem froh, dass du es mir gesagt hast. Mir ist es so viel lieber, wenn ich es weiß.«

Er ertastete ihr Gesicht und ließ die Finger über ihre Wangen streichen, dann über die Nase und zu ihren Lippen. Er betrachtete sie mit den Händen und kannte sie in seinem Herzen.

»Wrath ...« Ihre Hand legte sich auf seine Erektion.

»Oh, *verfickt* ...« Seine Hüften schossen aufwärts, und sein unterer Rücken spannte sich an.

Sie lachte leise. »Deine Liebesschwüre machen jedem Trucker Ehre.«

»Tut mir leid, ich ...« Ihm stockte der Atem, als sie ihn durch die Boxershorts hindurch streichelte, die er aus Anstand angelassen hatte. »Verf... ich meine ...«

»Nein. Ich mag das. Das bist du.«

Sie rollte ihn auf den Rücken und bestieg seine Hüften – *Himmel.* Er wusste, dass sie in einem Flanellnachthemd schlafen gegangen war, aber wo immer das Ding war, es bedeckte nicht ihre Beine, denn ihr süßer, heißer Kern rieb sich direkt an seinem Ständer.

Wrath knurrte und verlor die Kontrolle. Mit einem plötzlichen Aufbäumen warf er sie auf den Rücken, schob die Calvins runter, die er selten trug, und stieß in sie. Als sie aufschrie und sich ihre Nägel in seinen Rücken bohrten, fuhren seine Fänge zu voller Länge heraus und pochten.

»Ich brauche dich«, keuchte er. »Ich brauche das.«

»Ich auch.«

Er verschonte sie nicht mit seiner Kraft, doch oftmals mochte sie es so, roh und wild, wenn er sie heftig kennzeichnete.

Er kam mit einem gewaltigen Aufschrei, der das Ölgemälde über dem Bett zum Erzittern und die Parfümflacons auf dem Frisiertisch zum Klimpern brachte und machte weiter, mehr Biest als zivilisierter Liebhaber. Doch als sich ihr Duft intensivierte und seine Nase erfüllte, wusste er, dass sie ihn genauso wollte. Jedes Mal, wenn er zum Orgasmus kam, kam sie mit ihm, zog sich fest um ihn zusammen und hielt ihn tief in sich fest.

Atemlos forderte sie: »Nimm meine Vene …«

Er fauchte wie ein Raubtier und vergrub die Fänge in ihrem Hals.

Beth zuckte unter ihm zusammen, und zwischen ihren Hüften wallte eine Wärme auf, die nichts mit dem zu tun hatte, was er in ihr zurückgelassen hatte. Sein Mund war erfüllt von ihrem Blut, dem Geschenk des Lebens, es floss schwer über seine Zunge und seine Kehle hinab bis in den Bauch, wo es eine gewaltige Hitze erzeugte, die ihn von innen heraus in Flammen setzte.

Seine Hüften übernahmen das Ruder, während er trank, Wrath verwöhnte Beth, verwöhnte sich selbst, und als er sich endlich satt getrunken hatte, leckte er die Bissstellen ab und machte sich erneut über sie her. Er langte nach unten und winkelte eines ihrer Beine an, um noch tiefer in sie zu dringen, während er hart zustieß. Als er zuckend zum Höhepunkt kam, schob er die Hand unter ihren Kopf und hob ihre Lippen an seinen Hals.

Er bekam keine Gelegenheit, sie aufzufordern. Sie biss zu, und als ihre scharfen Zähne seine Haut durchstachen und er das süße Stechen fühlte, überwältigte ihn ein weiterer Orgasmus, heftiger als alle vorhergehenden: Das Wissen, dass er hatte, was sie brauchte und wollte, dass sie von dem lebte, was in seinen Adern floss, war unglaublich erotisch.

Als seine *Shellan* sich satt getrunken und die Wunden mit einem letzten Schlecken geschlossen hatte, rollte er sich auf den Rücken, ohne sie zu trennen, in der Hoffnung, dass …

Oh, ja, sie nahm ihn und ritt ihn hart. Als sie die Führung übernahm, suchten seine Hände nach ihren Brüsten, und er stellte fest, dass sie ihr Nachthemd doch noch trug, also riss er es ihr vom Kopf und warf es von sich. Als er ihre Brüste erneut umschloss, war ihr Gewicht so schwer und voll in seinen Händen, dass er sich hochbeugen und einen ihrer Nippel in den Mund nehmen musste. Er sog daran, während sie so schnell auf- und abstieß, dass er schließlich loslassen musste und sich zurück aufs Bett fallen ließ.

Beth schrie auf, und dann schrie er, und dann kamen sie gemeinsam. Danach ließ sie sich von ihm herunterrollen, und sie lagen keuchend Seite an Seite da.

»Das war Wahnsinn«, keuchte sie.

»Absoluter Wahnsinn.«

Er tastete in der Dunkelheit, bis er ihre Hand fand, und dann schwiegen sie eine Weile.

»Ich habe Hunger«, meinte sie schließlich.

»Ich auch.«

»Okay, ich gehe und hole uns etwas.«

»Ich will nicht, dass du gehst.« Er zog sie an sich und küsste sie. »Du bist die beste Frau, die ein Mann haben kann.«

»Ich liebe dich auch.«

Als wären sie vollkommen aufeinander abgestimmt, knurrten ihre beiden Mägen gleichzeitig.

»Okay, vielleicht ist es wirklich Zeit, etwas zu essen.« Wrath ließ seine *Shellan* los, als sie gemeinsam lachten. »Ich mach mal das Licht an, damit wir dein Nachthemd suchen können.«

Er bemerkte sofort, dass etwas nicht stimmte. Beth hörte auf zu kichern und wurde totenstill.

»*Lielan?* Alles in Ordnung? Habe ich dir wehgetan?« Oh, Gott ... er war so grob gewesen. »Es tut mir leid ...«

Sie unterbrach ihn mit erstickter Stimme. »Meine Lampe ist bereits an, Wrath. Ich habe gelesen, bevor du aufgewacht bist.«

6

John ließ sich Zeit unter Xhexs Dusche. Er wusch sich gründlich, nicht, weil er schmutzig war, sondern weil er dachte, dieses »Ich wasch mich von allem rein«- und »War was?«-Spielchen könnte man schließlich auch zu zweit spielen.

Nachdem sie gegangen war, vor vielen, vielen Stunden, war sein erster Gedanke ein finsterer gewesen, daran ließ sich nichts beschönigen: Er wollte einfach nur in die Sonne hinaus spazieren und diesem schlechten Witz namens Leben ein Ende setzen.

Er hatte in so vieler Hinsicht versagt: Er konnte nicht sprechen. Er war eine Null in Mathe. Sein Modegespür war unterirdisch, wenn man ihn sich selbst überließ. Er war nicht sonderlich gut in Gefühlsdingen. Beim Gin Rommé verlor er meistens und beim Pokern immer. Und die Liste seiner Mängel war noch wesentlich länger.

Aber schlecht im Bett zu sein war der schlimmste.

Während er in Xhexs Bett gelegen und die Vorzüge des Selbstmords erwogen hatte, hatte er sich gefragt, warum das Manko, schlecht im Bett zu sein, eigentlich all seine anderen Schwächen in den Schatten stellte.

Vielleicht lag es daran, dass dieses jüngste Kapitel in seinem Sexleben ihn in noch unwegsameres, feindlicheres Gelände geführt hatte. Vielleicht lag es daran, dass das Desaster so frisch war.

Vielleicht war es aber auch einfach nur der Tropfen, der das Fass zum Überlaufen brachte.

So, wie er die Dinge sah, hatte er zweimal Sex gehabt, und beide Male hatte man ihn genommen – einmal mit Gewalt und gegen seinen Willen, und dann vor wer weiß wie vielen Stunden mit seinem völligen, ganzkörperlichen Einverständnis. Doch die Nachwehen beider Erfahrungen waren ätzend gewesen. Er lag auf Xhex' Bett und versuchte damit aufzuhören, den Schmerz wieder und wieder durchzuspielen – vergebens. War ja klar.

Doch als es Abend wurde, wurde ihm langsam klar, dass er sich ständig von anderen Leuten verarschen ließ, und der Trotz regte sich in ihm. In keinem der Fälle hatte er etwas falsch gemacht. Also warum zur Hölle wollte er *seinem* Leben ein Ende setzen, wenn er doch gar nicht das Problem war?

Er durfte sich nicht länger wie ein Flittchen benutzen lassen.

Scheiße, nein, die Antwort war, nie wieder ein Opfer zu sein.

Von jetzt an würde er bestimmen, was beim Sex lief.

John kam aus der Dusche, trocknete sich ab und stellte sich vor den Spiegel, wo er seine Muskeln und deren Kraft in Augenschein nahm. Er legte die Hände um Eier und Schwanz und hob sie an. Sein schweres Geschlecht fühlte sich gut an.

Nein. Nie mehr das Opfer anderer. Zeit, verdammt nochmal erwachsen zu werden. John warf das Handtuch achtlos auf den Waschtisch, zog sich eilig an und fühlte sich irgendwie größer, als er seine Waffen einsteckte und nach seinem Handy griff.

Er weigerte sich, weiterhin eine Heulsuse zu sein.

Seine SMS an Qhuinn und Blay war kurz und bündig: *Kommt ins ZS. Lasse mich volllaufen. Seid ihr dabei?*

Nachdem er auf »Senden« gedrückt hatte, sah er sich die eingegangenen Anrufe an. Eine Menge Leute hatte untertags versucht, ihn zu erreichen, vor allem Blay und Qhuinn, die ihn im Zweistundentakt angewählt hatten. Außerdem gab es drei Anrufe einer unbekannten Nummer.

Zwei Nachrichten auf der Mailbox. Ohne sonderliche Neugierde rief John sie ab, in der Erwartung, dass sich ein unbekannter Mensch verwählt hatte.

Irrtum.

Tohrments Stimme klang gepresst und leise: »He, John, ich bin's, Tohr. Hör zu … ich, äh, ich weiß nicht, ob du das hier hörst, aber könntest du zurückrufen? Ich mache mir Sorgen um dich. Ich mache mir Sorgen und möchte mich entschuldigen. Ich weiß, dass ich lange völlig neben der Spur war, aber das ist jetzt vorbei. Ich war … ich war in der Grotte. Ich musste dorthin, um zu sehen … Scheiße, ich weiß auch nicht … ich musste zurück an den Anfang, um wieder zu mir zu kommen. Und dann habe ich mich, äh, zum ersten Mal genährt. Zum ersten Mal seit …« Die Stimme stockte, und man hörte ein schnelles Atmen. »Seit Wellsies Tod. Ich dachte nicht, dass ich es könnte, aber es ging. Es wird eine Weile dauern, bis ich wie…«

Hier wurde die Nachricht abgeschnitten, und die automatische Ansage fragte, ob John sie speichern oder löschen wollte. Er drückte auf »Überspringen«, um zur zweiten Nachricht zu kommen.

Wieder Tohr: »He, entschuldige, ich wurde abgeschnitten. Ich wollte nur sagen, es tut mir leid, dass ich dich so mies behandelt habe. Das war nicht fair. Du hast auch um sie getrauert, und ich war nicht für dich da. Das werde ich mir nie verzeihen. Ich habe dich im Stich gelassen, als du mich gebraucht hast. Und ... ich bedauere das unendlich. Aber jetzt laufe ich nicht mehr davon. Ich bleibe. Ich schätze ... ich schätze, ich bin einfach hier, und das ist mein Platz. Verdammt, ich rede Unsinn. Schau, bitte ruf mich an und lass mich wissen, dass du in Sicherheit bist. Tschüss.«

Es piepte, und die automatische Ansage meldete sich erneut. »Speichern oder löschen?«, drängte sie.

John nahm das Handy vom Ohr und starrte es an. Einen Moment lang schwankte er, und das Kind in ihm schrie nach seinem Vater.

Eine SMS von Qhuinn erschien auf dem Display und wischte diese Unreife fort.

John löschte Tohrs zweite Nachricht, und als er gefragt wurde, ob er die erste Nachricht noch einmal hören wolle, bestätigte er und löschte auch diese.

Qhuinns SMS war schlicht: *Wir kommen.*

Cool, dachte John, steckte sein Handy ein und ging.

Als Arbeitslose mit einem Berg von Rechnungen hätte Ehlena eigentlich nicht so gut gelaunt sein dürfen.

Und doch, als sie sich zum Commodore Gebäude materialisierte, war sie glücklich. Hatte sie Probleme? Ganz bestimmt: Wenn sie nicht schnell eine neue Arbeit fand, würden sie und ihr Vater bald auf der Straße landen. Aber sie hatte sich bei einer Vampirfamilie als Putzkraft beworben, um fürs Erste über die Runden zu kommen, und sie spielte mit dem Gedanken, es einmal in der Menschenwelt zu versuchen. Medizinische Schreibkraft war eine Möglichkeit, das einzige Problem war, dass sie keine menschliche Identität hatte, die den laminierten Lappen wert war, auf den sie gedruckt war, und die Beschaffung würde Geld kosten.

Dennoch war Lusie bis zum Ende des Monats bezahlt, und ihr Vater war entzückt, dass seine »Geschichte«, wie er es nannte, seiner Tochter gefallen hatte.

Und dann war da Rehv.

Sie wusste nicht, wo diese Sache hinführen würde, aber sie wirkte verheißungsvoll, und die Hoffnung und der Optimismus, die daraus entsprangen, versetzte sie in eine Hochstimmung, die sich auf alle Bereiche ihres Lebens auswirkte, selbst auf den Schlamassel mit ihrer Arbeitslosigkeit.

Sie nahm auf der Terrasse vor dem richtigen Penthouse Gestalt an und lächelte den Schnee an, der im Wind herumwirbelte. Witzig, dass sich die Luft nie so kalt anfühlte, wenn es schneite.

Als sie sich umdrehte, sah sie eine hünenhafte Gestalt durch die Scheibe. Rehvenge hatte auf sie gewartet und nach ihr Ausschau gehalten, und das Bewusstsein, dass er sich genauso auf ihr Treffen freute wie sie, ließ sie so breit grinsen, dass ihre Schneidezähne in der Kälte prickelten.

Bevor sie zu ihm gehen konnte, glitt die Tür vor ihm auf, und er kam zu ihr auf die Terrasse, während der Winterwind in seinem Zobelmantel wehte und ihn aufbauschte. Seine glühenden Amethystaugen blitzten. Sein Gang war pure Kraft. Seine Aura war unbestreitbar männlich.

Ihr Herz machte einen Sprung, als er vor ihr stehen blieb. Angeleuchtet von der Stadt war sein Gesicht hart und liebevoll zugleich, und obwohl er halberfroren sein musste, öffnete er seinen Mantel und lud sie ein, das bisschen Körperwärme, das er hatte, mit ihm zu teilen.

Ehlena ließ sich gegen ihn sinken, schlang die Arme um ihn und hielt ihn fest. Und atmete seinen Duft tief ein.

Er flüsterte an ihrem Ohr: »Du hast mir gefehlt.«

Sie schloss die Augen und dachte, dass diese vier kleinen Worte so gut waren wie ein *Ich liebe dich*. »Du mir auch.«

Als er leise voll Befriedigung lachte, hörte und spürte

sie den Klang in seiner Brust. Und dann zog er sie fester an sich. »Weißt du, wenn du hier bei mir bist, spüre ich die Kälte nicht.«

»Das freut mich sehr.«

»Mich auch.« Er drehte sie, so dass sie gemeinsam über die schneebedeckte Terrasse auf die Wolkenkratzer der Innenstadt und die zwei Brücken mit ihren Streifen von gelben Scheinwerfern und roten Rücklichtern sehen konnten. »Ich habe diese Aussicht noch nie so nah und unmittelbar erlebt. Vor dir … habe ich sie immer nur durch die Scheibe betrachtet.«

Wie sie da so im Kokon der Wärme seines Mantels gehalten wurde, überkam Ehlena das triumphierende Gefühl, gemeinsam mit ihm die Kälte besiegt zu haben.

Ihr Kopf lag an seinem Herz, als sie sagte: »Es ist wundervoll.«

»Ja.«

»Und doch … ich weiß auch nicht, nur du scheinst mir real zu sein.«

Rehvenge löste sich ein Stück von ihr und hob ihr Kinn mit einem langen Finger an. Als er lächelte, sah sie seine verlängerten Fänge und war sofort erregt.

»Ich dachte genau dasselbe«, sagte er. »In diesem Moment sehe ich nichts außer dir.«

Er senkte den Kopf und küsste sie und hörte nicht mehr auf, während Schneeflocken um sie herum tanzten, als bildeten sie beide eine Zentrifugalkraft, ihr eigenes sich langsam drehendes Universum.

Als sie die Arme um seinen Nacken schlang und die Welt um sie versank, schloss Ehlena die Augen.

Weshalb keiner von ihnen bemerkte, wie sich etwas auf dem Dach des Penthouses materialisierte …

Und sie mit rotglühenden Augen in der Farbe von frisch vergossenem Blut anfunkelte.

7

»Wenn möglich nicht zucken ... okay, das ist gut.«

Doc Jane wandte sich Wraths linkem Auge zu und leuchtete mit ihrer kleinen Taschenlampe direkt in sein Hirn, soweit er das beurteilen konnte. Als sich der Speer in seinen Schädel bohrte, musste er den Impuls unterdrücken, den Kopf zurückzureißen.

»Das gefällt mir gar nicht«, murmelte sie und schaltete das Lämpchen aus.

»Nein.« Er rieb sich die Augen und setzte seine Panoramasonnenbrille wieder auf, unfähig, mehr zu sehen, als ein Paar leuchtend schwarzer Bullaugen.

Beth meldete sich zu Wort: »Aber das ist nichts Ungewöhnliches. Licht hat er noch nie vertragen.«

Als sich ihre Stimme verlor, langte er zu ihr herüber und drückte ihre Hand, um sie zu beruhigen, was, wäre es gelungen, wiederum ihn beruhigt hätte.

Was für ein Stimmungskiller. Nachdem klargeworden war, dass seine Augen eine kleine unangekündigte Auszeit genommen hatten, hatte Beth Doc Jane angerufen, die gerade im neuen Klinikbereich war, sich aber sofort zu einem Hausbesuch bereiterklärte. Doch Wrath hatte darauf bestanden, zu ihr zu gehen. Er wollte auf keinen Fall, dass Beth Hiobsbotschaften in ihrem ehelichen Schlafzimmer empfing – ihm war dieser Ort heilig. Abgesehen von Fritz, der regelmäßig saubermachte, war hier niemand willkommen. Nicht einmal die Brüder.

Außerdem würde Doc Jane sicher Tests durchführen wollen. Ärzte wollten doch immer Tests durchführen.

Er hatte eine Weile gebraucht, Beth zu überzeugen, doch dann hatte Wrath seine Sonnenbrille aufgesetzt, seiner *Shellan* den Arm um die Schulter gelegt und zusammen waren sie in den Flur gegangen und ihre private Treppe hinunter auf die Balustrade im ersten Stock. Auf dem Weg war er mehrmals gestolpert, da er mit den Schuhen an Läuferecken hängen blieb oder sich falsch an die Stufen erinnerte. Das mühsame Vorankommen war eine ziemliche Offenbarung gewesen. Er hatte ja nicht geahnt, wie sehr er sich auf seine miese Sicht verlassen hatte.

Heilige … liebste Jungfrau der Schrift, dachte er. Was, wenn er für immer vollkommen blind wäre?

Der Gedanke war unerträglich. Einfach unerträglich.

Glücklicherweise hatte es auf halbem Weg durch den Tunnel zum Trainingszentrum ein paarmal in seinem Kopf gepocht und auf einmal stach das Licht der Deckenbeleuchtung durch seine Sonnenbrille. Oder besser gesagt: Seine Augen nahmen es auf einmal wieder wahr. Blinzelnd blieb er stehen und riss sich die Sonnenbrille herunter – und musste sie sofort wieder aufsetzen, als er auf die leuchtenden Kästen schaute.

Also war noch nicht alles verloren.

Nun stand Doc Jane vor ihm und verschränkte raschelnd die Arme. Sie war vollkommen greifbar, ihre Geistergestalt so stofflich wie seine oder Beths, und Wrath hörte förmlich das Getriebe in ihrem Kopf mahlen, während sie überlegte.

»Deine Pupillen reagieren überhaupt nicht, aber das liegt daran, dass sie ohnehin fast kontrahiert sind ... Verdammt, ich wünschte, ich hätte dich vorher untersucht. Du sagst, die Blindheit kam ganz plötzlich?«

»Ich bin schlafen gegangen, und als ich aufwachte, war alles schwarz. Ich bin mir nicht sicher, wann es passiert ist.«

»Gab es irgendwelche Besonderheiten?«

»Abgesehen davon, dass ich keine Kopfschmerzen hatte?«

»Hattest du die in letzter Zeit öfter?«

»Ja. Stressbedingt.«

Doc Jane runzelte die Stirn. Oder zumindest spürte er, dass sie das tat. Er nahm ihr Gesicht als blassen Fleck mit kurzem, blondem Haar und unbestimmten Konturen wahr.

»Ich möchte, dass du eine CT bei Havers machst.«

»Warum?«

»Um ein paar Dinge zu klären. Also, nochmal, du bist aufgewacht und konntest nicht mehr sehen ...«

»Warum willst du die CT?«

»Ich möchte wissen, ob es Anomalien in deinem Gehirn gibt.«

Beth drückte seine Hand, um ihn zu beruhigen, aber die Panik machte ihn rüde: »Zum Beispiel? Verdammt nochmal, Doc, sag mir, was du denkst.«

»Ein Tumor.« Als er und Beth gemeinsam scharf die Luft einsogen, fuhr Jane hastig fort: »Vampire bekommen keinen Krebs. Aber es gab schon Fälle von benignen Tumoren, und das könnte ein Grund für die Kopfschmerzen sein. Jetzt erzähle es mir noch einmal, du bist aufgewacht und ... warst blind. Ist irgendetwas Ungewöhnliches vorgefallen, bevor du eingeschlafen bist? Oder danach?«

»Ich ...« Verdammt. Scheiße. »Ich bin aufgewacht und habe mich genährt.«

»Wie lange war das letzte Mal her?«

Beth antwortete: »Ungefähr drei Monate.«

»Das ist eine lange Zeit«, murmelte die Ärztin.

»Dann glaubst du, daran könnte es liegen?«, fragte Wrath. »Ich habe mich zu lange nicht genährt und mein Sehvermögen verloren, aber als ich ihre Vene nahm, kam meine Sicht zurück und ...«

»Ich glaube, du brauchst eine CT.«

Mit ihr war nicht zu spaßen, Doc Jane ließ nicht mit sich handeln. Als er also hörte, wie ein Handy aufgeklappt und gewählt wurde, hielt er den Mund, so schwer es ihm auch fiel.

»Ich sehe mal, wann Havers dich reinnehmen kann.«

Was zweifelsohne in null Komma nichts sein würde. Wrath und der Vampirarzt hatten ihre Differenzen, noch aus der Zeit mit Marissa, aber wenn es Probleme gab, war der Mann immer sofort zur Stelle.

Als Doc Jane anfing zu reden, unterbrach Wrath: »Sag Havers nicht, warum du die CT willst. Du siehst als Einzige die Ergebnisse. Ist das klar?«

Spekulationen über seine Regierungsfähigkeit waren im Moment das Letzte, was sie brauchen konnten.

»Sag ihm, er tut es für mich«, meinte Beth.

Doc Jane nickte und log gekonnt. Während sie die Vereinbarungen traf, zog Wrath Beth an sich.

Sie schwiegen, denn was hätten sie schon sagen sollen? Ihnen saß die Angst im Nacken. Seine Augen waren schwach, aber das bisschen Sehkraft, das er hatte, brauchte er. Was sollte er denn tun, wenn er vollkommen blind war?

»Ich muss zu diesem Ratstreffen heute Nacht«, flüsterte er. Als Beth sich versteifte, schüttelte er den Kopf. »Es geht nicht anders. Im Moment steht alles auf der Kippe. Ich kann nicht absagen oder versuchen, den Termin zu verschieben. Ich *muss* Stärke demonstrieren.«

»Und was, wenn dich deine Augen mitten drin im Stich lassen?«, fauchte sie.

»Dann werde ich es so lange vertuschen, bis ich da wieder raus bin.«

»Wrath ...«

Doc Jane ließ ihr Handy zuschnappen. »Er hat jetzt gleich für dich Zeit.«

»Wie lange wird es dauern?«

»Ungefähr eine Stunde.«

»Gut. Ich habe heute Nacht noch einen Termin.«

»Warum warten wir nicht ab, was die CT sagt ...«

»Ich muss ...«

Die Forschheit in Doc Janes Stimme demonstrierte, dass Wrath im Moment ihr Patient und nicht ihr König war. »*Müssen* ist ein relativer Begriff. Wir schauen uns an, was da drinnen los ist, und dann kannst du entscheiden, wie viel du *musst.*«

Ehlena hätte zwanzig Jahre lang mit Rehvenge auf dieser Terrasse bleiben können, aber er flüsterte ihr ins Ohr, dass er etwas zu Essen gemacht habe, und ihm im Kerzenlicht gegenüberzusitzen, klang genauso verlockend.

Nach einem letzten, ausgedehnten Kuss gingen sie gemeinsam hinein, sie an ihn geschmiegt, sein Arm um ihre Hüfte, ihre Hand zwischen seinen Schulterblättern. Das Penthouse war so warm, dass sie den Mantel auszog und ihn über eines der niedrigen schwarzen Ledersofas legte.

»Ich dachte, wir essen in der Küche«, sagte er.

So viel zum Kerzenschein, aber was störte es? Solange sie bei ihm war, strahlte sie selbst hell genug, um das ganze verdammte Penthouse zu erleuchten.

Rehvenge nahm ihre Hand und zog sie durch das Esszimmer und durch die Schwingtür. Die Küche war aus schwarzem Granit und Stahl, sehr urban und schick, und an einem Ende der Arbeitsfläche gab es einen Überhang, der einen Tisch bildete und auf dem zwei Gedecke vor zwei Stühlen standen. Eine weiße Kerze brannte, und die Flamme flackerte träge auf ihrem schwindenden Wachssockel.

»Das riecht fantastisch«, meinte Ehlena und setzte sich auf einen der Stühle. »Italienisch. Und du hast gesagt, du könntest nur ein Gericht.«

»Ja, aber diesmal habe ich wirklich keine Mühe gescheut.« Er wandte sich mit großer Geste dem Herd zu und zog ein Backblech heraus mit ...

Ehlena lachte laut. »Tiefkühlpizza.«

»Für dich nur vom Feinsten.«

»*DiGiorno?*«

»Selbstverständlich. Und ich habe die mit Extrabelag gewählt. Ich dachte, du kannst ja runternehmen, was du nicht magst.« Mit einer Silberzange zog er die Pizzen auf die Teller und legte dann das Backpapier oben auf den Herd. »Es gibt auch Rotwein.«

Als er mit der Flasche zu ihr kam, konnte sie nur zu ihm aufblicken und lächeln.

»Weißt du«, sagte er und schenkte ihr ein, »mir gefällt, wie du mich ansiehst.«

Sie legte die Hände vors Gesicht. »Ich kann nicht anders.«

»Versuch es nicht. Es gibt mir das Gefühl, größer zu sein als ich bin.«

»Dabei bist du ohnehin nicht gerade klein.« Sie versuchte, sich zusammenzureißen, aber ihr war nach Kichern, als er ihr Glas füllte, die Flasche abstellte und sich neben sie setzte.

»Sollen wir?«, fragte er und nahm Messer und Gabel.

»Oh Gott, ich bin froh, dass du das auch tust.«

»Was tue?«

»Die Pizza mit Messer und Gabel essen. Die anderen Schwestern ziehen mich immer auf ...« Sie beendete den Satz nicht. »Na ja, jedenfalls bin ich froh, dass jemand es so wie ich macht.«

Knusprige Pizzaränder splitterten unter den Messern, als sie beide das Abendessen begannen.

Rehvenge wartete, bis sie den ersten Bissen im Mund hatte, und sagte dann: »Lass mich dir bei deiner Jobsuche behilflich sein.«

Er hatte den idealen Moment abgepasst, weil sie nie mit vollem Mund sprach, deshalb hatte er viel Zeit um fortzufahren: »Lass mich dich und deinen Vater unterstützen, bis du einen neuen Job hast, bei dem du so viel verdienst wie in der Klinik.« Sie begann, den Kopf zu schütteln, aber er hob die Hand. »Warte, denk darüber nach: Hätte ich mich nicht wie ein Idiot aufgeführt, hättest du nicht getan, was zu deiner Kündigung geführt hat. Also ist es nur gerecht, wenn ich es wiedergutmache, und sollte es dir helfen, dann betrachte es mal unter dem gesetzlichen Aspekt: Nach Altem Gesetz schulde ich dir etwas und erfülle nichts anderes als meine Pflicht.«

Sie wischte sich den Mund mit der Serviette ab. »Ich habe einfach ... ein seltsames Gefühl dabei.«

»Weil dir mal jemand hilft anstatt anders herum?«

Hm, verflixt, ja. »Ich möchte dich nicht ausnutzen.«

»Aber ich habe es gerne angeboten und glaube mir, ich habe die Mittel.«

Das stimmt, dachte sie, wenn man sich den Pelz ansah und das Silberbesteck, mit dem sie aßen, und das Porzellan und die ...

»Du hast wundervolle Tischmanieren«, murmelte sie.

Er hielt inne. »Die Erziehung meiner Mutter.«

Ehlena legte eine Hand auf seine riesige Schulter. »Darf ich noch einmal sagen, dass es mir leidtut?«

Er griff ebenfalls zu seiner Serviette. »Es gibt etwas Besseres, was du für mich tun kannst.«

»Was?«

»Nimm meine Hilfe an. Damit du eine Stelle suchen kannst, die dir gefällt, und nicht den erstbesten Job annehmen musst, nur um über die Runden zu kommen.« Er wandte den Blick zur Decke und schlug sich in einer Pose des Leidens vor die Brust. »Das würde meine Schmerzen *wirklich* lindern. Du und nur du hast die Kraft, mich zu heilen.«

Ehlena lachte verhalten mit ihm, konnte aber nicht ganz einstimmen. Unter der Oberfläche spürte sie seinen Kummer, und seine Trauer zeigte sich in den Schatten unter seinen Augen und der Art, wie er die Kiefer zusammenpresste. Ganz eindeutig gab er sich Mühe, für sie normal zu sein, und obwohl es nett von ihm gemeint war, wusste sie nicht, wie sie ihn zum Aufhören bewegen konnte, ohne ihn unter Druck zu setzen.

Denn letztlich kannten sie einander doch gar nicht, oder? Trotz der Zeit, die sie in den letzten Tagen miteinander verbracht hatten, wusste sie kaum etwas über ihn. Oder über seine Herkunft. Wenn sie bei ihm war oder mit ihm telefonierte, hatte sie das Gefühl, alles zu wissen, was sie wissen musste, aber realistisch betrachtet: Was verband sie denn wirklich?

Er verzog das Gesicht, als er die Hände wieder sinken ließ und in seine Pizza schnitt. »Geh dort nicht hin.«

»Wie bitte?«

»Wo immer du gerade in Gedanken bist. Es ist kein Ort für dich und mich.« Er nahm einen Schluck Wein. »Ich bin nicht so unhöflich und lese deine Gedanken, aber ich spüre deine Distanz. Das will ich nicht. Nicht bei dir.« Er blickte ihr tief in die Augen. »Vertraue darauf, dass ich für dich sorge, Ehlena. Zweifle nie daran.«

Als sie ihn ansah, glaubte sie ihm hundertprozentig. Absolut. Vollkommen. »Das tue ich. Ich vertraue dir.«

Ein unbestimmter Ausdruck huschte über sein Gesicht, doch er verbarg ihn rasch. »Gut. Jetzt iss fertig und sieh bitte ein, dass du mein Hilfsangebot annehmen solltest.«

Ehlena wandte sich wieder ihrem Teller zu und arbeitete sich langsam durch ihre Pizza. Als sie fertig war, legte sie das Silberbesteck beiseite, wischte sich den Mund und trank einen Schluck Wein.

»Okay.« Sie sah zu ihm auf. »Ich nehme deine Hilfe an.«

Als er strahlte, weil er seinen Willen durchgesetzt hatte, verpasste sie ihm einen Dämpfer: »Aber es gibt Bedingungen.«

Er lachte. »Du stellst Bedingungen für ein Geschenk?«

»Es ist kein Geschenk.« Sie sah ihn durchdringend an. »Ich nehme deine Hilfe nur an, bis ich eine Arbeit finde, nicht meinen Traumjob. Und ich möchte es dir zurückzahlen.«

Sein Triumph trübte sich. »Ich will dein Geld nicht.«

»Genauso geht es mir mit deinem.« Sie faltete ihre Serviette. »Ich weiß, dass du nicht knapp bei Kasse bist, aber nur auf diese Art kann ich dein Angebot annehmen.«

Er runzelte die Stirn. »Aber keine Zinsen. Ich akzeptiere keinen Penny Zinsen.«

»Abgemacht.« Sie streckte ihm die Hand entgegen.

Er fluchte. Und fluchte noch einmal. »Ich will nicht, dass du es zurückbezahlst.«

»Dein Pech.«

Sein Mund formte stumm das F-Wort, dann schlug er ein. »Du bist eine harte Verhandlungspartnerin, weißt du das?«

»Aber du respektierst mich dafür, oder?«

»Ja, okay. Und es erweckt den Wunsch in mir, dich auszuziehen.«

»Oh ...«

Ehlena errötete von Kopf bis Fuß, als er aufstand und über ihr aufragte und ihr Gesicht mit den Händen umfasste. »Darf ich dich in mein Bett bringen?«

So, wie seine violetten Augen leuchteten, hätte sie sich auf den Küchenboden gelegt, wäre das sein Wunsch gewesen. »Ja.«

Ein Knurren entrang sich seiner Brust, als er sie küsste. »Weißt du was?«

»Was?«, hauchte sie.

»Das war die richtige Antwort.«

Rehvenge zog sie von ihrem Stuhl hoch und küsste sie schnell und sanft. Mit dem Stock in der Hand führte er sie durch das Penthouse, durch Zimmer, die sie nicht sah, und an einer blinkenden Aussicht vorbei, für die sie keine Augen hatte. In ihr gab es nur noch diese überwältigende Vorfreude auf das, was er mit ihr anstellen würde.

Die Vorfreude und ... ein schlechtes Gewissen. Was konnte sie ihm geben? Sie sehnte sich danach, von ihm verwöhnt zu werden, aber er kam nicht zum Höhepunkt. Obwohl er behauptete, etwas davon zu haben, fühlte sie sich, als würde sie ...

»Was denkst du?«, fragte er, als sie im Schlafzimmer ankamen.

Sie sah ihn an. »Ich will mit dir zusammen sein, aber ... ach, ich weiß auch nicht. Ich komme mir vor, als würde ich dich benutzen, oder ...«

»Das tust du nicht. Glaub mir, ich weiß, was es heißt, benutzt zu werden. Und was zwischen uns ist, hat nichts damit zu tun.« Er kam ihrer Frage zuvor: »Nein, ich kann es nicht erklären, weil ich ... verdammt, die Zeit mit dir soll einfach sein. Nur du und ich. Ich bin des Rests der Welt müde, Ehlena. So verdammt müde.«

Es ging um diese andere Frau, dachte sie. Und wenn er

nicht wollte, dass sie zwischen ihnen stand, war das für sie in Ordnung.

»Ich möchte nur, dass es okay ist«, erklärte Ehlena. »Zwischen dir und mir. Ich will, dass du auch etwas fühlst.«

»Das tue ich. Ich kann es manchmal selbst nicht glauben, aber das tue ich wirklich.«

Rehv schloss die Tür hinter ihnen, lehnte seinen Stock an die Wand und legte den Zobelmantel ab. Der Anzug darunter war ein weiteres perfekt geschnittenes zweireihiges Meisterwerk, diesmal taubengrau mit schwarzen Nadelstreifen. Sein Hemd war schwarz und die obersten zwei Knöpfe standen offen.

Seide, dachte sie. Dieses Hemd musste aus Seide sein. Kein anderer Stoff glänzte auf diese Weise.

»Du bist so schön«, sagte er, als er sie ansah. »So, wie du dort im Licht stehst.«

Sie sah auf ihre schwarze Gap-Hose und ihren zwei Jahre alten Rollkragenpulli herab. »Du musst blind sein.«

»Warum?«, fragte er und kam zu ihr.

»Na ja, es mag bescheuert sein, das zu sagen« – sie strich die Beine ihrer 08/15-Hose glatt. »Aber ich wünschte, ich hätte bessere Kleidung. Dann wäre ich schön.«

Rehvenge hielt inne.

Und erschreckte sie dann zu Tode, indem er vor ihr niederkniete.

Als er aufsah, umspielte ein leichtes Lächeln seine Lippen.

»Verstehst du es denn nicht, Ehlena?« Zärtlich strich er ihre Wade herab, nahm ihren Fuß und stellte ihn auf seinen Oberschenkel. Als er die Schuhbänder ihres billigen Turnschuhs löste, flüsterte er: »Egal, was du anhast ... für mich wirst du immer schimmern wie ein Diamant.«

Als er den Turnschuh abstreifte und zu ihr aufsah, studierte sie sein hartes, schönes Gesicht, von den spektakulären Augen bis zu dem markanten Kinn und dem stolzen Wangenschwung.

Sie verliebte sich.

Und wie bei jedem Flug durch die Luft, gab es keine Möglichkeit zu bremsen. Sie war losgesprungen.

Rehvenge senkte den Kopf. »Ich bin so froh, dass du mich annimmst.«

Die Worte waren so leise und bescheiden und passten so gar nicht zu den mächtigen Schultern.

»Wie könnte ich dir widerstehen?«

Er schüttelte langsam den Kopf. »Ehlena ...«

Ihr Name wurde heiser ausgesprochen, als steckten eine Menge Worte dahinter, Worte die er nicht aussprechen konnte. Sie wusste nicht, was sie sagen sollte, aber sie wusste, was sie tun wollte.

Ehlena nahm ihren Fuß von seinem Bein, ging in die Knie und schlang die Arme um ihn. Sie hielt ihn fest, als er sich an sie lehnte und strich mit einer Hand seinen Nacken hinauf zu dem weichen Haarstreifen seines Irokesen.

Er schien so zerbrechlich, als er sich ihr auslieferte, und ihr wurde bewusst, dass sie für ihn morden würde, sollte jemand versuchen, ihn zu verletzen. Obwohl er für sich selbst sorgen konnte, würde sie dennoch für ihn töten.

Ihre Überzeugung stand fest: Selbst die Starken brauchten manchmal Schutz.

8

Rehv war ein Mann, der seine Arbeit gründlich machte, ob es nun darum ging, Tiefkühlpizza in den Ofen zu schieben und sie perfekt zuzubereiten oder Wein einzuschenken … oder seine Ehlena zu verwöhnen, bis sie vollkommen ermattet, wunschlos glücklich und erfüllt war.

»Ich spüre meine Zehen nicht mehr«, murmelte sie, während er sich von ihren Schenkeln hoch küsste.

»Ist das schlimm?«

»Nein. Ganz und gar nicht.«

Als er an einer ihrer Brüste haltmachte, um sie zu küssen, ging ein Beben durch ihren Körper, und er spürte die Bewegung. Mittlerweile hatte er sich daran gewöhnt, dass einzelne Empfindungen durch den Nebel der Betäubung brachen, und er genoss das Echo der Wärme und Reibung, ohne sich weiter zu sorgen, dass seine böse Seite aus dem Dopaminzwinger ausbrach. Obwohl die Empfindungen nicht so stark waren, wie wenn er nicht unter dem Einfluss von Medikamenten stand, reichten sie doch, um ihn körperlich zu erregen.

Rehv konnte es kaum fassen, aber es gab einige Male, wo er zu kommen glaubte. Als er sie zwischen den Schenkeln leckte und sich ihre Hüften in die Matratze drückten, hätte er beinahe die Kontrolle verloren.

Nur, dass es besser wäre, wenn sein Schwanz nicht ins Spiel kam. Denn mal im Ernst, wie sollte das funktionieren? *Ich bin doch nicht impotent, oh, Wunder, weil du meinen Kennzeichnungsimpuls ausgelöst hast, so dass der Vampir in mir über den* Symphathen *siegt. Ja! Natürlich heißt das auch, dass du mit meinem Stachel zurechtkommen musst, und genauso damit, wo dieses Stück Fleisch, das da zwischen meinen Beinen hängt, die letzten fünfundzwanzig Jahre regelmäßig war. Aber komm schon, ist doch heiß, oder?*

Ja, er war wirklich scharf darauf, Ehlena in diese Verlegenheit zu bringen.

Ganz bestimmt.

Außerdem reichte ihm das. Sie zu verwöhnen, sie sexuell zu befriedigen, war genug ...

»Rehv ...?«

Er blickte von ihrer Brust auf. Bei ihrer rauchigen Stimme und dem Funkeln in ihren Augen war er bereit, allem zuzustimmen. »Ja?« Er leckte an ihrer Brustwarze.

»Öffne deinen Mund für mich.«

Er blickte sie verwundert an, tat aber wie geheißen und fragte sich, warum ...

Ehlena streckte die Hand aus und berührte einen seiner voll ausgefahrenen Fänge. »Du hast gesagt, es gefiele dir, mich zu verwöhnen und das sieht man. Sie sind so lang ... und scharf ... und weiß ...«

Als sie die Schenkel aneinanderrieb, als würde sie all das Genannte aufheizen, wusste er, worauf das hinauslaufen würde. »Ja, aber ...«

»Also, du könntet mich verwöhnen, indem du sie an mir zum Einsatz bringst. Jetzt.«

»Ehlena ...«

Das strahlende Leuchten in ihrem Gesicht begann zu erlöschen. »Hast du etwas gegen mein Blut?«

»Himmel, nein.«

»Also warum willst du dich dann nicht von mir nähren?« Sie setzte sich auf und hielt sich ein Kissen vor die Brüste. Ihr rotblondes Haar fiel herunter und bedeckte ihr Gesicht. »Ach so. Du hast dich bereits ... an ihr genährt?«

»Verflucht, *nein*.« Lieber hätte er Blut aus einem *Lesser* gesaugt. Verdammt, er würde von einem aufgedunsenen Hirsch am Straßenrand trinken, bevor er das Blut der Prinzessin trank.

»Du nährst dich nicht bei ihr?«

Er sah Ehlena in die Augen und schüttelte den Kopf. »Nein. Und das werde ich auch nie.«

Ehlena seufzte und strich sich das Haar zurück. »Tut mir leid. Ich weiß nicht, ob ich das Recht habe, solche Fragen zu stellen.«

»Das hast du.« Er nahm ihre Hand. »Das hast du absolut. Es gibt nichts, dass du nicht fragen kannst ...«

Als sein Satz unfertig in der Luft hängenblieb, krachten seine Welten ineinander, und Mörtel rieselte um ihn herab. Natürlich konnte sie fragen ... er konnte ihr nur nicht antworten.

Oder konnte er doch?

»Ich will dich«, meinte er schlicht und hielt sich damit so nah an der Wahrheit, wie er konnte. »Ich will nirgendwo anders sein als in dir.« Er schüttelte den Kopf, als er seinen Versprecher bemerkte. »Bei. Ich meine, bei dir. Schau, was das Nähren betrifft. Will ich mich von dir nähren? Verdammt, *ja*. Aber ...«

»Es gibt kein Aber.«

Und wie es das gab. Er befürchtete, dass er sie besteigen würde, wenn er ihre Vene nahm. Sein Schwanz stand schon jetzt stramm, während sie nur darüber redeten.

»Es reicht mir, Ehlena. Dich zu verwöhnen reicht mir.«

Sie runzelte die Stirn. »Dann musst du ein Problem mit meiner Herkunft haben.«

»Wie bitte?«

»Hältst du mein Blut für schwach? Denn zufällig kann ich meine Linie bis in die Aristokratie zurückverfolgen. Mein Vater und ich durchleben vielleicht schlechte Zeiten, aber über Generationen hinweg und den größten Teil seines Lebens über gehörten wir der *Glymera* an.« Als Rehv ein qualvolles Stöhnen ausstieß, stieg sie aus dem Bett und bedeckte sich mit dem Kissen. »Ich weiß nicht genau, wo deine Familie herkommt, aber ich kann dir versichern, mein Blut ist akzeptabel.«

»Ehlena, darum geht es nicht.«

»Bist du dir da sicher?« Sie ging zu ihrer Kleidung. Slip und BH kamen zuerst, dann hob sie ihre schwarzen Slacks auf.

Er konnte einfach nicht verstehen, warum ihr so viel daran lag, seinen Blutdurst zu stillen – denn was konnte sie schon davon haben? Aber vielleicht war das der Unterschied zwischen ihnen beiden. Sie war nicht darauf ausgerichtet, Leute auszunutzen, also liefen ihre Berechnungen nicht darauf hinaus, was sie bei einer Sache gewann. Er selbst hatte sehr wohl etwas davon, wenn er sie verwöhnte: Wenn sie sich unter seinen Lippen wand, fühlte er sich mächtig und stark, wie ein richtiger Mann, nicht wie ein geschlechtloses Psychopathenmonster.

Sie war nicht wie er. Und darum liebte er sie.

Oh ... *Himmel*. Tat er das wirklich?

Ja, das tat er.

Als er diese Erkenntnis gewann, stieg Rehv aus dem Bett,

ging zu ihr und nahm ihre Hand. Sie hielt im Anziehen inne und sah zu ihm auf.

»Es liegt nicht an dir«, beteuerte er. »Das kannst du mir glauben.«

Er umarmte sie und zog sie an sich.

»Dann beweise es«, sagte sie leise.

Er löste sich von ihr und blickte lange in ihr Gesicht. Seine Fänge pulsierten in seinem Mund, soviel stand fest. Und er spürte den Hunger tief in seinem Magen, zehrend, verlangend.

»Ehlena …«

»Beweise es.«

Er konnte nicht Nein sagen. Er hatte einfach nicht die Kraft, sie abzuweisen. Es war falsch aus so vielen Gründen, aber sie war alles, was er wollte, brauchte, begehrte.

Rehv strich ihr zärtlich das Haar vom Hals. »Ich werde zärtlich sein.«

»Das musst du nicht.«

»Ich werde es trotzdem sein.«

Er umfasste ihr Gesicht, neigte ihren Kopf zur Seite und legte die zarte blaue Vene frei, die zu ihrem Herzen führte. Als sie sich auf seinen Biss einstellte, beschleunigte sich ihr Puls. Er sah, wie die Vene schneller pulsierte, bis sie flatterte.

»Ich habe nicht das Gefühl, deines Blutes würdig zu sein«, sagte er und strich mit dem Zeigefinger ihren Hals hinauf und herunter. »Es hat nichts mit deiner Blutslinie zu tun.«

Ehlena langte zu seinem Gesicht empor. »Rehvenge, was ist mit dir los? Hilf mir zu verstehen, was hier vorgeht. Wenn ich bei dir bin, fühle ich mich dir mehr verbunden als meinem eigenen Vater. Aber da sind diese riesigen Lücken. Ich weiß, dass da etwas ist. Verrate es mir.«

Jetzt wäre der Moment, dachte er, die ganze Wahrheit zu enthüllen.

Und er war versucht, es zu tun. Es wäre so eine Erleichterung, mit dem Lügen aufzuhören. Das Problem war nur, dass er ihr nichts Egoistischeres antun konnte. Wenn sie seine Geheimnisse kannte, wurde sie zu seiner Komplizin bei einem Gesetzesbruch – entweder das, oder sie schickte ihren Liebhaber in die Kolonie. Und wenn sie sich für Letzteres entschied, hätte er das Versprechen gegenüber seiner Mutter gebrochen, weil dann alles auffliegen würde.

Er war nichts für sie. Er war ganz und gar nichts für sie, und er wusste es.

Er sollte Ehlena gehen lassen.

Er wollte die Hände sinken lassen, einen Schritt zurück treten und sie den Rest ihrer Kleidung anziehen lassen. Er war ein Überzeugungskünstler. Er konnte sie davon abbringen und sie zu der Einsicht bringen, dass Nähren keine große Sache war ...

Bloß, dass sich seine Lippen teilten. Sich teilten, während ein Fauchen in seinem Hals aufstieg und den kurzen Abstand zwischen seinen Fängen und ihrer pulsierenden Vene überbrückte.

Auf einmal stöhnte sie, und die Muskeln, die von ihren Schultern in den Hals führten, spannten sich an, als hätte sein Griff ihr Gesicht zusammengepresst. Oh, Moment, das hatte er. Er war vollkommen taub, vollkommen ohne Empfindung, aber das lag nicht am Dopamin. Jeder Muskel in seinem Körper hatte sich versteift.

»Ich brauche dich«, stöhnte er.

Rehv biss fest zu, und sie schrie auf, ihr Rücken bog sich weit zurück, als er sie mit seiner Kraft umfing. Verdammt, sie war perfekt. Sie schmeckte wie voller, schwerer Wein, und in gierigen Zügen trank er tief und tiefer.

Und schob sie zum Bett.

Ehlena hatte keine Chance. Auch er nicht.

Auf den Plan gerufen durch das Nähren pflügte seine

Vampirnatur über alles andere hinweg. Das Verlangen eines Vampirs, zu kennzeichnen, was er wollte, sein sexuelles Revier zu markieren, zu dominieren, übernahm das Ruder und ließ ihn Ehlenas Slacks herunterreißen, eins ihrer Beine anwinkeln, seinen Schwanz an der Schwelle ihres Geschlechts positionieren ...

Und tief in sie stoßen.

Ehlena stieß einen weiteren rauen Schrei aus, als er in sie eindrang. Sie war unglaublich eng und aus Angst, er könnte sie verletzen, verharrte er reglos, damit sie sich an ihn gewöhnen konnte.

»Bist du okay?«, fragte er, seine Stimme so rau, dass er nicht wusste, ob sie ihn verstand.

»Nicht ... aufhören ...« Ehlena schlang die Beine um seinen Hintern und drückte ihn noch tiefer in sich hinein.

Ein Knurren entrang sich seinen Lippen und hallte im Schlafzimmer nach – bis er die Fänge wieder in ihrem Hals vergrub.

Doch selbst im Rausch von Nähren und Sex ging Rehv vorsichtig mit ihr um – ganz anders als mit der Prinzessin. Ganz sanft glitt er in seine Geliebte hinein und aus ihr hinaus, um sicherzustellen, dass Ehlena mit seiner Größe zurechtkam. Seiner Erpresserin wollte er Schmerzen zufügen. Bei Ehlena hätte er sich eher mit einem rostigen Messer kastriert, ehe er sie verletzt hätte.

Das Problem war nur, dass sie sich mit ihm bewegte, während er sich an ihr satt trank, und die köstliche Reibung überwältigte ihn, bis seine Hüften nicht mehr vorsichtig drängten, sondern hämmerten – bis er ihren Hals loslassen musste, um ihn nicht aufzureißen. Er leckte ein paarmal über die Bisswunden, dann ließ er den Kopf in ihr Haar fallen und besorgte es ihr hart und kraftvoll.

Ehlena kam, und als sie sich eng um ihn zusammenzog, schoss sein eigener Orgasmus aus den Hoden durch den

Schaft ... was er nicht zulassen konnte. Bevor sein Stachel ausfuhr, zog er sich aus ihr zurück und kam über ihr ganzes Geschlecht und ihren Bauch.

Als es vorbei war, brach er auf ihr zusammen, und es dauerte eine Weile, bis er reden konnte.

»Ah, verdammt ... tut mir leid. Ich bin sicher schwer.«

Ehlenas Hände fuhren seinen Rücken hinauf. »Nein, du bist wundervoll.«

»Ich ... bin gekommen.«

»Ja, das bist du.« Ihr Lächeln lag in jedem Ton ihrer Stimme. »Das bist du wirklich.«

»Ich war mir nicht sicher, ob ich ... könnte, weißt du. Deswegen habe ich mich zurückgezogen ... ich habe nicht erwartet zu ... ja.«

Lügner. Verdammter *Lügner.*

Die Freude in ihrer Stimme machte ihn krank. »Nun, ich bin froh, dass du gekommen bist. Und wenn es wieder passiert, ist es super. Und wenn nicht, auch okay. Es gibt keinen Druck.«

Rehv schloss die Augen, und seine Brust schmerzte. Er hatte sich zurückgezogen, damit sie seinen Stachel nicht bemerkte – und weil es Betrug war, in ihr zu kommen, bei allem, was sie nicht über ihn wusste.

Als sie seufzte und sich an ihn kuschelte, kam er sich vor wie das letzte Arschloch.

9

Die CT war keine große Sache. Wrath legte sich einfach auf eine kalte Pritsche und hielt still, während diese weiße medizinische Apparatur unter Murmeln und höflichem Hüsteln um seinen Kopf herumfuhr.

Das Schlimme war das Warten auf die Ergebnisse.

Während der Tomographie war Doc Jane die Einzige auf der anderen Seite der Glastrennwand, und soweit er es erkennen konnte, stand sie die ganze Zeit stirnrunzelnd vor einem Monitor. Jetzt, wo es vorbei war, tat sie das immer noch. In der Zwischenzeit war Beth hereingekommen und hatte sich in dem kleinen gefliesten Raum neben ihn gestellt.

Der Himmel allein wusste, was Doc Jane gefunden hatte.

»Ich habe keine Angst, unters Messer zu kommen«, versicherte er seiner *Shellan*. »Solange diese Frau es führt.«

»Operiert sie denn am Hirn?«

»Gute Frage. Keine Ahnung.«

Wrath spielte geistesabwesend mit Beths dunklem Rubin und drehte an dem schweren Stein.

»Tu mir einen Gefallen«, flüsterte er.

Beth drückte seinen Arm. »Jeden. Was kann ich tun?«

»Summe die Melodie von *Wer wird Millionär.*«

Es gab eine Pause. Dann prustete Beth los und knuffte ihm in die Schulter. »Wrath ...«

»Nein, zieh dich dabei aus und mach etwas Bauchtanz.« Als sich seine *Shellan* zu ihm herabbeugte und ihn auf die Stirn küsste, sah er durch seine Sonnenbrille zu ihr auf. »Du glaubst, ich scherze? Komm schon, wir können etwas Ablenkung brauchen. Ich verspreche auch ein großzügiges Trinkgeld.«

»Du trägst nie Bargeld bei dir.«

Er leckte sich über die Oberlippe. »Ich habe vor, es abzuarbeiten.«

»Du bist unmöglich.« Beth lächelte zu ihm herab. »Und das gefällt mir.«

Als er sie so ansah, packte ihn plötzlich die Angst. Wie würde sein Leben aussehen, wenn er ganz blind wäre? Wenn er nie mehr das lange dunkle Haar oder das strahlende Lächeln seiner *Shellan* sah ...

»Okay.« Doc Jane kam herein. »Folgendes kann ich sagen.«

Wrath versuchte, nicht zu schreien, als die geisterhafte Ärztin die Hände in den Taschen ihres weißen Kittels vergrub und ihre Gedanken zu ordnen schien.

»Ich erkenne keinen Hinweis auf einen Tumor oder eine Hirnblutung. Aber es gibt Anomalien in diversen Bereichen. Ich habe noch nie die CT eines Vampirhirns angesehen, deshalb habe ich keine Ahnung, was im Bereich des ›Normalen‹ liegt. Ich weiß, du willst, dass nur ich das sehe, aber ich kann es allein nicht beurteilen und würde Havers gerne hinzuziehen. Bevor du ablehnst, möchte ich dich daran erinnern, dass er der Schweigepflicht unterliegt. Er kann nicht einfach ...«

»Hol ihn«, willigte Wrath ein.

»Es wird nicht lange dauern.« Doc Jane berührte seine Schulter und dann Beths. »Er ist gleich draußen. Ich habe ihn gebeten zu warten, für den Fall, dass technische Probleme auftreten.«

Wrath sah zu, wie die Ärztin durch den kleinen Beobachtungsraum in den Flur ging. Einen Moment später kam sie mit dem großen, schlanken Arzt zurück. Havers verbeugte sich durch die Scheibe vor ihm und Beth und trat vor die Bildschirme.

Beide nahmen die gleiche Pose ein: vornübergebeugt, Hände in den Taschen, Brauen tief in die Augen gezogen.

»Lernt man das im Medizinstudium?«, fragte Beth.

»Witzig, das Gleiche habe ich mich auch gerade gefragt.«

Die Zeit zog sich. Sie warteten. Hinter der großen Scheibe wurde viel geredet und mit Kulis auf den Monitor gedeutet. Schließlich richteten sich die beiden Mediziner auf und nickten.

Sie kamen zusammen rein.

»Die Tomographie ist normal«, verkündete Havers.

Wrath stieß die Luft so geräuschvoll aus, dass es fast pfiff. Normal. Normal war gut.

Havers stellte einige Fragen, die Wrath beantwortete, ohne sich dessen überhaupt groß bewusst zu sein.

»Mit Erlaubnis Eurer Leibärztin«, sagte Havers mit Verbeugung vor Doc Jane, »würde ich gerne etwas Blut für eine Analyse nehmen und eine kurze Untersuchung durchführen.«

Doc Jane stimmte zu: »Ich halte es für eine gute Idee. Eine zweite Meinung ist immer gut, wenn etwas unklar ist.«

»Nur zu«, sagte Wrath und drückte kurz Beths Hand, bevor er sie losließ.

»Mein Herr, wärt Ihr so gütig, die Brille abzunehmen?«

Havers vollzog schnell die Routine des Augapfel-Pfählens. Dann kam er um Wrath herum und prüfte das Ohr, dann das Herz. Schließlich brachte eine Schwester das Besteck zur Blutabnahme, aber das Pieksen übernahm Doc Jane.

Danach steckte Havers die Hände in die Taschen und setzte wieder sein kritisches Arztgesicht auf. »Alles scheint normal. Nun, normal für Euch, zumindest. Eure Pupillen zeigen keinerlei Reaktion, aber das ist ein Schutzmechanismus der übermäßig lichtempfindlichen Retina.«

»Was also heißt das?«, wollte Wrath wissen.

Doc Jane zuckte die Schultern. »Führ Tagebuch über die Kopfschmerzen. Und wenn die Blindheit noch einmal auftritt, kommen wir sofort wieder hierher. Vielleicht hilft eine CT während des Auftretens, das Problem zu lokalisieren.«

Havers verbeugte sich erneut vor Doc Jane. »Ich lasse Eure Ärztin wissen, was bei den Bluttests herauskommt.«

»Gut.« Wrath blickte zu seiner *Shellan* auf, bereit zu gehen, aber Beth musterte die Ärzte.

»Ihr scheint beide nicht sonderlich glücklich mit dem Ergebnis«, meinte sie.

Doc Jane sprach langsam und bedächtig, als würde sie ihre Worte sorgfältig wählen. »Ich bin immer nervös, wenn sich keine Ursache für ein Problem ausmachen lässt. Ich sage nicht, dass wir es hier mit einem Notfall zu tun haben. Aber ich glaube nicht, dass sich Probleme in Luft auflösen, nur weil die CT okay war.«

Wrath ließ sich vom Untersuchungstisch gleiten und nahm seine schwarze Lederjacke von Beth entgegen. Es fühlte sich großartig an, in das Ding zu schlüpfen und die Patientenrolle abzustreifen, die ihm seine verdammten Augen eingebrockt hatten.

»Ich werde nicht leichtfertig mit der Sache umgehen«, versicherte er den Weißkitteln, »aber ich arbeite weiter.«

Ein Chor der besorgten und mahnenden Worte hob an, doch Wrath würgte ihn ab, indem er das Behandlungszimmer verließ. Er fühlte sich merkwürdig gehetzt, als er mit Beth den Gang herunter lief.

Er hatte das unangenehme Gefühl, schnell handeln zu müssen, weil ihm nicht viel Zeit blieb.

John ließ sich alle Zeit der Welt auf dem Weg zum *ZeroSum*. Er verließ Xhexs Wohnung, schlenderte durch das Schneegestöber zur Tenth Street und ging in ein Tex-Mex-Restaurant. Dort suchte er sich einen Tisch in der Nähe des Notausgangs und bestellte eine doppelte Portion Spare Ribs mit Kartoffelbrei und Krautsalat durch Deuten auf die laminierte Speisekarte.

Die Kellnerin, die seine Bestellung aufnahm und ihm das Essen brachte, trug einen sensationell kurzen Rock und schien gewillt, ihn nicht nur mit einem Abendessen zu beglücken. Kurz dachte er sogar darüber nach. Sie war blond, nicht überschminkt und hatte hübsche Beine. Aber sie roch nach Grillfett und ihn irritierte, dass sie ihn immer sehr langsam ansprach, so als wäre er bescheuert.

John zahlte in bar, hinterließ ein großzügiges Trinkgeld und stahl sich heraus, bevor sie ihm ihre Nummer zustecken konnte. Draußen in der Kälte ließ er sich Zeit auf der Trade Street. Das heißt, er machte einen Abstecher in jede Seitenstraße, an der er vorbeikam.

Keine *Lesser*. Auch keine Menschen, die irgendwelchen Unfug anstellten.

Schließlich ging er ins *ZeroSum*. Als er durch die Stahl- und Glastür ging und den ersten Schwall von Lichtern, Musik und zwielichtigen Gestalten in schicken Klamotten auffing, geriet seine coole-Macker-Pose kurz ins Wanken. Xhex würde hier sein …

Na und? War er so ein verdammter ängstlicher Vollidiot, dass er nicht in einem Club mit ihr sein konnte?

Diese Zeiten waren vorbei. John nahm seinen Mut zusammen, ging zur Samtkordel und unter den Blicken der Türsteher in den VIP-Bereich hinein. Im hinteren Teil saßen Qhuinn und Blay am Tisch der Bruderschaft, gefangen wie zwei Quarterbacks auf der Ersatzbank, während sich ihr Team auf dem Rasen schlug: Sie wirkten zappelig, trommelten mit den Fingern auf dem Tisch herum und spielten mit den Servietten, die mit ihren Coronaflaschen gekommen waren.

Als John vor sie trat, blickten sie auf und verharrten reglos, als hätte jemand ihre DVDs angehalten.

»Hey«, grüßte Qhuinn schließlich.

John setzte sich neben seinen Freund und bedeutete *Hallo.*

»Wie geht's«, fragte Qhuinn, als auch schon die Kellnerin zu ihnen kam. »Nochmal drei Corona ...«

John schnitt ihn ab. *Ich will etwas anderes. Sag ihr ... ich will einen Jack Daniels auf Eis.*

Qhuinns Augenbrauen schossen nach oben, aber er gab die Bestellung auf und sah zu, wie die Frau zur Bar trottete. »Heute mal was Härteres, hm?«

John zuckte die Schultern und betrachtete eine Blondine zwei Tische weiter. Als sie seinen Blick bemerkte, warf sie sich sofort in Pose, schüttelte ihr volles, glänzendes Haar über die Schulter und schob die Brüste raus, bis sie sich gegen ihr kaum vorhandenes knappes schwarzes Kleid drückten.

Wetten, dass sie nicht nach Grillfett roch?

»Äh ... John, was ist denn mit dir los?«

Wieso?, bedeutete er Qhuinn in Zeichensprache, ohne die Augen von der Frau zu nehmen.

»Du schaust diese Schnitte an, als wolltest du sie in

einen Taco rollen und mit deiner scharfen Soße übergießen.«

Blay hüstelte verlegen. »Deine Ausdrucksweise ist manchmal echt unmöglich, weißt du das?«

»Ich sage nur, wie es für mich aussieht.«

Die Kellnerin kam und stellte ihre Bestellung auf den Tisch. John stürzte sich gierig auf den Whiskey und kippte ihn in einem Zug herunter.

»Wird das heute eine dieser Nächte?«, murmelte Qhuinn, »die auf der Toilette enden?«

Darauf kannst du wetten, bedeutete John. *Aber ganz bestimmt nicht, um zu kotzen.*

»Aber warum würdest du sonst ... Ach so.« Qhuinn machte ein Gesicht, als hätte ihm gerade jemand einen Wink mit dem Laternenpfahl verpasst.

Ja, *ach so,* dachte John, während er die VIP-Lounge nach weiteren Kandidatinnen absuchte.

In der Nische neben ihnen saßen drei Geschäftsmänner mit weiblichen Begleitungen, die alle aussahen, als wären sie bereit für ihre Großaufnahme in der *Vanity Fair.* Gegenüber hockte das typische Sixpack von Szene-Hipstern, die sich ständig schnäuzten und pärchenweise in den Toiletten verschwanden. Oben an der Bar standen ein paar Erfolgstypen mit ihren aufgedonnerten zweiten Frauen und ein paar weitere Kokser beäugten die Professionellen.

John war immer noch bei seiner Bestandsaufnahme, als Rehvenge in den VIP-Bereich kam. Alle Blicke wandten sich ihm zu, und ein Schauder der Erregung ging durch den Laden, denn selbst wer nicht wusste, dass ihm der Club gehörte, traf nicht häufig auf einen Zweimeterhünen mit rotem Stock, schwarzem Zobelmantel und kurzem Irokesenschnitt.

Außerdem sah man selbst in dem dämmrigen Licht, dass seine Augen violett waren.

Wie gewöhnlich wurde er von zwei Typen gleicher Größe flankiert, die aussahen, als gäbe es bei ihnen Gewehrkugeln zum Frühstück. Xhex war nicht dabei, aber das war in Ordnung. Das war gut.

»Ich will dieser Kerl sein, wenn ich groß bin«, jammerte Qhuinn.

»Aber schneid dir nicht die Haare«, meinte Blay. »Es ist so schö... ich meine, so einen Iro musst du ständig nachschneiden.«

Während Blay sein Bier herunterstürzte, streiften Qhuinns verschiedenfarbige Augen kurz das Gesicht seines Freundes, bevor sie schnell in eine andere Richtung sahen.

John winkte der Kellnerin und orderte einen weiteren Whiskey und verrenkte sich dann, um durch den Wasserfall hindurch auf den allgemein zugänglichen Clubbereich zu blicken. Da draußen auf der Tanzfläche wimmelte es von Frauen, die nach genau dem Ausschau hielten, was er zu bieten hatte. Er musste nur hingehen und sich eine der Freiwilligen aussuchen.

Guter Plan, aber plötzlich musste er an alleinerziehende Mütter denken. Wollte er wirklich das Risiko eingehen, irgendeine Menschenfrau zu schwängern? Man sollte sich eigentlich auskennen, wann sie ihren Eisprung hatten, doch was zum Teufel wusste er schon über Frauen?

Mit gerunzelter Stirn löste er den Blick von der Tanzfläche, schloss die Faust um seinen frischen Jack Daniels und konzentrierte sich auf die Mädchen im Dienst.

Professionelle. Die das Spiel kannten, in das er einsteigen wollte. Viel besser.

Er konzentrierte sich auf eine dunkelhaarige Frau, die ein Gesicht hatte wie die Jungfrau Maria.

Marie-Terese, wenn er richtig informiert war. Sie war die Chefin der Mädels, aber sie war auch zu buchen: Im Moment stand sie mit ausgestellter Hüfte vor einem Kerl im Dreiteiler, der sehr interessiert an ihrem Angebot schien.

Komm mit, bedeutete John Qhuinn.

»Wo... okay, verstehe.« Qhuinn leerte sein Bier und drückte sich aus der Bank. »Bis später, schätze ich, Blay.«

»Ja. Viel ... Spaß.«

John ging voraus. Die blauen Augen der Brünetten schienen überrascht, als die beiden auf sie zukamen. Mit irgendeiner gesäuselten Entschuldigung trat sie von ihrem Aufriss zurück.

»Ihr braucht etwas?«, fragte sie ohne jeden ironischen Unterton. Aber ihre Freundlichkeit verdankten sie sicher der Tatsache, dass John und die Jungs Ehrengäste des Reverends waren. Obwohl sie natürlich nicht wusste, warum.

Frag sie, wie viel, bedeutete er Qhuinn. *Für uns beide.*

Qhuinn räusperte sich. »Er möchte wissen, wie viel.«

Sie runzelte die Stirn. »Hängt davon ab, wen ihr wollt. Die Mädchen haben ...« John zeigte auf Marie-Terese. »Mich?«

John nickte.

Als sich Marie-Tereses blaue Augen zusammenzogen und sie die roten Lippen schürzte, stellte sich John diese Lippen auf seiner Haut vor. Seinem Schwanz gefiel die Vorstellung, und er hüpfte in einer fröhlichen Spontanerektion empor. Ja, sie hatte sehr hübsche Li...

»Nein«, sagte sie. »Mich könnt ihr nicht haben.«

Qhuinn sprach, bevor Johns Hände anfangen konnten zu gestikulieren. »Warum? Unser Geld ist so gut wie das von jedermann.«

»Ich kann mir aussuchen, mit wem ich Geschäfte mache. Ein paar der anderen Mädchen denken vielleicht anders darüber. Ihr könnt sie fragen.«

John hätte gewettet, dass die Absage etwas mit Xhex zu tun hatte. Schließlich hatte es in der Vergangenheit eine

Menge Blickkontakt zwischen ihm und der Sicherheitschefin gegeben, und Marie-Terese wollte sich wahrscheinlich nicht einmischen.

Sicherlich war das der Grund, redete er sich ein, und nicht die Tatsache, dass nicht einmal eine Prostituierte etwas mit ihm anfangen wollte.

Okay, cool, bedeutete John. *Wen schlägst du vor?*

Qhuinn übersetzte, und sie antwortete: »Ich würde vorschlagen, du gehst zurück zu deinem Whiskey und lässt die Finger von den Mädchen.«

Kommt nicht infrage. Und ich will eine Professionelle.

Wieder übersetzte Qhuinn, und Marie-Tereses Miene verfinsterte sich noch mehr. »Ich will ehrlich sein: Mir kommt es vor, als wolltest du mit dieser Aktion jemandem eins auswischen. Wenn dir nach Sex ist, such dir jemand auf der Tanzfläche oder in einer dieser Nischen. Mach's nicht mit einer von uns, okay?«

Okay. Ganz eindeutig wegen Xhex.

Der alte John hätte ihren Vorschlag angenommen. Scheiß drauf. Der alte John hätte diese Unterhaltung erst gar nicht angefangen. Aber die Dinge hatten sich geändert.

Danke, aber ich glaube, wir fragen eine deiner Kolleginnen. Mach's gut.

John wandte sich ab, während Qhuinn noch übersetzte, aber Marie-Terese ergriff seinen Arm. »In Ordnung. Du willst ein Arschloch sein, dann geh und sprich mit Gina da drüben in Rot.«

John deutete eine Verbeugung an, dann nahm er ihren Vorschlag an und ging zu einer schwarzhaarigen Frau, deren grellrotes Vinyldress als Stroboskop durchgegangen wäre.

Im Gegensatz zu Marie-Terese war sie sofort dabei, noch bevor Qhuinn fragen konnte. »Fünfhundert«, strahlte sie ihnen entgegen. »Für jeden. Ich nehme an, ihr wollt zusammen?«

John nickte, ein bisschen überrascht, wie einfach es war. Doch andrerseits war es das, wofür sie zahlten: Einfachheit.

»Sollen wir nach hinten gehen?«, schlug Gina vor, stellte sich zwischen ihn und Qhuinn, hakte sich ein und führte sie an Blay vorbei, der sich starr auf sein Bier konzentrierte.

Als sie durch den Gang zu den privaten Toiletten gingen, fühlte sich John wie im Fieber: Heiß und losgelöst von seiner Umgebung trieb er mit dem Fluss mit, einzig gehalten von dem dünnen Arm der Prostituierten, die er für Sex bezahlen würde.

Wenn sie losließ, so kam es ihm vor, würde er einfach davonschweben.

10

Als Xhex die Stufen in den VIP-Bereich hinauf kam, traute sie zuerst ihren Augen nicht. Es sah doch tatsächlich so aus, als gingen John und Qhuinn mit Gina in den hinteren Bereich. Es sei denn natürlich, es gab zufällig noch zwei andere Typen mit einem Tattoo in der Alten Sprache auf dem Nacken oder Schultern so breit wie Rehvs.

Aber das war absolut sicher Gina in ihrem »Rot heißt nicht Stopp«-Fummel.

Trez' Stimme meldete sich in ihrem Ohrstöpsel. »Rehv ist hier und erwartet dich.«

Tja, Pech gehabt, er würde noch ein bisschen länger warten müssen.

Xhex machte kehrt und ging zurück Richtung Samtkordel – zumindest bis sich ein Kerl in einem Prada-Verschnitt vor ihr aufbaute.

»He, Baby, wohin so eilig?«

Dumme Aktion von seiner Seite. Das aufgekokste Stück Irrelevanz hatte sich der falschen Frau in den Weg gestellt.

»Mach Platz, bevor mir die Geduld ausgeht.«

»Was denn, was denn?« Er grapschte nach ihrer Hüfte. »So redet man nicht mit einem echten Ma... Autsch!«

Xhex packte seine Hand, presste seine Knöchel zusammen und drehte seinen Arm, bis er wie ein Flamingobein herausstand. »Okay«, fing sie an, »vor einer Stunde und zwanzig Minuten hast du für siebenhundert Dollar Koks gekauft. Trotz den Mengen, die du dir in der Toilette reingezogen hast, ist sicher noch genug übrig, um dich für Drogenbesitz dranzubekommen. Also geh mir verdammt nochmal aus dem Weg. Und wenn du noch einmal versuchst, mich anzufassen, breche ich dir diese Finger, und dann mach ich mich an die andere Hand.«

Damit schubste sie ihn zurück zu seinen Freunden.

Xhex ging weiter, aus dem VIP-Bereich heraus und vorbei an der Tanzfläche. Unter der Treppe zum Zwischengeschoss gab es eine Tür mit Aufschrift SICHERHEITSPERSONAL, dort tippte sie einen Code ein. Der Flur dahinter führte sie am Mitarbeiterzimmer vorbei zu ihrem Ziel, dem Sicherheitsbüro. Nachdem sie eine weitere Kombination eingegeben hatte, trat sie in den zwanzig Quadratmeter großen Raum, in dem das gesamte Überwachungssystem Daten in die Computer fütterte.

Alles, was auf dem Gelände geschah, mit Ausnahme von Rehvs Büro und Rallys Packraum, die auf einem gesonderten System liefen, wurde hier digital aufgezeichnet und auf grau-blauen Monitoren wiedergegeben.

»He, Chuck«, sprach sie den Kerl hinter dem Schreibtisch an. »Was dagegen, mich einen Moment allein zu lassen?«

»Kein Problem. Ich muss sowieso mal aufs Klo.«

Sie tauschten die Plätze, und Xhex versank in dem Kirk-Sessel, wie die Jungs ihn nannten. »Ich brauche nicht lang.«

»Ich auch nicht, Boss. Willst du was trinken?«
»Danke, nein.«

Als Chuck nickte und sich hinausschob, konzentrierte Xhex sich auf die Monitore, die die Waschräume hinter dem VIP-Bereich zeigten ...

Ach du Scheiße.

Das höllische Dreierpack drängte sich in einer Kabine zusammen, Gina in der Mitte. John küsste sich gerade zu ihren Brüsten herunter, während Qhuinn, der hinter ihr stand, seine Hände um ihre Hüften nach vorne schob.

Eingequetscht zwischen den beiden Männern machte Gina nicht den Eindruck, als würde sie arbeiten. Sie sah aus wie eine Frau, die gerade nach allen Regeln der Kunst verwöhnt wurde.

Verdammt.

Obwohl es wenigstens Gina war. Xhex hatte keine echte Beziehung zu ihr, weil sie ganz neu bei ihnen war, also war es nicht viel anders, als würde John es irgendeiner Braut von der Tanzfläche besorgen.

Xhex lehnte sich zurück und zwang sich, auf die anderen Bildschirme zu sehen. Überall waren Leute zu sehen, flimmernde Bilder davon, wie sie tranken, Lines zogen, es miteinander trieben, tanzten, redeten oder in die Ferne starrten, füllten ihr Gesichtsfeld.

Das war gut, dachte sie. Das war ... gut. John hatte seine romantischen Illusionen abgelegt und sich anders ausgerichtet. Das war gut ...

»Xhex, wo bist du?«, ertönte Trez' Stimme in ihrem Ohrstöpsel.

Sie riss die Uhr an den Mund und fauchte: »Gleich, verdammt!«

Die Antwort des Mauren war typisch ruhig. »Alles okay?«
»Ich ... tut mir leid. Ich komme.«

Ja, und genau das tat Gina auch. Himmel.

Xhex erhob sich aus dem Kirk-Sessel, und ihre Augen wanderten zurück zu dem Monitor, den sie absichtlich gemieden hatte.

Die Sache war vorangegangen. Schnell.

John bewegte die Hüften.

Gerade als Xhex zusammenzuckte und gehen wollte, blickte er in die Überwachungskamera. Ob er es wusste, oder ob sein Blick einfach dorthin fiel, war schwer zu sagen.

Scheiße. Sein Gesicht war finster, die Kiefer zusammengepresst, der Blick seelenlos auf eine Art, die ihr das Herz brach.

Xhex versuchte, seinen Wandel nicht als das zu sehen, was er war, aber sie scheiterte. Sie war dafür verantwortlich. Vielleicht war sie nicht der einzige Grund, warum seine Seele versteinert war, aber sie war ein großer Teil davon.

Er sah zur Seite.

Sie wandte sich ab.

Chuck steckte den Kopf zur Tür herein. »Brauchst du noch länger?«

»Nein, danke, ich habe genug gesehen.«

Sie klopfte dem Mann auf die Schulter und ging hinaus in den Gang, wo sie sich nach rechts wandte. Am Ende des Gangs lag eine verstärkte schwarze Tür. Xhex gab eine weitere Zahlenkombination ein und gelangte in den Flur zu Rehvs Büro. Als sie durch die Tür trat, blickten ihr die drei Männer um den Tisch misstrauisch entgegen.

Sie lehnte sich an die schwarze Wand ihnen gegenüber. »Was?«

Rehv verschränkte die Arme. »Kommst du eigentlich gerade in die Triebigkeit?«

Bei diesen Worten vollführten Trez und iAm die Handbewegung, mit der die Schatten Unheil abwehrten.

»Was? Nein! Warum fragst du?«

»Weil du, sei nicht böse, furchtbar reizbar bist.«

»Bin ich nicht.« Als die Männer Blicke tauschten, blaffte sie: »Hört auf damit!«

Na super, jetzt schauten sie sich alle betont *nicht* an.

»Könnten wir dieses Meeting hinter uns bringen?«, bat sie und versuchte, ihren Tonfall etwas zu mildern.

Rehv ließ die Arme fallen und lehnte sich nach vorne. »Ja. Ich muss gleich zu einem Treffen mit dem Rat.«

»Sollen wir mitkommen?«, fragte Trez.

»Solange keine wichtigen Termine nach Mitternacht anstehen.«

Xhex schüttelte den Kopf. »Das letzte Treffen dieser Woche war um neun und verlief ohne Zwischenfälle. Obwohl unser Käufer extrem nervös war, und das war noch bevor wir über Polizeifunk erfuhren, dass schon wieder ein Drogendealer tot aufgefunden wurde.«

»Dann sind jetzt nur noch zwei von unseren sechs Subunternehmern übrig. Mann, da tobt wirklich ein Grabenkrieg.«

»Und wer immer diesen Zirkus abzieht, arbeitet sich langsam hoch.«

Trez meldete sich zu Wort: »Deshalb finden iAm und ich, dass du rund um die Uhr jemanden bei dir haben solltest, bis diese Sache ausgestanden ist.«

Rehv schien genervt, aber er widersprach nicht. »Haben wir eine Ahnung, wer all diese Leichen produziert?«

»Na ja, also«, fing Trez an, »die Leute glauben, das wärst du.«

»So ein Unsinn. Warum sollte ich meine eigenen Kunden beseitigen?«

Jetzt war es Rehv, der von der versammelten Runde angestarrt wurde. »Ach, kommt schon«, meinte er, »*so* schlimm bin ich auch nicht. Na ja, okay, aber nur, wenn mich jemand verarschen will. Und diese vier Toten waren ganz solide Geschäftsleute. Zogen keinen Scheiß ab. Das waren gute Kunden.«

»Hast du mit deinen Lieferanten geredet?«, wollte Trez wissen.

»Ja. Ich habe ihnen gesagt, dass sie auf weitere Weisungen warten sollen, und dass ich davon ausgehe, die gleichen Mengen abzusetzen. Für die toten Dealer findet sich sicher bald Ersatz. Dealer schießen für gewöhnlich wie Pilze aus dem Boden.«

Es entstand eine Diskussion über den Markt und die Preise, dann sagte Rehv: »Bevor uns die Zeit ausgeht, berichtet vom Club. Was ist los?«

Okay, großartige Frage, dachte Xhex. Der Knüller des Abends? John Matthew wahrscheinlich. Auf den Knien vor Gina.

»Xhex, knurrst du etwa?«

»Nein.« Sie riss sich zusammen und gab einen kurzen Überblick über die Ereignisse der Nacht. Trez berichtete vom *Iron Mask*, das ihm übertragen worden war, und dann redete iAm über die Finanzen und über *Sal's Restaurant*, einen weiteren Laden von Rehv. Alles in allem liefen die Geschäfte ganz normal – wenn man davon absah, dass viele davon nach menschlichem Gesetz als Kapitalverbrechen galten. Dennoch war Xhex in Gedanken nur halb bei der Sache, und als ihre Besprechung endete, war sie als Erste an der Tür, obwohl sie normalerweise immer noch ein bisschen länger blieb.

Sie kam genau zum richtigen Zeitpunkt aus dem Büro.

Für einen Tritt in die Nieren.

Genau in diesem Moment erschien Qhuinn am Ende des Gangs, an dem die privaten Waschräume lagen, mit geröteten, geschwollenen Lippen und zerzaustem Haar. Ihn umwehte der Geruch von Sex und Orgasmen und raffinierten schmutzigen Spielchen.

Sie blieb stehen, obwohl das eine bescheuerte Idee war. Gina kam als Nächste, und sie sah aus, als könnte sie einen Drink gebrauchen. Sowas in Richtung Gatorade. Die Frau schien keine Knochen mehr zu haben, aber nicht, weil sie ihre aufreizende Balzshow abzog, sondern weil sie ordentlich bedient worden war, und das verklärte Lächeln auf ihren Lippen war für Xhex' Geschmack deutlich zu persönlich und ehrlich.

Als Letzter kam John – erhobenen Hauptes, Blick voraus, Schultern gestrafft.

Er war fantastisch gewesen. Darauf würde sie wetten ... einfach fantastisch.

Er wandte den Kopf und sah Xhex. Verschwunden war der schüchterne Blick, das Erröten, das verlegene Herumgedruckse. Er nickte knapp und sah in die andere Richtung, gefasst ... und bereit für mehr Sex, so wie er die nächste Prostituierte ins Auge fasste.

Ein unbehaglicher, unvertrauter Schmerz fuhr ihr in die Brust und brachte ihren gleichmäßigen Herzschlag aus dem Rhythmus. In ihrem Bemühen, ihn vor dem Unglück zu bewahren, das ihrem letzten Liebhaber geschehen war, hatte sie etwas in ihm zerstört: Ihre Abweisung hatte ihm etwas Kostbares geraubt.

Seine Unschuld war verloren.

Xhex hielt sich die Uhr an den Mund. »Ich brauche etwas Frischluft.«

Trez war ganz ihrer Meinung: »Gute Idee.«

»Ich bin zurück, bevor ihr zu dem Ratstreffen geht.«

Bei seiner Rückkehr aus dem Unterschlupf seines Vaters gab sich Lash nur zehn Minuten, um wieder zu sich zu kommen, dann stieg er in den Mercedes und fuhr zu der schäbigen Ranch, wo sie die Drogen abgepackt hatten. In seinem Zustand grenzte es an ein Wunder, dass er nicht irgendwo hineinkrachte, und fast wäre das auch passiert. Als er sich die Augen rieb und gleichzeitig eine Nummer auf dem Handy wählte, bremste er nicht schnell genug an einer Ampel. Dass seine Reifen Halt fanden, war allein den Streufahrzeugen der Stadt Caldwell zu verdanken, die schon ihre Runde gedreht hatten.

Er legte das Handy weg und konzentrierte sich auf die Straße. Wahrscheinlich war es ohnehin besser, nicht mit Mr D zu sprechen, solange er noch vom Aufenthalt bei seinem Vater benebelt war.

Mist, die Heizung machte ihn noch müder.

Lash ließ das Fenster runter und schaltete den heißen Luftstrom ab, der ihm ins Gesicht blies. Als er vor der alten Bruchbude anhielt, war er schon viel wacher. Er parkte hinter dem Haus, so dass der Benz durch die abgeschirmte Veranda und die Garage verdeckt war, und ging durch die Küchentür rein.

»Wo seid ihr?«, rief er. »Was gibt's Neues?«

Stille.

Er steckte den Kopf in die Garage. Da dort nur der Lexus stand, folgerte er, dass Mr D, Grady und die anderen beiden auf dem Rückweg von ihrem Rendezvous mit dem Dealer waren. Also blieb ihm Zeit für einen kleinen Imbiss. Lash ging zu dem Kühlschrank, der für ihn aufgefüllt worden war, und rief den kleinen Texaner auf dem Handy an. Es klingelte einmal. Zweimal.

Gerade, als er ein belegtes Putensandwich aus dem Kühlschrank zog und das Verfallsdatum prüfte, meldete sich Mr Ds Mailbox.

Lash richtete sich auf und starrte auf sein Handy. Er kam nie bis zur Mailbox. Nie.

Aber vielleicht hatte sich das Treffen verschoben, und sie waren gerade mittendrin.

Lash aß in der Erwartung, sicher gleich zurückgerufen

zu werden. Als das nicht geschah, ging er ins Wohnzimmer, fuhr den Laptop hoch und startete die GPS-Software, die alle Handys der Gesellschaft der *Lesser* auf der Karte von Caldwell anzeigte. Er suchte nach Mr Ds und entdeckte ...

Der Typ bewegte sich schnell, und zwar in östliche Richtung. Und die zwei anderen *Lesser* waren bei ihm.

Also warum ging er nicht ans Handy?

Verdächtig. Lash rief erneut an und lief in der Bruchbude umher, während es läutete und läutete. Im Haus war alles beim Alten, soweit er sehen konnte. Das Wohnzimmer war wie gehabt und die beiden Gästezimmer und das Schlafzimmer waren in Ordnung, alle Fenster geschlossen, die Rollladen herunter gelassen.

Er rief den Texaner ein drittes Mal an, und ging den Flur an der Seite des Hauses entlang, die zur Straße lag ...

Plötzlich blieb Lash stehen und riss den Kopf zu der Tür herum, die er noch nicht geöffnet hatte – und unter der ein kalter Luftzug hindurchzog.

Er musste die Tür nicht öffnen, um zu wissen, was geschehen war, aber er brach sie trotzdem auf. Das Fenster war eingeschlagen und um das Sims herum waren schwarze Streifen – Gummi, nicht Jägerblut.

Ein kurzer Blick aus dem Fenster zeigte Fußspuren in Richtung Straße in der dünnen Schneeschicht. Der Marsch hatte sicher nicht lange gedauert. In dieser ruhigen Nachbarschaft gab es genügend Autos, die man kurzschließen konnte, eine Fertigkeit, die jeder Kleinkriminelle beherrschte.

Grady hatte sich aus dem Staub gemacht.

Das überraschte Lash. Grady war nicht gerade der Hellste, aber die Cops waren hinter ihm her. Warum sollte er sich einen zweiten Suchtrupp aufhalsen?

Lash ging ins Wohnzimmer und sah sich um. Sein Blick fiel auf die Couch, und er runzelte die Stirn. Dort lag noch immer Gradys versiffter Pizzakarton ... und das *Caldwell Courier Journal.*

Aufgeschlagen auf der Seite mit den Todesanzeigen.

Lash dachte an Gradys aufgeschürfte Knöchel und nahm die Zeitung ...

Die Zeitung roch nach ... Old Spice. Aha, Mr D war also nicht ganz bescheuert und hatte sich das Ding auch angesehen ...

Lash überflog die Anzeigen. Ein paar Siebzig- und Achtzigjährige. Eine Sechzigjährige. Zwei in ihren Fünfzigern. Keiner von ihnen hieß Grady mit Nachname oder zweitem Vornamen. Drei Leute von außerhalb mit Verwandtschaft in Caldie ...

Und dann das: Christianne Andrews, vierundzwanzig. Die Todesursache wurde nicht genannt, aber ihr Todestag war Sonntag, und das Begräbnis hatte heute auf dem Pine Grove Friedhof stattgefunden. Der Knackpunkt: *Statt Blumen und Kränzen bitten wir um Spenden an das polizeiliche Hilfswerk für Opfer häuslicher Gewalt.*

Lash stürzte an den Laptop und sah sich den GPS-Bericht an. Mr Ds Escort raste ... wer hätte das gedacht: auf den Pine Grove Friedhof zu, wo die einst liebliche Christianne für alle Ewigkeiten in die Arme der Engel gebettet wurde.

Jetzt konnte er sich Gradys Vorgeschichte zusammenreimen: Das Arschloch prügelt seine Liebste, bis er seine Liebesbekundungen eines Nachts übertreibt und sie schließlich abkratzt. Die Cops finden die Leiche und fangen an, sich nach dem Freund umzusehen, dem alten Dealer, der den beruflichen Stress mit zu seiner Süßen nach Hause getragen hat. Kein Wunder, dass sie hinter ihm her waren.

Und die Liebe siegte über alles ... sogar über den Verstand von Kriminellen.

Lash ging vor die Tür und materialisierte sich zum Friedhof. Er freute sich schon auf diesen menschlichen Trottel und auch auf ein Treffen mit den idiotischen Jägern, die besser auf ihn aufpassen hätten sollen.

Er nahm nur zehn Meter entfernt von einem parkenden Auto Gestalt an – so dass ihn der Kerl darin beinahe gesehen hätte. Eilig verschwand Lash hinter einer Frauenstaute in fließendem Gewand und schielte zu dem Wagen herüber: Dem Geruch nach saß ein Mensch darin. Ein Mensch mit einer Menge Kaffee.

Ein verdeckter Ermittler der Polizei. Der ohne Zweifel auch darauf hoffte, dass dieses Stück Scheiße von Grady zu dem Mädchen zurückkehrte, das er ermordet hatte.

Nun, warten konnte man auch zu zweit.

Lash holte sein Handy heraus und schirmte das helle Display ab. Er hoffte nur, dass Mr D seine SMS noch las. Nachdem die Polizei hier war, wollte Lash die Sache mit Grady lieber alleine regeln.

Und dann würde er sich den Penner vorknüpfen, der den Menschen lang genug alleingelassen hatte, damit er entkommen konnte.

11

Wrath stand am Fuß der großen Freitreppe und beendete seine Vorbereitungen für das Treffen mit der *Glymera,* indem er eine Kevlar-Weste überstreifte. »Sie ist leicht«, stellte er fest.

»Gewicht ist nicht immer ein Qualitätsmerkmal«, meinte V, zündete sich eine Selbstgedrehte an und ließ sein goldenes Feuerzeug zuschnappen.

»Bist du dir da sicher?«

»Bei kugelsicheren Westen, ja.« Vishous stieß eine Rauchwolke aus, die kurz sein Gesicht umrahmte, bevor sie Richtung Deckengemälde aufstieg. »Aber wenn dir wohler dabei ist, können wir dir auch ein Garagentor vor die Brust schnallen. Oder ein Auto, wenn wir schon dabei sind.«

Schwere Schritte hallten in der prächtigen edelsteinfarbigen Eingangshalle wider, als Rhage und Zsadist gemeinsam die Treppe herunterkamen, ein Paar aufrechter Killer mit den Dolchen der Bruderschaft um die Oberkörper geschnallt, die Griffe nach unten. Als sie sich vor Wrath aufstellten, klingelte es an der Haustür, und Fritz eilte herbei, um Phury reinzulassen, der sich von den Adirondacks herunter materialisiert hatte, ebenso wie Butch, der gerade über den Hof lief.

Wrath durchzuckte es wie eine elektrische Entladung, als er seine Brüder ansah. Obwohl zwei von ihnen immer noch nicht wieder mit ihm sprachen, spürte er das gemeinsame Kriegerblut durch ihre Adern strömen. Sie alle verband das Verlangen, den Feind zu bekämpfen, sei es nun *Lesser* oder ein Angehöriger des eigenen Volkes.

Ein leises Geräusch auf der Treppe ließ ihn den Kopf drehen.

Tohr kam vorsichtig vom ersten Stock herunter, als traue er seinen Beinen noch nicht ganz. Soweit Wrath sehen konnte, trug der Bruder eine Camouflagehose, die auf jungenhaft schmalen Hüften saß, und sein dicker schwarzer Rollkragenpulli schlackerte unter den Armen, doch an dem Ledergürtel, der nur mit Mühe die Hose hielt, hingen zwei Pistolen.

Neben ihm ging Lassiter, aber zur Abwechslung hielt der Engel ausnahmsweise sein Schandmaul. Er sah nicht, wo er hintrat. Aus irgendeinem Grund blickte er zu dem Deckengemälde auf, zu den Kriegern, die dort in den Wolken kämpften.

Die Brüder sahen Tohr entgegen, aber er blieb nicht stehen, mied ihre Blicke und lief einfach nur weiter, bis er die Halle mit dem Mosaikfußboden erreichte. Und auch dort blieb er nicht stehen, sondern ging weiter, an den Brüdern vorbei zu der Tür, die in die Nacht hinaus führte, und wartete.

Die einzige Erinnerung an sein früheres Selbst war der entschlossene Zug um den Mund. Er würde mitgehen, keine Diskussion.

Tja, falsch gedacht.

Wrath ging zu ihm und sprach ihn leise an: »Tut mir leid, Tohr ...«

»Dir muss nichts leidtun. Gehen wir.«

»Nein.«

Ein verlegenes Füßescharren war zu hören, als wäre es den anderen Brüdern genauso unangenehm wie Wrath.

»Du bist noch nicht stark genug.« Wrath wollte Tohr die Hand auf die Schulter legen, aber er hätte sie nur weggeschlagen, danach zu urteilen, wie sich der hagere Mann anspannte. »Warte einfach, bis du wieder fit bist. Dieser Krieg – dieser verdammte Krieg wird noch lang genug dauern.«

Die Standuhr im ersten Stock schlug, der rhythmische Klang drang aus Wraths Arbeitszimmer und über die mit goldenem Blattwerk verzierte Balustrade zu den Brüdern. Halb zwölf. Zeit zu gehen, wenn sie den Versammlungsort besichtigen wollten, bevor die Mitglieder der *Glymera* eintrafen.

Wrath fluchte verhalten und blickte über die Schulter zu den fünf schwarz gekleideten Kriegern, die als Einheit beisammenstanden. Ihre Körper summten vor Kraft, ihre Waffen waren nicht nur, was an Halftern und Gurten hing, sondern ihre Hände und Füße, die Arme und Beine und ihre Köpfe. Ihr Durchsetzungsvermögen lag in ihrem Blut, die Fertigkeit und die Kraft in ihren Muskeln.

Zum Kämpfen brauchte man beides. Der Wille allein reichte nicht.

»Du bleibst«, bestimmte Wrath. »Und damit Schluss.«

Mit einem Fluch stapfte er in den Eingangsflur und verließ ihn auf der anderen Seite wieder. Es war ein schreckliches Gefühl, Tohr zurückzulassen, aber ihm blieb keine Wahl. Der Bruder war so geschwächt, dass er für sich selbst eine Gefahr darstellte, und er wäre eine Ablenkung. Wenn er mitkam, würden alle Brüder an ihn denken, und die ganze Gruppe wäre nicht bei der Sache – und das konnten sie nicht brauchen bei einem Treffen mit jemandem, der vielleicht versuchte, den König zu ermorden. Zum zweiten Mal in dieser Woche.

Die Haustür schloss sich donnernd, Tohr auf der anderen Seite, und die Brüder standen im schneidenden Wind, der den Berg hinauffuhr, über den Hof fegte und um die Ansammlung von Autos strich.

»Verdammt«, murmelte Rhage, als sie die Augen zum Horizont hoben.

Nach einer Weile blickte Vishous zu Wrath, und sein Profil zeichnete sich gegen den grauen Himmel ab. »Wir müssen ...«

Ein Pistolenschuss knallte, und die Selbstgedrehte zwischen Vishous' Lippen wurde vor seinem Mund abgeschnitten. Oder war sie einfach zerstäubt?

»Scheiße!«, schrie V und wich zurück.

Alle wirbelten herum und griffen nach den Waffen, obwohl vollkommen ausgeschlossen war, dass ihr Feind auch nur in der Nähe der großen steinernen Festung war.

Tohr stand seelenruhig in der Eingangstür des Herrenhauses, die Füße hüftbreit auseinander, die Hände um den Griff der Pistole geschlossen, die er gerade abgefeuert hatte.

V stürzte sich auf ihn, doch Butch umklammerte ihn von hinten und hielt ihn davon ab, Tohr zu Boden zu reißen.

Doch Vs Mundwerk war nicht zu stoppen: »*Was hast du dir verdammt nochmal dabei gedacht?*«

Tohr ließ die Mündung sinken. »Ich kann vielleicht noch nicht mit den Fäusten kämpfen, aber ich bin der beste Schütze von uns.«

»Du bist total verrückt«, blaffte V. »Das bist du.«

»Glaubst du wirklich, ich hätte dir eine Kugel in den Kopf gejagt?« Tohr sprach ganz ruhig. »Ich habe die Frau meines Lebens verloren. Ich bin nicht darauf aus, auch noch einen meiner Brüder zu verlieren. Wie gesagt, keiner schießt so gut wie ich, und darauf solltet ihr in einer solchen Nacht nicht verzichten.« Tohr steckte seine SIG ins Halfter. »Und bevor ihr mich jetzt löchert, warum ich das getan habe: Ich musste ein Zeichen setzen, und es war besser, als dir das dämliche Ziegenbärtchen abzuschießen. Nicht, dass ich nicht töten würde, um dir die Rasur zu verpassen, nach der dein Kinn schreit.«

Es gab eine lange Pause.

Wrath fing schallend an zu lachen. Was natürlich verrückt war. Aber der Gedanke, Tohr nicht zurücklassen zu müssen wie einen Hund, der nicht mit auf den Familienausflug durfte, war so eine unendliche Erleichterung, dass er nur noch loswiehern konnte.

Rhage fiel als Erster ein. Er warf den Kopf zurück, so dass sich die Lichter des Hauses in seinem hellblonden Haar fingen und seine weißen Zähne blitzten. Als er lachte, fuhr seine große Hand an sein Herz, als hoffte er, sich das Ding nicht aus der Brust zu prusten.

Butch folgte als Nächster. Der Bulle bellte los und verlor den Halt um seinen besten Freund. Phury lächelte eine Sekunde, dann begannen seine großen Schultern zu beben – was Z ansteckte, so dass sein vernarbtes Gesicht bald nur noch ein großes, breites Grinsen war.

Tohr lächelte nicht, aber es lag ein Schimmer von seinem früheren Selbst in der Zufriedenheit, mit der er sich wieder auf die Versen kippen ließ. Tohr war immer ein besonnener Typ gewesen, dem mehr an Einklang und Ordnung innerhalb der Gruppe gelegen war, als an Witzen und großen Reden. Aber das hieß nicht, dass er keinen Spaß verstand.

Deswegen hatte er sich auch so gut als Anführer der Bruderschaft geeignet. Er brachte die richtigen Voraussetzungen mit: einen wachen Geist und ein warmes Herz.

Inmitten des Lachens blickte Rhage Wrath von der Seite an. Ohne ein Wort zu sagen, umarmten sich die beiden, und als sie sich voneinander lösten, entschuldigte sich Wrath bei seinem Bruder auf die männliche Art – mit einem ordentlichen Schlag auf die Schultern. Dann wandte er sich an Zsadist, und Z nickte. Was seine Kurzform für: *Ja, du warst ein Arschloch, aber du hattest deine Gründe und es ist okay* war.

Es war schwer zu sagen, wer damit anfing, aber einer legte dem anderen den Arm um die Schultern und dann tat es ihm der Nächste gleich, und bald standen sie verschlungen zusammen wie ein Footballteam. Es war ein unregelmäßiger Kreis, den sie da im kalten Wind bildeten. Aber zusammengeschlossen ergaben sie eine Einheit.

Und als er so Hüfte an Hüfte mit seinen Brüdern dastand, sah Wrath es als etwas Besonderes und Seltenes an, was er einst für selbstverständlich gehalten hatte: Die Bruderschaft war wieder vereint.

»He, darf ich mitschmusen?«

Bei Lassiters Worten hoben sie die Köpfe. Der Engel stand auf den Stufen vor dem Haus, und sein Glanz warf ein wunderschönes, weiches Licht in die Nacht.

»Darf ich ihn schlagen?«, bettelte V.

»Später«, versprach Wrath und löste sich aus der Umschlingung. »So oft du willst.«

»Nicht gerade, was mir vorgeschwebt hatte«, murmelte der Engel, als sie sich einer nach dem anderen zu dem Treffen materialisierten, während Butch mit dem Auto fuhr, um sie dort zu treffen.

Xhex nahm in einer Gruppe von Kiefern etwa hundert Meter von Chrissys Grab entfernt Gestalt an. Sie hatte diesen Ort nicht gewählt, weil sie erwartete, Grady am Grab stehen und in die Ärmel seiner Adlerjacke schniefen zu sehen, sondern aus dem Grund, weil sie sich noch beschissener fühlen wollte, als sie es ohnehin schon tat – und dafür konnte sie sich keinen besseren Ort vorstellen, als das Grab, in das man Chrissy im Frühling legen würde.

Doch zu ihrer Überraschung war sie nicht allein. Aus zwei Gründen.

Der Wagen, der gleich hinter der Kurve parkte, mit guter Sicht auf das Grab, gehörte zweifelsohne de la Cruz oder einem seiner Untergebenen. Aber da war noch etwas.

Eine böse Macht, um genau zu sein.

Jede Faser ihrer *Symphathen*natur mahnte sie zur Vorsicht. Soweit sie beurteilen konnte, war das Ding ein *Lesser*, aber irgendwie getunt und mächtiger, und in einem Anflug von Selbstschutz isolierte sie sich und verschmolz mit ihrer Umgebung ...

Und schon gab es das nächste unerwartete Ereignis.

Aus nördlicher Richtung näherte sich eine Gruppe von Männern, zwei große und ein kleiner. Alle waren schwarz angezogen, hellhäutig und blond wie Norweger.

Super. Wenn es keine neue Gang von Aufschneidern mit einem Faible für Préférence von L'Oréal in der Stadt gab, waren diese Blondschöpfe Jäger.

Die Cops, die Gesellschaft der *Lesser* und etwas Schlimmeres, und alle hüpften sie um Chrissys Grab herum? Wer hätte das gedacht.

Xhex wartete und beobachtete, wie sich die Jäger aufteilten und hinter Bäumen versteckten.

Es gab nur eine Erklärung: Grady hatte sich mit den *Lessern* eingelassen. Im Grunde war das keine Überraschung, schließlich rekrutierten sie ihre Männer gerne unter Kriminellen, insbesondere unter den gewalttätigen.

Xhex ließ die Minuten verstreichen und harrte einfach der Actionszenen, die bei dieser Starbesetzung bevorstehen mussten. Eigentlich sollte sie zurück zum Club, aber dort mussten sie einfach ohne sie auskommen, denn hier konnte sie auf keinen Fall weg.

Grady musste auf dem Weg hierher sein.

Noch mehr Zeit verstrich, der Wind blies und dunkelblaue und hellgraue Wolken zogen am Mond vorbei.

Und dann, einfach so, gingen die *Lesser* wieder.

Und dieses Böse dematerialisierte sich ebenfalls.

Vielleicht hatten sie aufgegeben, aber das schien unwahrscheinlich. Denn was Xhex über *Lesser* wusste, litten sie unter einigem, aber ADHS fiel nicht darunter. Das hieß, dass sie entweder zu etwas Wichtigerem abgezogen worden waren oder es sich anders überlegt hatten.

Dann hörte sie das Knirschen von Kieseln.

Sie blickte über die Schulter und sah Grady.

Die Arme in einem zu großen schwarzen Parka vergraben, schlurfte er gebückt durch den dünnen Schnee. Er blickte um sich und suchte nach dem neuesten Grab, und wenn er weiterging, würde er Chrissys Ruhestätte bald finden.

Natürlich würde er dann auch den Bullen in dem Zivilfahrzeug sehen.

Okay. Zeit, einzugreifen.

Wenn die Jäger wirklich weg waren, konnte Xhex mit dem Bullen zurechtkommen.

Diese Gelegenheit würde sie sich nicht entgehen lassen. Ausgeschlossen.

Sie stellte ihr Handy aus und machte sich zur Arbeit bereit.

12

»Verdammt, wir müssen los«, schimpfte Rehv hinter seinem Schreibtisch. Nach einem weiteren vergeblichen Versuch Xhex anzurufen warf er sein neues Handy weg wie ein Stück Schrott. Das entwickelte sich in letzter Zeit regelrecht zu einer schlechten Angewohnheit bei ihm. »Ich weiß nicht, wo zur Hölle sie steckt, aber wir müssen los.«

»Sie wird schon zurückkommen.« Trez zog einen schwarzen Ledertrenchcoat an und ging zur Tür. »Und es ist ohnehin besser, wenn sie nicht dabei ist, in dieser Stimmung. Ich sage dem Schichtleiter, dass er alles an mich weiterleiten soll, dann hole ich den Bentley.«

Als Trez verschwand, überprüfte iAm noch einmal die zwei H&Ks, die er unter den Achseln trug. In seinen schwarzen Augen lag eine tödliche Präzision, seine Hände waren vollkommen ruhig. Zufrieden hob er einen stahlgrauen Ledertrenchcoat auf und zog ihn an.

Dass die Brüder ähnliche Mäntel trugen war nur logisch. iAm und Trez hatten den gleichen Geschmack. In allem. Obwohl sie keine Zwillinge waren, kleideten sie sich ähnlich, benutzten die gleichen Waffen und teilten ihre Gedanken, Wertvorstellungen und Prinzipien.

Es gab nur eines, worin sie sich unterschieden. Während iAm an der Tür stand, schwieg er und war reglos wie ein Dobermann im Dienst. Aber nur weil er wortkarg war, war er nicht weniger tödlich als sein Bruder, denn die Augen des Kerls sprachen Bände, auch wenn sein Mund verschlossen blieb. iAm entging nie etwas.

Auch nicht, wie sich herausstellte, das Antibiotikum, das Rehv aus seiner Tasche zog und schluckte. Und ebenso bemerkte er, dass diesmal beim Dopamin eine sterile Nadel zum Einsatz kam.

»Gut«, bemerkte er, als Rehv den Ärmel wieder herunterrollte und sein Jackett anzog.

»Was ist gut?«

iAm sah ihn nur an und seine Augen sagten: Tu nicht so, du weißt genau, was ich meine.

Das tat er oft. Mit einem Blick sagte er alles.

»Egal«, murmelte Rehv. »Glaub jetzt bloß nicht, ich hätte eine neue Seite aufgeschlagen.«

Er kümmerte sich vielleicht um die Entzündung in seinem Arm, aber in seinem Leben gab es immer noch einen ganzen Haufen Dreck.

»Sicher nicht?«

Rehv verdrehte die Augen und stand auf. Dabei steckte er eine Tüte M&Ms in die Tasche seines Zobelmantels. »Vertrau mir.«

iAm wollte schon spotten, da fiel sein Blick auf die Manteltasche. »Schmilzt im Mund, nicht in der Hand.«

»Ach, halt den Mund. Die Tabletten muss man zum Essen einnehmen. Hast du zufällig ein Schinken-Käse-Sandwich bei dir? Ich nämlich nicht.«

»Ich hätte dir Pasta mit *Sal's Sauce* gemacht und mitgebracht. Sag mir das nächste Mal einfach früher Bescheid.«

Rehv ging aus dem Büro. »Werd bloß nicht fürsorglich, sonst fühle ich mich scheiße.«

»Dein Problem.«

iAm sprach in seine Uhr, als sie aus dem Büro gingen, und Rehv vertrödelte keine Zeit zwischen dem Hinterausgang des Clubs und dem Wagen. Sobald er im Bentley saß, verschwand iAm. Er reiste als fließender Schatten über den Boden, fuhr durch die Seiten einer Zeitschrift, brachte eine Mülltonne zum Klappern, und wirbelte losen Schnee auf.

Er würde als Erster beim Treffpunkt ankommen und schon mal aufschließen, während Trez den Bentley fuhr.

Rehv hatte das Treffen aus zwei Gründen dorthin verlegt: Erstens war er der *Leahdyre*, also bestimmte er, wo sich der Rat traf, und er wusste, dass der *Glymera* dieser Ort widerstrebte, weil sie ihn als ihrer nicht würdig empfand. Stets ein Vergnügen. Und zweitens war der Laden eine seiner Anlageimmobilien, also fand das Treffen auf seinem Grund und Boden statt.

Stets eine Notwendigkeit.

Salvatores Restaurant, Heim der berühmten »Sal Sauce«, war eine italienische Institution in Caldie und bestand seit über fünfzig Jahren. Als der Enkel des Gründers, Sal III, wie man ihn nannte, eine scheußliche Spielsucht entwickelte und sich mit 120 000 Dollar bei Rehvs Buchmachern verschuldete, war es zu einem guten Tausch gekommen: Der Enkel überschrieb Rehv das Restaurant, und Rehv brach nicht mit der dritten Generation.

Was, anders ausgedrückt, bedeutete, dass er ihm nicht die Ellbogen und Knie zertrümmerte, bis er künstliche Gelenke brauchte.

Ach ja, und das Geheimrezept für *Sal's Sauce* hatte zur Ausstattung des Restaurants gehört – eine Zusatzbedingung von iAm: Während der Verhandlungen, die immerhin eineinhalb Minuten gedauert hatten, hatte sich der Schatten zu Wort gemeldet: kein Rezept, kein Deal. Und er hatte einen Verkostungstest gefordert, um sicherzustellen, dass das Rezept auch stimmte.

Seit dieser Transaktion hatte der Maure das Lokal geführt. Und siehe da: Es machte Profit. Aber so war das nun mal, wenn man nicht jeden abfallenden Cent abzweigte und auf miserable Footballteams verwettete. Der Laden brummte, das Essen erreichte wieder den alten Standard, und das Restaurant bekam ein ernsthaftes Lifting in Form neuer Tische, Stühle, Tischdecken, Läufer und Leuchter verpasst.

Alles genau der ursprünglichen Einrichtung entsprechend.

Mit Traditionen wurde nicht rumgefickt, wie iAm immer sagte.

Die einzige kleine Änderung war unsichtbar: Ein durchgängiges Stahlnetz wurde in alle Mauern und Decken eingelassen, und alle Türen außer einer war damit verstärkt.

Niemand materialisierte sich ohne Wissen und Zustimmung des Managements hier rein oder raus.

Offiziell gehörte der Laden Rehv, aber iAm war der Verantwortliche und der Maure hatte allen Grund, auf seine Arbeit stolz zu sein: Selbst den alteingesessenen Itakern schmeckte es bei ihm.

Fünfzehn Minuten später hielt der Bentley unter dem Vordach des ausladenden einstöckigen Gebäudes aus rotem Backstein. Die Außenbeleuchtung war ausgeschaltet, sogar die Beleuchtung des Namensschilds, obwohl auf dem leeren Parkplatz altmodische Gaslampen einen orangefarbenen Glanz verstrahlten.

Trez verharrte bei laufendem Motor in der Dunkelheit, die kugelsicheren Türen des Autos verschlossen, und kommunizierte auf Schattenart mit seinem Bruder. Dann nickte er und schaltete den Motor aus.

»Alles klar.« Er stieg aus, ging um den Bentley herum und öffnete die Hintertür, während Rehv nach dem Stock griff und seinen tauben Körper aus dem Ledersitz hievte. Als die beiden über die Steinplatten zu den schweren schwarzen Türen gingen und sie aufzogen, hielt der Maure seine Waffe in der Hand an die Hüfte gepresst.

Ins *Sal's* zu kommen war wie ins Rote Meer einzutauchen. Wortwörtlich.

Frank Sinatra begrüßte sie mit »Wives and Lovers« aus Lautsprechern, die in die rote Samtdecke eingelassen waren. Der rote Teppich unter ihren Füßen war ganz neu und leuchtete dunkel wie frisch vergossenes Menschenblut. Um sie herum zog sich ein schwarzes Akanthusblatt-Muster über rote Wände, und die Beleuchtung war wie im Kino, d. h. sie stammte hauptsächlich aus dem Boden. Während des normalen Betriebes waren Empfang und Garderobe mit attraktiven, dunkelhaarigen Frauen in kurzen, knappen schwarzroten Kleidern besetzt, und die Kellner trugen schwarze Anzüge mit roten Krawatten.

Seitlich gab es eine Reihe Telefonzellen aus den Fünfzigerjahren und zwei Zigarettenautomaten aus der Kojak-Ära, und wie gewöhnlich roch es im Speiseraum nach Oregano, Knoblauch und gutem Essen. Im Hintergrund hing auch noch der Geruch von Zigaretten und Zigarren – obwohl es gesetzlich verboten war, in dieser Art Lokalität zu rauchen, erlaubten es die Betreiber den Gästen im Hinterzimmer, wo die reservierten Tische standen und gepokert wurde.

Rehv war immer etwas angespannt inmitten all des Rots, aber er wusste, solange er in die zwei Speisesäle blicken konnte und sich die Tische mit ihren weißen Leinendecken und die tiefen Ledersessel ordnungsgemäß auf einen Fluchtpunkt hin verengten, war er auf der sicheren Seite.

»Die Bruderschaft ist schon hier«, sagte Trez, als sie zu dem kleinen Veranstaltungssaal gingen, in dem das Treffen stattfinden sollte.

Als sie den Saal betraten, gab es keine Gespräche, kein Gelächter, nicht einmal ein Räuspern unter den Männern, die dort bereits warteten. Die Brüder standen in einer Reihe Schulter an Schulter vor Wrath, der vor der einen Tür stand, die nicht mit Stahl verstärkt war – so dass er sich in Windeseile dematerialisieren konnte, sollte es nötig sein.

»Guten Abend«, grüßte Rehv und ging zum Kopf der langen, schmalen Tafel, um die zwanzig Stühle aufgestellt worden waren.

Ein paar vereinzelte »Hallos« kamen zurück, aber der enge Knoten aus muskelstrotzenden Kriegern konzentrierte sich einzig auf die Tür, durch die er gekommen war.

Tja, wenn man sich mit Wrath anlegte, bekam man es eben mit seinen Jungs zu tun. Auf die unsanfte Art.

Und sieh einer an, sie hatten sich ein Maskottchen zugelegt. Zur Linken stand eine leuchtende Oscar-Statue von einem Kerl, ein großer Typ in Armeehosen. Mit seinem blond-schwarzen Haar sah Lassiter aus wie ein Headbanger aus den Achtzigern auf der Suche nach einer Begleitband. Trotzdem wirkte der gefallene Engel nicht weniger gefährlich als die Brüder. Vielleicht lag es an seinen Piercings. Oder daran, dass seine Augen vollkommen weiß waren. Scheiße, die gesamte Ausstrahlung des Kerls war einfach Hardcore.

Interessant. So, wie er mit den anderen die Tür anfunkelte, schien Wrath eindeutig auf der Liste der zu schützenden Spezies dieses Engels zu stehen.

iAm kam von hinten rein, die Pistole in der einen, ein Tablett mit Cappuccinos mit der anderen Hand balancierend.

Mehrere Brüder bedienten sich, obwohl sie diese zarten Tässchen unter ihren Stiefeln zermalmen würden, wenn es zum Kampf kam.

»Danke, Mann.« Auch Rehv nahm einen Cappuccino. »Cannoli?«

»Kommen gleich.«

Die Rahmenbedingungen für das Treffen waren im Voraus festgelegt worden. Mitglieder des Rats mussten den Vordereingang des Restaurants benutzen. Wer den Knauf einer anderen Tür auch nur berührte, riskierte es, erschossen zu werden. iAm würde sie einlassen und zum Besprechungszimmer führen. Auch verlassen durften sie das Treffen nur durch den Vorderausgang, wobei sie Deckung für ein sicheres Dematerialisieren bekamen. Vorgeblich dienten diese Sicherheitsmaßnahmen Rehvs »Besorgnis wegen der *Lesser*«. In Wahrheit ging es darum, Wrath zu schützen.

iAm brachte die Cannoli.

Cannoli wurden gegessen.

Eine zweite Runde Cappuccino wurde gereicht.

Frank sang »Fly Me to the Moon«. Dann kam das Lied über die Bar, die schloss, obwohl er noch einen Drink für den Heimweg brauchte.

Und dann das mit den drei Münzen im Brunnen. Und darüber, dass er in jemanden verliebt war.

Drüben bei Wrath verlagerte Rhage sein enormes Gewicht von einem Fuß auf den anderen, und seine Lederjacke knarrte. Neben ihm rollte der König die Schultern, und eine davon knackte. Butch ließ die Knöchel krachen. V zündete sich eine an. Phury und Z tauschten Blicke.

Rehv schielte zu iAm und Trez hinüber, die in der Tür standen. Sah zurück zu Wrath. »Überraschung, Überraschung.«

Er nahm seinen Stock, stand auf und drehte eine Runde durch den Raum. Der *Symphath* in ihm hatte Verständnis für das offensive Nicht-Erscheinen der anderen Ratsmitglieder. Er hätte ihnen nicht zugetraut, dass sie den Mumm hatten ...

Ein Ding-Dong ertönte vom Vordereingang des Restaurants.

Als Rehv den Kopf drehte, hörte er das leise metallische Klicken der Sicherungen, das von den Pistolen in den Händen der Brüder kam.

Vor den geschlossenen Toren des Pine Grove Friedhofs überquerte Lash die Straße und ging zu einem Honda Civic, der dort im Schatten parkte. Als er die Hand auf die Kühlerhaube legte, war sie warm, und er wusste auch ohne zur Fahrerseite zu gehen, dass dort die Scheibe eingeschlagen war. Mit diesem Auto war Grady zum Grab seiner Ex gefahren.

Als sich Schritte auf dem Asphalt näherten, griff er nach der Pistole in seiner Brusttasche.

Mr D zog sich den Cowboyhut ins Gesicht, als er auf ihn zukam. »Warum haben Sie uns abberufen ...«

Lash richtete seine Pistole ganz ruhig auf den Kopf des *Lesser*. »Sag mir, warum ich dir nicht auf der Stelle den verdammten Schädel wegblase?«

Die Jäger rechts und links von Mr D traten zurück. Weit zurück.

»Weil ich seine Flucht bemerkt habe«, näselte Mr D mit seinem breiten texanischen Akzent. »Darum. Die beiden hätten nie herausgefunden, was er vorhatte.«

»Du warst für ihn verantwortlich. Du hast ihn verloren.«

Mr D hielt seinem Blick stand. »Ich habe Ihr Geld gezählt. Soll das vielleicht ein anderer machen? Ich glaube nicht.«

Scheiße, gutes Argument. Lash ließ die Waffe sinken und sah die beiden weiteren Jäger an. Anders als Mr D, der wie ein Fels in der Brandung stand, zappelten sie nervös herum. Was Lash genau verriet, wer es vergeigt hatte.

»Wie viel ist reingekommen?«, wollte er wissen und ließ die Männer dabei nicht aus den Augen.

»Viel. Es ist vorn im Escort.«

»Nun sieh mal einer an, meine Laune hat sich schon gebessert«, murmelte Lash und steckte seine Knarre weg. »Weswegen ich euch abgerufen habe: Grady kann mit meinem Einverständnis ins Gefängnis wandern. Ich will, dass er noch ein paar Zellengenossen als Freundin dient und sein Leben hinter Gittern genießt, bevor ich ihn umbringe.«

»Aber was ist mit …«

»Wir haben Kontakt mit zwei anderen Dealern und können die Ware selbst verkaufen. Wir brauchen ihn nicht.«

Ein Auto auf dem Friedhof näherte sich dem Eingangstor, und alle wandten die Köpfe nach rechts. Es war der zivile Wagen, der in der Nähe des frischen Grabes geparkt hatte. Das Scheißding kam zum Halt, und Rauchwölkchen stiegen aus dem Auspuff, als würde der Motor furzen. Ein dunkelhaariger Trottel stieg aus, löste die Kette und schob mit durchgebogenem Rücken einen Flügel zur Seite. Dann fuhr er hindurch, stieg erneut aus und schloss wieder ab.

Er war allein im Auto.

Dann bog er links auf die Straße, und die roten Rücklichter verschwanden in der Ferne.

Lash blickte wieder auf den Civic, der Gradys einzige andere Möglichkeit war, irgendwo hinzukommen.

Was war bitte schön da drin geschehen? Der Bulle musste Grady doch gesehen haben, denn er war direkt auf sein Auto zugelau…

Lash versteifte sich und vollführte dann eine Pirouette auf dem Absatz, bei der Streusalz unter seinen dicken Sohlen knirschte.

Da war noch etwas auf diesem Friedhof. Etwas hatte sich gerade enthüllt.

Etwas, das sich exakt genauso anfühlte, wie dieser *Symphath* da oben im Norden.

Darum war der Bulle weggefahren. Sein Wille war beeinflusst worden.

»Fahrt mit dem Geld zur Ranch«, befahl er Mr D. »Ich treffe euch dort.«

»Ja, Sir. Sofort.«

Lash nahm die Antwort kaum noch wahr. Er war zu gefesselt davon, was zum Donner am frühen Grab dieses toten Mädchens vorgehen mochte.

13

Xhex war froh, dass der menschliche Geist weich wie Butter war: Es dauerte nicht lang, bis das Hirn von José de la Cruz ihren Befehl auffing. Sofort stellte er seinen kalten Kaffee in den Becherhalter und startete den Wagen.

Drüben bei den Bäumen stoppte Grady sein Zombieschlurfen und erschrak zu Tode, weil ein Auto anfuhr, das er gar nicht wahrgenommen hatte. Xhex machte sich allerdings keine Sorgen, dass der Typ die Nerven verlor. Trauer, Verzweiflung und Reue füllten den Raum um ihn herum, und dieses Raster würde ihn bald zu dem frischen Grab locken, sicherer als irgendwelche Gedanken, die sie ihm injizieren konnte.

Xhex wartete mit ihm ... und tatsächlich, sobald de la Cruz weg war, setzten sich seine Beine wieder in Bewegung und trugen ihn genau dorthin, wo sie ihn haben wollte.

Als er an den Granitstein kam, stieß er einen erstickten Laut aus. Den ersten Schluchzer von vielen, bei dem sich weiße Wölkchen vor seinem Mund formten. Wie eine Memme flennte er über dem Grab, in dem die Frau, die er getötet hatte, das nächste Jahrhundert lang liegen würde.

Wenn er Chrissy so sehr liebte, hätte er daran denken sollen, bevor er sie erschlug.

Xhex trat hinter einer Eiche hervor, ließ ihre Tarnung fallen und löste sich aus der Landschaft. Während sie auf Chrissys Mörder zuging, griff sie nach hinten und zog die Stahlklinge aus der Scheide, die sie an den Rücken entlang der Wirbelsäule geschnallt hatte. Die Waffe war so lang wie ihr Unterarm.

»Hallo, Grady«, grüßte sie ihn.

Grady fiel auf den Hintern, als hätte er eine Stange Dynamit im Arsch und versuche die Zündschnur im Schnee zu löschen.

Xhex verbarg das Messer hinter dem Bein. »Wie geht's, wie steht's?«

»Was ...« Er suchte nach ihren Händen. Als er nur eine sah, kroch er krebsartig auf Händen und Füßen von ihr weg, den Hintern über den Boden schleifend.

Xhex folgte ihm mit einem guten Meter Abstand. So wie Grady immer wieder über die Schulter blickte, plante er offensichtlich, sich abzurollen und davonzustürzen, und sie würde nichts unternehmen, bis er ...

Bingo.

Grady sprang nach links, aber sie fiel über ihn her und packte ihn im Flug am Handgelenk, so dass ihn sein eigener Schwung zu ihr hin trug. Er landete mit dem Gesicht im Kies, den Arm hinter den Rücken gedreht, Xhex auf Gedeih und Verderb ausgeliefert. Und ihr war nach Verderben. Mit einem schnellen Streich zog sie das Messer über seinen Trizeps und schnitt durch den dicken, gepolsterten Parka und dünne, weiche Haut.

Es war ein reines Ablenkungsmanöver, und es funktionierte. Er heulte auf und wollte die Wunde abdecken.

Was ihr Gelegenheit verschaffte, seinen linken Fuß zu packen und ihn zu drehen, bis er die Sorge um seinen Arm vergaß. Grady schrie und versuchte, sich umzuwenden, aber sie pflanzte ihm ein Knie ins Genick, presste ihn auf den Boden und verdrehte ihm den Knöchel, bis er brach. Ein schnelles Abrollen und ein zweiter Messerstrich, und sie hatte sein anderes Bein ebenfalls außer Gefecht gesetzt, indem sie die Sehnen an seinem Oberschenkel kappte.

Das dämpfte das Gejammer.

Der Schmerz raubte Grady den Atem, und er wurde etwas ruhiger – bis sie anfing, ihn zurück zum Grab zu schleifen. Doch er kämpfte auf die gleiche Art, wie er schrie, mit mehr Lärm als Effekt. Als sie ihn zum Ziel geschleppt hatte, kappte sie die Sehnen an seinem anderen Arm. Jetzt konnte er ihre Hände nicht mehr wegschlagen, so sehr er das auch wollte. Dann drehte sie ihn auf den Rücken, so dass er in den Himmel blickte, und zog ihm den Parka hoch.

Dann machte sie sich an seinem Gürtel zu schaffen und zeigte ihm dazu das Messer.

Männer waren lustig. Egal, wie fertig sie waren, wenn man etwas Langes, Scharfes, Funkelndes in die Nähe ihrer Weichteile hielt, erlebte man ein Feuerwerk.

»Nein …!«

»Oh, doch.« Sie hielt ihm die Klinge unter die Nase. »Doch, doch, doch.«

Er wehrte sich heftig, trotz der Verletzungen, die sie ihm beigebracht hatte, und sie hielt kurz inne, um sich die Vorstellung anzusehen.

»Bevor ich gehe, wirst du tot sein,«, erklärte sie, während er sich wand. »Aber bis dahin machen wir uns noch eine schöne Zeit. Nicht viel, zu meinem Bedauern. Ich muss wieder zur Arbeit. Zum Glück bin ich schnell.«

Sie setzte einen Stiefel auf seine Brust, um ihn ruhigzustellen, öffnete Knopf und Reißverschluss an seiner Hose und zog sie zu den Knien herunter. »Wie lange hat es gedauert, bis sie tot war, Grady? Wie lange?«

In Panik stöhnte er und wand sich, und sein rotes Blut tränkte den weißen Schnee.

»Wie lang, du verdammter Wichser?« Sie schlitzte den Gummibund seiner *Emporio Armani* Boxershorts auf. »Wie lange hat sie gelitten?«

Einen Moment später kreischte Grady so laut, dass es nicht mehr menschlich klang. Es klang wie der flehentliche Ruf einer Krähe.

Xhex pausierte und blickte zu der Statue der Frau in dem fließenden Gewand hinüber, die sie so lange bei Chrissys Begräbnis angesehen hatte. Einen Moment lang wirkte es, als hätte der steinerne Kopf die Haltung geändert, und das hübsche Gesicht blicke nicht mehr zu Gott auf, sondern zu Xhex herüber.

Aber das war natürlich unmöglich, oder?

Hinter seiner Mauer aus Brüdern verfolgte Wrath die fernen Klänge aus dem vorderen Bereich des Restaurants. Er lauschte dem Öffnen und Schließen der Eingangstür und trennte das leise Drehen der Scharniere von Sinatras Schubidubidu. Was immer es war, worauf sie gewartet hatten – es war gerade gekommen, und er machte sich körperlich und seelisch darauf gefasst, als würde er auf eine Steilkurve zuhalten, die er mit Volldampf nehmen wollte.

Seine Augen sahen plötzlich schärfer, und der rote Raum mit der weißen Tafel und die Hinterköpfe seiner Brüder traten etwas klarer hervor, als iAm wieder in der Tür erschien.

Neben ihm stand ein außerordentlich gut gekleideter junger Mann.

Okay, diesem Typ stand *Glymera* förmlich ins Gesicht geschrieben. Mit gewelltem, blondem Haar und Seitenscheitel sah er aus wie der *Große Gatsby,* und seine Züge waren so ebenmäßig und perfekt, dass man ihn nicht anders als bildhübsch bezeichnen konnte. Der schwarze Wollmantel war auf seine schlanke Gestalt maßgeschneidert, und in der Hand trug er eine dünne Aktentasche.

Wrath hatte ihn noch nie gesehen, aber er schien jung für die Situation, in die er gerade hineinspaziert war. Sehr jung.

Nichts weiter als ein sehr teures Opferlamm mit Stil.

Rehvenge ging auf den Jungen zu, wobei er seinen Stock umklammerte, als würde er den darin verborgenen Degen ziehen, wenn Gatsby auch nur wagte zu tief Luft zu holen. »Du solltest reden. Jetzt.«

Wrath drängte sich zwischen Rhage und Z, so dass er Schulter an Schulter mit ihnen stand, worüber die beiden alles andere als glücklich waren. Ein kurzes Handzeichen hielt sie davon ab, sich wieder vor ihn zu schieben.

»Wie heißt du, Sohn?« Das Letzte, was sie brauchten, war eine Leiche, und bei Rehv konnte man nie sicher sein.

Der Gatsby-Junge verneigte sich feierlich und richtete sich wieder auf. Als er sprach, war seine Stimme überraschend tief und sicher für die Anzahl der Selbstlader, die auf seine Brust gerichtet waren. »Ich bin Saxton, Sohn des Tyhm.«

»Deinen Namen habe ich schon gesehen. Du erstellst Stammbäume.«

»Das tue ich.«

Also griff der Rat tatsächlich auf die Verästelungen der Blutlinien zurück. Ihr Gesandter war nicht einmal Sohn eines Ratsmitglieds.

»Wer schickt dich, Saxton?«

»Der Stellvertreter eines Toten.«

Wrath hatte keine Ahnung, wie man Montrags Tod in

der *Glymera* aufgenommen hatte, und es interessierte ihn auch nicht. Solange die Beteiligten an dem Komplott die Botschaft erhalten hatten, war ihm der Rest egal. »Warum sagst du nicht deinen Text auf?«

Der junge Mann stellte seine Tasche auf den Tisch und öffnete die goldene Schnalle. Als es klickte, zog Rehv seinen roten Degen aus der Scheide und hielt Saxton die Spitze an den blassen Hals. Saxton erstarrte und sah sich um, ohne dabei den Kopf zu drehen.

»Vielleicht solltest du dich etwas langsamer bewegen, mein Sohn«, murmelte Wrath. »In diesem Raum sind eine Menge schießwütiger Jungs, und du bist heute Abend ihr Lieblingsziel.«

Die seltsam tiefe und ungerührte Stimme sagte gemessen: »Aus diesem Grund meinte ich zu ihm, dass wir es tun müssen.«

»Was tun?«, kam es von Rhage, wie immer der Hitzkopf – trotz Rehvs Degen war Hollywood bereit, Gatsby anzuspringen, egal, ob er eine Waffe aus dieser Tasche zog oder nicht.

Saxton schielte zu Rhage, dann wandte er sich wieder an Wrath. »Am Tag nach der Hinrichtung von Montrag ...«

»Interessante Wortwahl«, stellte Wrath fest und fragte sich, wie viel dieser Kerl wohl wusste.

»Natürlich war es eine Hinrichtung. Bei einem Mord behält man normalerweise die Augen im Kopf.«

Rehv lächelte und entblößte dolchartige Fänge. »Das hängt vom Mörder ab.«

»Rede weiter«, drängte Wrath. »Und Rehv, etwas Zurückhaltung mit der Klinge, wenn es dir nichts ausmacht.«

Der *Symphath* trat einen Schritt zurück, hielt die Waffe aber einsatzbereit, und Saxton musterte ihn, bevor er fortfuhr. »In der Nacht der Hinrichtung von Montrag ging das an meinen Chef.« Saxton öffnete seine Aktentasche und holte einen großen Umschlag heraus. »Es kam von Montrag.«

Er legte das Kuvert mit der Rückseite nach oben auf den Tisch, so dass man das unberührte Wachssiegel sah, und trat zurück.

Wrath betrachtete den Umschlag. »V, würdest du bitte?«

V trat vor und hob ihn mit seiner behandschuhten Hand auf. Es ratschte leise und raschelte, als Blätter aus dem Umschlag gezogen wurden.

Dann war es still.

V schob das Dokument in den Umschlag zurück und steckte ihn sich hinten in den Hosenbund. Dabei starrte er Gatsby unverwandt an. »Und wir sollen glauben, dass du das nicht gelesen hast?«

»Ich habe es nicht gelesen. Auch mein Chef nicht. Niemand hat es gelesen, seit es in unsere Obhut kam.«

»Obhut? Du bist Anwalt und nicht nur Anwaltsgehilfe?«

»Ich bin in der Ausbildung zum Anwalt im Alten Gesetz.«

V beugte sich vor und bleckte die Fänge: »Und du bist sicher, dass du das hier nicht gelesen hast, ja?«

Saxton starrte zurück, als wäre er einen kurzen Moment lang fasziniert von den Tätowierungen an Vs Schläfe. Dann schüttelte er den Kopf und sagte mit dieser tiefen Stimme: »Ich bin nicht daran interessiert, meine Augen zu verlieren. Genauso wenig wie mein Chef. Das Siegel stammt von Montrags Hand. Der Inhalt dieses Umschlags wurde nicht gelesen, seit das Wachs getrocknet ist.«

»Woher weißt du, dass Montrag es versiegelt hat?«

»Es ist seine Handschrift auf dem Kuvert. Ich kenne sie von vielen seiner Anmerkungen auf Dokumenten. Außerdem wurde es uns auf seinen Wunsch hin von seinem persönlichen *Doggen* überbracht.«

Während Saxton redete, las Wrath sorgfältig seine Gefühle, indem er durch die Nase atmete. Keine Täuschung. Der Schönling fühlte sich von V angezogen, aber abgesehen davon entdeckte er nichts. Nicht einmal Angst. Er war vorsichtig, aber ruhig.

»Wenn du lügst«, knurrte V leise, »werden wir es merken und dich finden.«

»Das bezweifle ich nicht.«

»Wer hätte das gedacht, der Anwalt hat ein Hirn.« Vishous trat zurück in die Reihe, und seine Hand wanderte zurück an den Knauf seiner Pistole.

Wrath hätte gern gewusst, was in dem Umschlag war, aber wahrscheinlich war es nicht für die große Runde geeignet. »Und wo sind dein Chef und seine Freunde, Saxton?«

»Von ihnen wird keiner kommen.« Saxtons Blick schweifte über die leeren Stühle. »Sie fürchten sich zu sehr. Nachdem, was Montrag zugestoßen ist, haben sie sich in ihren Häusern eingesperrt und kommen nicht mehr heraus.«

Gut, dachte Wrath. Solange die *Glymera* ihre Vorliebe für Feigheit zur Schau stellte, musste er sich um eine Sache weniger Sorgen machen.

»Danke fürs Kommen, Sohn.«

Saxton erkannte den Wink, schloss die Schnallen an seiner Aktentasche, verbeugte sich erneut und wandte sich zum Gehen.

»Sohn?«

Saxton vollführte eine Drehung. »Mein König?«

»Du musstest deinen Chef dazu überreden, nicht wahr?« Ein diskretes Schweigen war die Antwort. »Dann bist du ein guter Ratgeber, und ich glaube dir – deines Wissens nach hast weder du noch dein Chef den Inhalt dieses Kuverts gelesen. Dennoch möchte ich dir ein Wort mit auf den Weg geben: Sieh dich nach einem neuen Job um. Die

Lage wird sich eher verschlechtern als entspannen, und die Not macht selbst aus ehrbaren Leuten Arschlöcher. Sie haben dich schon einmal in die Höhle des Löwen geschickt. Sie werden es wieder tun.«

Saxton lächelte. »Solltet Ihr jemals einen persönlichen Rechtsberater brauchen, lasst es mich wissen. Nach all der Vermögens- und Grundstücksverwaltung und den Stammbaumnachweisen des letzten Sommers sehe ich mich nach neuen Betätigungsfeldern um.«

Saxton verbeugte sich erneut und ließ sich dann mit aufrechtem Gang von iAm nach draußen geleiten.

»Was hast du da, V?«, fragte Wrath leise.

»Nichts Gutes, mein Herr. Nichts Gutes.«

Als sich Wraths Sicht wieder zu gewohnter Unschärfe eintrübte, sah er als Letztes, wie Vs Blick auf Rehvenge fiel.

14

Als der Bulle in seinem Zivilfahrzeug aus dem Pine Grove Friedhof fuhr, spürte Lash plötzlich ganz deutlich die Anwesenheit des *Symphathen,* der sich da gerade hinter den Toren enthüllt hatte.

»Verschwindet, verdammt«, herrschte er seine Männer an.

Er materialisierte sich zurück ans Grab des toten Mädchens im hinteren Eck des …

Der Schrei war opernhaft verzerrt, klang wie eine Sopranistin, die sich in unkontrollierbare Höhen schraubte und dann ins Kreischen kippte. Verärgert nahm Lash wieder Form an. Offensichtlich hatte er gerade den ganzen Spaß verpasst, obwohl der Anblick sicher sehenswert gewesen wäre.

Grady lag flach auf dem Rücken, die Hosen um die Knie, und blutete aus mehreren Wunden, insbesondere aus einem frischen Schnitt quer über die Kehle. Er lebte noch, wie eine Fliege auf einem heißen Fenstersims, die kümmerlichen Arme und Beine ruderten langsam.

Neben ihm richtete sich gerade seine Killerin auf: diese

Lederschlampe aus dem *ZeroSum*. Und anders als die sterbende Fliege, die nichts außer dem eigenen Ableben mitbekam, bemerkte sie es sofort, als Lash die Bühne betrat. Sie wirbelte herum und stand in Kampfpose mit durchdringendem Blick und triefendem Messer ihm gegenüber, die Schenkel wie zum Sprung gespannt.

Sie war verteufelt heiß. Insbesondere, als die Erkenntnis über ihr Gesicht huschte.

»Ich dachte, du wärst tot«, sagte sie. »Und ich dachte, du wärst ein Vampir.«

Er lächelte. »Überraschung. Aber du hütest auch dein kleines Geheimnis, nicht wahr?«

»Nein, ich konnte dich noch nie ausstehen, und daran hat sich nichts geändert.«

Lash schüttelte den Kopf und musterte sie unverblümt. »Leder steht dir ausgezeichnet, weißt du das?«

»Dir würde ein Ganzkörpergips ganz gut stehen.«

Er lachte. »Schlechter Witz.«

»Wie sein Gegenstand. Passt doch.«

Lash lächelte und heizte mit ein paar lebhaften Bildern seine Fantasie an, so dass er einen mächtigen Ständer bekam, denn er wusste, dass sie es spüren konnte: Er stellte sich vor, wie sie vor ihm kniete, seinen Schwanz in ihrem Mund, seine Hände um ihren Kopf, und er sie in den Mund fickte, bis sie fast an ihm erstickte.

Xhex verdrehte die Augen. »Billigporno.«

»Nein. Die Zukunft.«

»Tut mir leid, aber ich steh nicht auf Justin Timberlake. Oder Ron Jeremy.«

»Das werden wir noch sehen.« Lash wies mit dem Kinn auf den Menschen, der sich nur noch langsam wand, als würde er in der Kälte allmählich erstarren. »Ich fürchte, du schuldest mir etwas.«

»Wenn es eine Stichwunde ist, bin ich bereit.«

»Das« – er deutete auf Grady – »war meins.«

»Du solltest deine Ansprüche heben. Das« – echote sie seinen Tonfall – »ist ein Stück Scheiße.«

»Scheiße ist gut zum Düngen.«

»Dann lass mich dich unter einen Rosenbusch legen, und wir probieren es aus.«

Grady stieß ein Röcheln aus, und Lash und Xhex wandten kurz die Köpfe. Der Kerl lag in den letzten Zügen, sein Gesicht hatte bereits die Farbe des gefrorenen Bodens angenommen, und das Blut floss nur noch langsam aus den Wunden.

Auf einmal erkannte Lash, mit was man ihm das Maul gestopft hatte, und er sah Xhex anerkennend an. »Wow ... du könntest mir ernsthaft gefallen, Sündenfresserin.«

Xhex streifte ihre Klinge am Grabstein ab, so dass Gradys Blut ihn wie eine Rachebotschaft markierte. »Du hast ganz schön Mumm, *Lesser*, wenn man bedenkt, was ich mit ihm gemacht habe. Oder willst du deinen Schwanz etwa nicht behalten?«

»Ich bin anders.«

»Kleiner als er? Himmel, wie enttäuschend. Und jetzt entschuldige mich, ich bin weg.« Sie hob das Messer und winkte, dann war sie verschwunden.

Lash starrte auf die Stelle, wo sie gerade noch gestanden hatte, bis Grady schwächlich gurgelte wie ein Abfluss bei der letzten Pfütze Badewasser.

»Hast du die gesehen?«, fragte Lash den Idioten. »Was für eine Frau! Die werde ich mir so was von holen.«

Gradys letzter Atemzug entwich durch den Schlitz in seiner Kehle, denn einen anderen Ausgang gab es nicht, nachdem er sich gerade selber einen blies.

Lash stützte die Hände in die Hüften und sah auf die sich abkühlende Leiche herab.

Xhex ... er musste dafür sorgen, dass sich ihre Wege wieder kreuzten. Und hoffentlich würde sie den Brüdern von ihm erzählen: Ein verunsicherter Feind war besser als ein gesammelter. Er wusste, dass sie sich in der Bruderschaft die Köpfe zerbrechen würden, wie Omega einen Vampir zu einem *Lesser* machen konnte, doch das war schließlich nur ein kleiner Teil der Geschichte.

Die Pointe würde er immer noch selber liefern.

Lash schlenderte in die kalte Nacht und schob seinen Ständer in der Hose zurecht. Er würde sich einen Fick gönnen. Er war wirklich in der Stimmung dazu.

Während iAm den Vordereingang des *Sal's* abschloss, steckte Rehvenge seinen roten Degen in die Scheide und blickte fragend zu Vishous. Der Bruder starrte ihn auf unangenehme Weise an.

»Also, was war in dem Umschlag?«

»Etwas über dich.«

»Versucht mir Montrag das Attentat auf Wrath anzuhängen?« Das wäre egal. Rehv hatte bereits bewiesen, auf wessen Seite er stand, indem er den Kerl hatte aufschlitzen lassen.

Vishous schüttelte langsam den Kopf, dann schielte er zu iAm hinüber, der sich neben seinen Bruder stellte.

Rehvs Tonfall war scharf: »Ich habe keine Geheimnisse vor ihnen.«

»Na gut, dann schau's dir an, Sündenfresser.« V warf den Umschlag auf den Tisch. »Offensichtlich wusste Montrag, was du bist. Deshalb ist er sicher auch mit seinen Umsturzplänen zu dir gekommen. Keiner hätte dir abgenommen, dass es nicht deine Idee war, und zwar deine ganz allein, wäre das hier ans Licht gekommen.«

Rehv runzelte die Stirn und zog ein Dokument aus dem Umschlag, das sich als eidesstattliche Versicherung entpuppte und beschrieb, wie sein Stiefvater getötet worden war. Was zum Donner sollte das? Montrags Vater war nach dem Mord im Haus gewesen, soviel hatte Rehv gewusst. Aber Rehm sollte den *Hellren* seiner Mutter nicht nur zum Reden gebracht haben, sondern auch noch dazu, die Sache schriftlich zu bezeugen? Nur um dann rein gar nichts mit dieser Information anzufangen?

Rehv dachte an die Unterredung mit Montrag in seinem Arbeitszimmer vor zwei Tagen ... und an Montrags kleinen fröhlichen Kommentar, er wisse, was für ein Mann Rehv sei.

Er hatte es wirklich gewusst – und sich dabei nicht auf die Sache mit dem Drogenhandel bezogen.

Rehv steckte das Dokument zurück in den Umschlag. Scheiße, wenn das rauskam, wäre es um das Versprechen an seine Mutter geschehen.

»Also, was genau ist da drin?«, fragte einer der Brüder.

Rehv steckte den Umschlag in seinen Zobelmantel. »Eine eidesstattliche Versicherung, von meinem Stiefvater unmittelbar vor seinem Tod unterschrieben, in der er mein *Symphathen*erbe aufdeckt. Es ist ein Original, der Blutsignatur nach zu schließen. Aber um was wollen wir wetten, dass Montrag nicht sein einziges Exemplar verschickt hat?«

»Vielleicht ist es gefälscht?«, murmelte Wrath.

Unwahrscheinlich, dachte Rehv. Zu viele Details der Geschehnisse dieser Nacht stimmten.

Schlagartig wurde er in die Vergangenheit versetzt, in jene Nacht, in der er es getan hatte. Seine Mutter musste nach einem ihrer zahlreichen »Unfälle« in Havers Klinik gebracht werden. Als klarwurde, dass sie über Tag zur Beobachtung bleiben musste, war Bella bei ihr geblieben, und Rehv hatte seinen Entschluss gefasst.

Er war heimgegangen und hatte die Dienerschaft im Dienstbotentrakt zusammengerufen. Er konnte den Schmerz in den Gesichtern der *Doggen* seiner Familie deutlich erkennen. Er erinnerte sich genau, wie er die Männer und Frauen angesehen hatte und ihnen der Reihe nach in die Augen blickte. Viele waren wegen seines Stiefvaters ins Haus gekommen, doch geblieben waren sie wegen seiner Mutter. Und alle hofften, dass er den Missständen ein Ende setzte, die schon viel zu lange anhielten.

Er hatte sie alle für eine Stunde aus dem Haus entlassen. Niemand hatte widersprochen, und nacheinander hatten sie ihn auf dem Weg nach draußen umarmt. Alle hatten gewusst, was er vorhatte, und es befürwortet.

Rehv hatte gewartet, bis auch der letzte *Doggen* fort war, dann war er ins Arbeitszimmer gegangen, wo sein Stiefvater in Dokumente vertieft am Schreibtisch saß. In seiner Wut hatte Rehv auf altmodische Weise mit ihm abgerechnet und ihm Schlag um Schlag heimgezahlt, was er seiner Mutter angetan hatte, bevor er das miese Schwein zu seinem verdienten Ende führte.

Als es klingelte, dachte Rehv, die zurückkehrende Dienerschaft wolle ihn warnen, damit sie glaubhaft versichern konnten, den Mörder nicht bei der Arbeit überrascht zu haben. Als letzte Abreibung rammte er seinem Stiefvater die Faust gegen den Schädel und renkte ihm dabei den Hals aus. Dann war Rehv eilig über ihn hinweg gestiegen, hatte die Haustür Kraft seines Geistes geöffnet und war durch die Terrassentür hinten aus dem Haus geschlüpft. Den Toten von den *Doggen* »finden« zu lassen, war perfekt, da die Diener von Natur aus sanftmütig waren und man sie niemals mit einer Gewalttat in Verbindung bringen würde. Außerdem wütete der *Symphath* zu diesem Zeitpunkt so heftig in ihm, dass Rehv sich erst einmal wieder unter Kontrolle bringen musste.

Was damals noch ohne Dopamin gehen musste. In jenen Tagen hatte er Schmerz verwandt, um den Sündenfresser in seinem Inneren zu bändigen.

Erst schien es, als sei alles glattgegangen ... bis Rehv in der Klinik erfuhr, dass Montrags Vater Rehm die Leiche gefunden hatte. Nach seiner damaligen Aussage war Rehm ins Haus gekommen, hatte die Bescherung entdeckt und Havers angerufen. Bis der Arzt kam, war auch die Belegschaft zurück und nannte als Grund für die kollektive Abwesenheit Vorbereitungen für eine Zeremonie, die in dieser Woche abgehalten werden sollte.

Montrags Vater hatte sich gut verstellt, genauso wie der Sohn. Unstimmigkeiten im Gefühlsraster, die Rehv damals oder bei dem Treffen vor ein paar Tagen bemerkte, hatte er dem frischen Tod beziehungsweise dem bevorstehenden Umsturz zugeschrieben.

Himmel, Montrags Motive, Rehvenge zum Mord an Wrath anzustacheln, waren so offensichtlich. Nach vollendeter Tat wäre der ideale Zeitpunkt gewesen, mit der eidesstattlichen Versicherung herauszurücken und Rehv als Mörder und *Symphath* zu entlarven. Bei Rehvs Deportation hätte Montrag nicht nur die Kontrolle über den Rat, sondern über das gesamte Vampirvolk übernehmen können.

Zu dumm, dass der Plan nicht aufgegangen war. Das konnte einem wirklich die Tränen in die Augen treiben.

»Ja, es gibt sicher noch eine Abschrift«, murmelte Rehv. »Niemand schickt das einzige Original in die Welt hinaus.«

»Es wäre einen Besuch im Haus wert«, nickte Wrath. »Sollten Montrags Erben oder Rechtsnachfolger so etwas in die Finger bekommen, haben wir alle ein Problem, wenn du verstehst.«

»Er starb ohne Nachkommen, aber ja, sicher gibt es irgendwo einen Verwandten. Und ich werde dafür sorgen, dass die Sache nicht auffliegt.«

Auf keinen Fall würde er den Schwur brechen, den er gegenüber seiner Mutter geleistet hatte.

Ausgeschlossen.

15

Als Ehlena ihre Einkäufe in ihrem gewohnten, rund um die Uhr geöffneten Supermarkt erledigte, hätte sie eigentlich besser gelaunt sein sollen. Der Abschied von Rehv war sehr romantisch gewesen. Als er zu seinem Treffen musste, hatte er kurz geduscht und sie aussuchen lassen, was er anziehen sollte. Er hatte sich sogar von ihr die Krawatte binden lassen. Dann hatte er sie in die Arme geschlossen, und sie standen eine Weile einfach nur da, Herz an Herz.

Schließlich hatte sie ihn in den Flur gebracht und zusammen mit ihm auf den Aufzug gewartet. Die Ankunft des Lifts kündigte sich durch ein Bimmeln und das Aufgleiten von Doppeltüren an, und Rehv hatte die Türen offen gehalten, um sie zu küssen. Einmal. Zweimal. Ein drittes Mal. Schließlich war er ganz in die Kabine getreten, doch als sich die Türen schlossen, hatte er sein Handy hochgehalten, darauf gezeigt und dann auf sie.

Die Aussicht auf einen Anruf von ihm machte den Abschied leichter. Außerdem gefiel ihr die Vorstellung, dass er den schwarzen Anzug, das frische weiße Hemd und die blutrote Krawatte trug, die sie für ihn ausgesucht hatte.

Also hätte sie eigentlich glücklich sein sollen. Insbesondere, weil sich ihre finanziellen Sorgen durch die Zusagen der Rehvenge Bank etwas entschärft hatten.

Aber Ehlena war schrecklich nervös.

Sie stand vor dem Saftregal und blickte gehetzt über die Schulter. Zur Linken Saft, soweit das Auge reichte, zur Rechten Müsliriegel und Plätzchen. Am Ende des Gangs standen die Kassen, die meisten davon geschlossen, und dahinter lag die dunkle Fensterfront des Supermarktes.

Jemand verfolgte sie.

Seit sie zurück in Rehvs Penthouse gegangen war, um sich anzuziehen, und dann auf die Terrasse, wo sie abgesperrt und sich dematerialisiert hatte.

Vier *CranRaspberry*-Saftflaschen wanderten in ihren Wagen, dann ging es zu den Frühstücksflocken und von dort aus rüber zu Küchenrollen und Toilettenpapier. In der Fleischabteilung wählte sie ein fertiges Brathähnchen, das eher ausgestopft als gebraten aussah, aber im Moment brauchte sie ein paar schnelle Proteine, die sie nicht selbst zubereiten musste. Dann ein Steak für ihren Vater. Milch. Butter. Eier.

Der einzige Nachteil am Einkaufen nach Mitternacht war, dass alle automatischen Kassen geschlossen waren. Deshalb musste sie hinter einem Typen anstehen, der sich den Wagen mit Tiefkühl-Fertiggerichten beladen hatte. Während die Kassiererin seine Hacksteaks über den Scanner zog, starrte Ehlena durch die Glasfront ins Dunkle und fragte sich, ob sie vielleicht gerade den Verstand verlor.

»Wissen Sie, wie man die Dinger zubereitet?«, fragte sie der Kerl vor ihr und hielt einen der dünnen Kartons hoch.

Offensichtlich hatte er ihren nach vorne gerichteten Blick missverstanden und auf sich bezogen und suchte nun einen guten Anmachspruch. Dabei wanderte sein Blick gierig auf ihr herum. Ehlena konnte nur daran denken, was Rehvenge mit diesem Typen anstellen würde.

Sie musste lächeln. »Lesen Sie, was auf der Verpackung steht.«

»Sie könnten sie mir vorlesen.«

Ehlena gab sich Mühe, ruhig und gelangweilt zu klingen. »Entschuldigen Sie, aber ich glaube, da hätte mein Freund etwas dagegen.«

Leicht enttäuscht zuckte der Mensch mit den Schultern und reichte seine Tiefkühlkost dem Mädchen hinter der Kasse.

Zehn Minuten später rollte Ehlena ihren Wagen durch die automatische Tür und wurde von schneidender Kälte empfangen, so dass sie froh war, ihren dicken Parka zu tragen. Zu ihrer Erleichterung stand das Taxi, mit dem sie gekommen war, noch am gleichen Fleck.

»Brauchen Sie Hilfe?«, fragte der Fahrer durch das heruntergelassene Fenster.

»Nein, danke.« Sie sah sich um, als sie ihre Plastiktüten auf den Rücksitz stellte, und fragte sich, was zum Donner der Taxifahrer tun würde, wenn ein *Lesser* hinter einem der Laster hervorsprang und es auf sie abgesehen hatte.

Als Ehlena sich neben ihre Einkäufe setzte und der Fahrer aufs Gas trat, suchte sie das Dach und die halbgefrorenen Autos ab, die so nahe am Supermarkt parkten wie möglich. Mr TK-Hacksteak fummelte in seinem Wagen herum und zündete sich von der Innenbeleuchtung beschienen eine Zigarette an.

Nichts. Niemand.

Ehlena zwang sich, sich zurückzulehnen und entschied, dass sie paranoid war. Niemand beobachtete sie. Niemand verfolgte …

Plötzlich erfasste sie Panik, und sie fuhr sich an den

Hals. Oh, Gott ... was, wenn sie das Gleiche hatte wie ihr Vater? Was, wenn diese Paranoia das erste Anzeichen dafür war. Was, wenn ...

»Alles in Ordnung da hinten?«, erkundigte sich der Taxifahrer, der sie über den Rückspiegel ansah. »Sie zittern ja.«

»Mir ist nur kalt.«

»Warten Sie, ich stelle die Heizung an.«

Als ihr ein warmer Luftstrom ins Gesicht blies, blickte sie durch die Heckscheibe hinaus. Kein Auto weit und breit. Und *Lesser* konnten sich nicht dematerialisieren, also ... litt sie nun schon an Verfolgungswahn?

Himmel, es wäre ihr fast lieber, wenn wirklich ein Jäger hinter ihr her wäre.

Ehlena ließ den Fahrer so nahe an der Hintertür ihres Hauses halten wie möglich und gab ihm ein kleines Trinkgeld, weil er so nett gewesen war.

»Ich warte, bis Sie drinnen sind«, sagte der Mann.

»Danke«, sagte sie und meinte es von Herzen.

Mit zwei Plastiktüten in jeder Hand hastete sie zur Tür und setzte ihre Ladung ab, denn vor lauter Panik hatte sie ihre Schlüssel nicht schon ausgepackt. Als sie suchend und fluchend die Hand in die Tasche steckte, fuhr das Taxi davon.

Sie sah auf, als die Rücklichter um die Ecke verschwanden. Was zum ...

»Hallo.«

Ehlena erstarrte. Jemand stand direkt hinter ihr. Und sie wusste nur zu gut, wer es war. Als sie herumwirbelte, stand eine große schwarzhaarige Frau mit wallenden Gewändern und glühenden Augen vor ihr. Oh, ja, das war Rehvenges andere ...

»Hälfte«, führte die Frau den Satz zu Ende. »Ich bin seine andere Hälfte. Und es tut mir leid, dass dein Taxi so schnell losmusste.«

Instinktiv verhüllte Ehlena ihre Gedanken mit einem Bild aus dem Supermarkt: eine Regalwand mit roten *Pringles*-Chips.

Die Frau verzog das Gesicht, als wundere sie sich, was sie da in den Hirnwindungen fand, in die sie einzudringen versuchte, doch dann lächelte sie. »Du hast nichts von mir zu befürchten. Ich dachte nur, ich sage dir ein paar Dinge über den Mann, den du gerade in seinem Penthouse gevögelt hast.«

Vergiss die Knabberspaßfassade, ermahnte Ehlena sich. Hier musste sie andere Geschütze auffahren. Um ruhig zu bleiben, musste sie alles aufbringen, was sie in ihrer Berufsausbildung gelernt hatte. Diese Situation war ein Schockerlebnis, sagte sie sich. Ein blutüberströmter Vampir wurde in die Klinik gerollt, und sie musste jegliche Angst und Emotion beiseiteschieben, um die Situation zu meistern.

»Hast du gehört?«, näselte die Frau auf eine Art, die Ehlena fremd war, das S zu einem Zischeln in die Länge gezogen. »Ich habe euch durch die Scheibe beobachtet, bis zu dem Punkt, wo er ihn vorschnell rausgezogen hat. Willst du wissen, warum er das getan hat?«

Ehlena presste die Lippen zusammen und fragte sich, wie sie an das Pfefferspray in ihrer Handtasche kommen sollte. Doch irgendwie hatte sie das Gefühl, dass es wahrscheinlich gar nicht helfen ...

Ach du Scheiße, hingen da etwa ... lebende Skorpione an den Ohrläppchen dieser Frau?

»Er ist nicht wie du«, zischte die Frau mit boshafter Befriedigung. »Und nicht nur, weil er ein Drogenbaron ist. Er ist außerdem kein Vampir.« Als Ehlenas Brauen zuckten, lachte ihr Gegenüber. »Das hast du beides nicht gewusst?«

Offensichtlich erzielten ihre Anstrengungen nicht den gewünschten Effekt. »Ich glaube dir kein Wort.«

»*ZeroSum.* Innenstadt. Er ist der Besitzer. Kennst du den

Club? Vermutlich nicht, du scheinst mir nicht der Typ, der sich dorthin verirrt – was zweifellos der Grund ist, warum er so scharf auf dich ist. Ich sage dir, was er verkauft: Menschenfrauen. Drogen aller Arten. Und weißt du, warum? Weil er wie ich ist, nicht wie du.« Die Frau beugte sich zu Ehlena herunter, und ihre Augen blitzten. »Und weißt du, was ich bin?«

Eine geistesgestörte Schlampe, dachte Ehlena.

»Ich bin eine *Symphathin,* meine Süße. Wir sind beide *Symphathen.* Und er gehört mir.«

Ehlena fragte sich langsam, ob sie wohl heute Nacht sterben würde, hier auf der Schwelle zum Hintereingang ihres Hauses, mit vier Einkaufstüten vor den Füßen. Obwohl es nicht daran läge, dass diese Lügnerin *Symphathin* war – sondern weil jeder, der verrückt genug für so eine Behauptung war, auch eines Mordes fähig sein musste.

Die Frau fuhr fort, jetzt schriller: »Willst du ihn wirklich kennenlernen? Dann geh zu diesem Club und frag nach ihm. Er soll dir die Wahrheit sagen, damit du weißt, was du in deinen kleinen Körper aufgenommen hast, Kindchen. Und bedenke: Er gehört mir, sexuell, emotional, einfach in jeder Hinsicht: Er ist *mein.*«

Ein viergliedriger Finger strich über Ehlenas Wange, und dann war die Frau plötzlich verschwunden.

Ehlena zitterte so heftig, dass sie kurzzeitig bewegungsunfähig war. Schließlich rettete sie die Kälte. Ein eisiger Hauch fegte den Gehweg entlang und drückte sie nach vorne, und Ehlena musste sich fangen, bevor sie über ihre Einkäufe stolperte.

Als sie ihren Haustürschlüssel endlich fand, ging er nicht besser ins Schloss als neulich der Zündschlüssel beim Krankenwagen. Er umkreiste das Schlüsselloch und rutschte immer wieder ab.

Endlich.

Gewaltsam drehte sie den Schlüssel und warf die Tüten förmlich ins Haus, bevor sie hinterherstolperte und die Tür verschloss, inklusive Riegel und Kette.

Auf wackeligen Beinen gelangte sie in die Küche und setzte sich an den Küchentisch. Als ihr Vater sich über den Lärm beschwerte, sagte sie, es sei der Wind und betete, dass er nicht hochkam.

In der folgenden Stille spürte Ehlena keine Verfolgerin vor dem Haus, aber der Gedanke, dass eine solche Person über Rehv und sie Bescheid wusste und ihre Adresse kannte – Oh, Gott, diese Verrückte hatte sie *beobachtet.*

Ehlena sprang auf, rannte zur Spüle und drehte das Wasser auf, um etwaige Würgegeräusche zu übertönen. In der Hoffnung, ihren Magen dadurch zu beruhigen, trank sie ein paar Schlucke aus der hohlen Hand und wusch sich das Gesicht.

Das kalte Wasser klärte ihren Kopf ein wenig.

Was diese Frau behauptet hatte, war völlig absurd, viel zu abwegig, um wahr zu sein – und nach ihren glühenden Augen zu urteilen hegte sie einen Groll.

Rehv war nichts von alledem. Drogenbaron. *Symphath.* Zuhälter. So ein Schwachsinn.

Einer rachsüchtigen Exfreundin konnte man höchstens die Lieblingsfarbe eines Mannes abkaufen. Und Rehv hatte klipp und klar gesagt, dass sie nicht zusammen waren und von Anfang an angedeutet, dass die Frau problematisch war. Kein Wunder, dass er nicht näher darauf eingehen wollte: Niemand wollte zugeben, dass er es mit dem Biest aus einer *Verhängnisvollen Affäre* zu tun hatte, mit einer totalen Psychopatin.

Was war also zu tun? Ganz klar: Sie würde Rehv davon erzählen. Aber nicht völlig aufgelöst und hysterisch, sondern ganz sachlich im Sinne von *Folgendes ist passiert, und du solltest dir im Klaren darüber sein, dass diese Person bedenklich labil ist.*

Das schien Ehlena ein guter Plan zu sein.

Bis sie versuchte, ihr Handy aus der Tasche zu klauben und bemerkte, wie stark sie immer noch zitterte. Sie konnte sich das alles noch so vernünftig zurechtlegen, durch ihre Adern rauschte das Adrenalin und interessierte sich nicht die Bohne für ihre Argumente.

Wo war sie gerade stehengeblieben? Ach ja. Rehvenge. Sie wollte Rehvenge anrufen.

Als sie seine Nummer wählte, entspannte sie sich etwas. Sie würden diese Sache klären.

Kurzzeitig war sie überrascht, als sich die Mailbox meldete. Fast hätte sie aufgelegt, doch sie war nicht der Typ, der lange um den heißen Brei herumredete, und es gab keinen Grund zu warten.

»Hallo, Rehv, ich hatte gerade Besuch von dieser ... Frau. Sie hat allen möglichen Unsinn über dich erzählt. Ich ... äh ... dachte nur, das solltest du wissen. Um ehrlich zu sein, sie ist verrückt. Wie dem auch sei, kannst du mich deswegen mal zurückrufen? Das wäre super. Bis bald.«

Sie legte auf und starrte ihr Handy an, und betete, dass er sich rasch meldete.

Wrath hatte Beth etwas versprochen, und er hielt sich daran. So schwer es ihm auch fiel.

Als er und die Brüder schließlich aus dem *Sal's* kamen, ging er auf direktem Weg nach Hause, zusammen mit seinen zweitausend Pfund Personenschutz. Er war aufgedreht und kampfwütig, aufgepeitscht und angepisst, aber er hatte seiner *Shellan* gesagt, dass er nach seiner kleinen Blindheitsattacke nicht in den Kampf ziehen würde, also tat er das auch nicht.

Vertrauen musste man aufbauen, und nachdem er

gerade ein mächtiges Loch in das Fundament ihrer Beziehung gerissen hatte, würde es eine Menge Arbeit erfordern, um allein wieder auf Erdgeschossniveau zu kommen.

Doch wenn er schon nicht kämpfen konnte, gab es schließlich noch einen anderen Weg, um sich abzureagieren.

Als die Bruderschaft die Eingangshalle betrat, hallten ihre schweren Schritte auf dem Mosaik wider, und Beth schoss aus dem Billardzimmer, als hätte sie nur auf diesen Klang gewartet. Mit einem Satz war sie in seinen Armen, bevor er auch nur blinzeln konnte, und es war gut.

Nach einer schnellen Umarmung trat sie zurück und hielt ihn auf Armeslänge von sich entfernt, um ihn zu inspizieren. »Bist du okay? Was ist passiert? Wer war da? Wie …«

Die Brüder fingen alle gleichzeitig an zu reden, allerdings nicht über das Treffen, das nicht stattgefunden hatte. Sie stritten darüber, wer in den verbleibenden drei Stunden der Nacht welches Jagdrevier übernehmen würde.

»Gehen wir ins Arbeitszimmer«, sagte Wrath über den Lärm hinweg. »Ich kann mich selbst nicht hören.«

Als er und Beth auf die Treppe zugingen, rief er zu seinen Brüdern zurück: »Danke, dass ihr mir mal wieder Deckung verschafft habt.«

Die Gruppe hielt inne und drehte sich zu ihm um. Nach einem Moment der Stille formten sie einen Halbkreis um den Fuß der Freitreppe und ballten die Waffenhände zu Fäusten. Mit einem gewaltigen Kriegsschrei gingen sie auf das rechte Knie und schlugen die Knöchel auf den Mosaikboden. Es donnerte wie eine Bombenexplosion und hallte durch das ganze Herrenhaus.

Wrath sah auf sie herab, auf die gebeugten Köpfe, die gebogenen breiten Rücken, die kraftvollen Arme am Boden. Jeder von ihnen war in der Bereitschaft zu diesem Treffen gegangen, eine Kugel für ihn aufzufangen, und das war die Wahrheit.

Hinter dem schmaleren Tohr stand Lassiter, der gefallene Engel, aufrecht, aber er riss keine Witze über die erneute Zusammengehörigkeitsbekundung. Stattdessen starrte er wieder die verdammte Decke an. Wrath blickte zu dem Deckengemälde mit den Kriegern auf, die sich von einem blauem Himmel abhoben, aber er sah nicht viel von den Bildern, die dort angeblich waren.

Dann besann er sich auf seine Aufgabe und sagte in der Alten Sprache: »*Keine stärkeren Verbündeten, keine treueren Freunde, keine besseren Kämpfer für die Ehre könnte ein König haben als jene, die sich hier vor mir versammeln, meine Brüder im Geist und im Blute.*«

Mit einem einstimmigen Knurren erhoben sich die Brüder, und Wrath nickte einem nach dem anderen zu. Er hatte keine Worte mehr für sie, weil sich ihm plötzlich die Kehle zuschnürte, aber sie schienen keine zu brauchen. Sie sahen ihn voller Respekt, Verbundenheit und Entschlossenheit an, und er nahm ihre großzügigen Geschenke feierlich, dankbar und entschieden an. Das war der uralte Bund zwischen König und Untertanen: Die Gelöbnisse kamen beiderseits von Herzen und wurden mit wachem Geist und starkem Leib erfüllt.

»Gott, ich liebe euch, Jungs«, seufzte Beth.

Eine Menge tiefes Gelächter ertönte, und Hollywood sagte: »Sollen wir für dich auch noch einmal? Die Fäuste sind dem König vorbehalten, aber der Königin gebühren die Dolche.«

»Es wäre mir unangenehm, wenn ihr den schönen Boden ruiniert. Aber danke.«

»Sprich nur ein Wort, und wir schlagen für dich alles kurz und klein.«

Beth lachte. »Halte ein, mein Herz.«

Die Brüder kamen zu ihr und küssten nacheinander den dunklen Rubin an ihrem Finger. Während ihr jeder seinen Respekt zollte, strich sie ihnen zärtlich über die Haare. Außer Zsadist, den sie liebevoll anlächelte.

»Entschuldigt uns, Jungs«, schaltete sich Wrath ein. »Wir brauchen etwas Zeit für uns, wenn ihr versteht.«

Es gab ein Gemurmel männlicher Zustimmung, das Beth großzügig – und errötend – hinnahm, dann war es Zeit für etwas Abgeschiedenheit.

Als sich Wrath mit seiner *Shellan* nach oben aufmachte, hatte er das Gefühl, dass sich die Dinge langsam wieder etwas normalisierten. Ja, okay, es gab Intrigen, um ihn umzubringen, und politische Querelen und *Lesser* wo man hinsah, aber das *war* nun mal das tägliche Regierungsgeschäft. Und im Moment hatte er seine Brüder zur Seite, seine geliebte *Shellan* im Arm und die Leute und *Doggen*, die ihm etwas bedeuteten waren so sicher, wie er es einrichten konnte.

Beth legte den Kopf an seine Brust und die Hand um seine Taille. »Ich bin wirklich froh, dass alle heil zurück sind.«

»Witzig, dasselbe habe ich auch gerade gedacht.«

Er führte sie ins Arbeitszimmer und schloss die Flügeltür. Die Wärme des Kaminfeuers war eine Wohltat ... und eine Verlockung. Als sie zu dem Tisch ging, auf dem etliche Dokumente verstreut lagen, beobachtete er das Schwingen ihrer Hüften.

Mit einer schnellen Drehung aus dem Handgelenk schloss er sie beide ein. Während er zu ihr ging, streckte Beth die Hand aus, um etwas Ordnung in die Dokumente zu bringen. »Also, was ist pass...«

Wrath presste seine Hüften an ihren Hintern und flüsterte: »Ich möchte in dir sein.«

Seine *Shellan* keuchte und ließ den Kopf in den Nacken fallen. »Oh, Gott ... ja ...«

Mit einem Knurren griff er ihr von hinten an die Brust und als ihr Atem stockte, rieb er seinen Schwanz an ihr. »Ich möchte nicht zu lange warten.«

»Ich auch nicht.«

»Lehn dich an den Tisch.«

Als sie sich vornüberbeugte, wäre ihm fast ein Fluch entschlüpft. Dann stellte sie die Beine auseinander, und er hielt sich nicht länger zurück – ein langgezogenes *Fuck* entrang sich ihm.

Und genau das würde er gleich tun.

Wrath knipste die Schreibtischlampe aus, so dass sie nur noch vom goldenen, tanzenden Schein des Feuers beleuchtet wurden, und fuhr ihr mit rauen Händen voller Vorfreude über die Hüften. Dann bückte er sich und fuhr mit den Fängen an ihrer Wirbelsäule herab. Er ließ sie das Gewicht auf einen Fuß verlagern, so dass er den Knopf öffnen und sie aus ihrer *Sevens* Jeans schälen konnte. Für die andere Seite war er allerdings zu ungeduldig – vor allem, als er aufblickte und ihren herrlich schlichten schwarzen Slip sah.

Okay. Planänderung.

Das Eindringen würde warten.

Zumindest das mit dem Schwanz.

Er blieb in der Hocke und legte behutsam und schnell die Waffen ab, wobei er darauf achtete, dass alle Schusswaffen gesichert waren und die Klingen in den Scheiden steckten. Wäre die Tür nicht verschlossen gewesen, hätte er sie in den Waffensafe gelegt, egal, wie heiß er auf seine Frau war. Solange Nalla in der Nähe war, ging niemand im Haus das Risiko ein, dass sie eine Waffe auflas. Nie.

Entwaffnet nahm er seine Panoramasonnenbrille ab und warf sie auf den Schreibtisch, dann strich er mit den

Händen hinten an den Schenkeln seiner Frau hinauf. Er schob ihre Beine weit auseinander, drängte sich dazwischen und hob den Mund an die Baumwolle, die den Kern bedeckte, in dem er sehr bald kommen würde.

Er presste den Mund an sie und spürte ihre Hitze durch den Stoff. Ihr Duft machte ihn rasend, sein Schwanz zuckte so wild in seiner Lederhose, dass er sich nicht sicher war, ob er gerade gekommen war. Saugen und Lecken durch den Slip war nicht genug … also nahm er die Baumwolle zwischen die Zähne und rieb damit an ihrem Geschlecht. Er wusste verdammt gut, dass diese Naht genau den Punkt massierte, an dem er sich gleich festsaugen würde.

Es klapperte zweimal leise, als sie sich anders auf dem Tisch abstützte und einige Blätter flatterten raschelnd zu Boden.

»Wrath …«

»Was?«, murmelte er gegen ihren Slip und bearbeitete sie mit der Nase. »Gefällt es dir nicht?«

»Halt den Mund und mach weiter …«

Seine Zunge glitt unter ihren Slip und verschlug ihr den Atem … jetzt musste er sich bremsen. Sie war so heiß und feucht und willig, dass er sich nur mit Not zurückhalten konnte, sie nicht auf den Teppich zu werfen und tief und heftig zu bearbeiten.

Doch damit würde er sie beide um das Vorspiel bringen.

Er schob die Baumwolle mit der Hand zur Seite und küsste das rosa Fleisch darunter, dann tauchte er ein. Sie war so bereit für ihn, das merkte er an dem Honig, den er schluckte, als er in einem langen, langsamen Zug an ihr hoch schleckte.

Aber das war nicht genug. Und den Slip zur Seite zu halten störte ihn.

Mit einem Fangzahn piekte er ein Loch hinein, riss ihn in der Mitte entzwei und ließ die beiden Hälften von den

Hüften hängen. Seine Hände griffen an ihren Hintern und drückten ihn fest, als er mit den Faxen aufhörte und sich daranmachte, seine Frau anständig mit dem Mund zu befriedigen. Er wusste genau, wie sie es am liebsten hatte, und saugte und leckte und drang dann mit der Zunge ein.

Er schloss die Augen und nahm alles in sich auf, den Duft und den Geschmack und wie sie unter seiner Berührung erbebte, als sie den Höhepunkt erreichte und sich weitete. Hinter der Knopfleiste seiner Lederhose bettelte sein Schwanz um Aufmerksamkeit, das Reiben der Knöpfe war lange nicht genug, um ihn zu befriedigen, aber Pech gehabt. Seine Erektion musste sich noch eine Weile gedulden, denn das hier war viel zu süß, um so bald aufzuhören.

Als Beths Knie einknickten, legte er sie auf den Boden und winkelte ein Bein ab, ohne ihr dabei eine Pause zu gönnen, während er ihre Fleecejacke hochschob und die Hand unter ihren BH steckte. Als sie erneut kam, klammerte sie sich an eines der Tischbeine und stemmte den freien Fuß in den Teppich. Seine Zuwendung schob sie beide weiter und weiter unter den Tisch, an dem er seine königlichen Pflichten absolvierte, bis er sich bücken musste, um mit den Schultern darunterzupassen.

Schließlich kam ihr Kopf auf der anderen Seite wieder zum Vorschein, und sie griff nach dem zierlichen Stuhl, auf dem er sonst immer saß, und zog ihn mit sich.

Als sie wieder seinen Namen schrie, sah er hoch und funkelte den dummen Stuhl an. »Ich brauche ein robusteres Sitzmöbel.«

Das waren seine letzten verständlichen Worte. Dann fand sein Schwanz den Eingang zu ihr mit einer Leichtigkeit, die von all der Übung zeugte, die sie hatten und ... oh, *ja,* es war noch immer so gut wie beim ersten Mal. Er schloss die Arme um sie und ritt sie hart, und sie hielt dagegen, während sich der Sturm, der in ihm wütete, in seinen Eiern sammelte, bis sie brannten. Zusammen bildeten er und seine *Shellan* eine Einheit, sie gaben und nahmen, schneller und schneller, bis er kam, und weitermachte, und wieder kam, und immer noch weitermachte, bis ihm etwas ins Gesicht schlug.

Animalisch knurrte er und schnappte mit den Fängen danach.

Es waren die Vorhänge.

Er hatte es geschafft, sie unter dem Tisch heraus, am Stuhl vorbei und bis zur Wand zu vögeln.

Beth brach in Gelächter aus, und er stimmte ein. Dann kuschelten sie sich aneinander. Wrath rollte sich auf die Seite, zog seine Partnerin an seine Brust und zog ihre Fleecejacke und den Rollkragenpulli wieder herunter, damit ihr nicht kalt wurde.

»Und was ist bei dem Treffen passiert?«, fragte sie schließlich.

»Kein einziges Ratsmitglied ist aufgetaucht.« Wrath zögerte und fragte sich, wie viel er ihr von Rehv erzählen durfte.

»Nicht einmal Rehv?«

»Rehv war da, aber keiner von den anderen. Offensichtlich fürchtet sich der Rat vor mir, was im Grunde nicht schlecht ist.« Abrupt nahm er ihre Hände. »Hör zu, Beth ...«

Ihre Stimme klang gepresst: »Ja?«

»Ich will ehrlich sein, ja?«

»Ja.«

»Es ist etwas geschehen. Es ging um Rehvenge ... um sein Leben ... aber ich erkläre dir nur ungern Einzelheiten, weil es seine Sache ist. Nicht meine.«

Sie stieß die Luft aus. »Wenn es dich und die Bruderschaft nicht betrifft ...«

»Nur insofern, dass es uns in eine schwierige Position

bringt.« Und auch für Beth wäre dieses Wissen ein Dilemma. Schließlich ging es nicht nur darum, einen *Symphathen* vor dem Gesetz zu decken. Soweit Wrath informiert war, hatte auch Bella keine Ahnung davon, was ihr Bruder wirklich war. Also müsste Beth dann auch ein Geheimnis vor ihrer Freundin hüten.

Seine *Shellan* runzelte die Stirn. »Wenn ich frage, in welcher Hinsicht es ein Problem für euch ist, wüsste ich, was es ist, stimmt's?«

Wrath nickte und wartete.

Sie strich über sein Kinn. »Und du würdest es mir sagen, oder?«

»Ja.« Ungern zwar, aber er würde es tun. Ohne zu zögern.

»Okay ... ich frage nicht.« Sie hob den Kopf und küsste ihn. »Und ich bin froh, dass du mir die Wahl lässt.«

»Siehst du, ich bin lernfähig.« Er hielt ihr Gesicht und küsste sie mehrfach auf den Mund, der sich zu einem Lächeln verzog.

»Sag mal, was hältst du von Essen?«, fragte sie.

»Wie sehr ich dich liebe!«

»Ich hole uns etwas.«

»Ich glaube, ich mache dich besser erst einmal etwas sauber.« Er riss sich das schwarze Hemd vom Leib und strich damit vorsichtig über ihre Schenkel bis hoch bis zu ihrem Kern.

»Du tust mehr, als mich sauberzumachen«, lächelte sie träge, als seine Hände zwischen ihren Schenkeln umherstreiften.

Er zog sich nach oben und machte Anstalten, sie erneut zu besteigen. »Kannst du mir das verübeln? Mmmm ...«

Sie lachte und hielt ihn zurück. »Essen. Dann mehr Sex.«

Er knabberte an ihren Lippen und dachte, dass Essen

völlig überbewertet war. Doch dann knurrte ihr Magen, und sofort war der Gedanke an Sex wie weggewischt, vertrieben von dem Instinkt, sie zu füttern, zu beschützen und für sie zu sorgen.

Er legte ihr die große Hand auf den flachen Bauch und sagte: »Lass mich dir etwas brin…«

»Nein, ich möchte dich bedienen.« Sie berührte erneut sein Gesicht. »Bleib hier. Es dauert nicht lange.«

Als sie aufstand, rollte er sich auf den Rücken und stopfte seinen vielgebrauchten aber immer noch sehr steifen Schwanz in die Lederhose.

Beth bückte sich nach ihrer Jeans und präsentierte ihm eine fantastische Aussicht, so dass er sich fragte, ob er auch nur fünf Minuten damit warten konnte, wieder in sie einzudringen.

»Weißt du, wonach mir ist?«, murmelte sie, als sie ihre *Sevens* zurechtzupfte.

»Nach einer weiteren ordentlichen Nummer mit deinem *Hellren*, nachdem die erste Runde so schön war?«

Gott, er brachte sie so gerne zum Lachen.

»Na ja, das auch«, sagte sie. »Aber was das Essen betrifft … ich will hausgemachten Eintopf.«

»Ist er schon fertig?« Bitte, lass ihn fertig sein …

»Es gibt noch Rind von gest… du solltest dein Gesicht sehen!«

»Mir wäre lieber, du wärst nicht so lang in der Küche und dafür früher auf meinem …« Okay, diesen Satz würde er nicht zu Ende führen.

Doch sie konnte ihn offensichtlich problemlos ergänzen. »Hmm, ich beeile mich.«

»Mach das, *Lielan*, und ich bereite dir ein Dessert, das dir die Sinne raubt.«

Sie schwang neckisch die Hüften auf dem Weg zur Tür, und vollführte einen sexy kleinen Tanz, der ihm ein Knurren entrang. In der Tür blieb sie stehen und blickte zurück, beleuchtet vom hellen Licht aus dem Flur.

Und seine verschwommene Sicht bescherte ihm das hübscheste Abschiedsgeschenk: Im Feuerschein sah er ihr langes, dunkles Haar über ihre Schultern fallen und ihr gerötetes Gesicht und ihre anmutige Gestalt mit all ihren Kurven.

»Du bist wunderschön«, flüsterte er.

Beth strahlte ihn an, und der Geruch ihrer Freude und ihres Glücks verstärkte den Duft von nachtblühenden Rosen, der ihr allein zu eigen war.

Beth führte die Fingerspitzen an die Lippen, die er so wild geküsst hatte, und hauchte ihm einen sanften, langen Kuss zu. »Ich bin gleich zurück.«

»Bis gleich.« Oh, ja, er freute sich schon auf etwas mehr Bürobodenzeit.

Nachdem sie weg war, blieb er noch eine Weile liegen und lauschte gebannt ihren Schritten auf der Treppe. Dann rappelte er sich auf, stellte den lächerlichen Stuhl zurück an seinen Platz und pflanzte sich darauf. Er griff nach der Sonnenbrille, um seine empfindlichen Augen vor dem sanften Schein des Kaminfeuers zu schützen, und ließ den Kopf zurückfallen …

Als es an der Tür klopfte, stachen seine Schläfen vor Frust. Mann, konnte man denn wirklich keine zwei Sekunden Frieden haben … und am Geruch nach türkischem Tabak erkannte er auch, wer es war.

»Komm rein, V.«

Als der Bruder die Tür öffnete, vereinte sich der Tabakgeruch mit dem leichten Holzfeuerrauch aus dem Kamin.

»Wir haben ein Problem«, erklärte Vishous.

Wrath schloss die Augen und rieb sich die Nasenwurzel. Hoffentlich betrachteten diese Kopfschmerzen sein Hirn nicht als Motel und nisteten sich über Nacht ein. »Spuck's aus.«

»Jemand hat uns wegen Rehv gemailt. Gibt uns vierundzwanzig Stunden, um ihn an die *Symphathen*-Kolonie auszuliefern, ansonsten würde seine Identität der *Glymera* bekanntgegeben – das, und außerdem die Tatsache, dass du und wir alle davon wussten und nichts unternommen haben.«

Wrath riss die Augen auf. »Was zur Hölle?«

»Ich suche schon nach dem Absender. Mit ein bisschen Forschung im IT-Land sollte es mir gelingen, den Account zu orten und herauszufinden, wer dahintersteckt.«

»Scheiße ... so viel zu dem geheimen Dokument.« Wrath schluckte, die Kopfschmerzen verursachten ihm Übelkeit. »Schau, setz dich mit Rehv in Verbindung, erzähl ihm von der Mail. Hör dir an, was er sagt. Die *Glymera* ist gespalten und eingeschüchtert, aber wenn etwas Derartiges ans Licht kommt, müssen wir handeln – sonst lehnt sich nicht nur der Adel auf, sondern auch die Zivilbevölkerung.«

»In Ordnung. Ich werde ihm davon berichten.«

»Mach schnell.«

»He, bei dir alles in Ordnung?«

»Ja. Jetzt ruf Rehv an. Verdammte Scheiße.«

Die Tür schloss sich erneut, und Wrath stöhnte. Der sanfte Feuerschein verschlimmerte den Schmerz in seinen Schläfen, aber er würde die Flammen nicht löschen: Nach seinem kleinen Blindheitsanfall vom Nachmittag kam absolute Dunkelheit nicht mehr infrage.

Er schloss die Augen und versuchte, den Schmerz zu verdrängen. Ein bisschen Ruhe. Viel mehr brauchte er nicht.

Einfach etwas Ruhe.

16

Xhex kehrte durch den Hintereingang ins *ZeroSum* zurück und behielt die Hände in den Taschen, als sie durch den VIP-Bereich ging. Dank ihres Vampiranteils hinterließ sie keine Fingerabdrücke, aber blutige Hände waren blutige Hände.

Außerdem hatte sie die Scheiße von Grady an der Hose.

Aber das war der Grund, warum der Club selbst in diesen modernen Zeiten einen altmodischen feuerspeienden Brennofen im Keller hatte.

Sie meldete sich nirgends zurück, sondern ging direkt in Rehvs Büro und in sein Schlafzimmer, das sich daran anschloss. Zum Glück blieb ihr genügend Zeit, sich umzuziehen und zu waschen, denn der Bulle würde eine Weile brauchen, bis er Grady fand. Sie hatte de la Cruz den Befehl erteilt, die ganze Nacht wegzubleiben – obwohl es bei einem Mann wie ihm möglich war, dass sein Bewusstsein den eingepflanzten Gedanken irgendwann besiegte. Dennoch blieben ihr mindestens ein paar Stunden.

In Rehvs Appartement verschloss sie die Tür und ging

auf direktem Weg in die Dusche. Sie drehte das heiße Wasser auf, legte die Waffen ab und steckte Kleider und Stiefel in einen Wäscheschacht, der direkt in den Ofen hinunter führte.

Scheiß auf die Wäscherei. So ein Brenner war die Sorte Wäschekorb, die Leute wie sie brauchten.

Sie nahm ihre lange Klinge mit unter den Duschstrahl und wusch sich und ihre Waffe mit der gleichen Sorgfalt. An den Beinen trug sie noch immer die Büßergurte, und die Seife brannte dort, wo sich die Stacheln in ihr Fleisch bohrten. Xhex wartete, bis das Brennen nachließ, bevor sie zuerst einen lockerte und dann den anderen …

Der Schmerz war so überwältigend, dass ihre Beine kalt und taub wurden. Er fuhr in ihre Brust und brachte ihr Herz zum Hämmern. Keuchend stieß Xhex den Atem aus, sank gegen die Marmorwand und hoffte, nicht in Ohnmacht zu fallen.

Doch irgendwie blieb sie bei Bewusstsein.

Als das Wasser zu ihren Füßen rot in den Abfluss rann, dachte sie an Chrissys Leiche. Ihr Blut war bräunlich schwarz gewesen, das Fleisch fleckig-grau. Gradys Blut hatte die Farbe von Wein gehabt, aber in ein paar Stunden würde er nicht anders aussehen als sein Opfer in der Leichenhalle – er würde tot auf einem Stahltisch liegen, während sich das, was einst durch seine Adern geflossen war, in Zement verwandelte.

Xhex hatte gute Arbeit geleistet.

Die Tränen kamen von überall und nirgends, und sie verachtete sich dafür.

Beschämt von ihrer Schwäche bedeckte sie das Gesicht mit den Händen, obwohl sie alleine war.

Einst hatte jemand versucht, ihren Tod zu rächen.

Nur, dass sie gar nicht tot gewesen war – sondern es sich nur gewünscht hatte, als man mit allen möglichen »Instrumenten« an ihr herumhantierte. Und die ritterliche Heldentat war nicht gut ausgegangen für ihren Rächer. Murhder war dem Wahnsinn verfallen. Er hatte geglaubt, eine Vampirin zu retten, aber Überraschung! In Wirklichkeit riskierte er sein Leben für eine *Symphathin.*

Hoppla. Dieses kleine Detail hatte sie wohl vergessen, ihrem Liebhaber gegenüber zu erwähnen.

Sie wünschte, sie hätte es ihm gesagt. Er hätte das Recht gehabt, es zu wissen, und vielleicht wäre er dann heute noch in der Bruderschaft. Vielleicht mit einer netten *Shellan* an der Seite. Ganz bestimmt hätte er nicht den Verstand verloren und wäre auf Nimmerwiedersehen verschwunden.

Rache war ein riskantes Geschäft, oder etwa nicht? In Chrissys Fall war es in Ordnung. Alles war glattgelaufen. Doch manchmal war das zu rächende Objekt die Mühe nicht wert.

Xhex war es nicht gewesen, und es hatte nicht nur Murhder den Verstand gekostet. Rehv zahlte noch heute für ihre Fehler.

Sie dachte an John Matthew und wünschte sich nur, sie hätten nicht miteinander geschlafen. Murhder war eine lockere Sache gewesen. Aber John Matthew? Dem tödlichen Ziehen in ihrer Brust nach zu urteilen, das sich bei jedem Gedanken an ihn einstellte, war er wohl viel mehr als das – weswegen sie auch nicht daran denken wollte, was in ihrer Kellerwohnung zwischen ihnen passiert war.

Das Problem war die Art, wie John Matthew sie behandelt hatte. Er hatte eine Zärtlichkeit an den Tag gelegt, die drohte, sie zu zerbrechen. Seine Gefühle für sie waren sanft, zart und respektvoll ... liebevoll – obwohl er wusste, wer sie war. Sie musste ihn so hart abweisen, denn hätte er nicht mit dem Mist aufgehört, hätte sie am Ende ihre Lippen an seine gepresst und sich komplett vergessen.

John Matthew war ihr Seelenquell, wie die *Symphathen* es nannten, ihr *Pyrokant* in der Sprache der Vampire. Ihre entscheidende Schwachstelle.

Und sie war äußerst schwach, wenn es um ihn ging.

Gequält dachte sie daran, wie er Gina auf dem Überwachungsmonitor befummelt hatte. So wie ihre stachelbewehrten Metallgurte überwältigte sie auch das schmerzhafte Bild, und sie hielt sich vor, dass sie es nur verdiente, ihm dabei zuzusehen, wie er sich in kopf- und seelenlosen Sex stürzte.

Sie drehte das Wasser ab, hob ihre Büßergurte und das Messer vom edlen Marmorboden auf, stieg aus der Dusche und ließ all das Metall zum Abtropfen in ein Waschbecken fallen.

Als sie sich eines von Rehvs superluxuriösen schwarzen Handtüchern nahm, wünschte sie sich, es …

»Wäre Sandpapier, nicht wahr?«, spottete Rehv von der Tür aus.

Xhex verharrte kurz, das Handtuch über den Rücken gespannt, und blickte in den Spiegel. Rehv lehnte lässig in der Tür, sein bodenlanger Zobelmantel verwandelte ihn in einen Bär, der Irokesenschnitt und die stechend violetten Augen verrieten seine Kriegernatur trotz des metrosexuellen Outfits.

»Wie ist es heute Nacht gelaufen?«, erkundigte sie sich, stellte einen Fuß auf den Waschtisch und tupfte sich das Bein mit dem schwarzen Frottee ab.

»Das Gleiche könnte ich dich fragen. Was zum Henker ist los mit dir?«

»Nichts.« Sie stellte das andere Bein hoch. »Also, wie war das Ratstreffen?«

Rehv blickte ihr weiter in die Augen, nicht aus Rücksicht darauf, dass sie splitterfasernackt vor ihm stand, sondern weil es ihm echt und ehrlich schnuppe war. Für ihn wäre es das Gleiche gewesen, wenn ihm Trez oder iAm den Hintern präsentiert hätten: Xhex hatte vor langem aufgehört, weiblich für ihn zu sein, obwohl sie sich voneinander nährten.

Vielleicht war es das, was ihr so an John Matthew gefiel: Er betrachtete, berührte und behandelte sie wie eine Frau. Wie eine Kostbarkeit.

Nicht, weil sie nicht so stark wäre wie er, sondern weil sie eine Seltenheit war und etwas Besonderes …

Hilfe! Stoppt den Östrogenstrom. Außerdem galt für all das nun die Vergangenheitsform.

»Das Treffen?«, drängte sie.

»Gut. Dann sei eben so. Der Rat? Keiner ist aufgetaucht, dafür wurde das hier abgegeben.« Rehv zog einen langen, flachen Umschlag aus der Brusttasche und warf ihn auf den Waschtisch. »Du kannst es später lesen. Überflüssig zu sagen, dass mein Geheimnis seit geraumer Zeit bekannt ist. Stiefpapa hat auf dem Weg in den Schleier geplaudert, und es grenzt an ein Wunder, dass es nicht schon früher rausgekommen ist.«

»Ach du Scheiße.«

»Das ist übrigens eine eidesstattliche Versicherung. Nicht irgendein Gekritzel auf einer Serviette.« Rehv schüttelte den Kopf. »Ich werde Montrags Haus wohl einen Besuch abstatten müssen. Mich umsehen, ob noch weitere Exemplare hiervon dort rumfliegen.«

»Das kann ich tun.«

Rehvs Amethystaugen verengten sich. »Nimm's nicht persönlich, aber ich verzichte auf das Angebot. Du siehst aus, als ginge es dir nicht gut.«

»Das liegt nur daran, dass du mich eine Weile nicht ohne Kleidung gesehen hast. Warte, bis ich wieder Leder trage, dann erinnerst du dich daran, dass ich zu den Harten gehöre.«

Rehvs Blick wanderte zu den gezackten Einstichen an ihren Schenkeln. »Kaum zu glauben, dass du mir Vorhaltungen wegen meines Arms gemacht hast, wenn man sich diese Löcher ansieht.«

Sie bedeckte sich mit einem Handtuch. »Ich gehe heute in Montrags Haus.«

»Warum hast du geduscht?«

»Um das Blut abzuwaschen.«

Rehvs Gesicht überzog ein Grinsen, das beide Fänge freilegte. »Du hast Grady gefunden.«

»Genau.«

»Wie schön.«

»Wir bekommen wahrscheinlich bald Besuch von den Cops.«

»Ich freu mich schon drauf.«

Xhex tupfte ihre Büßergurte und ihr Messer trocken, dann ging sie an Rehv vorbei und trat in den halben Quadratmeter in seinem begehbaren Schrank, der ihr gehörte. Sie zog eine frische Lederhose heraus und ein schwarzes ärmelloses Shirt und blickte über die Schulter.

»Was dagegen, mich kurz allein zu lassen?«

»Du legst diese verdammten Dinger wieder an?«

»Wie steht es um deine Dopaminvorräte?«

Rehv kicherte und ging zur Tür. »Ich kümmere mich um die Durchsuchung von Montrags Haus. Du hast in letzter Zeit genug schmutzige Arbeit für andere erledigt.«

»Ich komm damit zurecht.«

»Deshalb ist es noch lange nicht okay.« Er griff in die Tasche und holte sein Handy raus. »Verdammt, ich hab vergessen, das Ding wieder anzuschalten.«

Als das Display aufleuchtete, blickte er darauf, und seine Gefühle ... flackerten.

Sie flackerten tatsächlich.

Vielleicht lag es daran, dass sie ihre Büßergurte nicht

trug, und der *Symphath* in ihr sofort auf den Plan trat, jedenfalls konnte sie sich nicht zurückhalten und konzentrierte sich auf ihn. Diese aufblitzende Schwäche hatte ihre Neugierde geweckt.

Doch was ihr auffiel war nicht so sehr sein Gefühlsraster ... sondern sein veränderter Geruch.

»Du hast dich von jemandem genährt«, bemerkte sie.

Rehv verriet sich, indem er erstarrte.

»Versuche nicht, es abzustreiten«, murmelte sie. »Ich kann es riechen.«

Rehv zuckte die Schultern, und Xhex bereitete sich schon mal auf eine Menge Bla-Bla, von wegen »keine große Sache« vor. Rehv öffnete sogar den Mund und setzte den gelangweilten Ausdruck auf, mit dem er die Leute auf Abstand hielt.

Nur, dass er nichts sagte. Er schien einfach nicht fähig, es abzutun.

»Wow.« Xhex schüttelte den Kopf. »Es ist was Ernstes, oder?«

Die Frage zu übergehen war ganz eindeutig die beste Strategie. »Wenn du fertig bist, lass uns mit Trez und iAm Bestandsaufnahme machen, bevor wir schließen.«

Rehv vollführte eine Kehrtwende und ging ins Büro.

Witzig, dachte sie, als sie eines der Stahlbänder aufhob und um ihren Schenkel legte, sie hätte nie erwartet, ihn einmal so zu erleben. Nie im Leben.

Sie fragte sich, wer es wohl war. Und wie viel diese Frau über ihn wusste.

Rehv ging zu seinem Schreibtisch, das Handy in der Hand. Ehlena hatte angerufen und eine Nachricht hinterlassen, aber anstatt Zeit zu vertun und sie abzuhören, rief er ihre Nummer auf und ...

Die Nummer, die in diesem Moment anrief, war die Einzige, für die er den Wahlvorgang unterbrechen würde. Er nahm den Anruf an: »Mit welchem Bruder spreche ich?«

»Vishous.«

»Was gibt's?«

»Nichts Gutes.«

Der flache Ton des Kerls erinnerte Rehv an Autounfälle. Schlimme Geschichten, bei denen man die Rettungsschere brauchte, um die Körper herauszuschneiden. »Schieß los.«

Der Bruder redete und redete und redete. E-Mail. Identität aufgedeckt. Deportation.

An diesem Punkt musste es eine längere Pause gegeben haben, denn Rehv hörte seinen Namen. »Bist du noch dran? Rehvenge? Hallo?«

»Ja, ich bin noch dran.« So mehr oder weniger. Er war ein bisschen abgelenkt von dem dumpfen Donnergrollen in seinem Kopf, als würde das Gebäude um ihn herum zusammenstürzen.

»Hast du meine Frage gehört?«

»Äh ... nein.« Das Donnern wurde so laut, dass er sich sicher war, der Club würde bombardiert, und das Dach stürzte ein.

»Ich habe versucht, die E-Mail zurückzuverfolgen und glaube, dass sie von einer IP-Adresse im Norden in der Nähe der Kolonie kommt, wenn nicht sogar von innerhalb der Kolonie. Ich glaube, sie stammt gar nicht von einem Vampir. Kennst du da oben irgendjemand, dem daran gelegen wäre, deine Identität aufzudecken?«

Dann hatte die Prinzessin also das Interesse an ihren Erpresserspielchen verloren. »Nein.«

Jetzt war es an V zu schweigen. »Bist du sicher?«

»Ja.«

Die Prinzessin hatte beschlossen, ihn nach Hause zu rufen. Und wenn er nicht folgte, würde sie jedem Mitglied der *Glymera* einzeln mailen und Wrath und die Bruderschaft belasten, indem sie Rehvs Geheimnis enthüllte. Und das in Verbindung mit der eidesstattlichen Versicherung, die heute aufgetaucht war.

Sein gewohntes Leben war vorbei.

Nicht, dass die Bruderschaft davon erfahren musste.

»Rehv?«

Tonlos sagte er: »Das ist nur ein Abfallprodukt von der Montraggeschichte. Mach dir keine Sorgen deswegen.«

»Was ist hier los?«

Xhex' schneidende Stimme aus der Schlafzimmertür riss ihn aus seiner Trance. Er sah sie an. Als er ihrem Blick begegnete, waren ihm ihr muskulöser Körper und ihre scharfen grauen Augen so vertraut wie das eigene Spiegelbild, und das Gleiche galt andersherum ... deshalb erkannte sie sofort, was Sache war.

Ihr Gesicht verlor langsam jede Farbe. »Was hat sie getan? Was hat dir diese verdammte Schlampe angetan?«

»Ich muss Schluss machen, V. Danke für den Anruf.«

»Rehvenge«, hielt ihn der Bruder auf. »Schau, warum soll ich nicht weiter versuchen, die E-Mail zurückzuver...«

»Zeitverschwendung. Da oben weiß niemand von mir. Vertrau mir.«

Rehv legte auf, und bevor Xhex etwas sagen konnte, rief er die Mailbox an und hörte sich Ehlenas Nachricht an. Obwohl er schon wusste, was sie sagen würde ...

»Hallo, Rehv, ich hatte gerade Besuch von dieser ... Frau. Sie hat allen möglichen Unsinn über dich erzählt. Ich ... äh ... dachte nur, das solltest du wissen. Um ehrlich zu sein, sie ist verrückt. Wie dem auch sei, kannst du mich deswegen mal zurückrufen? Das wäre super. Bis bald.«

Er löschte die Nachricht und legte das Handy behutsam auf den Tisch, neben die schwarze Lederschreibtischunterlage, so dass es exakt vertikal ausgerichtet war.

Xhex ging zu ihm, doch da klopfte es laut, und jemand kam rein. »Gib uns eine Minute, Trez«, hörte er sie sagen. »Nimm Rally mit und lass niemanden hier rein.«

»Was ist pass...«

»Jetzt. Bitte.«

Rehvenge starrte das Handy an und bekam nur verschwommen mit, wie jemand wieder ging und sich die Tür schloss.

»Hörst du das?«, fragte er leise.

»Was?« Xhex kniete sich neben seinen Sessel.

»Dieses Geräusch.«

»Rehv, was hat sie getan?«

Er blickte in ihre Augen und sah darin seine Mutter auf dem Sterbebett. Witzig, beide Frauen hatten den gleichen flehentlichen Blick. Und beide wollte er beschützen. Genauso wie Ehlena. Seine Schwester. Und Wrath und die Bruderschaft.

Rehv umfasste das Kinn seiner Stellvertreterin. »Es geht nur um irgendwelchen Bruderschaftskram, und ich bin sehr müde.«

»Den Teufel geht es das, und den Teufel bist du müde.«

»Tust du mir einen Gefallen?«

»Was für einen?«

»Wenn ich dich bitte, dich einer Frau anzunehmen, würdest du das für mich tun?«

»Ja, verdammt, natürlich. Ich will diese Schlampe schon seit über zwanzig Jahren töten.«

Er ließ ihr Kinn los und streckte ihr die Hand entgegen. »Bei deiner Ehre, schwör es mir.«

Xhex ergriff seine Hand wie ein Mann, nicht als Berührung, sondern als Gelübde. »Du hast mein Wort. Alles.«

»Danke. Hör zu, Xhex, ich hau mich aufs Ohr ...«

»Aber erst musst du mir einen Hinweis geben, um was es hier geht.«

»Sperrst du ab?«

Sie ließ sich auf die Fersen zurückfallen. »Sag mir, was los ist!«

»Es war nur Vishous mit einer weiteren Komplikation.«

»Scheiße, hat Wrath wieder Probleme mit der *Glymera?*«

»Solange es eine *Glymera* gibt, wird Wrath mit ihr Probleme haben.«

Sie runzelte die Stirn. »Warum denkst du an eine Strandwerbung aus den Achtzigern?«

»Weil Brusthaare wieder in Mode kommen. Ich spüre es. Und hör auf zu versuchen, meine Gedanken zu lesen.«

Es folgte ein langes Schweigen. »Ich werde das auf den Tod deiner Mutter zurückführen.«

»Super Idee.« Er stützte den Stock auf den Boden. »Jetzt hole ich mir eine Mütze Schlaf. Ich bin seit zwei Tagen auf den Beinen.«

»In Ordnung, aber wenn du mich das nächste Mal abblockst, nimm bitte etwas weniger Gruseliges als Deney Terrio auf den Bahamas.«

Als er alleine war, sah Rehv sich um. Dieses Büro hatte viel gesehen: Eine Menge Geld hatte hier die Hände gewechselt. Ein Haufen Drogen auch. Viele Typen, die ihn verarschen wollten, hatten hier geblutet.

Durch die offene Tür zum Schlafzimmer starrte er in das Appartement, in dem er zahllose Nächte verbracht hatte. Er konnte gerade noch so die Dusche ausmachen.

Als er das Gift der Prinzessin noch verkraftet hatte und nach den Treffen im Norden stark genug war, um sich selbst nach Hause zu schleppen, hatte er sich immer in diesem Bad gewaschen. Er wollte nicht das Heim seiner Familie mit dem beschmutzen, was auf seiner Haut klebte, und hatte eine Menge heißes Wasser und Seife gebraucht, bevor er seiner Mutter und Schwester wieder unter die Augen treten konnte. Der Witz war, dass seine Mutter ihn dann jedes Mal fragte, ob er vom Sport käme, weil er so eine »gesunde Gesichtsfarbe« habe.

Er war nie sauber genug gewesen. Doch hässliche Taten waren nicht wie Dreck – sie ließen sich nicht abwaschen.

Er ließ den Kopf in den Nacken fallen und ging in Gedanken durch das *ZeroSum*. Er stellte sich Rallys Kabuff mit der Waage vor, die VIP-Lounge mit dem Wasserfall und die offene Tanzfläche und die Bars. Er kannte jeden Zentimeter des Clubs und wusste alles, was darin passierte – von den Aktivitäten der Mädchen im Knien oder Liegen bis zu den Buchmachern mit ihren Wahrscheinlichkeiten und der Anzahl von Drogenunfällen, um die Xhex sich gekümmert hatte.

So viele schmutzige Geschäfte.

Er dachte daran, wie Ehlena ihren Job verloren hatte, weil sie ihm Antibiotika gebracht hatte, die er sich in seinem Starrsinn nicht selbst bei Havers holte. So sah eine gute Tat aus. Und das wusste er nicht nur, weil seine Mutter es ihm beigebracht hatte, sondern weil er Ehlena kannte. Sie war von Natur aus gut, und deshalb tat sie Gutes.

Was er hier getrieben hatte, war nicht gut und war es nie gewesen, denn so war er nun einmal.

Rehv dachte über den Club nach. Die Schauplätze des Lebens waren genauso wie die Kleider, die man trug, das Auto, das man fuhr, und die Freunde und Bekannte, mit denen man sich umgab, ein Produkt des Lebens, das man führte. Sein Leben war dunkel, gewaltsam und zwielichtig gewesen. Und genauso würde auch sein Tod sein.

Er verdiente seinen Bestimmungsort.

Aber bei seinem Abgang würde er die Dinge ins Lot bringen. Einmal im Leben würde er das Richtige tun, und zwar aus den richtigen Gründen.

Und er würde es für die kurze Liste von Leuten tun, die er ... liebte.

17

Auf der anderen Seite der Stadt saß Tohr im Haus der Bruderschaft im Billardzimmer. Er hatte seinen Stuhl so zurechtgerückt, dass er die Tür zur Eingangshalle im Blick hatte. In der rechten Hand hielt er eine brandneue schwarze *Timex Indiglo* Uhr, die er gerade auf die richtige Zeit und das richtige Datum stellte, und zu seiner Linken stand ein langes, schlankes Glas Eiskaffee. Er war fast fertig mit der Uhr und hatte erst ein Viertel von seinem Kaffee getrunken. Sein Magen kam nicht immer problemlos mit den Unmengen Essen zurecht, die er in sich hineinstopfte, aber darauf konnte Tohr keine Rücksicht nehmen. Es galt, möglichst schnell Gewicht zuzulegen, da musste sich sein Verdauungstrakt eben fügen.

Mit einem letzten Pieps war die Uhr gestellt, und er legte sie an. Dann starrte er auf die leuchtende 4:57.

Seine Augen wanderten erneut zur Eingangstür. Scheiß auf die Uhr und das Essen. Eigentliche war er nur hier, weil er darauf wartete, dass John mit Qhuinn und Blay durch diese verdammte Tür kam.

Er wollte seinen Jungen sicher zu Hause wissen. Obwohl John kein Junge mehr war, und zwar schon nicht mehr, seit er ihn vor einem Jahr einfach alleingelassen hatte.

»Also, ich kann einfach nicht glauben, dass du dir das nicht anschaust.«

Als Lassiters Stimme ertönte, griff Tohr nach dem Glas und saugte am Strohhalm, um der Nervensäge nicht ein weiteres *Halt's Maul, Sonnyboy* um die Ohren zu hauen. Der Engel liebte Fernsehen, aber er war auch hierbei hyperaktiv. Ständig zappte er hin und her. Der Himmel wusste, was er sich jetzt schon wieder ansah.

»Ich meine, sie geht ihren Weg als Frau allein. Sie ist cool, und die Kleidung stimmt auch. Die Sendung ist echt gut.«

Tohr blickte über die Schulter. Der Engel hatte sich auf der Couch ausgebreitet, die Fernbedienung in der Hand, den Kopf auf ein Kissen gelegt, das Marissa einmal mit *Liebe geht durch die Fänge* bestickt hatte. Und hinter ihm auf dem Flachbildschirm war ...

Tohr hätte sich beinahe an seinem Eiskaffee verschluckt.

»Was soll das denn? Das ist *Mary Tyler Moore*, du Arschloch.«

»So heißt sie?«

»Ja. Und nimm's nicht persönlich, aber bei dieser Sendung sollte dir lieber keiner abgehen.«

»Warum?«

»Das ist kaum eine Stufe besser als eine Telenovela. Genauso gut könntest du dir die Fußnägel lackieren.«

»Mir egal. Ich find's cool.«

Der Engel schien nicht zu kapieren, dass Mary Tyler Moore nicht ganz das Gleiche war wie Mixed Martial Arts. Wenn das die anderen Brüder mitbekämen, würden sie Lassiter fertigmachen.

»He, Rhage«, rief Tohr ins Esszimmer rüber. »Schau dir mal an, was unsere Lavalampe in der Glotze schaut.«

Hollywood kam rein, einen Teller beladen mit Roastbeef und Bergen von Kartoffelbrei in der Hand. Er hielt nicht viel von Gemüse, das er als »kalorienarmen Platzverschwender« betrachtete, deshalb fehlten die grünen Bohnen, die es zum Ersten Mahl gegeben hatte, bei seinem aufgewärmten Essen.

»Was schaut er denn ... Oh, cool! *Mary Tyler Moore*. Ich steh auf sie.« Rhage ließ sich in einem der Clubsessel neben dem Engel nieder. »Cooles Outfit.«

Lassiter warf Tohr einen hämischen Blick zu. »Und Rhoda ist doch auch irgendwie heiß.«

Die beiden stießen die Fäuste mit den Knöcheln aneinander. »Ganz deiner Meinung.«

Tohr wandte sich wieder seinem Eiskaffee zu. »Ihr beide seid eine Schande für das männliche Geschlecht.«

»Warum, bloß weil wir nicht ausschließlich auf Godzilla abfahren?«, gab Rhage zurück.

»Zumindest kann ich mein Gesicht danach noch in der Öffentlichkeit zeigen. Ihr beide solltet euch diesen Mist lieber im stillen Kämmerlein anschauen.«

»Ich finde nicht, dass ich meine Vorlieben verstecken muss.« Rhage zog die Brauen hoch, schlug die Beine übereinander und streckte den kleinen Finger von der Gabel ab. »Ich steh dazu.«

»Vorsicht mit solchen Äußerungen«, murmelte Tohr und verbarg ein Lächeln durch erneutes Saugen am Strohhalm.

Als es daraufhin still blieb, blickte er zu den beiden hinüber, bereit, die Scherze weiter zu trei...

Rhage und Lassiter starrten ihn an, vorsichtige Zustimmung in den Gesichtern.

»Ach, Himmel nochmal, schaut mich nicht so an.«

Rhage erholte sich als Erster. »Ich kann nicht anders. Du bist einfach *zu* sexy in diesen Pluderhosen. Ich muss mir auch so welche zulegen, nichts sieht so scharf aus wie diese zwei unter den Eiern zusammengenähten Müllbeutel, die du da trägst.«

Lassiter nickte. »Abartig cool. Bestell eine für mich mit.«

»Bekommt man die im Baumarkt?« Rhage neigte den Kopf zur Seite.

Bevor Tohr noch etwas erwidern konnte, legte Lassiter nach: »Mann, ich hoffe, ich sehe auch einmal so gut aus mit vollen Hosen. Hast du das trainiert? Oder liegt es einfach nur am fehlenden Hintern?«

Tohr musste lachen. »Ich bin von lauter Ärschen umgeben.«

»Was erklärt, warum du glaubst, selbst auf einen verzichten zu können.«

Rhage stimmte ein: »Eigentlich bist du gebaut wie Mary Tyler Moore. Komisch, dass du sie nicht magst.«

Tohr nahm demonstrativ einen weiteren Schluck Eiskaffee. »Ich lege wieder zu, und sei's nur, um euch fertigzumachen.«

Das Lächeln in Rhages Gesicht blieb, doch seine Augen wurden ernst. »Ich kann's kaum erwarten.«

Tohr wandte sich wieder der Eingangstür zu und klinkte sich aus dem Geplänkel aus. Auf einmal hatte es einen schalen Beigeschmack für ihn.

Lassiter und Rhage hingegen machten fröhlich weiter. Sie quasselten und lästerten über das Fernsehen, Rhages Essen, die Piercings des Engels und …

Tohr hätte sich woanders hingesetzt, wäre die Eingangstür von einem anderen Ort aus sichtb…

Das Überwachungssystem piepste, als die Haustür aufging. Dann gab es eine kurze Pause, und dann folgte ein zweites Piepsen, gefolgt von einem Gong.

Fritz eilte herbei, und Tohr setzte sich auf, was in seinem körperlichen Zustand lächerlich war. Seine Sitzhöhe änderte nichts an der Tatsache, dass er kaum mehr wog als sein Stuhl.

Qhuinn kam als Erster herein. Der Junge war ganz schwarz gekleidet, und nur die metallgrauen Piercings am linken Ohr und in der Unterlippe fingen das Licht auf. Als Nächstes kam Blaylock, ganz der Musterschüler in einem Rollkragenpulli aus Kaschmir und Slacks. Als die beiden auf die Treppe zugingen, waren ihre Mienen so unterschiedlich wie ihre Kleidung. Qhuinn hatte ganz offensichtlich eine großartige Nacht hinter sich, dem selbstzufriedenen Grinsen nach zu schließen, das überlaut sagte: *Ich hab's getan.* Blay hingegen sah aus, als käme er vom Zahnarzt. Er presste die Lippen zusammen und blickte starr auf den Mosaikfußboden.

Vielleicht kam John nicht zurück. Aber wo sollte er sonst ...

Als John in die Eingangshalle kam, konnte Tohr nicht anders: Er stand auf und hielt sich schwankend an der hohen Stuhllehne fest.

Johns Gesicht zeigte gar keinen Ausdruck. Sein Haar war zerzaust, aber nicht vom Wind, und seitlich am Hals sah man Kratzer, die Sorte, die von weiblichen Fingernägeln stammt. Ihm voraus wehte der Geruch von Jack Daniels, diversen Parfüms und Sex.

Er wirkte hundert Jahre älter als noch vor ein paar Tagen an Tohrs Bett, als er den Denker gegeben hatte. Das hier war kein Junge mehr. Das war ein erwachsener Mann, der auf altbewährte Methode Dampf abließ.

Tohr sank zurück auf den Stuhl und erwartete, ignoriert zu werden, doch als John den Stiefel auf die unterste Stufe setzte, drehte er den Kopf, als wüsste er, dass ihn jemand beobachtete. Sein Gesichtsausdruck blieb unverändert, als er Tohrs Blick begegnete. Er hob die Hand zu einem halbherzigen Gruß und lief weiter.

»Ich hatte Sorge, du würdest nicht heimkommen«, sagte Tohr laut.

Qhuinn und Blay blieben stehen. Rhage und Lassiter verstummten. Marys und Rhodas Stimmen füllten das Schweigen.

John blieb kurz stehen und sagte in Gebärdensprache: *Das hier ist nicht mein Zuhause. Es ist nur ein Haus. Irgendwo muss ich ja schlafen.*

Dann stapfte er weiter, ohne auf eine Antwort zu warten, und die Haltung seiner Schultern wirkte, als wäre er daran auch nicht interessiert. Tohr hätte sich den Mund fusselig reden können, wie wichtig John den Leuten hier war, er hätte ihn nicht erreicht.

Als die drei die Treppen hinauf verschwanden, trank Tohr sein Glas aus, brachte es in die Küche und stellte es in die Spülmaschine, ohne dass ihn ein *Doggen* fragte, ob er sonst noch etwas essen oder trinken wolle. Nur Beth war in der Küche und rührte in einem Eintopf. Sie sah aus, als hoffte sie, ihm eine Schale unterschieben zu können, damit er nicht blieb.

Der Gang in den ersten Stock war lang und hart, aber nicht wegen der körperlichen Schwäche. Tohr hatte John total vernachlässigt und ausgeschlossen, und jetzt erntete er den Lohn dafür. Verdammt.

Das Krachen und Schreien, das durch die Tür des Arbeitszimmers drang, klang nach Kampf, und instinktiv reagierte Tohr trotz seiner Unzulänglichkeit, indem er sich gegen die Tür warf und sie aufstieß.

Wrath stand geduckt hinter dem Tisch, die Arme vor sich gestreckt, Computer, Telefon und Papierkram verstreut, als hätte er sie von sich geschoben, der Stuhl lag auf der Seite. Die Panoramabrille, die der König immer trug, hielt er in der Hand, und die Augen waren starr geradeaus gerichtet.

»Mein Herr ...«

»Sind die Lichter an.« Wrath atmete schwerfällig. *»Sind die verdammten Lichter an.«*

Tohr rannte um den Tisch herum und packte den König am linken Arm. »Draußen im Flur, ja. Und das Feuer im Kamin. Was ...«

Der sonst so kraftvolle Wrath begann so heftig zu zittern, dass Tohr ihn festhalten musste. Was ihm mehr Kraft abverlangte, als ihm zur Verfügung stand. Verdammt, sie würden beide zu Boden gehen, wenn er keine Hilfe bekam. Tohr stieß einen lauten, langen Pfiff aus, dann machte er sich wieder daran, den König irgendwie zu stützen.

Rhage und Lassiter kamen als Erste angerannt und brachen durch die Tür. »Was zur Hölle ...«

»Schaltet das Licht an«, brüllte Wrath erneut. *»Irgendwer soll das verdammte Licht anschalten.«*

Als Lash vor der Granitarbeitsfläche in der leeren Küche des Sandsteinhauses saß, besserte sich seine Stimmung erheblich. Er hatte nicht vergessen, dass die Bruderschaft mit mehreren Kisten Waffen und drei Kanopen davonspaziert war. Oder dass die Hunterbred-Wohnungen entdeckt worden waren. Oder dass Grady abgehauen war. Oder dass da oben im Norden ein *Symphath* auf ihn wartete, dessen Laune sich sicher stündlich verfinsterte, weil Lash noch nicht aufgetaucht war, um jemanden für ihn zu ermorden.

Aber Bargeld lenkte von schlechter Laune ab. Und viel Bargeld bot eine besonders gute Ablenkung. Lash sah zu, wie Mr D die nächste Supermarkttüte anschleppte. Und wieder kamen Geldbündel zum Vorschein, zusammengehalten mit billigen Haushaltsgummis. Als der *Lesser* fertig war, war nicht mehr viel Granit zu sehen.

Was für eine angenehme Art, sich abzuregen, dachte Lash, als Mr D aufhörte, Tüten anzuschleppen.

»Wie viel insgesamt?«

»Zweiundsiebzigtausendsiebenhundertvierzig. Ich habe sie in Hundert-Dollar-Bündeln zusammengebunden.«

Lash hob eines der Bündel auf. Das waren nicht die sauberen, glatten Scheine, wie sie von der Bank kamen. Das hier war dreckiges, zerknittertes Geld aus Gesäßtaschen von Jeans, fast leeren Portemonnaies oder fleckigen Jacken. Er konnte die Verzweiflung förmlich riechen, die an den Scheinen klebte.

»Wie viel Ware haben wir übrig?«

»Genug für zwei weitere Nächte wie heute, aber nicht mehr. Und es sind nur noch zwei Dealer übrig. Abgesehen von dem Großen.«

»Mach dir keine Gedanken wegen Rehvenge. Um den kümmere ich mich. Und töte die übrigen Dealer nicht – bring sie ins Überzeugungszentrum. Wir brauchen ihre Kontakte. Ich will wissen, wo und wie sie einkaufen.« Natürlich handelten sie höchstwahrscheinlich mit Rehvenge, aber vielleicht gab es ja noch einen zweiten Versorger. Einen Menschen, der formbarer war. »Als Erstes besorgst du heute Morgen ein Schließfach für dieses Geld. Das hier ist unser Startkapital, und wir werden es nicht verlieren.«

»Ja, Sir.«

»Wer hat mit dir zusammen verkauft?«

»Mr N und Mr I.«

Na super. Die Idioten, die Grady hatten entwischen lassen. Andrerseits hatten sie sich auf der Straße bewährt, und Grady war zu einem ebenso fantasievollen wie unangenehmen Ende gekommen. Außerdem war Lash dadurch in den Genuss gekommen, Xhex in Aktion zu sehen. Letztlich war es also gar nicht so schlecht gelaufen.

Er würde dem *ZeroSum* einen Besuch abstatten.

Und was N und I betraf – der Tod war mehr, als sie verdienten, aber im Moment brauchte er diese Idioten für die

Geldbeschaffung. »Die beiden sollen heute Abend weiter verchecken.«

»Ich dachte, Sie wollten …«

»Erstens: Du denkst nicht. Und zweitens: Wir brauchen mehr davon.« Er warf die zerknitterten Scheine zurück auf den Haufen. »Ich habe kostspielige Pläne.«

»Ja, Sir.«

Auf einmal überlegte es sich Lash anders und hob das Bündel wieder auf, das er zurückgeworfen hatte. Es war nicht leicht, das Zeug loszulassen, selbst, wenn alles davon ihm gehörte, und irgendwie erschien ihm der Krieg auf einmal weniger interessant.

Er bückte sich, nahm eine der Supermarkttüten und füllte sie auf. »Du kennst diesen Lexus.«

»Ja, Sir.«

»Hol ihn dir.« Er langte in die Tasche und warf Mr D den Wagenschlüssel zu. »Das ist dein neues Auto. Wenn du mein Mann auf der Straße bist, solltest du auch ein bisschen repräsentieren können.«

»Ja, Sir!«

Lash verdrehte die Augen. Mit welch einfachen Mitteln sich diese Idioten motivieren ließen. »Verpatz nichts, solange ich weg bin, okay?«

»Wo wollen Sie hin?«

»Manhattan. Ich bin auf dem Handy erreichbar. Später.«

18

Ein kalter Tag dämmerte, und einzelne Wolken standen an einem milchig blauen Himmel. José de la Cruz fuhr durch die Tore des Pine Grove Friedhofs und schlängelte sich durch das Meer der Grabsteine. Die engen, kurvigen Wege erinnerten ihn an das »Spiel des Lebens«, dieses alte Brettspiel, das er in seiner Kindheit immer mit seinem Bruder gespielt hatte. Jeder Spieler bekam ein kleines Auto mit sechs Löchern und fing mit einem Plastikpin an, der ihn selbst darstellte. Im Verlauf des Spiels fuhr man die Straße entlang und sammelte weitere Pins ein, die für Frau und Kinder standen. Ziel war es, eine Familie, Geld und Ereigniskarten zu erwerben, die Löcher im Auto zu verstöpseln und die Leerstellen auszufüllen, mit denen man anfing.

De la Cruz sah sich um. Das Spiel »Wirkliches Leben« endete damit, dass man allein ein Loch in der Erde ausfüllte. Doch das war wohl kaum das Erste, was man seinen Kindern auf die Nase binden wollte.

Er parkte auf dem gleichen Platz wie in der letzten Nacht, als er bis ungefähr eins Chrissys Grab beobachtet hatte. Ein Stück voraus parkten drei Polizeiautos. Vier Beamte in Parkas standen an einem gelben Absperrband mit der Aufschrift »Crime Scene«, das um vier Grabsteine gewickelt ein kleines Karree bildete.

De la Cruz nahm seinen Kaffee mit, obwohl er nur noch lauwarm war. Als er auf die Gruppe zuging, entdeckte er schon die Sohlen eines Paars Schuhe durch den Kreis der Beine seiner Kollegen.

Einer der Polizisten blickte über die Schulter, und sein Gesichtsausdruck warnte José vor, was den Zustand der Leiche betraf: Hätte man dem Mann eine Kotztüte angeboten, hätte er das Ding gesprengt. »Hallo ... Detective.«

»Charlie, wie geht es?«

»Danke ... gut.«

Tatsächlich. »So siehst du aus.«

Die anderen drehten sich um und nickten. Alle machten Gesichter, als hätten sie gerade in Zitronen gebissen.

Nur die Polizeifotografin schien leise zu lächeln, als sie sich bückte und anfing zu knipsen. Sie galt als problembehaftet. Ihr schien der Anblick zu gefallen, und vielleicht würde sie sich eins dieser Bilder in den Geldbeutel stecken.

Grady hatte ins Gras gebissen. Oder doch in etwas anderes?

»Wer hat ihn gefunden?«, fragte José und bückte sich, um die Leiche zu inspizieren. Saubere Schnitte. Viele davon. Hier war ein Profi am Werk gewesen.

»Der Friedhofswärter«, erklärte einer der Polizisten. »Vor ungefähr einer Stunde.«

»Wo ist er jetzt?« José stand auf und trat zur Seite, um die Schwanzhasserin ihre Arbeit machen zu lassen. »Ich will mit ihm reden.«

»Da drüben im Wärterhäuschen. Trinkt einen Kaffee. Er hat ihn gebraucht. War ziemlich zerrüttet.«

»Das kann ich verstehen. Die meisten der Leichen hier liegen unter und nicht auf der Erde.«

Die vier Beamten sahen ihn an, als wollten sie hinzufügen: *Ja, und nicht in diesem Zustand.*

»Ich bin fertig mit der Leiche«, verkündete die Fotografin und steckte die Kappe zurück auf die Linse. »Das Zeug im Schnee habe ich schon.«

José ging vorsichtig um den Tatort herum, um nicht die vielen Spuren und die kleinen nummerierten Flaggen auf dem Pfad zu zertreten, die man aufgestellt hatte. Der Hergang ließ sich einfach nachvollziehen: Grady hatte versucht, seinem Verfolger zu entkommen, und war gescheitert. Den Blutschlieren nach zu urteilen, hatte man ihn verwundet, wahrscheinlich nur, um ihn bewegungsunfähig zu machen, und dann zu Chrissys Grab geschafft, wo er zuerst verstümmelt und dann getötet worden war.

José ging zurück zur Leiche und betrachtete den Grabstein. Ein brauner Streifen fiel ihm auf, der sich von der oberen Kante nach unten zog. Trockenes Blut. Er hätte gewettet, dass es absichtlich dorthin geschmiert worden war, und zwar, als es noch warm war: Ein wenig davon war heruntergetropft und in die *Christianne Andrews*-Inschrift gelaufen.

»Haben Sie das?«

Die Fotografin funkelte ihn an. Dann nahm sie die Kappe noch einmal ab, knipste und setzte sie wieder drauf.

»Danke«, sagte er. »Wir rufen Sie an, wenn wir noch etwas brauchen.« Oder andere Kandidaten in diesem Zustand finden.

Sie warf einen letzten Blick auf Grady. »War mir ein Vergnügen.«

Ganz offensichtlich, dachte de la Cruz, und trank einen Schluck Kaffee. Er verzog das Gesicht. Alt. Scheußlich. Und nicht nur die Fotografin. Mann, diese Brühe aus der

Wache war wirklich das Letzte, und hätte er nicht am Ort eines Verbrechens gestanden, hätte er sie weggekippt und den Styroporbecher zerquetscht.

José sah sich um. Eine Menge Bäume, hinter denen man sich verstecken konnte. Keine Lichter, außer denen von der Straße. Das Tor nachts geschlossen.

Wäre er doch nur etwas länger geblieben ... er hätte den Killer stoppen können, bevor er Grady kastrierte, dem Mistkerl seine letzte Mahlzeit verabreichte und ohne Zweifel Spaß daran hatte, ihm beim Sterben zuzusehen.

»Verdammt.«

Ein grauer Kombi mit dem Stadtwappen auf der Fahrertür fuhr vor und hielt an. Ein Mann, der mit einer kleinen schwarzen Tasche bewaffnet war, stieg aus und joggte auf sie zu. »Entschuldigen Sie die Verspätung.«

»Kein Problem, Roberts.« José schüttelte dem Rechtsmediziner die Hand. »Es wäre super, wenn Sie uns einen ungefähren Todeszeitpunkt nennen könnten.«

»Sicher, aber es wird nur eine grobe Schätzung sein. Vielleicht ein Fenster von vier Stunden.«

»Was immer Sie uns sagen können würde helfen.«

Als der Kerl in die Knie ging und sich an die Arbeit machte, blickte sich José erneut um, dann ging er noch einmal zu den Fußspuren. Es handelte sich um drei verschiedene Sorten, von denen eine mit Gradys Stiefeln übereinstimmen würde. Von den anderen beiden würde die Spurensicherung Abdrücke nehmen und sie untersuchen müssen. Sie mussten jeden Moment kommen.

Eine der unbekannten Spuren war kleiner als die anderen.

Und de la Cruz hätte Haus, Auto und Ersparnisse für den Collegebesuch seiner Töchter gewettet, dass sie sich als die Spuren einer Frau entpuppen würden.

Im Arbeitszimmer im Haus der Bruderschaft saß Wrath aufrecht auf seinem Stuhl und umklammerte die Armlehnen. Beth war mit ihm im Raum, und er roch, dass sie sich zu Tode fürchtete. Auch andere Leute waren da. Redeten. Liefen umher.

Um ihn herum war alles schwarz.

»Havers kommt«, meldete Tohr von der Flügeltür aus. Seine Ankündigung versetzte den Raum in Schweigen, als hätte man den Ton abgestellt, alle Gespräche und Bewegungen verstummten. »Doc Jane telefoniert gerade mit ihm. Sie bringen ihn in einem verdunkelten Krankenwagen her, das geht schneller, als ihn von Fritz holen zu lassen.«

Wrath hatte darauf bestanden, ein paar Stunden zu warten, selbst um Doc Jane anzurufen. Er hatte gehofft, sein Sehvermögen würde von allein zurückkehren. Hoffte es noch.

Oder besser gesagt: betete.

Beth war so stark gewesen. Sie hatte an seiner Seite gestanden und seine Hand gehalten, als er gegen die Dunkelheit ankämpfte. Aber vor einer Weile hatte sie sich entschuldigt. Als sie zurückkam, hatte er ihre Tränen gerochen, obwohl sie sie sicher fortgewischt hatte.

Das war der Auslöser für ihn gewesen, die Ärzte zu rufen.

»Wie lange«, fragte Wrath heiser.

»In ungefähr zwanzig Minuten.«

Während sich das Schweigen ausbreitete, wusste Wrath seine Brüder um sich. Er hörte, wie Rhage einen weiteren Tootsie Pop auswickelte. Der Feuerstein schabte, als V sich eine Zigarette ansteckte, dann roch er türkischen Tabak. Butch kaute Kaugummi, das leise Malmen der Backenzähne wie ein Schnellfeuer, wie Steppschuhe auf Parkett. Z war da, Nalla in den Armen, ihr süßer, lieblicher

Geruch und ein gelegentliches Gurren kamen aus der hinteren Ecke. Selbst Phury war gekommen und würde heute über Tag bleiben. Er stand bei seinem Zwillingsbruder und seiner Nichte.

Wrath wusste, dass sie alle um ihn waren ... und dennoch war er allein. Mutterseelenallein. In die Tiefen seines Körpers gesaugt, gefangen in der Blindheit.

Wrath klammerte sich noch fester an den Stuhllehnen fest, um nicht zu schreien. Er wollte stark sein für seine *Shellan,* für seine Brüder und sein Volk. Er wollte ein paar Witze reißen, die Sache als Zwischenfall abtun, der bald überstanden sein würde, zeigen, dass er immer noch ein Kerl war.

Er räusperte sich. Doch anstatt etwas in Richtung *Kommt ein Mann in die Bar, einen Papagei auf der Schulter...* kam heraus: »Ist es das, was du gesehen hast?«

Die Worte waren rauchig, und alle wussten, an wen sie sich richteten.

V antwortete leise: »Ich weiß nicht, wovon du redest.«

»Schwachsinn.« Wrath in Schwärze getaucht, seine Brüder um ihn herum, jedoch nicht in der Lage, ihn zu erreichen. Das hatte Vishous gesehen. »Schwachsinn.«

»Bist du sicher, dass du jetzt darüber reden willst?«

»Ist das die Vision?« Wrath ließ den Stuhl los und schlug donnernd mit der Faust auf den Tisch. »*Ist das die verdammte Vision?*«

»Ja.«

»Der Arzt ist da«, sagte Beth schnell und legte ihm die Hand auf die Schulter. »Doc Jane und Havers werden sich unterhalten. Sie werden eine Lösung finden. Das werden sie.«

Wrath drehte sich in die Richtung, aus der Beths Stimme kam. Als er die Hand nach ihr ausstreckte, war sie es, die ihn fand.

Sah so seine Zukunft aus, fragte er sich. Würde er von ihr abhängig sein, wenn er irgendwo hinmusste? Musste er sich von ihr führen lassen wie ein verdammter Krüppel?

Reiß dich zusammen. Reiß dich zusammen. Reiß dich ...

Er wiederholte diese Worte so lange, bis das Gefühl zu explodieren etwas nachließ.

Und doch war es sofort wieder da, als er hörte, wie Doc Jane und Havers hereinkamen. Er erkannte es daran, dass erneut schlagartig alle Tätigkeiten verstummten: kein Rauchen mehr, kein Kauen, kein Knistern von Lutscherpapier.

Bis auf das Atmen war nichts mehr zu hören.

Und dann ertönte die Stimme des Arztes: »Mein Herr, darf ich Eure Augen untersuchen?«

»Ja.«

Stoff raschelte ... Havers zog sicher seinen Mantel aus. Dann ein gedämpftes Geräusch, als hätte man etwas Schweres auf den Schreibtisch gestellt. Ein metallenes Klicken – die Schnalle der Arzttasche wurde geöffnet.

Als Nächstes erklang wieder Havers besonnene Stimme: »Mit Eurer Erlaubnis werde ich jetzt Euer Gesicht berühren.«

Wrath nickte und zuckte dann doch bei der sanften Berührung. Einen Moment lang keimte Hoffnung in ihm auf, als er das Klicken einer Taschenlampe hörte. Aus Gewohnheit verkrampfte er sich und stellte sich auf das Brennen ein, wenn das Licht die Netzhaut traf, die Havers zuerst wählte. Himmel, solange er denken konnte, hatte er im Licht geblinzelt, und nach seiner Transition war es noch schlimmer geworden. Im Laufe der Jahre –

»Doktor, können Sie mit der Untersuchung beginnen?«

»Ich ... mein Herr, ich bin fertig.« Es klickte. Wahrscheinlich knipste Havers sein Lämpchen wieder aus. »Zumindest mit diesem Teil.«

Schweigen. Dann verfestigte sich Beths Griff.

»Was kommt als Nächstes?«, wollte Wrath wissen. »Was kannst du noch tun?«

Das Schweigen hielt an, wodurch die Schwärze irgendwie noch schwärzer wurde.

Okay. Nicht viel. Aber warum überraschte ihn das eigentlich? Vishous ... irrte sich nie.

19

Als die Nacht anbrach, zerstieß Ehlena die Tabletten für ihren Vater in seinem Becher zu einem feinen, gleichmäßigen Pulver, ging zum Kühlschrank, holte den CranRasperry-Saft heraus und goss ihn darüber. Dieses eine Mal war sie dankbar für die strikte Ordnung, die ihr Vater benötigte, denn in Gedanken war sie überhaupt nicht bei der Sache.

In ihrem Zustand konnte sie sich glücklich schätzen, wenn sie sich erinnerte, in welchem Bundesstaat sie lebte. New York, nicht wahr?

Sie sah auf die Uhr. Es blieb nicht viel Zeit. Lusie würde in zwanzig Minuten hier sein, genauso wie Rehvs Wagen.

Rehvs Wagen. Nicht er.

Ungefähr eine Stunde, nachdem sie bei ihm angerufen hatte, hatte sie eine Nachricht von ihm empfangen. Keinen Anruf. Er hatte ihre Mailbox direkt angewählt und die Nachricht darauf gesprochen.

Seine Stimme war tief und ernst gewesen: »Ehlena, es tut mir leid, dass du diesen Besuch bekommen hast. Ich werde dafür sorgen, dass es nie wieder vorkommt. Ich würde dich gerne bei Anbruch der Nacht sehen, wenn du Zeit hast. Ich schicke meinen Wagen um neun, es sei denn, ich höre vorher noch etwas anderes von dir.« Pause. »Es tut mir so leid.«

Sie kannte die Worte in- und auswendig, weil sie die Nachricht ungefähr hundertmal abgespielt hatte. Er klang so anders. Als spräche er eine andere Sprache.

Natürlich hatte sie den ganzen Tag kein Auge zugetan. Letztlich war sie zu dem Schluss gekommen, dass es zwei Möglichkeiten gab: Entweder war er entsetzt darüber, dass sie sich mit seiner Ex herumschlagen musste, oder sein Treffen war total schrecklich gewesen.

Vielleicht ja auch beides.

Ehlena wollte nicht glauben, dass irgendwas von dem gestimmt hatte, was diese Verrückte mit dem irren Blick gesagt hatte. Dafür erinnerte sie die Frau zu sehr an ihren Vater, wenn er einen seiner Anfälle hatte: Fixiert, besessen, völlig weggetreten. Sie wollte Schaden anrichten und hatte ihre Worte dementsprechend gewählt.

Dennoch hätte es gutgetan, mit Rehv zu reden. Ehlena hätte etwas Zuspruch gebrauchen können, aber wenigstens musste sie nicht mehr lange warten, bis sie ihn treffen konnte.

Sie vergewisserte sich, dass in der Küche alles an Ort und Stelle stand, dann ging sie die Treppe hinunter in den Keller zu ihrem Vater.

Er lag mit geschlossenen Augen in seinem Bett, ganz reglos. »Vater?« Er rührte sich nicht.

»Vater?«

Roter Saft schwappte über, als sie den Becher hektisch auf den Tisch knallte. »Vater!«

Er schlug die Augen auf und gähnte. *»Also wirklich, meine Tochter, wie geht es dir?«*

»Bist du in Ordnung?« Sie musterte ihn eindringlich, obwohl er größtenteils von seiner Samtdecke bedeckt war. Er war blass, und seine Frisur glich der eines Igels, aber er schien normal zu atmen. »Ist irgendetwas …«

»*Englisch ist eine ziemlich grobschlächtige Sprache, findest du nicht?*«

Ehlena pausierte. »*Vergib mir. Ich dachte nur … Geht es dir gut?*«

»*Danke, ja. Ich war bis in den Tag hinein auf und habe ein neues Projekt überdacht, weswegen ich länger als üblich im Bett wach lag. Ich plane, die Stimmen in meinem Kopf zu Papier bringen. Ich glaube, es könnte von Nutzen sein, wenn ich ihnen ein anderes Ventil als mich selbst gebe.*«

Ehlena wehrte sich nicht, als ihre Beine nachgaben, und ließ sich auf die Bettkante sinken. »*Dein Saft, Vater. Möchtest du ihn jetzt trinken?*«

»*Wie schön, ja. Es ist sehr aufmerksam von der Doggen, dass sie ihn stets bereitstellt.*«

»*Ja, sie ist sehr aufmerksam.*« Ehlena reichte ihm seine Medizin und sah zu, wie er trank, während sich ihr Herzschlag wieder normalisierte.

In letzter Zeit erinnerte ihr Leben sie an einen Batman-Comic. Mit PENG!, POFF! und KAWOMM! schoss sie von Szene zu Szene, bis ihr ganz schwindelig war. Wahrscheinlich würde es eine Weile dauern, bis sie nicht mehr jede Kleinigkeit in helle Panik versetzte.

Als ihr Vater fertig war, küsste sie ihn auf die Wange, erklärte ihm, dass sie eine Weile fort sein würde, und nahm dann den Becher wieder mit nach oben. Als Lusie zehn Minuten später klopfte, hatte sich Ehlena weitgehend gefasst. Sie würde sich mit Rehv treffen, ein paar schöne Stunden mit ihm verbringen und dann ihre Jobsuche wiederaufnehmen, wenn sie zurück zu Hause war. Alles würde in Ordnung kommen.

Sie straffte entschlossen die Schultern und ging an die Tür. »Wie geht es dir?«

»Gut, danke.« Lusie blickte über die Schulter. »Wusstest du, dass da ein Bentley vor deiner Tür steht?«

Ehlena zog die Brauen hoch und warf einen Blick aus der Tür. Da stand tatsächlich ein brandneuer, superschicker, funkelnder Bentley vor ihrem schäbigen Mietshäuschen und sah so fehl am Platz aus wie ein Diamant am Finger einer Obdachlosen.

Die Fahrertür ging auf und ein auffallend gut aussehender dunkelhäutiger Mann stieg aus. »Ehlena?«

»Äh ... ja.«

»Ich soll dich abholen. Ich bin Trez.«

»Ich ... brauche noch einen kurzen Moment.«

»Lass dir Zeit.« Sein Lächeln entblößte seine Fänge, und Ehlena war beruhigt. Sie war nicht gern in Gesellschaft von Menschen. Sie traute ihnen nicht.

Sie zog sich in die Küche zurück und schlüpfte in ihren Mantel. »Lusie ... meinst du, du könntest bei uns bleiben? Es sieht aus, als könnten wir dich doch weiter bezahlen.«

»Selbstverständlich. Ich würde alles für deinen Vater tun.« Lusie errötete. »Ich meine, für euch beide. Heißt das, du hast einen neuen Job gefunden?«

»Nein, aber meine finanzielle Situation ist etwas besser als erwartet. Und es behagt mir gar nicht, wenn er alleine hier ist.«

»Nun, ich werde gut auf ihn aufpassen.«

Ehlena lächelte und hätte Lusie am liebsten umarmt. »Das tust du immer. Was heute Nacht betrifft, ich weiß noch nicht sicher, wie lange ich ...«

»Lass dir Zeit. Wir beide kommen zurecht.«

Aus einem Impuls heraus umarmte Ehlena die Frau nun wirklich kurz. »Danke dir. Danke.«

Dann schnappte sie sich ihre Handtasche, um sich nicht noch komplett zur Idiotin zu machen. Als sie in die Kälte hinaustrat, kam der Fahrer um den Wagen herum und hielt ihr die Tür auf. In seinem schwarzen Ledertrenchcoat sah er mehr nach Killer als nach Chauffeur aus, aber als er sie erneut anlächelte, blitzten seine dunklen Augen leuchtend grün.

»Keine Sorge. Ich bringe dich sicher zu ihm.«

Sie glaubte ihm. »Wo fahren wir hin?«

»In die Innenstadt. Er wartet auf dich.«

Ehlena war etwas verlegen, als er die Tür für sie aufhielt, obwohl sie wusste, dass er nur höfliche Manieren zeigte und er ihr keinesfalls diente. Sie hatte diese Umgangsformen nur so lange nicht erlebt.

Himmel, der Bentley roch gut.

Während Trez wieder um den Wagen herum ging und sich schließlich hinters Steuer setzte, strich sie über das feine Sitzleder und konnte sich nicht erinnern, jemals etwas so Luxuriöses gefühlt zu haben.

Und als das Auto aus der Seitenstraße auf die Straße bog, spürte sie kaum die Schlaglöcher, bei denen sie sich in Taxis sonst immer am Haltegriff festklammern musste. Ein angenehmer Wagen. Ein teurer Wagen.

Wo fuhren sie hin?

Als ein sanfter Luftstrom den Passagierraum wärmte, hörte sie in Gedanken wieder und wieder diese Nachricht auf der Mailbox. Zweifel blitzten in ihrem Kopf auf, wie die Bremslichter der Autos vor ihnen, und brachten ihr »Alles ist in Ordnung«-Mantra aus dem Takt.

Es wurde noch schlimmer. In der Innenstadt kannte sie sich nicht sonderlich aus. Als sie die schicken Hochhäuser hinter sich ließen, wo sie Rehv im Commodore Gebäude getroffen hatte, verkrampfte sie sich.

Vielleicht führte er sie zum Tanzen aus.

Klar, weil man das ja auch tat, ohne einer Frau zu sagen, dass sie ein Kleid anziehen sollte.

Je weiter sie die Trade Street hinunter fuhren, desto häufiger strich sie über den Ledersitz, obgleich nicht mehr wegen des tollen Gefühls. Die Gegend wurde immer zwielichtiger, die noch akzeptablen Restaurants und die Büros des *Caldwell Courier Journals* wichen Tattoo-Shops und Bars, die aussahen, als lungerten dort kaputte Suffköpfe auf Barhockern an Theken, auf denen dreckige Erdnussschalen standen. Dann kamen die Clubs, die von der lauten, grellen Sorte, in die Ehlena niemals gehen würde, weil sie den Lärm, die Lichter und die Leute darin nicht ausstehen konnte.

Als das Schwarz-auf-Schwarz-Schild des *ZeroSums* auftauchte, wusste sie bereits, dass sie davor anhalten würden, und ihr Mut sank.

Seltsamerweise reagierte sie darauf genauso wie auf den Anblick von Stephan in der Leichenhalle: *Das kann nicht sein. Das ist nicht wahr. So etwas darf es nicht geben.*

Der Bentley hielt nicht vor dem Club an, und einen Moment lang flackerte Hoffnung in ihr auf.

Aber natürlich. Sie bogen in eine Seitenstraße und hielten vor dem Hintereingang.

»Das ist sein Club«, sagte sie tonlos. »Nicht wahr?«

Trez antwortete nicht, aber das war auch nicht nötig. Als er um den Wagen kam, um ihr die Tür zu öffnen, saß sie reglos auf dem Rücksitz und starrte auf das Backsteingebäude. Zerstreut nahm sie wahr, dass dunkle Schlacke seitlich vom Dach am Gebäude heruntertropfte, und Schlamm vom Boden an die Wand gespritzt war. Besudelt. Dreckig.

Sie dachte daran, wie sie am Fuße des Commodore-Gebäudes gestanden und an der funkelnden Fassade aus Glass und Chrom emporgeblickt hatte. Das war die Fassade, die er ihr präsentiert hatte.

Diese schmutzige Seite zeigte er ihr nur, weil er dazu gezwungen war.

»Er wartet auf dich«, sagte Trez freundlich.

Der Hintereingang des Clubs öffnete sich, und ein zweiter Maure erschien. Hinter ihm war es schummrig, aber Ehlena hörte den hämmernden Bass.

Wollte sie sich das wirklich antun, fragte sie sich.

Aber sie musste Rehv abweisen, so viel stand fest, wenn sich diese Sache so entwickelte, wie es den Anschein hatte. Und dann auf einmal dämmerte es ihr: Wenn all das stimmte, was seine Ex ihr erzählt hatte, dann hatte sie ein noch viel größeres Problem. Dann hatte sie ... mit einem *Symphathen* geschlafen.

Sie hatte einen *Symphathen* genährt.

Ehlena schüttelte den Kopf. »Ich will das nicht. Bring mich h...«

Da erschien eine Frau. Sie war so kräftig und kantig wie ein Mann, und das nicht nur äußerlich. Ihre Augen waren eiskalt und berechnend.

Sie kam zu Ehlena und beugte sich zu ihr ins Auto. »Dir passiert hier nichts. Ich verspreche es.«

Eigentlich war es egal – denn passiert war es ohnehin schon. Ihre Brust schmerzte wie bei einem Herzinfarkt.

»Er wartet«, meinte die Frau.

Letztlich war es ihr Rückgrat, das Ehlena aus dem Auto half, und zwar nicht nur, weil es sie aus einer sitzenden Position aufrichtete. Ehlena lief vor nichts davon. In ihrem ganzen Leben hatte sie sich nicht vor unangenehmen Situationen gedrückt, und sie würde auch jetzt nicht damit anfangen.

Also ging sie in diesen Club, den sie nie aus freien Stücken betreten hätte. Alles war dunkel, die Musik hämmerte in ihren Ohren, und bei dem Geruch von zu viel heißer Haut hätte sie sich am liebsten die Nase zugehalten.

Die Frau ging voraus, und die Mauren liefen neben Ehlena her und pflügten mit ihren massigen Leibern einen Pfad durch den Dschungel von Menschen, von dem Ehlena wirklich kein Teil sein wollte. Kellnerinnen in knappen schwarzen Uniformen trugen Alkohol in jeder Variation durch das Gedränge, halbnackte Frauen rieben sich an Anzugträgern und alle, an denen Ehlena vorbeikam, hatten diesen rastlosen Blick in den Augen, als suchten sie immer nach etwas Besserem, als dem Drink oder dem Menschen, der gerade vor ihnen stand.

Sie wurde zu einer verstärkten schwarzen Tür geführt. Trez sagte etwas in seine Armbanduhr, die Tür öffnete sich, und der Maure stellte sich daneben – als erwarte er, Ehlena würde einfach so hereinspazieren, wie in das Wohnzimmer eines Gastgebers.

Ganz bestimmt nicht.

Als sie in die Dunkelheit dahinter blickte, sah sie nichts außer einer schwarzen Decke, schwarzen Wänden und einem glänzenden, schwarzen Boden.

Doch dann erschien Rehvenge. Er sah genauso aus, wie sie ihn kannte, ein großer Mann in einem bodenlangen Zobel, mit Irokesenschnitt, amethystfarbenen Augen und einem roten Stock.

Und doch war er ein vollkommen Fremder.

Rehvenge blickte die Frau an, die er liebte, und erkannte in ihrem blassen, angespannten Gesicht das, was er beabsichtigt hatte.

Ekel.

»Kommst du rein?«, fragte er, weil er die Sache zu Ende bringen musste.

Ehlena warf einen Seitenblick auf Xhex. »Du bist seine Sicherheitsfrau, oder?« Xhex runzelte die Stirn, nickte aber. »Dann komm mit. Ich will nicht mit ihm allein sein.«

Ihre Worte trafen ihn so hart, als hätte man ihm eine Klinge über die Kehle gezogen, trotzdem verzog er keine Miene, als Xhex auf ihn zukam und Ehlena ihr folgte.

Die Tür schloss sich und sperrte die Musik aus, aber die Stille war so laut wie ein Schrei.

Ehlenas Blick fiel auf den Tisch, auf dem er absichtlich fünfundzwanzigtausend Dollar in bar und einen Beutel Kokain liegen gelassen hatte.

»Du hast mir gesagt, dass du Geschäftsmann bist«, murmelte sie. »Ich schätze, es ist meine Schuld, dass ich an legale Geschäfte dachte.«

Er konnte sie nur anstarren – seine Stimme hatte ihn verlassen, sein flacher Atem reichte nicht zum Sprechen. Alles, was ihm blieb, war sich einzuprägen, wie sie so steif und wütend vor ihm stand, von den zurückgebundenen rotblonden Haaren, über die karamellfarbenen Augen und den schlichten schwarzen Mantel, bis zu den Händen, die sie in den Taschen behielt, so als wollte sie hier nichts berühren.

Er wollte sie nicht so in Erinnerung behalten, aber da es das letzte Mal sein würde, dass er sie sah, konnte er nicht anders, als jedes Detail in sich aufzusaugen.

Ehlenas Augen huschten über die Drogen und das Geld zurück zu seinem Gesicht. »Dann stimmt es also? Alles, was deine Exfreundin gesagt hat?«

»Sie ist meine Halbschwester. Ja. Alles.«

Seine geliebte Ehlena wich einen Schritt vor ihm zurück. Angstvoll riss sie die Hand aus der Manteltasche und fuhr sich an den Hals. Er wusste genau, woran sie dachte: Wie sie ihn genährt hatte, wie sie nackt und allein in seinem Penthouse gewesen war. All ihre Erinnerungen bekamen eine neue Bedeutung, während sie sich damit zurechtfinden musste, dass es kein Vampir gewesen war, der aus ihrer Vene getrunken hatte.

Sondern ein *Symphath*.

»Warum hast du mich hierhergebracht?«, wollte sie wissen. »Du hättest es mir einfach am Telefon ... nein, egal. Ich gehe jetzt heim. Ruf nie mehr an.«

Er verbeugte sich leicht und krächzte: »Wie du wünschst.«

Sie wandte sich um und stand vor der geschlossenen Tür. »Würde mich bitte jemand hier rauslassen.«

Als Xhex an ihr vorbeilangte und ihr die Tür öffnete, sprang Ehlena regelrecht nach draußen.

Die Tür fiel zu, und Rehv verschloss sie kraft seines Willens. Dann stand er da, wo sie ihn verlassen hatte.

Zerstört. Er war völlig zerstört. Und nicht nur, weil er sich und seinen Körper einer sadistischen Psychopathin ausgeliefert hatte, die es genussvoll auskostete, ihn zu foltern.

Als sich seine Sicht rot trübte, wusste er, dass es nichts damit zu tun hatte, dass seine böse Seite hervorbrach. Ausgeschlossen. In den letzten zwölf Stunden hatte er sich so viel Dopamin in die Adern gepumpt, dass es einen Elefanten umgehauen hätte. Sonst hätte er sich nicht zugetraut, Ehlena ziehen zu lassen. Er musste seine schlechte Seite ein letztes Mal in Ketten legen ... um einmal das Richtige zu tun.

Deshalb kündete dieses Rot nicht davon, dass er bald nur noch zweidimensional sehen und wieder körperlich empfinden würde.

Rehvenge zog eines der Taschentücher aus der Innentasche seiner Anzugjacke, die seine Mutter gebügelt hatte, und drückte sich das gefaltete Quadrat abwechselnd unter die Augen. Die blutigen Tränen, die er auffing, galten so vielem mehr als Ehlena und ihm. Bella hatte vor weniger als achtundvierzig Stunden ihre Mutter verloren.

Und am Ende der Nacht würde sie ihren Bruder verlieren.

Er holte einmal lange und tief Atem, so tief, dass seine Rippen spannten. Dann steckte er das Taschentuch wieder weg und machte sich erneut daran, sein Leben zu Grabe zu tragen.

Eines stand fest: Die Prinzessin würde büßen. Nicht für das, was sie ihm angetan hatte und antun würde. Scheiß drauf.

Nein, sie hatte es gewagt, seine Ehlena anzusprechen. Dafür würde er sie fertigmachen, und wenn es ihn umbrachte.

20

»War das ein tolles Gefühl? Ihn derart abzuservieren?«

Ehlena blieb am Seitenausgang des Clubs stehen und sah sich nach der Sicherheitsfrau um. »Da es dich absolut nichts angeht, werde ich diese Frage nicht beantworten.«

»Nur zu deiner Information: Dieser Mann hat sich für mich und für seine Mutter und Schwester in eine beschissene Situation gebracht. Und du hältst dich für zu gut für ihn? Wie reizend. Aus welcher heilen Welt bist du denn entlaufen?«

Ehlena baute sich vor der Frau auf, obwohl das wahrscheinlich lächerlich aussah, da ihr Gegenüber so viel kräftiger als sie war. »Ich habe ihn nie angelogen – so läuft das in meiner heilen Welt nun mal. Und eigentlich muss sie dazu nicht einmal heil sein, sondern einfach nur *normal*.«

»Er tut, was er muss, um zu überleben. Das ist sehr normal, nicht nur für deine Spezies, sondern auch für *Symphathen*. Nur, weil du es leicht gehabt hast ...«

Ehlena fauchte: »*Du kennst mich doch gar nicht.*«

»*Ich will dich auch nicht kennen.*«

»Ich dich auch nicht.« Ein stummes *Schlampe* schwang in diesem Satz mit.

»Hey, hey, okay, wow.« Trez trat zwischen sie und trennte sie voneinander. »Ganz ruhig die Damen, in Ordnung? Ich bringe dich heim. Du« – er deutete auf die andere Frau – »siehst nach, wie es ihm geht.«

Die Sicherheitsfrau funkelte Ehlena an. »Pass auf, was du tust.«

»Warum? Willst du mir an der Haustür auflauern? Das ist mir total egal, weißt du? Verglichen mit dem Ding von letzter Nacht bist du ein Barbiepüppchen.«

Trez und die Frau verstummten.

»Was hat dir an der Tür aufgelauert?«, fragte sie.

Ehlena starrte zu Trez auf. »Darf ich jetzt nach Hause?«

»Was war es?«, fragte auch er.

»Eine durchgeknallte Kabukipuppe.«

Wie aus einem Mund sagten sie: »Du musst umziehen.«

»Super Vorschlag. Danke.« Ehlena schob sich an ihnen vorbei und ging zur Tür. Als sie nach der Klinke griff, war natürlich abgeschlossen, also musste sie wohl oder übel warten, bis man sie hinausließ. Scheiß drauf. Sie biss sich auf die Unterlippe, packte den Griff und rüttelte, bereit, sich den Weg wenn nötig mit bloßen Händen freizumachen.

Glücklicherweise kam Trez ihr zur Hilfe und befreite sie wie einen Vogel aus dem Käfig. Sie stürzte aus dem Club in die kalte Nacht, weg von der Hitze und dem Lärm und all den unglücklichen Gestalten, die sie zu ersticken drohten.

Oder vielleicht war es auch ihr gebrochenes Herz.

Was spielte das schon für eine Rolle.

Sie wartete an der nächsten Tür, diesmal an der des Bentleys. Sie wünschte, sie wäre nicht auf dieses Auto angewiesen, aber es würde noch lange dauern, bis sie auch nur wieder annähernd richtig atmen, geschweige denn, sich dematerialisieren konnte.

Auf dem Rückweg nahm sie keine der Straßen wahr, durch die sie fuhren, keine der Ampeln, an denen sie hielten, oder die anderen Autos um sie herum. Sie saß einfach nur auf der Rückbank des Bentleys, völlig betäubt, den leeren Blick starr aus dem Fenster gerichtet.

Ein *Symphath*. Sex mit der Halbschwester. Ein Zuhälter. Drogendealer. Zweifelsohne auch ein Killer ...

Als sie aus der Innenstadt hinausfuhren, fiel ihr das Atmen immer schwerer statt leichter. Am schmerzhaftesten war, dass sie so beharrlich das Bild vor sich hatte, wie Rehv vor ihr kniete, ihren billigen Turnschuh in der Hand, seine Amethystaugen so sanft und liebevoll, seine Stimme so schön, schöner als der Klang einer Violine: *Verstehst du es nicht, Ehlena? Egal, was du anhast ... für mich wirst du immer schimmern wie ein Diamant.*

Sie würde mit zwei Geistern von ihm leben müssen. Mit dem Bild, wie er vor ihr kniete, und der Szene aus dem Club von gerade, als seine Maske fiel.

Sie hätte so gern an dieses Märchen geglaubt. Aber wie der arme junge Stephan war die Illusion gestorben, und übrig blieb ein kalter Leichnam, den sie in neue Erkenntnisse einwickeln würde, die nicht nach Kräutern, sondern nach Tränen rochen.

Sie schloss die Augen und ließ sich in den butterweichen Sitz sinken.

Schließlich wurde der Wagen langsamer und hielt an. Als sie nach dem Türgriff langte, war Trez bereits da und machte ihr auf.

»Darf ich etwas sagen?«, murmelte er.

»Klar.« Sie würde es ohnehin nicht hören. Der Nebel um sie herum war undurchdringlich, ihre Welt ganz nach dem Geschmack ihres Vaters: Beschränkt auf das, was ihr am nächsten lag ... und das war Schmerz.

»Er hat das nicht ohne Grund getan.«

Ehlena sah zu dem Mann auf. Er war so ernst, so eindringlich. »Natürlich nicht. Er wollte, dass ich seinen Lügen glaube, und es ist aufgeflogen.«

»Das habe ich nicht gemeint.«

»Hätte er es mir gesagt, wenn ich es nicht so erfahren hätte?« Schweigen. »Da hast du es.«

»Es steckt mehr dahinter, als du weißt.«

»Glaubst du? Vielleicht ist aber auch weniger an ihm dran, als du glauben möchtest. Wie wäre das?«

Sie wandte sich um und ging durch eine Tür, die sie selber auf- und zusperren konnte. Dann ließ sie sich gegen den Rahmen sinken und sah sich in der schäbigen, vertrauten Umgebung um. Am liebsten hätte sie geheult.

Sie wusste nicht, wie sie darüber hinwegkommen sollte. Sie wusste es wirklich nicht.

Nachdem der Bentley weg war, ging Xhex direkt zu Rehvs Büro. Als auf ihr Klopfen niemand antwortete, gab sie die Kombination ein und öffnete die Tür.

Rehv saß hinter seinem Schreibtisch und tippte etwas auf seinem Laptop. Neben ihm lag sein neues Handy, ein Plastikbeutel mit großen, pudrigen Pillen und eine Packung M&Ms.

»Wusstest du, dass die Prinzessin bei ihr war?«, wollte Xhex wissen. Als er nicht antwortete, fluchte sie. »Warum hast du mir das nicht gesagt?«

Rehv tippte einfach weiter, das leise Klacken der Tasten war wie das Gemurmel in einer Bibliothek. »Weil es keine Rolle spielt.«

»Ach, tatsächlich? Ich hätte dieser Frau beinahe eine dafür verpasst, dass sie ...«

Wütende violette Augen bohrten sich über den Rand des Laptops hinweg in Xhex. »Du rührst Ehlena nicht an. *Niemals.*«

»Schon gut, Rehv, aber sie hat dich ganz schön abserviert. Glaubst du, es hat Spaß gemacht, dabei zuzusehen?«

Er deutete mit dem Finger auf sie. »Das geht dich nichts an. Und du rührst sie nicht an. Verstanden?«

Seine Augen funkelten bedrohlich, als hätte ihm jemand eine MagLite in den Hintern geschoben und angeknipst. *Aha*, dachte sie, *ganz offensichtlich blickte sie hier in einen Abgrund*. Wenn sie jetzt noch einen Schritt weiterging, würde sie fliegen, und zwar ohne Fallschirm. »Es wäre eben nur nett gewesen, vorher zu wissen, dass du sie zum Schlussmachen bringen wolltest.«

Rehv tippte ungerührt weiter.

»Das war also der Anruf gestern«, bohrte sie. »Da hast du rausgefunden, dass deine Freundin Besuch von dieser Schlampe bekommen hat.«

»Ja.«

»Du hättest es mir sagen sollen.«

Bevor sie eine Antwort bekam, piepste es in ihrem Ohrstöpsel, und dann ertönte die Stimme eines ihrer Türsteher: »Detective de la Cruz ist hier und möchte dich sprechen.«

Xhex hob den Arm und sprach in ihr Mikro: »Bring ihn in mein Büro. Ich bin gleich bei ihm. Und schaff die Mädels aus dem VIP-Bereich.«

»Der Bulle?«, murmelte Rehv, während er tippte.

»Ja.«

»Ich bin froh, dass du Grady erwischt hast. Ich kann diese Frauenschänder nicht ausstehen.«

»Gibt es irgendetwas, was ich für dich tun kann?«, fragte sie steif und fühlte sich abgewiesen. Sie wollte ihm helfen, den Schmerz lindern, sich um Rehv kümmern, aber sie wollte es auf ihre Art tun: Scheiß auf eine Verwöhnkur mit Vollbad und heißer Schokolade. Sie wollte die Prinzessin ermorden.

Rehvenge sah erneut auf: »Wie ich es dir schon gesagt habe, ich werde dich bitten, dich um jemanden zu kümmern.«

Xhex musste ihre Enttäuschung verbergen. Hätte Rehv sie bitten wollen, die Prinzessin zu beseitigen, hätte er wohl kaum vorher seine Freundin herchauffieren lassen, mit großer Show sein Lügengebäude eingerissen und sich dann von ihr in die Tonne treten lassen wie ein altes Steak.

Scheiße, es war bestimmt die Freundin. Rehv würde sie bitten, auf Ehlena aufzupassen. Und wie sie ihn kannte, wollte er sie wahrscheinlich auch noch finanziell unterstützen – ihre schlichte Kleidung und nüchterne Art ließen nicht gerade auf Wohlstand schließen.

Juhu. Diese Frau zu überreden, Geld von einem Mann zu nehmen, den sie hasste, würde sicher ein Riesenspaß werden.

»Was immer du möchtest«, sagte Xhex gepresst und ging.

Sie schob sich durch den Club und hoffte inständig, dass sie niemand blöd anmachte, insbesondere nicht, solange ein Bulle im Haus war.

Als sie schließlich zu ihrem Büro kam, unterdrückte sie ihren Frust und öffnete die Tür, ein erzwungenes dünnes Lächeln aufgesetzt. »Guten Abend, Detective.«

De la Cruz wandte sich um. In der Hand hielt er einen kleinen Topf mit einer Efeupflanze, nicht größer als seine Hand. »Ich habe ein Geschenk für Sie.«

»Ich habe es Ihnen gesagt, ich habe kein Talent dafür, mit lebenden Dingen umzugehen.«

Er stellte den Topf auf den Tisch. »Vielleicht gewöhnen wir Sie ja langsam daran.«

Sie setzte sich in ihren Sessel, starrte das zarte Gewächs an und erlitt einen Anflug von Panik. »Ich glaube nicht –«

»Bevor Sie jetzt sagen, dass ich Ihnen nichts schenken

darf, weil ich für die Stadt arbeite« – er holte einen Kassenzettel aus der Tasche – »er hat unter drei Dollar gekostet. Das ist billiger als ein Kaffee bei Starbucks.«

Er legte den kleinen weißen Papierstreifen neben den dunkelgrünen Plastiktopf.

Xhex räusperte sich. »Nun, sosehr ich Ihre Besorgnis um meine Einrichtung schätze ...«

»Es hat nichts mit der Wahl Ihrer Möbel zu tun.« Er lächelte und setzte sich. »Wissen Sie, warum ich hier bin?«

»Sie haben den Mörder von Chrissy Andrews gefunden?«

»Ja, das habe ich. Und wenn Sie die Ausdrucksweise entschuldigen, er lag vor ihrem Grab, erstickt an seinem eigenen abgeschnittenen Schwanz.«

»Wow. Autsch.«

»Würde es Ihnen etwas ausmachen, mir zu sagen, wo Sie letzte Nacht waren? Oder wollen Sie sich erst einen Anwalt besorgen?«

»Wozu? Ich habe nichts zu verbergen. Und ich war den ganzen Abend hier. Fragen Sie die Türsteher.«

»Den *ganzen* Abend?«

»Ja.«

»Ich habe Spuren um den Tatort gefunden. Kleine Stiefelspuren, wahrscheinlich von Kampfstiefeln.« Er sah zu Boden. »Ein bisschen so wie Ihre.«

»Ich war am Grab. Selbstverständlich war ich das. Ich trauere um eine Freundin.« Sie hob die Stiefel, so dass er die Sohlen sehen konnte, denn sie wusste, dass sie eine andere Sorte und Marke trug, als in der Vornacht. Außerdem eine Nummer größer, innen ausgestopft.

»Hmm.« Nach seiner Inspektion lehnte sich de la Cruz zurück und presste die Fingerspitzen zusammen, die Ellbogen auf die Stahlarmlehnen des Sessels gestützt. »Darf ich ehrlich zu Ihnen sein?«

»Ja.«

»Ich glaube, Sie haben ihn umgebracht.«

»Tatsächlich.«

»Ja. Es war ein Gewaltverbrechen, und die Einzelheiten deuten auf einen Vergeltungsakt hin. Sehen Sie, der Rechtsmediziner glaubt – ich übrigens auch –, dass Grady noch am Leben war, als er ... wie sollen wir sagen? *Behandelt* wurde. Und hier war kein Amateur am Werk. Grady wurde professionell außer Gefecht gesetzt, wie von einem geübten Killer.«

»Wir leben in einer rauen Gegend, und Chrissy hatte eine Menge rauer Freunde. Jeder von ihnen könnte es getan haben.«

»Auf der Beerdigung waren hauptsächlich Frauen.«

»Und Sie glauben, Frauen wären dazu nicht imstande? Wie sexistisch, Detective.«

»Oh, ich weiß, dass Frauen morden können. Glauben Sie mir. Und ... Sie sehen wie die Sorte Frau aus, die dazu in der Lage wäre.«

»So würden Sie mich einschätzen? Nur, weil ich schwarzes Leder trage und für die Sicherheit in einem Club zuständig bin?«

»Nein. Aber ich war dabei, als Sie Chrissys Leiche identifiziert haben. Ich habe ihr Gesicht gesehen, und deshalb glaube ich, dass Sie es waren. Sie haben ein Rachemotiv, und Sie hätten auch Gelegenheit zu dem Mord gehabt. Jeder könnte hier für eine Stunde zur Tür rausschlüpfen, die Sache erledigen und wieder herkommen.« Er stand auf und wandte sich zum Gehen. Mit der Hand am Türknauf blieb er noch einmal stehen. »Ich rate Ihnen, sich einen guten Anwalt zu besorgen. Sie werden ihn brauchen.«

»Sie sind auf der falschen Fährte, Detective.«

Er schüttelte langsam den Kopf. »Das glaube ich nicht. Sehen Sie, die meisten Leute, mit denen ich mich nach dem Fund einer Leiche unterhalte, beteuern als Erstes, dass sie es nicht waren – ob es nun stimmt oder nicht. Sie haben nichts dergleichen gesagt.«

»Vielleicht habe ich nicht das Gefühl, mich verteidigen zu müssen.«

»Vielleicht tut es Ihnen nicht leid, weil Grady ein mieser Hund war, der eine junge Frau erschlagen hat, und Sie dieses Verbrechen genauso verabscheuen wie wir alle.« De la Cruz sah traurig und erschöpft aus, als er sich wieder der Tür zuwandte. »Warum haben Sie ihn uns nicht fangen lassen? Wir hätten ihn festgenagelt. Ihn eingesperrt. Sie hätten uns die Sache überlassen sollen.«

»Danke für den Blumentopf, Detective.«

Der Mann nickte, als wären die Regeln des Spiels gerade erklärt worden, und man hätte sich nun auf den Austragungsort geeinigt. »Besorgen Sie sich einen Anwalt. Schnell.«

Als sich die Tür schloss, lehnte sich Xhex zurück und betrachtete den Efeu. *Ein hübsches Grün,* dachte sie. Und ihr gefielen die Form der Blätter, die spitz zulaufende Symmetrie, und das Muster der kleinen Adern.

Bei ihr würde dieses arme, unschuldige Ding mit Sicherheit eingehen.

Ein Klopfen an der Tür riss sie aus ihren Gedanken. »Ja.«

Marie-Terese kam herein. Sie roch nach *Calvin Klein Euphoria* und trug eine weiße Bluse zu losen Bluejeans. Offensichtlich hatte ihre Schicht noch nicht begonnen. »Ich hatte gerade zwei Vorstellungsgespräche mit neuen Mädchen.«

»War jemand Interessantes dabei?«

»Eine verbirgt etwas. Ich bin mir nicht sicher, was. Die andere ist okay, trotz vermurkster Tittenkorrektur.«

»Sollen wir sie zu Dr. Malik schicken?«

»Ich denke, ja. Sie ist hübsch genug, um Kunden zu ziehen. Willst du sie kennenlernen?«

»Nicht jetzt, aber ja. Wie wäre es mit morgen Nacht?«

»Ich bestelle sie her, sag mir einfach wann …«

»Kann ich dich was fragen?«

In dem Schweigen, das folgte, lag es Xhex auf der Zunge, Marie-Terese auf die kleine Sandwichnummer von John und Gina auf der Toilette anzusprechen. Aber was gab es da schon zu erfahren? Es war eine ganz normale Geschäftstransaktion gewesen, wie sie in diesem Club absolut üblich war.

»Ich habe ihn zu Gina geschickt«, sagte Marie-Terese ruhig.

Xhex sah Marie-Terese überrascht an. »Wen?«

»John Matthew. Ich habe ihn zu ihr geschickt. Ich dachte, das wäre einfacher.«

Xhex fummelte am *Caldwell Courier Journal* auf ihrem Schreibtisch herum. »Ich hab keine Ahnung, wovon du redest.«

Marie-Terese war anzusehen, dass sie das Xhex nicht abkaufte, aber freundlicherweise hakte sie nicht nach. »Welche Uhrzeit morgen Nacht?«

»Für was?«

»Um die Neue kennenzulernen.«

Ach, das. »Sagen wir zehn.«

»Klingt gut.« Marie-Terese wandte sich ab.

»He, tust du mir einen Gefallen?« Als die Frau eine Pirouette vollführte, hielt ihr Xhex den Efeu hin. »Nimmst du den zu dir nach Hause? Und hältst ihn, ich weiß auch nicht … am Leben?«

Marie-Terese musterte den kleinen Blumentopf, zuckte die Schultern und nahm ihn an. »Ich mag Pflanzen.«

»Dann hat dieses verdammte Ding gerade den Hauptgewinn gezogen. Ich nämlich nicht.«

21

Rehvenge drückte auf CTRL-P auf seinem Laptop und lehnte sich dann zurück, um die Seiten zu entnehmen, die sein Drucker nacheinander ausspuckte. Nachdem das Gerät ein letztes Surren und Rattern von sich gegeben hatte, nahm er den Stoß, stapelte die Seiten, schrieb seine Initialen oben rechts auf jede Seite und unterschrieb dann dreimal. Die gleiche Unterschrift, die gleichen Buchstaben, das gleiche Gekritzel.

Xhex wurde nicht als Zeugin hereingebeten. Auch Trez nicht.

iAm war es, der das Testament beglaubigte, indem er in den richtigen Zeilen mit dem Namen unterschrieb, den er für menschliche Zwecke angenommen hatte, und damit die Übertragung von Grundstücken und Geldvermögen bestätigte. Danach signierte er einen Brief in der Alten Sprache mit seinem richtigen Namen, ebenso wie einen Stammbaumnachweis.

Als das erledigt war, legte Rehv alles in eine schwarze *Louis Vuitton*-Ledermappe und gab sie iAm. »Ich will, dass du sie in dreißig Minuten rausbringst. Und wenn du sie dazu bewusstlos schlagen musst. Und sorge dafür, dass dein Bruder bei dir ist und die Belegschaft ebenfalls draußen ist.«

iAm sagte nichts. Stattdessen holte er das Messer heraus, das er am Rücken trug, schlitzte seine Handfläche auf und streckte den Arm aus. Sein Blut tropfte dick und blau auf die Tastatur des Laptops. Dabei blinzelte er nicht und blieb völlig gefasst, so wie Rehv es jetzt brauchte.

Deshalb war iAm vor langer Zeit für die unangenehmen Jobs ausgewählt worden.

Rehv musste schlucken, als er aufstand und die Hand nahm, die iAm ihm entgegenstreckte. Sie besiegelten den Blutschwur mit Handschlag, dann trafen sie in einer harten Umarmung zusammen.

iAm sagte leise in der Alten Sprache: »*Ich kannte dich gut. Ich liebte dich wie mein eigen Fleisch und Blut. Ich werde dich auf ewig ehren.*«

»Pass auf sie auf, okay? Sie wird erst einmal wild werden.«

»Trez und ich werden uns darum kümmern.«

»Nichts von alledem war ihre Schuld. Weder Anfang noch Ende. Das muss Xhex endlich verstehen.«

»Ich weiß.«

Sie lösten sich voneinander. Rehv fiel es schwer, die Schulter seines alten Freundes loszulassen, insbesondere, weil er der Einzige war, von dem er sich verabschieden würde: Xhex und Trez hätten sein Vorhaben niemals gebilligt, sie hätten nach anderen Lösungen gesucht, um diesen Ausgang auf Teufel komm raus zu vermeiden. iAm war fatalistischer als die anderen beiden. Oder, besser gesagt, realistischer, denn es gab keinen anderen Ausweg.

»Geh«, bat Rehv mit rauer Stimme.

iAm legte sich die blutige Hand aufs Herz, verbeugte sich tief und ging, ohne einen Blick zurück zu werfen.

Rehvs Hände zitterten, als er den Ärmel hochzog und auf die Uhr blickte. Vier Uhr, der Club schloss. Das Reinigungspersonal kam um Punkt fünf. Ihm blieb also eine halbe Stunde, nachdem alle gegangen waren.

Er nahm sein Handy, ging in sein Schlafzimmer und drückte eine vielbenutzte Nummer.

Als er die Tür schloss, antwortete die warme Stimme seiner Schwester: »Hallo, Bruderherz.«

»Hallo.« Rehv setzte sich aufs Bett und wusste nicht, was er sagen sollte.

Im Hintergrund hörte er Nallas leises, jammerndes Klagen, und Rehv wurde still. Er konnte die beiden vor sich sehen, die Kleine an der Schulter der Mutter, ein zerbrechliches Bündel Zukunft, eingewickelt in eine weiche Decke mit Samtbordüre.

Für Sterbliche waren Kinder der einzige Weg zur Ewigkeit, oder nicht?

Er würde nie welche haben.

»Rehvenge? Bist du noch dran? Alles in Ordnung?«

»Ja. Ich rufe nur an ... ich wollte nur sagen ...« Lebe wohl. »... dass ich dich liebe.«

»Das ist lieb von dir. Es ist schwer, nicht wahr? Ohne *Mahmen.*«

»Ja. Das ist es.« Er schloss die Augen, und wie auf Kommando fing Nalla richtig an zu weinen, und ihr Heulen dröhnte durch das Handy.

»Entschuldige meinen kleinen Schreihals«, sagte Bella. »Sie schläft nur, wenn ich mit ihr herumlaufe, und meine Beine machen langsam nicht mehr mit.«

»Erinnerst du dich noch an das Schlaflied, das ich dir immer vorgesungen habe? Als du noch sehr klein warst?«

»Warte – meinst du das mit den vier Jahreszeiten? Ja! Daran habe ich seit Jahren nicht gedacht ... du hast es mir vorgesungen, wenn ich nicht schlafen konnte. Auch, als ich schon älter war.«

Ja, genau das meinte er, dachte Rehv. Das eine, das die Alte Sage über den Jahres- und Lebenszyklus mit seinen vier Jahreszeiten erzählte. Dieses Lied hatte ihn und seine Schwester durch zahllose schlaflose Tage gebracht – er sang, sie schlief.

»Wie ging das gleich?«, grübelte Bella. »Ich weiß nicht mehr ...«

Am Anfang sang Rehv etwas ungeschickt. Der Text war etwas eingerostet, und er traf die Töne nicht immer ganz, weil seine Stimme schon immer zu tief für diese Tonlage gewesen war.

»Genau, das ist es«, flüsterte Bella. »Warte, ich stelle dich auf Lautsprecher ...«

Es piepte, und dann gab es ein kurzes Echo, und als er weitersang, ließ Nallas Weinen langsam nach, wie Flammen, die durch einen sanften Regen uralter Worte gelöscht wurden.

Der lindgrüne Mantel des Frühlings ... der bunte Blumenschleier des Sommers ... das kühle Gewebe des Herbstes ... die Decke aus Kälte des Winters ... die Jahreszeiten galten nicht nur für die Erde, sondern auch für die Lebewesen – das Streben nach dem Gipfel, der Triumph der Erfüllung, gefolgt vom Fall vom höchsten Punkt aus und dem weichen, weißen Glanz des Schleiers, der ewigen Ruhestätte.

Er sang das Schlaflied zweimal bis zum Schluss, und der letzte Durchgang war der beste. Dann hörte er auf, aus Angst, nicht mehr an Nummer zwei heranzukommen.

Bellas Stimme war tränenerstickt. »Du hast es geschafft. Du hast sie in den Schlaf gesungen.«

»Du kannst es ihr auch vorsingen, wenn du willst.«

»Das werde ich. Ganz bestimmt. Danke, dass du mich

daran erinnert hast. Ich weiß nicht, warum ich es bis jetzt noch nicht probiert hatte.«

»Vielleicht hättest du das. Irgendwann.«

»Danke, Rehv.«

»*Schlafe sanft, meine Schwester.*«

»Wir sprechen uns morgen, okay? Du klingst müde.«

»Ich liebe dich.«

»Ich liebe dich auch. Ich ruf dich morgen an.«

Es gab eine Pause. »Pass auf dich auf. Auf dich und deine Kleine und deinen *Hellren*.«

»Das werde ich, Bruderherz. Bis bald.«

Rehv legte auf und saß mit dem Handy in der Hand auf dem Bett. Damit das Display nicht erlosch, drückte er ab und an die Pfeiltaste.

Es war schrecklich, Ehlena nicht anrufen zu können. Oder ihr eine SMS zu schicken. Ein Zeichen von sich zu geben. Aber es war besser so: Lieber sollte sie ihn hassen, als um ihn zu trauern.

Um vier Uhr dreißig kam die SMS von iAm, auf die er gewartet hatte. Nur zwei Worte.

Bahn frei.

Rehv erhob sich vom Bett. Langsam ließ die Wirkung des Dopamins etwas nach, aber ohne Stock war er immer noch wacklig auf den Beinen und kämpfte um seine Balance. Als er fest genug stand, zog er Zobelmantel und Jackett aus und legte seine Waffen ab. Die Pistolen, die er normalerweise unter den Armen trug, ließ er auf dem Bett liegen.

Es war Zeit zu gehen, Zeit, das System zu aktivieren, das er in den Klinkersteinbau installiert hatte, als er den Club erstanden und ihn vom Keller bis zum Dach renoviert hatte.

Das gesamte Gebäude war verkabelt, und zwar nicht für die Musikanlage.

Er ging zurück in sein Büro, setzte sich an den Tisch

und sperrte die rechte untere Schublade auf. Darin lag ein schwarzes Kästchen, nicht größer als eine Fernseh… Fernbedienung, und außer ihm wusste nur iAm, was es war und wofür man es brauchte. iAm wusste außerdem als Einziger von den Knochen, die unter Rehvs Bett lagerten, Knochen menschlicher Natur von ungefähr Rehvs Größe. Doch iAm hatte sie schließlich auch besorgt.

Rehv nahm die Fernbedienung und stand auf. Dann sah er sich ein letztes Mal um. Ordentlich gestapelte Unterlagen auf dem Tisch. Geld im Safe. Drogen hinten in Rallys Packraum.

Er ging aus dem Büro. Jetzt nach Betriebsschluss war der Club hell erleuchtet. Der VIP-Bereich war wie ein geschundener Körper überzogen von den Überresten der Nacht: Fußspuren auf dem schwarz glänzenden Boden, kreisförmige Wasserränder auf den Tischen, vollgesogene Servietten hier und da auf den Sofas. Die Kellnerinnen räumten zwischendurch immer wieder auf, aber im Dunkeln entging einem eben manches, wenn man ein Mensch war.

Der Wasserfall am anderen Ende des Raumes war ausgeschaltet, so dass man freie Sicht in den allgemein zugänglichen Bereich hatte – wo es auch nicht besser aussah. Die Tanzfläche war zerkratzt. Überall lagen Rührstäbchen und Bonbonpapierchen und in einer Ecke sogar ein Damenslip. Über die Decke darüber zog sich das Netzwerk aus Stahlträgern, das Kabel und Lampen für die Lasershow trug, und ohne Musik hielten die Boxen Winterschlaf wie Bären in einer Höhle.

In diesem Zustand erinnerte der Club an die Enthüllungsszene beim Zauberer von Oz: Die ganze Magie, die Nacht für Nacht hier herrschte, der Hype und die Hochspannung, waren nichts weiter als eine Kombination aus Elektronik, Alkohol und Chemikalien, eine Illusion für die Leute, die durch die Eingangstür kamen, ein Trugbild, das es ihnen erlaubte, zu sein, was sie im Alltag nicht sein konnten. Vielleicht wollten sie mächtig sein, um sich einmal nicht schwach zu fühlen, oder sexy, weil sie sich hässlich fanden, oder schick und reich, wenn sie das nicht waren, oder jung, weil sie immer schneller in die mittleren Jahre kamen. Vielleicht wollten sie den Schmerz einer gescheiterten Beziehung ertränken oder sich dafür rächen, dass man sie sitzengelassen hatte, oder sich als glückliche Singles präsentieren, wenn sie sich in Wirklichkeit nach einem Partner sehnten.

Natürlich gingen sie aus, um »Spaß« zu haben, aber Rehv wusste, dass es unter der glänzenden Oberfläche dunkel und zwielichtig war.

Der Club in seinem jetzigen Zustand war das perfekte Sinnbild für sein Leben. Er war der Zauberer gewesen, der selbst jene, die ihm am nächsten standen, getäuscht hatte und sich durch eine Kombination aus Drogen, Lügen und Tricks unter die Normalen gemischt hatte.

Doch das war jetzt vorbei.

Rehv sah sich ein letztes Mal um, dann ging er durch die Doppeleingangstür. Das schwarze *ZeroSum*-Schild war nicht angeleuchtet und zeigte, dass für heute Schluss war. *Für immer* traf es wohl besser.

Er blickte nach links und nach rechts. Niemand war auf der Straße, keine Autos oder Fußgänger in Sicht.

Er ging an der Front entlang und blickte in die Seitenstraße zum Hintereingang, der in den VIP-Bereich führte, dann ging er schnell zur anderen Seite und warf einen Blick in die andere Straße. Keine Obdachlosen. Niemand.

Einen Moment lang stand Rehv reglos im kalten Wind und fühlte sich in die den Club umgebenden Gebäude ein, ob dort irgendwelche Raster auf Menschen hinwiesen. Nichts. Alles war leer.

Schließlich überquerte er die Straße und ging zwei

Blocks weiter, dann hielt er an, schob die Abdeckung der Fernbedienung herunter und gab eine achtstellige Kombination ein.

Zehn ... neun ... acht ...

Sie würden die verkohlten Knochen finden. Einen kurzen Moment lang fragte er sich, von wem sie eigentlich stammten. iAm hatte es ihm nicht gesagt, und er hatte nicht gefragt.

Sieben ... sechs ... fünf ...

Bella würde darüber hinwegkommen. Sie hatte Zsadist und Nalla und die Brüder und deren *Shellans*. Es würde ein schrecklicher Schock für sie sein, aber sie würde es überstehen. Und besser das, als eine Wahrheit zu erfahren, die sie zerstören würde: Sie musste nicht damit leben, dass ihre Mutter vergewaltigt worden und ihr Bruder zur Hälfte ein Sündenfresser war.

Vier ...

Xhex würde sich von der Kolonie fernhalten. iAm würde dafür sorgen, denn er würde sie zwingen, sich an den Schwur zu halten, den sie in der Vornacht getätigt hatte: Sie hatte versprochen, sich um jemanden zu kümmern, und in dem Brief, den Rehv in der Alten Sprache geschrieben und von iAm bezeugen hatte lassen, verlangte er, dass sie sich um sich selber kümmerte. Ja, er hatte sie ausgetrickst. Bestimmt hatte sie gedacht, er würde sie bitten, die Prinzessin umzubringen, oder vielleicht sogar auf Ehlena aufzupassen. Aber er war *Symphath*, oder? Und sie hatte den Fehler gemacht, ihm ihr Wort zu geben, ohne zu wissen, auf was sie sich einließ.

Drei ...

Er sah zum Dach des Clubs herüber und stellte sich die Trümmer vor, nicht nur die des Clubs, sondern die, die er in den Leben der Leute zurückließ, wenn er in den Norden ging.

Zwei ...

Ein Stich fuhr Rehv ins Herz, und er wusste, dass es die Trauer um Ehlena war. Obwohl eigentlich er starb.

Eins ...

Die Explosion, die unter der Tanzfläche detonierte, zündete zwei weitere, eine unter der Bar im VIP-Bereich und eine auf der Galerie im Zwischengeschoss. Mit einem gewaltigen Donner und einem mächtigen Beben wurde das Gebäude bis in den Kern erschüttert und ein Schwall von Ziegeln und pulverisiertem Beton schoss nach draußen.

Rehvenge taumelte rückwärts in das Schaufenster eines Tattoo-Shops. Als er wieder Luft bekam, sah er zu, wie die Wolke aus Staub auf den Schnee rieselte.

Rom war gefallen. Und doch fiel ihm der Abschied schwer.

Keine fünf Minuten später ertönten die ersten Sirenen. Rehv wartete auf die roten Einsatzfahrzeuge, die mit blinkenden Lichtern die Trade Street herunter rasten.

Als sie kamen, schloss er die Augen, atmete durch ... und materialisierte sich in den Norden.

In die Kolonie.

22

»Ehlena?« Lusies Stimme klang die Treppe herunter. »Ich breche jetzt auf.«

Ehlena schreckte zusammen und blickte auf die Zeitanzeige unten rechts auf ihrem Laptop. Vier Uhr dreißig? Schon? Gott, es fühlte sich an wie ... na ja, sie wusste nicht, ob sie nun seit Stunden oder Tagen an ihrem improvisierten Tischchen saß. Auf dem Bildschirm war die Jobseite des *Caldwell Courier Journal* geöffnet, aber sie hatte seit einer Ewigkeit nichts anderes getan, als Kreise mit dem Zeigefinger auf dem Mousepad gezogen.

»Ich komme.« Sie streckte sich, stand auf und ging zur Treppe. »Danke, dass du Vaters Essen weggeräumt hast.«

Lusies Kopf erschien oben an der Treppe. »Gern geschehen, und hör zu, hier ist jemand für dich.«

Ehlenas Herz setzte einen Schlag lang aus. »Wer?«

»Ein Mann. Ich habe ihn reingelassen.«

»Oh, Gott«, hauchte Ehlena. Sie joggte die Treppe vom Keller hoch und war froh, dass ihr Vater nach dem Essen immer gut schlief. Das Letzte, was sie jetzt brauchte, war, dass er sich über einen Fremden im Haus aufregte.

Sie kam in die Küche, darauf vorbereitet, Rehv oder Trez oder wer immer es sein mochte, rauszu...

Ein blonder Mann, der großen Reichtum förmlich ausstrahlte, stand an ihrem billigen Esstisch, eine schwarze Aktentasche in der Hand. Lusie stand neben ihm, zog sich den Wollmantel an und machte ihre Patchwork-Tasche für den Heimweg fertig.

»Kann ich Ihnen behilflich sein?«, fragte Ehlena verwundert.

Der Mann machte eine kleine Verbeugung, wobei seine Hand galant an die Brust fuhr, und antwortete mit ungewöhnlich tiefer und kultivierter Stimme: »Ich bin auf der Suche nach Alyne, Sohn des Uys. Sind Sie seine Tochter?«

»Ja, das bin ich.«

»Könnte ich ihn sprechen?«

»Er schläft. Um was geht es denn, und wer sind Sie?«

Der Mann warf einen Seitenblick auf Lusie, dann holte er einen Ausweis in der Alten Sprache aus der Brusttasche. »Ich bin Saxton, Sohn des Tyhm, als Anwalt zuständig für die Nachlassverwaltung von Montrag, Sohn des Rehm. Er ist vor kurzem ohne direkte Nachkommen zu hinterlassen in den Schleier eingetreten, und nach meinen Stammbaumuntersuchungen ist ihr Vater der nächste Verwandte und somit einziger Nutznießer.«

Ehlenas Brauen schossen nach oben. »Entschuldigen Sie, wie bitte?« Als Saxton seine Worte wiederholte, kam es noch immer nicht bei ihr an. »Ich ... äh ... was?«

Als der Anwalt ein drittes Mal zu seiner Erklärung ansetzte und Ehlena zu folgen versuchte, fing sich ihr Kopf an zu drehen. Den Namen Rehm hatte sie definitiv schon einmal gehört. Er war ihr in den Geschäftsunterlagen ihres

Vaters begegnet ... und in seinem Manuskript. Kein netter Kerl. Ganz und gar nicht. Sie erinnerte sich vage an den Sohn, aber es war nichts Bestimmtes, nur eine verschwommene Erinnerung aus ihren Tagen im Kreis der Debütantinnen der *Glymera*.

»Es tut mir leid«, murmelte sie, »aber das ist eine Überraschung.«

»Ich verstehe. Kann ich mit Ihrem Vater sprechen?«

»Er ... empfängt keinen Besuch. Es geht ihm nicht gut. Ich bin seine gesetzliche Vertreterin.« Sie räusperte sich. »Ich musste ihn unter dem Alten Gesetz für unmündig erklären lassen, auf Grund ... geistiger Unzurechnungsfähigkeit.«

Saxton, Sohn des Tyhm, verbeugte sich kurz. »Es tut mir leid, das zu hören. Gestatten Sie mir die Frage, ob Sie in der Lage wären, mir einen Stammbaumnachweis für Sie beide vorzulegen? Und die Entmündigung?«

»Ich habe alles im Keller.« Sie sah Lusie an. »Du musst eigentlich los, nicht wahr?«

Lusie musterte Saxton und schien zum gleichen Schluss wie Ehlena zu kommen. Der Mann schien vollkommen normal. Anzug, Mantel und Tasche schrien förmlich nach *Anwalt*. Und sein Ausweis war auch in Ordnung gewesen.

»Wenn du möchtest, bleibe ich.«

»Nein, ich komme schon zurecht. Außerdem dämmert es bald.«

»In Ordnung.« Ehlena brachte Lusie zur Tür und kam dann zurück zu dem Anwalt. »Entschuldigen Sie mich eine Minute?«

»Lassen Sie sich Zeit.«

»Möchten Sie ... äh, vielleicht etwas trinken? Kaffee?« Sie hoffte, er würde ablehnen, denn sie konnte ihm höchstens eine dickwandige Tasse anbieten, und er sah aus, als wäre er eher an durchsichtiges Porzellan gewöhnt.

»Im Moment nicht, aber danke.« Sein Lächeln war echt und in keinster Weise anzüglich. Andrerseits stand er sicher nur auf adelige Frauen, so wie Ehlena vielleicht eine gewesen wäre, sähen ihre Finanzen anders aus.

Ihre Finanzen ... und ein paar andere Dinge.

»Ich bin gleich zurück. Bitte setzen Sie sich doch.« Obwohl die akkurat gebügelte Hose vielleicht rebellieren würde, wenn sie mit ihren wackeligen Stühlen in Berührung kam.

Unten in ihrem Zimmer griff sie unters Bett und zog ihre abschließbare Kassette heraus. Als sie damit nach oben ging, war sie wie betäubt, geblendet von all den Katastrophen, die wie brennende Flugzeuge vom Himmel in ihr Leben stürzten. Dass jetzt ein Anwalt bei ihr anklopfte und nach verlorenen Erben suchte, schien ... hm, schwer zu sagen, was. Und sie machte sich keinerlei Hoffnungen. So, wie es in letzter Zeit gelaufen war, würde sich diese »einmalige Gelegenheit« als genau das Gleiche entpuppen, wie der Rest.

Als Griff ins Klo.

Wieder oben stellte sie die Kassette auf den Tisch. »Hier drin hebe ich alles auf.«

Als sie sich setzte, tat Saxton es ihr gleich. Er stellte seine Aktentasche auf das abgegriffene Linoleum und richtete seine grauen Augen auf die Kassette. Ehlena gab die Kombination ein, klappte den schweren Deckel auf und holte einen cremefarbenen Din A4 Umschlag heraus, aus dem sie ein Dokument zog.

Saxton begutachtete das Schreiben, nickte und entrollte den Stammbaum ihres Vaters, der kunstvoll in schwarzer Tinte illustriert war. Unten hingen Bänder in Gelb, Taubenblau und Dunkelrot, befestigt durch das schwarze Wachssiegel mit dem Wappen des Ururgroßvaters väterlicherseits.

Saxton klappte seine Aktentasche auf, holte eine Juwelierbrille heraus und schob sie sich auf die Nase. Dann besah er das Pergament Zentimeter für Zentimeter.

»Echt«, verkündete er. »Die anderen?«

»Meine Mutter und ich.« Ehlena entrollte auch diese Stammbäume, und er inspizierte sie auf die gleiche Weise.

Als er fertig war, lehnte er sich zurück und nahm die Brille ab. »Darf ich die Entmündigung noch einmal sehen?«

Ehlena gab sie ihm, und er las, während sich eine Falte zwischen seinen perfekt geschwungenen Brauen bildete. »An was genau leidet Ihr Vater, wenn ich fragen darf.«

»An Schizophrenie. Er ist sehr krank und muss rund um die Uhr versorgt werden, um ehrlich zu sein.«

Saxtons Augen schweiften langsam durch die Küche und registrierten den Fleck am Boden, die Alufolie vor den Fenstern und die alte, marode Kochzeile. »Arbeiten Sie?«

Ehlena versteifte sich. »Ich verstehe nicht, was das für eine Rolle spielen sollte.«

»Entschuldigung. Sie haben vollkommen Recht. Es ist nur …« Er öffnete erneut seine Aktentasche und holte ein circa fünfzigseitiges gebundenes Dokument und eine tabellarische Aufstellung heraus. »Wenn ich Sie und Ihren Vater als Montrags nächste Angehörige identifiziere – und aufgrund dieser Dokumente bin ich bereit, das zu tun –, werden Sie sich nie mehr um Geld sorgen müssen.«

Er drehte ihr das Dokument und die Aufstellung hin und nahm einen goldenen Füllfederhalter aus der Brusttasche. »Ihr Vermögen ist beträchtlich.«

Mit der Feder seines Füllers deutete Saxton auf die letzte Zahl im unteren rechten Eck der Aufstellung.

Ehlena blickte hinab. Blinzelte.

Dann beugte sie sich über den Tisch, bis ihre Augen nur

noch Zentimeter von der Feder und dem Blatt entfernt waren ... und von dieser Zahl.

»Ist das ... wie viele Stellen sind das hier?«, flüsterte sie.

»Acht vor dem Komma.«

»Und die erste Zahl ist eine Drei?«

»Ja. Es gehört auch ein Grundstück dazu. In Connecticut. Sie können es beziehen, sobald ich die Dokumente fertig habe, die ich heute untertags anfertigen werde und dann unverzüglich dem König zur Bestätigung vorlege.« Er lehnte sich zurück. »Rein rechtlich werden Geld, Grundstück und Gegenstände des persönlichen Gebrauchs, inklusive Kunstgegenstände, Antiquitäten und Autos, Ihrem Vater gehören, bis er in den Schleier eintritt. Aber mit Ihrem Vormundschaftsschreiben werden Sie den Besitz für ihn verwalten. Ich nehme an, er hat Sie in seinem Testament als Erbin eingesetzt?«

»Äh ... Entschuldigung, wie war die Frage?«

Saxton lächelte freundlich. »Hat Ihr Vater ein Testament? Stehen Sie darin?«

»Nein ... hat er nicht. Wir besitzen kein Vermögen mehr.«

»Haben Sie Geschwister?«

»Nein. Ich bin allein. Das heißt, wir sind zu zweit, seit *Mahmen* gestorben ist.«

»Was halten Sie davon, wenn ich ein Testament für ihn zu Ihren Gunsten aufsetze? Sollte Ihr Vater sterben, ohne ein Testament zu hinterlassen, fällt Ihnen ohnehin alles zu, aber ein Testament vereinfacht die Abläufe mit jedem Anwalt, weil Sie für die Übertragung nicht mehr die Unterschrift des Königs benötigen.«

»Das wäre ... Moment, Sie sind teuer, oder? Ich glaube nicht, dass wir uns das ...«

»Sie können es sich leisten.« Er tippte erneut mit dem Füller auf die Tabelle. »Glauben Sie mir.«

In den langen, finsteren Stunden, nachdem Wrath sein Augenlicht verloren hatte, stürzte er die Treppe herunter – und zwar vor versammelter Mannschaft, die sich im Esszimmer zum Letzten Mahl traf. In der altbewährten Bananenschalenmanier purzelte er Hals über Kopf die ganze Länge der Treppe hinunter bis auf den Mosaikboden der Eingangshalle.

Schlimmer hätte seine Clownnummer eigentlich nur noch sein können, wenn er jetzt auch noch geblutet hätte.

Doch halt ... Moment. Als er sich das Haar aus dem Gesicht streichen wollte, griff er in etwas Nasses und wusste sofort, dass es nicht daher kam, dass er sabberte.

»*Wrath!*«

»Bruder ...«

»Was zum Donner ...«

»Heilige ...«

Beth war als Erste der Heerschar bei ihm und berührte seine Schultern, als warmes Blut über seine Nase troff.

Andere Hände erreichten ihn durch die Dunkelheit, die Hände seiner Brüder, die Hände ihrer *Shellans*, lauter sanfte, besorgte, mitfühlende Hände.

Wütend schüttelte er sie ab und versuchte, auf die Füße zu kommen. Doch ohne Orientierung landete er mit einem Fuß auf der untersten Stufe – und geriet erneut aus dem Gleichgewicht. Er griff nach dem Geländer, schaffte es irgendwie, die Füße auf eine Höhe zu bekommen und torkelte rückwärts, unsicher, ob er auf die Eingangstür, das Billardzimmer, die Bibliothek oder das Esszimmer zuging. Er war vollkommen verloren an diesem Ort, den er so gut kannte.

»Alles okay«, blaffte er. »Nichts passiert.«

Um ihn verstummte alles, seine Stimme hatte noch die gleiche Wirkung, die Blindheit schmälerte seine Autorität als König nicht, obwohl er absolut nichts sehen konn...

Er rannte rückwärts in eine Wand, so dass ein kristallener Wandleuchter über ihm klimperte. Der zarte Klang zitterte in der Stille nach.

Verdammt. Er konnte so nicht weitermachen und wie ein führerloser Autoscooter von einem Hindernis ins nächste rauschen. Aber was sollte er tun?

Seit bei ihm die Lichter ausgegangen waren, hatte er darauf gewartet, dass sein Sehvermögen zurückkehrte. Doch als mehr und mehr Zeit verstrich, Havers keine konkreten Antworten hatte und Doc Jane noch immer rätselte, was mit ihm los war, kam endlich in seinem Verstand an, was er tief in seinem Herzen schon längst wusste: Diese Dunkelheit, die ihn umgab, war seine neue Welt, durch die er fortan wandeln würde.

Oder eher stolpern, so wie es aussah.

Als sich der Wandleuchter über ihm beruhigte, schrie jeder Teil von ihm, und er betete, dass niemand, nicht einmal Beth, ihn berühren oder ihm gut zureden würde, von wegen »alles würde wieder gut«.

Nichts würde jemals wieder gut werden. Sein Sehvermögen würde nicht zurückkehren, egal, was die Ärzte mit ihm anstellten, egal, wie viele Male er sich nährte, egal, wie gründlich er sich ausruhte oder wie gut er auf sich achtgab. Scheiße, selbst bevor ihm V die Zukunft prophezeit hatte, hatte Wrath es kommen sehen: Seine Augen waren seit Jahrhunderten immer schlechter geworden, die Sehschärfe immer schwächer. Und die Kopfschmerzen plagten ihn seit Jahren, in den letzten zwölf Monaten hatten sie sich nur verstärkt.

Er hatte gewusst, dass es eines Tages so weit kommen würde. Sein ganzes Leben lang hatte er es gewusst und verdrängt, aber jetzt war es Wirklichkeit geworden.

»Wrath.« Mary, Rhages *Shellan,* brach schließlich das Schweigen, und ihre Stimme war gefasst und ruhig, gar nicht ratlos oder aufgeregt. Der Kontrast zu dem Chaos in seinem Kopf bewirkte, dass er sich ihr zuwandte, obwohl er nicht antworten konnte, weil er keine Stimme hatte.

»Wrath, ich will, dass du die linke Hand ausstreckst. Dort findest du die Tür zur Bibliothek. Geh rein und laufe vier Schritte rückwärts in den Raum. Ich will mit dir reden, und Beth kommt mit.«

Die Worte waren so sachlich und vernünftig, dass sie wie eine Landkarte durch einen Dschungel aus Dornengestrüpp wirkten, und Wrath folgte ihnen mit der Verzweiflung des verirrten Wanderers. Er streckte die Hand aus … und fand tatsächlich den verschnörkelten Rahmen um die Tür. Er ging ein paar vorsichtige Schritte seitlich, tastete sich mit beiden Händen durch die Tür und trat vier Schritte zurück.

Leise Schritte ertönten. Zwei Paar. Dann schloss sich die Tür der Bibliothek.

Er hörte am leisen Atmen, wo die Frauen standen, und keine rückte ihm auf die Pelle, was gut war.

»Wrath, ich glaube, wir müssen ein paar vorläufige Maßnahmen ergreifen.« Marys Stimme kam von rechts. »Für den Fall, dass du nicht bald wieder sehen kannst.«

Elegant formuliert, dachte er.

»Wie zum Beispiel«, brummte er.

Als Beth antwortete, erkannte er, dass die beiden offensichtlich schon darüber gesprochen hatten. »Ein Gehstock, der dir mit der Balance hilft, und Personal im Büro, damit du wieder an die Arbeit gehen kannst.«

»Und vielleicht noch ein paar weitere Hilfestellungen«, fügte Mary hinzu.

Wrath saugte diese Worte auf, während sein Herzschlag in seinen Ohren hämmerte. Er versuchte, es zu überhören, aber ohne Erfolg. Kalter Schweiß brach ihm aus, perlte auf seiner Oberlippe und unter den Achseln. Wrath vermochte nicht zu sagen, ob aus Angst, oder vor Anstrengung, sich vor den beiden zusammenzureißen und nicht komplett zusammenzubrechen.

Wahrscheinlich beides. Denn es war schlimm, nicht sehen zu können, aber was ihm wirklich den Rest gab, war diese Platzangst. Ohne sichtbare Orientierungspunkte fühlte er sich gefangen in dem engen, voll gedrängten Raum unter seiner Haut, ohne Ausweg eingesperrt in seinem Körper – und das bekam ihm gar nicht. Es erinnerte ihn viel zu sehr daran, als Kind von seinem Vater in einen Kriechkeller gesperrt zu werden ... von wo aus er zusehen musste, wie seine Eltern von *Lessern* umgebracht wurden ...

Die schmerzhafte Erinnerung ließ seine Knie schwach werden, und er geriet ins Trudeln. Als er seitlich umkippte, fing Beth ihn auf und lenkte seinen Sturz, so dass er auf einem Sofa landete.

Mühsam versuchte er zu atmen. Beth hielt seine Hand, und dieser Kontakt war alles, was ihn davon abhielt, hemmungslos zu schluchzen wie ein Waschlappen.

Die Welt war weg ... Die Welt war weg ... Die Welt war ...

»Wrath«, meldete sich Mary erneut, »wenn du wieder arbeitest, wird es dir helfen, und in der Zwischenzeit können wir es dir leichter machen. Es gibt Möglichkeiten, die Umgebung sicherer zu machen und dich daran zu gewöhnen, dass ...«

Wrath hörte sie kaum. Er konnte nur denken: Nie mehr Kämpfen, nie. Nie mehr einfach durch das Haus gehen. Keine Chance, auch nur verschwommen zu erkennen, was auf seinem Teller lag, oder wer mit ihm am Tisch saß oder was Beth anhatte. Er wusste nicht, wie er sich rasieren sollte oder Kleider aus dem Schrank holen oder beim Duschen Seife und Shampoo finden. Wie sollte er trainieren?

Er würde die gewünschten Gewichte nicht sehen oder das Laufband starten können oder ... Scheiße, die Schuhbänder an seinen Laufschuhen zubinden ...

»Ich fühle mich, als wäre ich gestorben«, brachte er krächzend hervor. »Wenn es so weitergehen soll ... kommt es mir vor, als sei der Mann, der ich mal war ... tot.«

Marys Stimme kam von direkt vor ihm. »Wrath, ich habe Leute gesehen, die genau das durchgemacht haben, was dir gerade passiert. Meine autistischen Patienten und ihre Eltern mussten lernen, Dinge neu zu betrachten. Aber es war nicht das Ende für sie. Es war kein Tod, nur eine andere Art zu leben.«

Während Mary sprach, streichelte Beth seinen Arm und fuhr mit der Hand den tätowierten Stammbaum an der Innenseite seines Unterarms nach. Die Berührung ließ ihn an die vielen Männer und Frauen denken, die vor ihm gegangen waren, deren Mut durch Herausforderungen von innen und außen geprüft worden war.

Er runzelte die Stirn. Auf einmal schämte er sich für seine Schwäche. Wären seine Eltern noch am Leben gewesen, hätte er nicht gewollt, dass sie ihn so sahen. Und Beth ... seine Geliebte, seine Partnerin, seine *Shellan*, seine Königin sollte ihn auch nicht so erleben.

Wrath, Sohn des Wrath, sollte nicht unter dem Gewicht zusammenbrechen, dass ihm auferlegt war. Er sollte es schultern. So machte es ein Mitglied der Bruderschaft. So machte es ein König. So machte es ein Mann von Wert. Er sollte die Last auf sich nehmen und sich über Schmerz und Angst hinwegsetzen. Er sollte stark sein, nicht nur für die, die er liebte, sondern auch für sich selbst.

Stattdessen purzelte er die Treppe hinunter wie ein Besoffener.

Er räusperte sich. Und musste sich ein zweites Mal räuspern. »Ich ... ich muss mit jemandem reden.«

»Okay«, willigte Beth ein. »Wir bringen dir, wen immer du ...«

»Nein, ich komme selber hin. Wenn ihr mich entschuldigt.« Er stand auf und machte einen Schritt nach vorne ... mitten in den Couchtisch. Einen Fluch unterdrückend rieb er sich das Schienbein und sagte: »Würdet ihr mich einfach hier alleinlassen? Bitte.«

»Darf ich ...« Beths Stimme versagte. »Darf ich dir das Gesicht abwischen?«

Geistesabwesend wischte er sich die Wange ab und spürte etwas Feuchtes. Blut. Er blutete noch immer. »Ist schon in Ordnung. Das passt so.«

Es raschelte leise, als die beiden Frauen zur Tür gingen. Dann klickte es sacht, als die Klinke gedrückt wurde.

»Ich liebe dich, Beth«, sagte Wrath schnell.

»Ich dich auch.«

»Es ... kommt schon in Ordnung.«

Mit einem zweiten Klicken schloss sich die Tür.

Wrath setzte sich dort, wo er war auf den Boden, weil er sich nicht traute, weiter in der Bibliothek herumzuirren, um einen besseren Platz zu finden. Als er sich zurechtsetzte, bot ihm das knisternde Kaminfeuer eine Orientierung ... und dann bemerkte er, dass er den Raum vor seinem geistigen Auge sehen konnte.

Wenn er die Hand nach rechts ausstreckte ... jawohl. Er streifte eines der glatten Beine des Couchtisches. Wrath fuhr daran hinauf bis zu der kastenförmigen Unterseite und tastete über die Tischplatte, bis er ... genau, auf die Glasuntersetzer stieß, die Fritz dort säuberlich stapelte. Und ein kleines Lederbuch ... und den Lampenfuß.

Das war tröstlich. Irgendwie war es ihm vorgekommen, als sei die Welt nicht mehr da, nur weil er sie nicht mehr sah. Tatsächlich war aber alles noch am selben Platz.

Wrath schloss die Augen und sandte eine Bitte aus.

Es dauerte lange, bis er Antwort erhielt, eine lange, lange Zeit, bis man ihn an den Ort kehren ließ, wo er auf hartem Boden stand, neben einem Brunnen, der leise vor sich hin plätscherte. Er hatte sich gefragt, ob er wohl auch hier auf der Anderen Seite blind wäre, und er war es. Dennoch, so wie in der Bibliothek wusste er auch hier, wie es aussah, obwohl er es nicht sehen konnte. Rechts von ihm stand ein Baum voll zwitschernder Vögel und vor ihm, hinter dem sprudelnden Brunnen, befand sich die Loggia mit den Säulen, die zu den Privatgemächern der Jungfrau der Schrift gehörte.

»Wrath, Sohn des Wrath.« Er hatte die Mutter seines Volkes nicht kommen hören, aber sie schwebte auch so leicht dahin, dass ihre schwarzen Roben den Boden praktisch nie berührten. »Aus welchem Grund bist du zu mir gekommen?«

Sie wusste nur zu gut, warum er hier war, und er spielte ihre Spielchen nicht mehr mit. »Ich möchte wissen, ob du mir das angetan hast.«

Die Vögel verstummten, als seien sie von dieser Anmaßung schockiert.

»Dir was angetan?« Ihre Stimme klang wie bei dem Gespräch mit Vishous in der Grotte: distanziert und gleichgültig. Das konnte einen Kerl in Rage bringen, wenn er die eigene Treppe nicht mehr hinunter fand.

»Meine verdammten Augen. Hast du sie mir genommen, weil ich gekämpft habe?« Er riss sich die Brille vom Gesicht und schleuderte sie auf den glatten Boden. »*Hast du mir das angetan?*«

Früher hätte sie ihn für diese Ungeheuerlichkeit bis aufs Blut ausgepeitscht, aber als er jetzt auf ihre Reaktion wartete, hoffte er fast, sie würde ihm den Hintern mit einem Blitz versengen.

Doch es kam kein Schlag. »Was geschehen musste, musste geschehen. Deine Kämpfe haben nichts mit deinem verlorenen Augenlicht zu tun, und auch ich nicht. Jetzt geh zurück in deine Welt und überlasse mich der meinen.«

Er wusste, dass sie sich abgewandt hatte, weil ihre Stimme verklang, als sie in die entgegengesetzte Richtung entschwand.

Wrath runzelte die Stirn. Er hatte einen Streit erwartet, und er hatte ihn gewollt. Stattdessen bot sie ihm keinerlei Angriffsfläche, nicht einmal eine Maßregelung wegen seiner provokanten Respektlosigkeit.

Die Veränderung war so gravierend, dass er seine Blindheit einen Moment lang völlig vergaß. »Was fehlt dir?«

Doch es kam keine Antwort, nur das leise Schließen einer Tür.

Als die Jungfrau der Schrift fort war, verstummten die Vögel und das leise plätschernde Wasser war alles, was ihm Orientierung bot. Bis jemand anderes auf den Plan trat.

Instinktiv wandte er sich den Schritten zu und ging in Abwehrposition, überrascht, dass er sich gar nicht so wehrlos fühlte wie erwartet. Ohne Sehkraft füllte sein Gehör das Bild aus, das seine Augen nicht mehr lieferten: Das Rascheln der Roben und ein seltsames *Klick, Klick, Klick* verriet ihm, aus welcher Richtung sich die Person näherte und ... Scheiße, er hörte sogar den Herzschlag des Ankömmlings.

Stark. Gleichmäßig.

Was hatte ein Mann hier zu suchen?

»Wrath, Sohn des Wrath.« Keine männliche Stimme. Eine Frau. Und doch klang sie maskulin. Oder vielleicht war sie einfach nur kraftvoll?

»Wer bist du?«, fragte er.

»Payne.«

»Wer?«

»Spielt keine Rolle. Verrat mir, hast du irgendetwas mit diesen Fäusten vor? Oder willst du hier nur so rumstehen?«

Sofort ließ Wrath die Arme sinken, nachdem es absolut unpassend war, die Hand gegen eine Frau zu erh…

Der Aufwärtshaken krachte so mächtig in seinen Kiefer, dass er sich um die eigene Achse drehte. Geschockt, mehr aus Überraschung als aus Schmerz, kämpfte er um sein Gleichgewicht. Sobald er sich gefangen hatte, hörte er ein pfeifendes Geräusch und kassierte den nächsten Schlag, diesmal ein Kinnhaken, bei dem sein Kopf zurückflog.

Doch weitere deckungslose Schläge konnte sie nicht austeilen. Sein Verteidigungsinstinkt und das jahrelange Training sprangen an, obwohl er nichts sah. Sein Gehör ersetzte die Augen und sagte ihm, wo Arme und Beine des Gegners waren. Er packte ein überraschend schmales Handgelenk und zerrte die Frau herum …

Ihr Absatz traf ihn hart am Schienbein. Schmerz schoss in sein Bein und reizte ihn, als eine Art Strick in sein Gesicht schlug. Er packte zu und hoffte, dass es ein Zopf war, verbunden mit einem …

Als er kräftig daran zog, spürte er, wie sich ihr Rücken durchbog. Jawohl. Verbunden mit ihrem Kopf. Perfekt.

Sie in Schräglage zu bringen war einfach, aber Mann, sie war ein starkes Biest. Auf einem Bein gelang es ihr zu springen, sich im Sprung zu drehen und ihm das Knie in die Schulter zu stoßen.

Er hörte, wie sie landete und sich wieder aufrappelte, doch er hielt sie weiter beim Zopf und riss sie an sich. Sie war wie Wasser, immer im Fluss, immer in Bewegung und schlug ihn wieder und wieder, bis er gezwungen war, sie zu Boden zu werfen und hinunter zu drücken.

Es war ein Sieg von Brutalität über Anmut.

Keuchend blickte er in ein Gesicht, das er nicht sehen konnte. »Was ist eigentlich dein verfluchtes Problem?«

»Mir ist langweilig.« Mit diesen Worten rammte sie ihm die Stirn in die verdammte Nase.

Der Schmerz löste eine kleine Karussellfahrt in seinem Kopf aus, und sein Griff lockerte sich kurz. Mehr brauchte sie nicht, um sich zu befreien. Jetzt war er auf dem Boden, und ihr Arm legte sich um seinen Hals. Anscheinend hatte sie die zweite Hand als Hebel an ihrem Unterarm, so kräftig zog sie an.

Wrath rang um Atem. Heilige Scheiße, sie würde ihn umbringen, wenn sie so weitermachte. Im Ernst.

Doch tief in seinem Inneren, tief in seinem Mark, tief in der Doppelhelix seiner DNS regte sich die Antwort. Er würde nicht hier und jetzt sterben. Auf gar keinen Fall. Er ließ sich nicht unterkriegen. Er war ein Kämpfer. Und wer immer diese Schlampe war, sie stellte ihm nicht sein Ticket in den Schleier aus.

Wrath stieß einen Kriegsschrei aus, trotz der Eisenstange an seinem Hals. Dann entwand er sich ihr so schnell, dass er selbst nicht wusste, wie er es angestellt hatte. Er wusste nur, dass die Frau einen Sekundenbruchteil später mit dem Gesicht nach unten auf dem Marmorboden lag, beide Arme hinter den Rücken gedreht.

Unwillkürlich musste er an die Nacht von neulich denken, als er dem *Lesser* in der Gasse die Arme ausgerenkt hatte, bevor er ihn getötet hatte.

Genau das Gleiche würde er mit ihr tun …

Ein Lachen drang von unten zu ihm und hielt ihn auf. Die Frau … lachte. Und zwar nicht wie jemand, der den Verstand verloren hat. Sie schien sich ernsthaft zu amüsieren, obwohl sie doch wissen musste, dass er ihr gleich Schmerzen zufügen würde, die ihr die Sinne raubten.

Wrath lockerte seinen Griff etwas. »Du bist krank, weißt du das?«

Ihr sehniger Körper bebte unter ihm, als sie weiterlachte. »Ich weiß.«

»Enden wir wieder hier, wenn ich dich jetzt loslasse?«

»Vielleicht. Vielleicht auch nicht.«

Seltsam, aber irgendwie gefiel ihm diese Ungewissheit. Einen Moment später ließ er sie los, so wie man einen bockigen Hengst loslässt: Schnell, und dann außer Reichweite springen. Er suchte einen sicheren Stand und machte sich bereit für den nächsten Angriff. Stattdessen hörte er wieder dieses Klicken.

»Was ist das?«, fragte er.

»Ich habe die Angewohnheit, die Nägel von Daumen und Ringfinger gegeneinander zu schnippen.«

»Oh. Cool.«

»He, kommst du bald mal wieder?«

»Ich weiß nicht. Warum?«

»Weil ich keinen solchen Spaß mehr hatte seit ... seit langem.«

»Wer bist du gleich wieder? Und warum habe ich dich noch nie gesehen?«

»Sagen wir einfach, bisher hatte sie keine Verwendung für mich.«

Der Ton der Frau verriet deutlich, wer mit *Sie* gemeint war. »Tja, Payne, ein solches Treffen könnte ich mir durchaus noch einmal vorstellen.«

»Gut. Komm bald.« Er hörte, wie sie sich aufrichtete. »Übrigens: Deine Sonnenbrille liegt direkt vor deinem linken Fuß.«

Es raschelte, dann hörte man das leise Schließen einer Tür.

Wrath hob die Sonnenbrille auf. Dann ließ er seine Beine einknicken und hockte sich auf den Marmor. Lustig, der Schmerz im Bein, das Stechen in der Schulter und der pochende Puls in jeder seiner Blessuren gefielen ihm. Sie waren ihm vertraut, ein Teil seiner Geschichte und seiner Gegenwart und etwas, was er in seiner unbekannten, angsteinflößenden Zukunft in Dunkelheit brauchen würde.

Sein Körper gehörte ihm noch immer. Er funktionierte auch ohne Sehvermögen. Wrath konnte immer noch kämpfen und vielleicht, mit etwas Übung, konnte er wieder der Alte werden.

Er war nicht gestorben.

Er lebte noch. Gewiss, er konnte nicht mehr sehen, aber deshalb konnte er seine *Shellan* noch immer anfassen und lieben. Und er konnte noch immer denken und gehen und reden und hören. Seine Arme und Beine funktionierten einwandfrei, genauso wie seine Lungen und sein Herz.

Die Umstellung würde nicht leicht sein. Dieser eine wirklich coole Kampf täuschte ihn nicht darüber hinweg, dass ihm viele Monate mühsames Lernen, Frust und Fehltritte bevorstanden.

Aber er hatte wieder eine Perspektive. Und anders als die blutige Nase vom Treppensturz schien ihm das Blut, das er sich jetzt aus dem Gesicht wischte, kein Symbol für alles, was er verloren hatte. Es schien für das zu stehen, was ihm noch blieb.

Als Wrath in der Bibliothek im Haus der Bruderschaft wieder Gestalt annahm, lächelte er, und als er aufstand, kicherte er, als eines seiner Beine vor Schmerz protestierte.

Voller Konzentration tat er zwei Schritte nach links und ... entdeckte die Couch. Dann zehn nach vorne und ... fand die Tür. Öffnete die Tür, machte fünfzehn Schritte geradeaus und ... fand das Geländer der großen Freitreppe.

Er hörte, wie im Esszimmer gegessen wurde, das leise Klimpern von Silber auf Porzellan füllte die Stille, die normalerweise von Stimmen erfüllt war. Und er roch das ... oh, ja, Lamm. Das hatte er gemeint.

Als er fünfunddreißig wohlbemessene Schritte im Krebsgang machte, fing er an zu lachen, insbesondere, als er sich ins Gesicht langte und Blut auf seine Hand troff.

Er wusste genau, wann ihn die anderen bemerkten. Gabeln und Messer fielen klimpernd auf Teller und von Tellern herunter, Stühle wurden zurückgeschoben, und Flüche erfüllten die Luft.

Wrath lachte nur und lachte und konnte gar nicht mehr aufhören. »Wo ist meine Beth?«

»Gütiger Himmel!«, rief sie und kam zu ihm. »Wrath ... was ist passiert ...«

»Fritz«, rief er und zog seine Königin an sich. »Machst du mir einen Teller zurecht? Ich habe Hunger. Und bring mir bitte ein Handtuch, damit ich mich säubern kann.« Er drückte Beth fest an sich. »Bring mich zu meinem Platz, okay, Schatz?«

Das Schweigen dröhnte förmlich vor Fassungslosigkeit.

Hollywood fragte als Erster: »Wer hat Fußball mit deinem Gesicht gespielt?«

Wrath zuckte nur die Schultern und strich seiner *Shellan* über den Rücken. »Ich habe einen neuen Freund gefunden.«

»Muss ja ein Höllenkerl sein.«

»Das ist sie.«

»*Sie?*«

Wraths Magen knurrte. »Schaut, kann ich jetzt vielleicht auch etwas essen?«

Die Erwähnung von Essen brachte alle wieder zur Besinnung. Geklapper und Gespräche erklangen, und Beth führte ihn an den Tisch. Als er sich setzte, wurde ihm ein feuchter Waschlappen in die Hände gedrückt und vor ihm stieg der köstliche Duft von Rosmarin und Lamm auf.

»Himmel nochmal, würdet ihr euch bitte wieder setzen«, knurrte er, während er sich Gesicht und Hals abwischte. Als allgemeines Stühlerücken ertönte, entdeckte er sein Messer und die Gabel und erforschte seinen Teller. Er erkannte das Lamm und die Frühkartoffeln und ... die Erbsen. Jawohl, die kleinen runden Dingelchen waren Erbsen.

Das Lamm war köstlich. Genau, wie er es mochte.

»Und du bist sicher, dass das eine Freundin war?«, fragte Rhage.

»Ja«, nickte er und drückte Beths Hand. »Das bin ich.«

23

Vierundzwanzig Stunden in Manhattan konnten selbst den Sohn des Bösen in einen neuen Mann verwandeln.

Am Steuer des Mercedes, Kofferraum und Rückbank vollgepackt mit Tüten von *Gucci, Louis Vuitton, Armani* und *Hermès*, genoss Lash das süße Leben. Er hatte eine Suite im Waldorf gebucht, drei Frauen gevögelt – zwei davon gleichzeitig – und wie ein König gespeist.

Als er an der Ausfahrt zur *Symphathen*kolonie vom Northway abfuhr, sah er auf seine brandneue funkelnde *Cartier Tank*, den Ersatz für die gefälschte *Jacob & Cousin*-Scheiße, die so unter seiner Würde war.

Was der Stundenzeiger zeigte, war nicht schlecht, problematisch war das Datum: Der *Symphathen*könig würde toben, aber das war Lash egal. Zum ersten Mal, seit er von Omega gewandelt worden war, fühlte er sich wie er selbst. Er trug eine Hose von *Marc Jacobs* und ein *LV* Seidenhemd, darüber einen Kaschmirpullunder von *Hermès* und Halbschuhe von *Dunhill*. Sein Schwanz war befriedigt, sein Bauch noch voll vom Essen im *Le Cirque*, und er wusste, er konnte jederzeit in den Big Apple zurück und die Sache wiederholen.

Vorausgesetzt, seine Jungs blieben am Ball.

Zumindest in dieser Hinsicht schien es ganz okay zu laufen. Mr D hatte vor einer Stunde angerufen und berichtet, dass sie die Ware schnell an den Mann brachten. Was gut und schlecht zugleich war. Sie hatten zwar mehr Bargeld, aber ihre Vorräte schwanden.

Lesser waren jedoch Überredungskünstler, und deshalb hatten sie den letzten Kerl, der sich zu einem Treffen mit ihnen bereiterklärte, nicht umgebracht, sondern mitgenommen.

Mr D und die anderen würden ihn bearbeiten, und zwar nicht im Fitnesszentrum.

Was Lash wieder auf seinen Trip in die Stadt brachte.

Der Krieg mit den Vampiren würde sich immer in Caldwell abspielen, es sei denn, die Brüder entschieden umzuziehen. Aber Manhattan war einer der größten Drogenumschlagplätze der Welt, und es lag nah, sehr nah. Gerade eine Stunde Fahrt.

Natürlich war der Ausflug in den Süden keine reine Shoppingtour in der Fifth Avenue gewesen. Lash war den größten Teil des Abends von Club zu Club gezogen, hatte sich in der Szene umgesehen und erkundet, welches Publikum wo verkehrte – denn damit erstellte man den Kundenspiegel. Raver standen auf Ecstasy. Schickes, zappeliges, neues Geld setzte auf Koks und ebenfalls auf Ecstacy. Studenten bevorzugten Hasch und Pilze, aber man konnte ihnen auch Oxycondon und Crystal andrehen. Goths und Emos wollten Amphetamine und Rasierklingen. Und die Junkies in den Seitenstraßen rund um die Clubs nahmen Crack, Crystal und H.

Wenn es ihm in Caldwell gelang, in den Markt einzudringen, warum sollte es ihm dann nicht auch in Manhattan gelingen? Der Ertrag wäre viel größer. Es gab keinen Grund, nicht in großen Dimensionen zu denken.

Er bog auf den Feldweg, den er schon einmal gefahren war, langte unter den Sitz und holte die coole SIG Vierzig raus, die er in der Vornacht auf dem Weg in die Stadt gekauft hatte.

Für Kampfkleidung bestand kein Anlass. Ein guter Killer erledigte seine Arbeit auch ohne schweißtreibende Aktionen.

Das weiße Farmhouse lag noch immer idyllisch inmitten der jetzt mit Schnee bedeckten Landschaft, ein perfektes Weihnachtskartenmotiv für Menschen. Blasser Rauch stieg aus einem der Kamine in die Nacht, und die Wölkchen fingen das weiche Mondlicht auf, verstärkten es und huschten als Schatten über das Dach. Hinter den Fenstern flackerten goldene Kerzen, als wehte eine sanfte Brise durch alle Zimmer. Oder vielleicht waren es auch diese verdammten Spinnen.

Mann, trotz der heimeligen Atmosphäre strahlte dieser Ort den puren Horror aus.

Als Lash den Mercedes an dem Schild TAOISTISCHER KLOSTERORDEN parkte und ausstieg, wehte Schnee über die Spitzen seiner brandneuen *Dunhills*. Mit einem Fluch schüttelte er ihn ab und fragte sich, warum man die verdammten *Symphathen* nicht in Miami in Quarantäne gesteckt hatte.

Aber nein, die Sündenfresser wurden an den Arsch der Welt geschickt, direkt vor die kanadische Grenze.

Andrerseits konnte sie keiner ausstehen, also war das nur logisch.

Die Tür des Farmhauses öffnete sich, und der König erschien, seine weißen Roben umwehten ihn, seine glühendroten Augen wirkten merkwürdig strahlend. »Du kommst spät. Tage zu spät.«

»Und wenn schon, hier sieht doch so weit alles in Ordnung aus.«

»Und meine Zeit ist nichts wert?«

»Das habe ich nicht gesagt.«

»Aber dein Verhalten spricht eine deutliche Sprache.«

Lash kam mit der Waffe in der Hand die Stufen hinauf und hätte sich am liebsten noch einmal vergewissert, ob der Reißverschluss an seiner Hose zu war, während der König seine Bewegungen verfolgte. Und doch, als er dem Typ auf Augenhöhe gegenüberstand, sprang der alte Funke wieder über und züngelte in der kalten Luft.

Verdammt. Er stand nicht auf diese Scheiße. Wirklich nicht.

»Also, kommen wir nun ins Geschäft?«, murmelte Lash, als er in die blutroten Augen sah und versuchte, nicht von ihnen gebannt zu sein.

Der König lächelte und fasste mit viergliedrigen Fingern an seine Diamantenkette. »Ja, ich glaube, das werden wir. Hier entlang, ich zeige dir den Kandidaten. Er ist im Bett ...«

»Ich dachte, du trägst rot, Prinzessin. Und was zum Donner hast du hier zu suchen, Lash?«

Der König versteifte sich. Lash drehte sich um, Pistole voraus. Über den Rasen auf sie zu kam ... ein riesiger Kerl mit glühenden Amethystaugen und unverkennbarem Irokesenschnitt: Rehvenge, Sohn des Rempoon.

Der Mistkerl schien überhaupt nicht überrascht, sich auf *Symphathen*boden zu finden. Ganz im Gegenteil, anscheinend fühlte er sich ganz zu Hause. Und er war schlecht gelaunt.

Prinzessin?

Ein kurzer Blick über die Schulter zeigte Lash ... nichts, was er noch nicht gesehen hatte. Hagere Gestalt, weiße Roben, Haar aufgesteckt zu ... eigentlich einer Frauenfrisur.

In diesem speziellen Fall wäre er erleichtert, wenn man ihn verarscht hatte: Lash fühlte sich lieber von einer Hosenrolle angezogen, als festzustellen, dass er ... ja, genau, aber warum überhaupt daran denken?

Lash sah wieder zu Rehv. Der Zeitpunkt für dieses kuriose Intermezzo war perfekt. Rehv hier aus dem Verkehr zu ziehen würde ihm den Einstieg in den Drogenmarkt in Caldwell punktgenau eröffnen.

Doch als sich sein Finger um den Abzug krümmte, sprang der König vor und packte den Lauf. »Nicht ihn! Nicht ihn!«

Die Kugel bohrte sich in einen Baumstumpf, und der Schuss verhallte in der Nacht. Rehvenge sah zu, wie Lash und die Prinzessin um die Waffe rangen. Einerseits war es ihm egal, wer von den beiden gewann, oder ob er oder sonst jemand bei dieser Gelegenheit erschossen wurde. Oder warum hier dieser Kerl herumhüpfte, der eigentlich gestorben war. Rehvs Leben endete, wo es empfangen worden war, hier in dieser Kolonie. Ob er heute Abend starb oder morgen früh oder in hundert Jahren, ob ihn die Prinzessin tötete oder Lash – er hatte über das Ende entschieden, die Einzelheiten waren nun unwichtig.

Obwohl diese Laissez-Fuck-Einstellung vielleicht auch Stimmungssache war. Er hatte sich als gebundener Vampir von seiner Partnerin getrennt, damit hatte er sozusagen die Koffer gepackt, war aus seinem sterblichen Motelzimmer ausgecheckt und befand sich im Aufzug in die Lobby der Hölle.

So sah er es zumindest als Vampir. Die andere Hälfte seiner Erbanlagen hingegen erwachte langsam zum Leben: Ein tödliches Drama lockte immer das Böse in ihm hervor, und er war nicht überrascht, als der *Symphath* in ihm die letzten Reste Dopamin beiseiteschob, die er sich in die

Adern gepumpt hatte. Schlagartig kippte seine Wahrnehmung ins Rote und verlor jegliche Räumlichkeit. Die Roben der Prinzessin färbten sich rot, die Diamanten an ihrem Hals wurden zu Rubinen. Offensichtlich kleidete sie sich weiß, aber nachdem er sie nie anders als durch Sündenfresseraugen gesehen hatte, war er einfach davon ausgegangen, dass sie die Farbe des Blutes trug.

Als ob ihn ihre Garderobe interessierte.

Indem der *Symphath* das Ruder übernahm, wurde Rehv in das Geschehnis hineingezogen. Das Gefühl flutete in seinen Körper zurück, und als Arme und Beine aus ihren tauben Umschlägen befreit wurden, sprang er auf die Veranda. Hass wärmte ihn von ganz tief drinnen. Er hatte kein Interesse, sich auf die Seite von Lash zu stellen, doch vor allem wollte er, dass die Prinzessin es ordentlich eingeschenkt bekam.

Er packte sie von hinten um die Hüfte und riss sie hoch, was Lash die Möglichkeit verschaffte, ihr die Pistole zu entringen und sich von ihr wegzudrehen.

Der kleine Hosenscheißer war durch seine Transition zu einem großen Kerl geworden. Aber das war nicht die einzige Veränderung. Er stank süßlich nach Bösem, der Art von Bösem, die *Lesser* belebte. Offensichtlich hatte ihn Omega von den Toten zurückgeholt, aber warum? Und wie?

Doch diese Fragen kümmerten Rehv im Augenblick nicht sonderlich. Ihn interessierte mehr, den Brustkorb der Prinzessin so einzuschnüren, dass sie kaum noch atmen konnte. Ihre Nägel bohrten sich in sein Seidenhemd, und sicher hätte sie ihre Zähne in ihn versenkt, wäre ihr das möglich gewesen, aber er würde ihr keine Gelegenheit dazu geben. Er hatte ihren Dutt eisern umklammert und hielt ihren Kopf fest.

»Du gibst einen fantastischen Schild ab, Schlampe«, flüsterte er ihr ins Ohr.

Während sie zu sprechen versuchte, strich Lash seine zugegebenermaßen schicken Klamotten glatt und senkte die SIG auf Rehvs Kopf. »Nett, dich zu sehen, Reverend. Zu dir wollte ich ohnehin, aber jetzt hast du mir die Reise erspart. Ich muss sagen, dass du dich hinter dieser Frau versteckst – oder diesem Kerl, oder was auch immer – passt gar nicht zu deinem Killer-Ruf.«

»Das ist kein Typ. Wenn es mich nicht so ekeln würde, würde ich ihr die Kleider zerfetzen, um es dir zu beweisen. Und klär mich doch mal auf: Warst du nicht tot oder so was.«

»Nicht lange, wie sich herausstellte.« Der Kerl lächelte, so dass seine langen weißen Fänge blitzten. »Das ist wirklich eine Frau, was?«

Die Prinzessin wand sich, und Rehv brachte sie dazu aufzuhören, indem er ihr fast den Kopf vom Hals riss. Über ihr Stöhnen und Ächzen hinweg sagte er: »Das ist sie. Wusstest du nicht, dass *Symphathen* fast hermaphroditisch sind?«

»Ich kann dir gar nicht sagen, wie erleichtert ich bin, dass sie mich angelogen hat.«

»Ihr zwei gebt ein höllisches Paar ab.«

»Das finde ich auch. Also, wie wäre es, wenn du meine Freundin loslässt?«

»Deine Freundin? Sind wir nicht ein bisschen vorschnell? Leider kann ich deinem Wunsch nicht nachkommen. Mir gefällt die Vorstellung, dass du uns beide erschießt.«

Lash runzelte die Stirn. »Ich hatte dich für einen Kämpfer gehalten. Schätze, du bist ein Weichei. Ich hätte einfach in den Club gehen und dich dort erschießen sollen.«

»Um genau zu sein, bin ich bereits seit zehn Minuten tot. Also ist mir das egal. Obwohl ich neugierig bin, warum du mich töten wolltest.«

»Verbindungen. Und zwar keine gesellschaftlichen.«

Rehv zog die Brauen hoch. Lash steckte hinter diesen

Dealermorden? Aber warum? Obwohl ... vor einem Jahr hatte der kleine Scheißer auch schon versucht, Drogen auf dem Gelände des *ZeroSum* zu verkaufen und deshalb Hausverbot bekommen. Offensichtlich nahm er alte, lukrative Gewohnheiten wieder auf, seitdem er sich Omega angeschlossen hatte

Langsam wurde Rehv alles klar. Lashs Eltern waren als Erste bei den Überfällen der *Lesser* im vergangenen Sommer gestorben. Als eine Familie nach der anderen ermordet in ihren eigentlich geheimen und sicheren Häusern aufgefunden wurde, war die große Frage für den Rat, die Bruderschaft und alle Zivilisten gewesen, woher die Gesellschaft der *Lesser* auf einmal all diese Adressen kannte.

Ganz einfach: Lash war von Omega umgekrempelt worden und hatte die Angriffe angeführt.

Rehv drückte noch etwas fester auf die Rippen der Prinzessin, als die letzte Taubheit verflog. »Dann versuchst du also, in mein Geschäft einzusteigen. Du hast die ganzen Dealer erschossen.«

»Ich habe mich nur langsam hochgearbeitet. Und nachdem du gleich in Gras beißen wirst, bin ich wohl oben angekommen. Zumindest in Caldwell. Also lass sie los, damit ich dir in den Kopf schießen kann, und wir alle weiter ...«

Eine Welle der Angst schwappte auf die Veranda, türmte sich auf und schlug über Rehv, der Prinzessin und Lash zusammen.

Rehv blickte über Lash hinweg und erstarrte. So, so, wer kam denn da? Die Sache würde ja so viel schneller vorbei sein als erwartet.

Über den schneebedeckten Rasen schwebten sieben rubinrot gewandete *Symphathen* in V-Formation. Die Spitze bildete ein gebeugter Mann am Stock, mit einem Kopfschmuck aus Rubinen und schwarzen Speeren.

Rehvs Onkel. Der König.

Er schien stark gealtert, doch so alt und gebrechlich sein Körper sein mochte, seine Seele war so mächtig und dunkel wie eh und je, so dass Rehv erschauerte und die Prinzessin aufhörte, sich zu winden. Selbst Lash war so schlau, einen Schritt zurückzutreten.

Die Leibgarde machte am Fuß der Stufen vor der Veranda halt, ihre Roben wehten in dem kalten Wind, den Rehv nun auch im Gesicht spüren konnte.

Der König sprach mit brüchiger Stimme und zog das S schrill in die Länge: »Willkommen daheim, mein liebster Neffe. Und sei gegrüßt, Besucher.«

Rehv starrte seinen Onkel an. Er hatte den Mann nicht gesehen seit ... Gott, seit Ewigkeiten. Seit dem Begräbnis seines Vaters. Die Zeit hatte dem König offensichtlich ziemlich zugesetzt, und Rehv lächelte unwillkürlich, als er sich vorstellte, wie die Prinzessin mit diesem gebeugten schlaffen Kerl ins Bett steigen musste.

»Guten Abend, Onkel«, grüßte Rehv. »Und das ist übrigens Lash. Falls du das noch nicht wusstest.«

»Wir wurden einander noch nicht vorgestellt, nein, aber ich weiß, was er auf meinem Grund und Boden vorhat.« Der König richtete seine wässrigen Augen auf die Prinzessin. »Geliebtes Kind, hast du geglaubt, ich wüsste nichts von deinen Treffen mit Rehvenge? Und glaubst du, ich wäre nicht informiert über deine jüngsten Vorhaben? Ich fürchte, ich war dir ziemlich zugetan und deshalb geneigt, dir die Abenteuer mit deinem Bruder zu gönnen ...«

»Halbbruder«, verbesserte Rehv ihn scharf.

»... wie dem auch sei, die Umtriebe mit diesem *Lesser* kann ich nicht dulden. Tatsächlich beeindruckt mich dein Ideenreichtum, wenn man bedenkt, dass ich mein Vermächtnis an dich zurückgezogen habe. Aber ich lasse mich nicht von meiner früheren Verbundenheit ins Wanken bringen. Du hast mich unterschätzt, und für diese Respektlosigkeit werde ich dich angemessen bestrafen.«

Der König nickte, und aus einem plötzlichen Instinkt heraus wirbelte Rehv herum. Zu spät. Hinter ihm stand ein *Symphath* mit erhobenem Schwert, der Arm schwang bereits durch die Luft. Das Heft der Klinge donnerte Rehv von oben auf den Schädel.

Die Wucht des Schlags war die zweite Explosion der Nacht, und anders als bei der ersten stand Rehv nicht mehr, als die Lichter erloschen waren und der Lärm sich legte.

24

Um zehn Uhr morgens war Ehlena immer noch hellwach. Bei Tageslicht im Haus gefangen, schritt sie geduckt in ihrem Zimmer umher, die Arme fest um sich geschlungen und die Füße kalt trotz warmer Socken.

Die Kälte kam von innen. Wahrscheinlich hätte sie selbst mit zwei Waffeleisen an den Füßen noch gefroren. Der Schock schien den Regler an ihrer Körpertemperatur verstellt zu haben, so dass ihre innere Anzeige jetzt auf *Kühlschrank* deutete anstatt auf *Normal*.

Auf der anderen Seite des Flurs schlief ihr Vater tief und fest. Ab und an spähte sie in sein Zimmer und sah nach ihm. Ein Teil von ihr wünschte, er würde aufwachen, denn sie wollte ihn zu Rehm befragen und zu Montrag und Stammbäumen und …

Doch es war besser, ihn da rauszuhalten. Ihn wegen einer Sache aufzubringen, die sich sehr gut in Wohlgefallen auflösen konnte, würde weder ihr noch ihm helfen. Klar, sie war das Manuskript durchgegangen und auf diese Namen gestoßen, aber nur in einer Auflistung unter anderen

Verwandten. Außerdem spielte es keine Rolle, an was sich ihr Vater erinnerte. Entscheidend war, was Saxton beweisen konnte.

Niemand wusste, was bei dieser Sache rauskommen würde.

Ehlena blieb stehen. Auf einmal war sie zu müde für das ewige Kreisen. Doch das war keine gute Idee. Sobald sie stehen blieb, wanderten ihre Gedanken zu Rehv, also lief sie auf ihren kalten Füßen weiter. Ehlena wünschte niemand den Tod, aber sie war fast froh, dass Montrag gestorben war und diesen Wirbel durch die Erbschaftsgeschichte ausgelöst hatte. Ohne diese Ablenkung würde sie jetzt den Verstand verlieren, dessen war sie sich sicher.

Rehv ...

Als sie sich müde um das Fußende ihres Bettes schleppte, fiel ihr Blick auf die Überdecke. Dort lag das Manuskript ihres Vaters, fast genauso friedlich und still wie er selbst. Sie dachte an das, was er zu Papier gebracht hatte. Jetzt verstand sie, was er meinte. Man hatte ihn betrogen und hintergangen, ähnlich wie sie. Er hatte dem Anschein von Ehrlichkeit vertraut und war in die Irre geführt worden, weil er selbst nicht in der Lage war, so kalt und grausam berechnend zu handeln wie andere. Das Gleiche galt für sie. Würde sie je wieder auf ihre Kenntnis anderer Personen vertrauen?

Auf einmal befiel sie Angst. Wo lag die Wahrheit in Rehvs Lügen? Hatte es auch nur einen Funken davon gegeben? Erinnerungen flackerten vor ihrem geistigen Auge auf, und Ehlena prüfte sie darauf, wo die Trennung zwischen Illusion und Wirklichkeit lag. Sie musste mehr erfahren ... dummerweise war der Einzige, der ihr ein klares Bild verschaffen konnte, ein Kerl, den sie nie wiedersehen würde.

Ehlena sah eine Zukunft voll nagender, unbeantworteter Fragen vor sich. Zitternd führte sie die Hände ans Gesicht und strich sich das Haar zurück. Mit festem Griff zog sie daran, als könnte sie dadurch ihre aufgescheuchten Gedanken aus dem Kopf ziehen.

Hilfe! Was, wenn Rehvs Betrug bei ihr den Wahnsinn auslöste, so wie der finanzielle Ruin den ihres Vaters ausgelöst hatte? Was, wenn sie darüber den Verstand verlor?

Und das war schon der zweite Mann, der sie hintergangen hatte, nicht wahr? Ihr Verlobter hatte etwas ganz Ähnliches abgezogen – mit dem einzigen Unterschied, dass er alle *außer* ihr angelogen hatte.

Man hätte meinen können, dass sie ihre Lektion bezüglich des Vertrauens gelernt hatte. Offensichtlich war dem nicht so.

Ehlena stellte ihre Wanderung ein und wartete auf … Hölle, sie wusste nicht, worauf. Dass ihr Kopf explodierte oder so etwas.

Er tat es nicht. Und das Haareziehen brachte auch nichts. Der einzige Effekt waren Kopfschmerzen und eine Vin Diesel-Frisur.

Als sie sich vom Bett abwandte, fiel ihr Blick auf ihren Laptop.

Mit einem Fluch setzte sich vor den Dell. Sie entließ ihr Haar aus dem Todesgriff, legte einen Finger auf das Touchpad und vertrieb den Bildschirmschoner.

Internet Explorer. Favoriten: www.CaldwellCourierJournal.com.

Was sie brauchte, war eine ordentliche Portion Realität. Rehv gehörte der Vergangenheit an, und die Zukunft lag nicht bei einem todschick gekleideten Anwalt mit einer hübschen Idee. Im Moment war ein neuer Job die einzige Sicherheit: Sollten Saxton und seine Dokumente versagen, säßen sie und ihr Vater in weniger als einem Monat auf der Straße, wenn sie keine Arbeit fand.

Und das war kein Bluff und keine Sinnestäuschung.

Als sich die Website des *Caldwell Courier Journal* lud, betete sie sich vor, dass sie nicht ihr Vater war, und dass sie mit Rehv nicht länger als einige Tage zu tun gehabt hatte. Ja, er hatte sie belogen. Aber er war ein durchgestylter supersexy Aufschneider und sie hätte ihm von vorneherein nicht trauen sollen.

Fies von ihm, naiv von ihr. Und obwohl die Erkenntnis, dass man sie für dumm verkauft hatte, kein Anlass zum Fahnenschwenken und Jubeln war, fiel sie doch lieber auf einen Blender herein, als den Verstand zu verlieren.

Ehlena runzelte die Stirn und beugte sich näher an den Bildschirm heran. Der Aufmacher der neuen Ausgabe waren Bilder eines zerbombten Gebäudes. Die Schlagzeile lautete: *Explosion – Club wird Erdboden gleichgemacht.* Etwas kleiner stand darunter: *Ist das* ZeroSum *das jüngste Opfer im Drogenkrieg?*

Ehlena las den Artikel mit angehaltenem Atem. Die Polizei ermittelte. Im Moment gab es noch keine Klarheit, ob zur Zeit der Explosion noch jemand im Gebäude gewesen war. Es bestand Verdacht auf mehrere Detonationen.

In einer Spalte rechts standen vier Tote, die in der vergangenen Woche in Caldwell gefunden worden waren. Alles vermeintliche Drogendealer. Alle auf professionelle Weise umgebracht. Die Polizei untersuchte die Morde. Unter den Verdächtigen war auch der Besitzer des *ZeroSum,* ein gewisser Richard Reynolds alias der Reverend – der jetzt anscheinend vermisst wurde. In dem Artikel hieß es, dass Reynolds seit Jahren von der Polizei beobachtet wurde, wegen Verdacht auf Verstöße gegen das Betäubungsmittelgesetz, obwohl man ihm nie etwas hatte nachweisen können.

Die Andeutung war klar: Rehv war Opfer eines Bombenanschlags geworden, weil er die anderen Dealer getötet hatte.

Ehlena scrollte zurück zu den Bildern des zerstörten Clubs. Niemand konnte das überlebt haben. Niemand. Die Polizei würde melden, dass er tot war. Vielleicht dauerte es ein, zwei Wochen, aber sie würden eine Leiche finden und erklären, dass es seine war.

In ihrem Auge formten sich keine Tränen. Kein Schluchzer zerriss ihre Brust. Dafür saß der Schock zu tief. Ehlena saß nur schweigend da, schlang erneut die Arme um sich, und starrte auf den leuchtenden Bildschirm.

Der Gedanke, der ihr kam, war bizarr, aber nicht von der Hand zu weisen: Nur eines hätte schlimmer sein können, als in den Club zu kommen und die Wahrheit zu erfahren, und das wäre gewesen, wenn sie diesen Artikel vor ihrem Ausflug in die Stadt gelesen hätte.

Nicht, dass sie Rehv den Tod wünschte, Himmel … nein. Selbst nach seiner Offenbarung, wollte sie nicht, dass er ein gewaltsames Ende fand. Aber bevor sie von den Lügen erfahren hatte, hatte sie ihn geliebt.

Sie hatte … ihn geliebt.

Sie hatte ihr Herz an ihn verloren.

Jetzt stiegen Tränen in ihren Augen auf und rannen über ihre Wangen, der Bildschirm verschwamm und zerfloss, die Bilder von dem gesprengten Club wurden fortgewaschen. Sie hatte ihr Herz an Rehvenge verloren. Es war ein rasanter Rausch gewesen und hatte nicht lang angehalten, dennoch hatte sie diese Gefühle gehabt.

Voller Schmerz erinnerte sie sich, wie er heiß und drängend auf ihr gelegen hatte, an seinen Bindungsduft in ihrer Nase, wie sich seine mächtigen Schultern anspannten, als sie sich liebten. In diesen Momenten war er wunderschön gewesen, so großzügig als Liebhaber. Es hatte ihm wirklich Freude bereitet, sie zu verwöhnen …

Aber das wollte er sie nur glauben lassen, und als *Symphath* war er ein Meister der Beeinflussung. Obwohl sich

Ehlena ernsthaft fragte, was er eigentlich von ihrem Zusammensein gehabt hatte. Sie hatte nichts zu bieten, weder Geld noch gesellschaftlichen Rang, nichts, was ihm einen Vorteil verschafft hätte, und er hatte sie nie um etwas gebeten, sie nie auf irgendeine Art benutzt ...

Ehlena unterbrach ihre Spekulationen. Sie würde sich kein verklärtes Bild von der Vergangenheit aufbauen. Er hatte ihre Liebe nicht verdient, und zwar nicht, weil er ein *Symphath* war. So seltsam es schien, damit hätte sie leben können – obwohl das vielleicht nur zeigte, wie wenig sie über Sündenfresser wusste. Nein, es waren die Lügen und die Tatsache, dass er ein Drogendealer war. Das war indiskutabel für Ehlena.

Ein Drogendealer. Im Geiste sah sie die Drogenopfer in Havers Klinik vor sich, diese jungen Vampire, die grundlos in Lebensgefahr schwebten. Ein paar dieser Patienten konnten sie wiederbeleben, aber nicht alle, und ein einziger Tod, der durch Rehvs Geschäfte verursacht wurde, war bereits zu viel.

Ehlena wischte sich die Tränen von den Wangen und streifte die Hände an der Hose trocken. Keine Tränen mehr. Den Luxus von Schwäche konnte sie sich nicht leisten. Sie musste sich um ihren Vater kümmern.

Die nächste halbe Stunde schrieb sie Bewerbungen.

Manchmal reichte es aus, stark sein zu müssen, um wirklich stark zu werden.

Als ihre Augen schließlich kapitulierten und sie anfing, vor Erschöpfung zu schielen, fuhr sie den Computer herunter und streckte sich neben dem Manuskript ihres Vaters auf dem Bett aus. Als ihre Lider zufielen, hatte sie so ein Gefühl, dass sie keinen Schlaf finden würde. Ihr Körper mochte das Handtuch werfen, aber ihr Hirn schien andere Pläne zu haben.

Als sie so in der Dunkelheit dalag, versuchte sie sich zu

beruhigen, indem sie sich das alte Haus ihrer Familie vorstellte, bevor sich alles verändert hatte. Sie stellte sich vor, wie sie durch die geschmackvoll eingerichteten Räume ging, an den hübschen Antiquitäten vorbei, wie sie stehen blieb, um an einem Blumenstrauß zu riechen, mit frischen Blumen aus dem Garten.

Der Trick funktionierte. Langsam ließ sich ihr Geist von der eleganten Umgebung einlullen, und ihre rasenden Gedanken gingen vom Gas, rollten aus und parkten schließlich in ihrem Schädel.

Gerade, als sie zur Ruhe kam, formte sich plötzlich ein eigenartiges Gefühl in ihrer Brust, das sich schlagartig zu einer Gewissheit festigte und ihren ganzen Körper durchströmte.

Rehvenge lebte.

Rehvenge lebte.

Ehlena kämpfte gegen die bleierne Schwere an und bemühte sich um eine rationale Erklärung, wie sie zu dieser Überzeugung kam, doch der Schlaf übermannte sie schließlich und trug sie fort von allem.

Wrath saß hinter seinem Schreibtisch und ließ die Hände sachte über die Tischplatte gleiten. Telefon, abgehakt. Dolchförmiger Brieföffner, abgehakt. Dokumente, abgehakt. Noch mehr Dokumente, abgehakt. Wo war sein ...

Es klapperte. Okay, Stiftbecher und Stifte.

Verteilt über den Schreibtisch, abgehakt.

Als er zusammensammelte, was er umgeworfen hatte, kam ihm Beth zur Hilfe, mit weichen Schritten auf dem Teppich.

»Ist schon okay, *Lielan*«, wehrte er ab. »Ich hab's schon.«

Er spürte, dass sie über den Tisch gebeugt stand, und war froh, dass sie sich nicht einmischte. So kindisch es klang, er musste seine Unordnung selber aufräumen.

Er tastete herum und fand alle Stifte. Zumindest dachte er das.

»Liegen welche auf dem Boden?«

»Einer. An deinem linken Fuß.«

»Danke.« Er bückte sich unter den Tisch, tastete auf dem Boden herum und schloss die Faust um den glatten, Stift in Form einer Zigarre, der wohl der *Mont Blanc* sein musste. »Der wäre schwer zu finden gewesen.«

Beim Wiederaufrichten achtete er darauf, nicht an die Tischplatte zu stoßen und duckte sich seitlich, bevor er sich aufsetzte. Schon besser als vorher. Okay, er hatte den Stifthalter umgestoßen, aber beim Aufrichten konnte er sich verbessern. Kein Einserzeugnis, aber er fluchte und blutete wenigstens nicht mehr.

Wenn man bedachte, in welcher Verfassung er noch vor ein paar Stunden auf dem Weg zum Letzten Mahl gewesen war, sah es doch schon wieder besser aus.

Wrath beendete seinen Handspaziergang über den Tisch, entdeckte die Lampe, die links stand, und das königliche Siegel inklusive Wachs, mit dem er Dokumente zeichnete.

»Nicht weinen«, flüsterte er.

Beth schniefte leise. »Woher weißt du das?«

Er tippte sich an die Nase. »Ich rieche es.« Er rutschte mit seinem Stuhl zurück und klopfte sich auf den Schoß. »Komm, setz dich zu mir. Lass dich von deinem Mann umarmen.«

Er hörte, wie sich seine *Shellan* um den Tisch schob. Der Geruch ihrer Tränen wurde stärker, denn je näher sie kam, desto stärker weinte sie. Wie immer fand er ihre Hüfte, legte den Arm um sie und zog sie auf sich, während der dürre Stuhl unter dem zusätzlichen Gewicht ächzte. Mit einem Lächeln strich Wrath über ihr langes, wallendes Haar.

»Du fühlst dich so gut an.«

Beth erschauerte und ließ sich gegen ihn sinken. Das war schön. Nicht so, wie wenn er die Hände benutzte, um die Augen zu ersetzen, oder etwas aufhob, das er umgestoßen hatte. Wenn er sie im Arm hielt, fühlte er sich stark. Groß. Machtvoll.

All das brauchte er jetzt, und nach der Art zu schließen, wie sie an seiner Brust lehnte, brauchte sie es auch.

»Weißt du, was wir machen, wenn wir mit dem Papierkram fertig sind?«, flüsterte er.

»Was?«

»Ich packe dich ins Bett und lasse dich einen vollen Tag nicht mehr raus.« Als ihr Duft aufwallte, lachte er zufrieden. »Du hättest nichts dagegen, was? Obwohl ich dich nackt ausziehen würde und du dich nicht mehr anziehen dürftest.«

»Nicht das Geringste.«

»Gut.«

Sie blieben eine lange Zeit beisammen, bis Beth den Kopf von seiner Schulter hob. »Willst du jetzt etwas Arbeit erledigen?«

Er drehte den Kopf in Richtung Tisch, als würde er noch sehen. »Ja, ich … scheiße, ich muss irgendwie. Ich weiß nicht, warum. Es ist mir ein Bedürfnis. Fangen wir mit etwas Einfachem an … Wo ist die Post von Fritz?«

»Hier, gleich neben Tohrs altem Sessel.«

Als sich Beth danach bückte, drückte sich ihr Hintern auf angenehmste Weise in seine Weichteile und mit einem Stöhnen packte er ihre Hüften und presste sich an sie. »Mmm, gibt es noch etwas auf dem Boden, das aufgehoben werden sollte? Vielleicht sollte ich noch ein paar Stifte verschütten. Oder das Telefon runterwerfen.«

Beths kehliges Lachen war aufregender als jede Reizwäsche. »Wenn du möchtest, dass ich mich vornüberbeuge, musst du nur fragen.«

»Himmel, ich liebe dich.« Als sie sich aufrichtete, drehte er ihren Kopf und küsste ihre Lippen. Ihr Mund war weich, und er leckte kurz darüber ... und wurde hart wie ein Holzprügel. »Arbeiten wir uns so schnell wie möglich durch den Papierkram, damit ich dich dahin bekomme, wo ich dich haben will.«

»Und das wäre?«

»Auf mir.«

Beth lachte wieder und öffnete die Ledertasche, in der Fritz schriftliche Gesuche sammelte. Man hörte das Rascheln von Kuverts und ein tiefes Durchatmen seiner *Shellan*.

»Okay«, sagte er. »Was gibt es?«

Es waren vier Eheanträge, die unterzeichnet und mit einem Siegel versehen werden mussten. Normalerweise hätte er dafür zwei Minuten gebraucht, aber jetzt erforderte die Signierstunde und das Wachsgeträufel etwas Koordination mit Hilfe von Beth – aber es machte Spaß, mit ihr auf dem Schoß zu arbeiten. Dann gab es einen Stapel Kontoauszüge für den Haushalt. Gefolgt von Rechnungen. Und Rechnungen. Und noch mehr Rechnungen. Die alle an V weitergingen, damit er online überwies. Wrath hatte keinen Nerv für Zahlenakrobatik.

»Ein letztes«, meinte Beth. »Ein großer Umschlag von einem Anwaltsbüro.«

Als sie nach vorne griff, ohne Zweifel nach seinem silbernen Brieföffner in Dolchform, strich er mit der Hand um ihre Oberschenkel und an den Innenseiten nach oben.

»Ich liebe es, wenn dir der Atem stockt«, sagte er und knabberte an ihrem Nacken.

»Das hast du gehört?«

»Das kannst du glauben.« Er streichelte sie weiter und überlegte, ob er sie vielleicht einfach umdrehen und auf seinen Ständer setzen sollte. Schließlich war er in der

Lage, die Tür von seiner Position aus zu verschließen. »Was ist in dem Umschlag, *Lielan*?« Er schob eine Hand zwischen ihre Schenkel, legte sie über ihre empfindlichste Stelle und massierte. Diesmal keuchte sie seinen Namen, und wie sexy war das denn bitte? »Was hast du da, Frau?«

»Es ist ... ein Stammbaum ... Nachweis«, hauchte Beth und begann, die Hüften zu wiegen. »Für eine Testamentsvollstreckung.«

Wrath rieb mit dem Daumen über diese süße Stelle und knabberte an ihrer Schulter. »Wer ist gestorben?«

Nach einem Aufstöhnen sagte sie: »Montrag, Sohn des Rehm.« Wrath erstarrte, und Beths Gewicht verlagerte sich, als würde sie den Kopf nach ihm umdrehen. »Kanntest du ihn?«

»Das ist der Kerl, der mich umbringen wollte. Das heißt, dass mir nach Altem Gesetz alles zusteht, was ihm gehört hat.«

»Dieses Schwein.« Beth fluchte noch einmal und raschelte mit dem Papier. »Nun, er hatte ein beträchtliches Vermögen ... Wow. Ja. Sehr beträchtlich – he, es geht um Ehlena und ihren Vater.«

»Ehlena?«

»Eine Pflegeschwester aus Havers Klinik. Supernett. Sie hat damals Phury geholfen, die alte Klinik zu evakuieren, als die Überfälle anfingen. Es sieht aus, als wäre sie – also ihr Vater – der nächste Angehörige, aber er ist sehr krank.«

Wrath runzelte die Stirn: »Was hat er denn?«

»Hier steht ›geistig unzurechnungsfähig‹. Sie ist seine gesetzliche Vertreterin und Pflegerin. Das muss hart sein. Ich glaube nicht, dass sie sehr reich sind. Saxton, der Anwalt, hat einen persönlichen Brief beigefügt. Moment, das ist interessant ...«

»Saxton? Den habe ihn neulich getroffen. Was schreibt er?«

»Er schreibt, er sei sich bezüglich der Echtheit der Stammbaumnachweise sicher und würde sich mit seinem Ruf für die beiden verbürgen. Er hofft, du wirst die Übertragung des Grundstücks vorantreiben, da er sich wegen der ärmlichen Verhältnisse sorgt, in denen die beiden leben. Er schreibt ... er schreibt, dass sie den Geldsegen verdienen, der ihnen unerwartet zufällt. ›Unerwartet‹ unterstrichen. Dann fügt er hinzu, sie hätten Montrag seit einem Jahrhundert nicht gesehen.«

Saxton war Wrath nicht dumm erschienen. Ganz und gar nicht. Obwohl sie Montrags Tod im *Sal's* nicht als Hinrichtung bestätigt hatten, schien diese handschriftliche Notiz eine unaufdringliche Aufforderung an Wrath zu sein, nicht auf seinem Anspruch als Monarch zu bestehen ... zugunsten von Verwandten, die verwundert feststellten, dass sie die nächsten Angehörigen waren, und Geld brauchen konnten – und nichts mit der Verschwörung zu tun hatten.

»Was wirst du tun?«, fragte Beth und strich Wrath das Haar aus der Stirn.

»Montrag hat sein Schicksal verdient, aber es wäre cool, wenn auch etwas Gutes dabei herauskäme. Wir brauchen das Geld nicht, und wenn diese Krankenschwester und ihr Vater ...«

Beth küsste ihn heftig. »Ich liebe dich so sehr.«

Er lachte und ließ ihre Lippen nicht los. »Willst du mir das vielleicht auch zeigen?«

»Nachdem du deine Zustimmung besiegelt hast? Gerne.«

Um das Testament zu bearbeiten mussten sie wieder mit Kerze, Wachs und königlichem Siegel rumspielen, aber diesmal war er in Eile. Er konnte keine Sekunde länger als nötig erwarten, in seine Frau einzudringen. Seine Unterschrift war noch nicht trocken und das Siegelwachs noch nicht fest, da presste er wieder die Lippen auf Beths Mund ...

Als es klopfte, knurrte er wütend und starrte zur Tür. »Verschwinde.«

»Es gibt Neuigkeiten.« Vishous gedämpfte Stimme war tief und gepresst. Was dem Zusatz *schlechte* entsprach.

Wrath öffnete die Flügeltür mit seinem Willen. »Erzähl. Aber mach schnell.«

Beths kleiner Schreckenslaut gab ihm eine Vorstellung von Vs Gesichtsausdruck. »Was ist passiert?«, murmelte sie.

»Rehvenge ist tot.«

»*Was?*«, riefen sie wie aus einem Mund.

»iAm hat gerade angerufen. Das *ZeroSum* wurde in Schutt und Asche gelegt. Laut iAm war Rehv drin, als es passierte. Es gibt keine Chance, dass jemand überlebt hat.«

Ein Schweigen entstand, als ihnen die Tragweite bewusstwurde.

»Weiß Bella schon Bescheid?«, fragte Wrath grimmig.

»Noch nicht.«

25

John Matthew wälzte sich in seinem Bett herum und wachte auf, als sich etwas Hartes in seine Wange bohrte. Fluchend hob er den Kopf. Ach so, okay, er war mit Jack Daniels in den Ring gestiegen, und jetzt spürte er die Nachwirkungen der Whiskey-Faust: Ihm war heiß, obwohl er nackt war, sein Mund war trocken wie Baumrinde, und er musste ins Bad, bevor seine Blase platzte.

Er setzte sich auf, rieb sich Haare und Augen … und weckte damit einen verdammt gewaltigen Kater.

Als sein Kopf anfing zu hämmern, griff er nach der Flasche, die er als Kopfkissen verwendet hatte. Es waren nur noch zwei Finger breit Alkohol darin, aber das reichte für eine Rosskur. Die Erlösung in Aussicht, wollte er die Kappe abnehmen und stellte dabei fest, dass er sie gar nicht drauf geschraubt hatte. Nur gut, dass die Flasche aufrecht gestanden hatte, als er eingeschlafen war.

In großen Zügen goss er sich das Zeug hinter die Binde und ermahnte sich, einfach nur zu atmen, während sich die Schockwellen der Übelkeit in seinem Bauch ausbreiteten. Als nur noch Dunst in der Flasche übrig war, ließ er sie auf die Matratze kullern und sah an sich herab. Sein Schwanz lag schlafend an seinem Schenkel. Er konnte sich nicht erinnern, wann er das letzte Mal ohne Erektion aufgewacht war. Andrerseits hatte er auch ... drei? Vier? Wie viele Frauen waren das gewesen? Gott, er hatte keine Ahnung.

Einmal hatte er ein Kondom verwandt. Bei der Prostituierten. Bei den anderen hatte er vorzeitig rausgezogen.

In verschwommenen Bildern sah er sich und Qhuinn. Ein paar der Frauen nahmen sie zu zweit, andere allein. Er erinnerte sich nicht, wie sich das alles angefühlt hatte, erinnerte sich nicht an seine Orgasmen oder an ihre Gesichter, konnte sich nur schemenhaft an ihre Haarfarben erinnern. Er wusste nur, dass er lang und heiß geduscht hatte, als er zu Hause angekommen war.

All der Mist, an den er sich nicht entsann, hatte einen schalen Nachgeschmack hinterlassen.

Mit einem Stöhnen schob er die Beine vom Bett und ließ die Flasche neben seinen Füßen auf den Boden fallen. Der Ausflug ins Bad war ein echter Spaß, in seinem Zimmer herrschte verfluchter Seegang, so dass er wankte wie ein ... na ja, wie ein Besoffener, um genau zu sein. Und Laufen war nicht das einzige Problem. Er musste sich über die Toilette gebeugt an der Wand festhalten, um sein Ziel nicht zu verfehlen.

Zurück im Bett zog er sich ein Laken bis an den Nabel, obwohl er sich fühlte wie ihm Fieber: Doch auch allein wollte er nicht rumliegen wie ein Pornostar, der auf seine Filmpartnerin wartete.

Scheiße ... sein Kopf brachte ihn um.

Er schloss die Augen und wünschte sich, er hätte das Licht im Bad ausgestellt.

Plötzlich war ihm sein Kater jedoch egal. Mit schrecklicher Klarheit erinnerte er sich daran, wie Xhex seine Hüften bestieg und ihn mit fließenden, kräftigen Bewegungen ritt. Oh, Gott, die Bilder waren so lebhaft, so viel mehr als eine bloße Erinnerung. Als der Film vor seinem Geist ablief, spürte er wieder, wie sich ihr Innerstes fest um seinen Schwanz schloss, wie sie seine Schultern auf die Matratze presste, und erlebte erneut das Gefühl, beherrscht zu werden.

Er erinnerte sich an jede kleinste Bewegung und Berührung, an alle Gerüche, selbst an die Art, wie sie atmete.

Bei ihr erinnerte er sich an alles.

Er beugte sich zur Seite und hob die Jack Daniels Flasche auf, als könnte die Whiskey-Fee das Scheißding inzwischen wieder aufgefüllt haben. Leider nein.

Der Schrei von nebenan klang, als hätte man jemandem ein Messer in die Brust gerammt. Das durchdringende Kreischen ernüchterte John wie ein Kübel Eiswasser über den Kopf. Er schnappte sich seine Waffe, sprang aus dem Bett und stürzte zur Tür. Als er in den Flur mit den Statuen rannte, rissen Qhuinn und Blay rechts und links von ihm die Türen auf und legten den gleichen überstürzten Einsatz hin.

Am unteren Ende des Flurs stand die Bruderschaft in der Tür von Zsadist und Bella, und ihre Gesichter waren düster und traurig.

»Nein!« Bellas Stimme war so laut wie ihr Schrei. »*Nein!*«

»Es tut mir so leid«, sagte Wrath.

Aus der Traube von Brüdern blickte Tohr zu John herüber. Sein Gesicht war wächsern, sein Blick leer.

Was ist passiert?, fragte John in Gebärdensprache.

Tohrs Hand bewegte sich langsam. *Rehvenge ist tot.*

John atmete mehrmals tief durch. Rehvenge ... tot?

»Gütige Jungfrau«, murmelte Qhuinn.

Aus der Schlafzimmertür drangen Schluchzer in den

Gang, und John wäre so gern zu Bella gegangen. Er wusste, wie sich dieser Schmerz anfühlte. Er selbst hatte diese schreckliche Betäubung erlebt, als Tohr verschwunden war, nachdem die Bruderschaft auch ihm die schlimmste mögliche Nachricht überbringen musste.

Er hatte genauso geschrien wie Bella. Genauso geweint wie sie jetzt.

John sah Tohr an. Die Augen des Bruders brannten, als wollte er John so vieles sagen, ihn in den Arm nehmen, bereuen und wiedergutmachen.

Für den Bruchteil einer Sekunde wäre John fast zu ihm gegangen.

Doch dann wandte er sich ab, stolperte in sein Zimmer, und verschloss die Tür. Er setzte sich aufs Bett, stützte das Gewicht seiner Schultern auf die Hände und ließ den Kopf hängen. In ihm wütete das Chaos der Vergangenheit, aber im Zentrum seiner Brust stand ein einziges, alles übertönendes Wort: *Nein.*

Er konnte sich nicht wieder mit Tohr einlassen. Er war zu oft durch die Mangel gedreht worden. Außerdem war er kein Kind mehr, und Tohr war auch nie sein Vater gewesen, also passte dieses beschissene »Rette mich, Papa« ohnehin nicht auf sie beide.

Näher als ein Kämpfer dem anderen würden sie sich niemals stehen.

Er schob den Tohr-Mist beiseite und dachte an Xhex.

Für sie war es sicher schlimm. Sehr schlimm.

Es war entsetzlich für ihn, dass er nichts für sie tun konnte.

Doch dann rief er sich ins Gedächtnis, dass sie seine Hilfe ohnehin nicht gewollt hätte. Das hatte sie ihm sehr klar vor Augen geführt.

Xhex saß mit hängendem Kopf auf dem Doppelbett in ihrer Jagdhütte am Hudson River, das Gewicht der Schultern auf die Hände gestützt. Neben ihr auf der dünnen Decke lag der Brief, den iAm ihr gegeben hatte. Sie hatte ihn aus dem Umschlag gezogen, einmal durchgelesen, wieder zusammengefaltet und sich dann in dieses kleine Zimmer zurückgezogen.

Sie wandte den Kopf und blickte aus den Milchglasfenstern auf den trägen, trüben Fluss hinaus. Es war bitterkalt, und die Kälte verlangsamte die Strömung des Wassers und überzog die felsigen Ufer mit Eis.

Rehv, dieser Mistkerl.

Als sie ihm geschworen hatte, sich um eine Frau zu kümmern, hatte sie nicht genügend nachgedacht. In dem Brief erinnerte er sie an ihren Schwur und erklärte, dass sie selbst diese Frau sei: Sie durfte weder versuchen, ihn zu retten, noch sich in irgendeiner Form an der Prinzessin vergreifen. Sollte sie sich widersetzen, würde er ihre Hilfe nicht annehmen und in der Kolonie bleiben, egal, was sie zu seiner Rettung unternahm. Außerdem hatte iAm den Befehl, ihr zur Kolonie zu folgen, sollte sie ihr Wort brechen, womit sie das Leben des Schattens gefährden würde.

Dieses Arschloch.

Rehv hatte sie Schachmatt gesetzt, nach allen Regeln der Kunst: Xhex mochte versucht sein, ihren Schwur zu brechen, mochte glauben, dass sie ihren Chef zur Vernunft bringen konnte, aber sie hatte bereits das Leben von Murhder auf dem Gewissen. Und jetzt auch das von Rehvenge. iAm dieser Liste hinzuzufügen, würde sie umbringen.

Außerdem würde Trez seinem Bruder folgen. Und dann wären es vier.

Diesem Dilemma ausgesetzt, umklammerte sie den Rand der Matratze so fest, dass ihre Unterarme bebten.

Irgendwie hatte sie plötzlich ihr Messer in der Hand. Erst später fiel ihr auf, dass sie hatte aufstehen und nackt den Raum durchqueren müssen, um es aus dem Halfter ihrer Lederhose zu holen.

Zurück auf dem Bett dachte sie an die Männer, die sie im Laufe ihres Lebens verloren hatte. Sie sah das lange dunkle Haar von Murhder, seine tiefliegenden Augen und die Bartstoppeln, die immer sein breites Kinn bedeckten ... sie hörte seinen Akzent aus dem Alten Land und erinnerte sich daran, dass er immer nach Schießpulver und Sex gerochen hatte. Dann sah sie die Amethystaugen von Rehvenge, den Irokesen und die schicke Kleidung ... roch sein *Must de Cartier*-Rasierwasser und erinnerte sich an seine elegante Brutalität.

Schließlich dachte sie an John Matthews dunkelblaue Augen und das militärisch kurzgeschnittene Haar ... spürte, wie er sich tief in ihr bewegte ... hörte seinen schweren Atem, als sein Kriegerkörper ihr gab, was sie wollte und womit sie nicht hatte umgehen können.

Sie alle waren fort, wobei mindestens zwei von ihnen noch auf diesem Planeten weilten. Aber Leute mussten nicht sterben, um aus dem Leben eines anderen zu scheiden.

Sie blickte auf die bösartig scharfe Klinge herab und drehte sie, bis sie im schwachen Sonnenlicht aufblitzte und sie kurzzeitig blendete. Xhex konnte gut mit Messern umgehen. Sie waren ihre Lieblingswaffen.

Als es klopfte, hob sie den Kopf.

»Alles okay bei dir?«

Es war iAm – der anscheinend nicht nur als Rehvs persönlicher Postbote fungierte, sondern auch mit Babysitten beauftragt war. Sie hatte versucht, ihn aus dem Haus zu werfen, aber er hatte sich einfach in einen Schatten verwandelt, eine Form angenommen, die sie nicht angreifen konnte und noch weniger vor die verdammte Tür setzen.

Trez war auch da, er saß im Wohnraum, aber er war

wie ausgetauscht. Als Xhex sich im Schlafzimmer eingesperrt hatte, hatte er stocksteif auf einem Stuhl mit harter Rückenlehne gesessen und schweigend auf den Fluss gestarrt. Nach der Tragödie hatten die Brüder ihre Rollen getauscht. Jetzt redete nur noch iAm: Soweit sie sich entsann, hatte Trez kein Wort gesagt, seit ihn die Nachricht ereilte.

Doch sein Schweigen war kein Schweigen der Trauer. Seine Gefühle bildeten ein Raster aus Wut und Frustration, und Xhex vermutete, dass Rehv in seiner nervtötenden Weisheit einen Weg gefunden hatte, auch Trez zur Passivität zu zwingen. Genau wie sie suchte der Maure nach einem Ausweg, doch wie Xhex Rehv kannte, gab es keinen. Er war ein Meister der Manipulation – war es schon immer gewesen.

Und er hatte seinen Abgang genauestens geplant. Laut iAm war alles geregelt, nicht nur auf der persönlichen Ebene, sondern auch finanziell: iAm bekam das *Sal's*, Trez das *Iron Mask*, Xhex einen Batzen Geld. Auch für Ehlena war gesorgt, worum sich iAm kümmern würde. Der Großteil des Familienbesitzes ging an Nalla, Millionen und Abermillionen Dollar für die Kleine, zusammen mit einer Fülle von Erbstücken, die laut Erstgeburtsrecht Rehv und nicht Bella gehört hatten.

Er hatte einen säuberlichen Schlussstrich gezogen und das Drogen- und Wettgeschäft aus dem *ZeroSum* komplett gelöscht. Das *Iron Mask* beschäftigte zwar auch käufliche Frauen, aber die anderen Geschäfte würden weder dort noch im *Sal's* laufen. Mit dem Abgang des Reverends waren sie drei nahezu reingewaschen.

»Xhex, gib ein Lebenszeichen von dir.«

iAm hatte keine Möglichkeit, durch die Tür zu kommen oder sich in das Schlafzimmer zu materialisieren, um nachzusehen, ob sie noch atmete. Das Zimmer war ein Stahlsafe, gänzlich uneinnehmbar. Sogar der Rahmen war mit einem feinen Drahtgeflecht umzogen, so dass er auch nicht als Schatten hereinkam.

»Xhex, wir haben heute Nacht schon Rehv verloren. Wenn du dir etwas antust, bringe ich dich gleich noch einmal um.«

»Mir geht es gut.«

»Keinem von uns geht es gut.«

Sie antwortete nicht. Fluchend zog sich iAm von der Tür zurück. Vielleicht konnte sie den beiden später helfen. Schließlich waren sie die Einzigen, die verstanden, wie sie sich fühlte. Selbst Bella, die ihren Bruder verloren hatte, ahnte nichts von der Qual, mit der die drei bis an ihr Lebensende zurechtkommen mussten. Bella hielt Rehv für tot, sie konnte den Trauerprozess durchmachen und danach irgendwie ihr Leben weiterleben.

Xhex, iAm und Trez hingegen mussten damit zurechtkommen, die Wahrheit zu kennen, ohne sie ändern zu können – und die Prinzessin hatte die Freiheit, Rehvenge so lange zu foltern, wie sein Herz schlug.

Bei diesen Aussichten schloss sich Xhexs Hand um das Messer.

Mit festem Griff senkte sie die Klinge auf die Haut.

Xhex presste die Lippen zusammen, um den Schmerz nicht hinauszulassen, und vergoss ihr Blut anstatt von Tränen.

Doch was war der Unterschied? *Symphathen* weinten ohnehin Tränen in der Farbe des Blutes.

26

Rehvs Bewusstsein kehrte langsam flackernd zurück, und sein Hirn schaltete sich wieder ein. In Wellen blitzte seine Wahrnehmung auf, verblasste wieder, tauchte erneut auf und breitete sich von der Schädelbasis in die Frontallappen aus.

Seine Schultern standen in Flammen. Beide. Sein Kopf dröhnte von dem Schlag mit dem Schwertheft, mit dem ihn der *Symphath* ins Land der Träume geschickt hatte. Und der Rest von ihm fühlte sich merkwürdig schwerelos an.

Jenseits seiner geschlossenen Lider blinkten Lichter, die er tiefrot wahrnahm. Das Dopamin war vollständig aus seinem Organismus verschwunden. Nun war Rehvenge der, der er bis ans Ende seiner Tage bleiben würde.

Als er durch die Nase einatmete, roch er … Erde. Saubere, feuchte Erde.

Es dauerte eine Weile, bis er bereit war, sich umzusehen, doch irgendwann brauchte er einen anderen Orientierungspunkt als den Schmerz in seinen Schultern. Blinzelnd öffnete er die Augen. Kerzen, so lang wie seine

Beine, waren am anderen Ende einer Art von Höhle aufgestellt. Ihre zitternden Flammen waren blutrot und spiegelten sich an Wänden, über die eine stete Bewegung floss wie Wasser.

Nicht wie Wasser. Da krochen Dinge über den schwarzen Stein ... krochen über ...

Erschrocken sah Rehv an sich herab und stellte erleichtert fest, dass seine Füße das Gekrabbel am Boden nicht berührten. Ein Blick nach oben ... Ketten hingen an der gewölbten Decke und hielten ihn über dem Boden ... mit Bolzen, die unter seinen Schultern durch sein Fleisch gingen.

Er hing nackt inmitten einer Höhle, und schwebte über und unter den schimmernden, pulsierenden Felsen.

Spinnen. Skorpione. Sein Gefängnis wimmelte von giftigen Wächtern.

Er schloss die Augen und streckte seine *Symphathen*antennen aus, auf der Suche nach anderen seiner Art, entschlossen, sein Gefängnis zu durchbrechen und in Köpfe einzudringen, die er beeinflussen konnte, damit sie ihn befreiten: Er war mit der Absicht zu bleiben in die Kolonie gekommen, aber nicht, um hier wie ein Lüster zu hängen.

Doch außer einem statischen Rauschen konnte er nichts ertasten.

Die Schicht aus Hunderttausenden von Spinnentieren um ihn herum bildete einen undurchdringlichen psychischen Schild, so dass nichts in diese Höhle hineindringen oder herauskommen konnte.

Es war eher Wut als Angst, die einen Knoten in seiner Brust bildete, und er zerrte mit aller Kraft seiner Brustmuskeln an einer der Ketten. Die Bewegung in der Luft verursachte Schmerzen, die ihn von Kopf bis Fuß erzittern ließen, aber seine Fesseln gaben nicht nach, und die Bolzen durch seine Muskeln lösten sich nicht.

Als er wieder in die Vertikale schwang, hörte er ein Schleifen, als hätte sich hinter ihm eine Tür geöffnet.

Jemand kam herein, und er erkannte an der Stärke des psychischen Widerstands, wer es war.

»Onkel«, grüßte er.

»Ganz genau.«

Der König der *Symphathen* schleppte sich auf seinen Stock gestützt herein, und die Spinnen am Boden machten ihm kurz den Weg frei, um sich hinter ihm wieder zu sammeln. Der Körper unter den blutroten königlichen Roben war gebrechlich, aber der Geist seines Onkels war unbeugsam.

Körperkraft war nun einmal nicht die Stärke der *Symphathen*.

»Wie fühlst du dich empfangen?«, fragte der König, und die Rubine an seinem Kopfschmuck fingen das Kerzenlicht ein.

»Ich bin geschmeichelt.«

Der König zog die Brauen über den rotglühenden Augen hoch. »Wie das?«

Rehv sah sich um. »Ein höllisches Verlies, in das du mich gesteckt hast. Ich scheine mächtiger zu sein, als es dir lieb ist, oder du bist schwächer, als du zugibst.«

Der König lächelte unbeeindruckt. »Wusstest du, dass deine Schwester König werden wollte?«

»Sie ist meine Halbschwester. Und es überrascht mich nicht.«

»Ursprünglich hatte ich ihr diesen Wunsch in meinem Testament zugestanden, doch als ich erkannte, dass man mich beeinflusst hatte, habe ich alles wieder geändert. Deshalb brauchte sie deinen Zehnten: Sie ist einen Handel mit Menschen eingegangen. Mit Menschen!« Am Gesicht des Königs konnte man ablesen, dass dies einer Einladung von Ratten in die Küche gleichkam. »Das allein belegt ihre

Inkompetenz als Herrscherin. Angst ist weitaus förderlicher, um Untertanen zu lenken – Geld ist vergleichsweise unbedeutend, wenn man zu Macht kommen möchte. Und mich zu töten? Sie glaubte, meine Erbfolgepläne auf diese Weise durchkreuzen zu können – eine maßlose Selbstüberschätzung!«

»Was hast du mit ihr gemacht?«

Wieder erschien dieses gelassene Lächeln. »Sie angemessen bestraft.«

»Wie lange willst du mich hier festhalten?«

»Bis sie tot ist. Zu wissen, dass du lebst und dich in meiner Hand befindest, ist Teil ihrer Strafe.« Der König ließ den Blick über die Spinnen schweifen, und sein Kabuki-Gesicht wurde kurz etwas weicher, als empfände er ehrliche Zuneigung. »Meine Freunde werden dich gut bewachen, keine Sorge.«

»Ich mache mir keine.«

»Aber das wirst du. Ich verspreche es dir.« Die Augen des Königs kehrten zu Rehv zurück, und seine androgynen Züge verzerrten sich ins Dämonische. »Ich mochte deinen Vater nicht und war ziemlich angetan, als du ihn umgebracht hast. Aber bei mir wirst du diese Gelegenheit nicht bekommen. Du lebst nur, solange auch deine Schwester lebt, und dann werde ich mir ein Beispiel an dir nehmen und meine Verwandtschaft dezimieren.«

»*Halb*schwester.«

»So bedacht darauf, dich von ihr zu distanzieren. Kein Wunder, dass sie dich so sehr liebt. Ihre Leidenschaft galt schon immer dem Unerreichbaren. Was wiederum der einzige Grund ist, warum du noch am Leben bist.«

Der König stützte sich auf seinen Stock und zog sich so langsam zurück, wie er gekommen war. Kurz, bevor er aus Rehvs Sicht verschwand, hielt er noch einmal an. »Warst du je am Grab deines Vaters?«

»Nein.«

»Es ist mir der liebste Ort der ganzen Welt. Auf dem Flecken zu stehen, wo ihn sein Scheiterhaufen zu Asche verbrannte ... herrlich.« Der König lächelte mit kaltem Vergnügen. »Dass er durch deine Hand ermordet wurde, macht den Genuss umso süßer, weil er dich immer für schwach und wertlos hielt. Muss ziemlich bitter für ihn gewesen sein, von einem Unwürdigen geschlagen zu werden. Ruh dich gut aus, Rehvenge.«

Rehv antwortete nicht. Er war zu sehr damit beschäftigt, gegen die mentalen Schutzwälle seines Onkels anzurennen und einen Weg in seinen Kopf zu suchen.

Der König lächelte, als wüsste er die Bemühungen zu schätzen, und ging weiter. »Ich habe dich immer gemocht. Obwohl du nur ein Mischling bist.«

Es klickte, als schlösse sich eine Tür.

Die Kerzen erloschen.

Die Orientierungslosigkeit schnürte Rehv die Kehle zu. Alleingelassen, losgelöst hängend in der Dunkelheit, mit Nichts, woran er sich festhalten konnte, befiel ihn die Angst. Nichts zu sehen, war das Schlimmste ...

Die Bolzen durch seinen Oberkörper vibrierten leise, als würde ein Lufthauch durch die Ketten wehen und sie zum Beben bringen.

Oh ... Himmel, *nein*.

Das Kitzeln begann an seinen Schultern und wurde schnell stärker, floss über seinen Bauch und über seine Schenkel, strömte bis zu seinen Fingerspitzen, bedeckte seinen Rücken und arbeitete sich seinen Hals empor zu seinem Gesicht. Mit den Händen wischte er die Horden weg, so gut er konnte, aber egal, wie viele er abstreifte, neue Massen strömten nach. Sie waren auf ihm, krabbelten über ihn, umhüllten ihn wie eine zuckende Zwangsjacke aus winzigen Berührungen.

Das Flattern an seinen Nasenflügeln und um seine Ohren gab ihm den Rest.

Er hätte geschrien. Aber dann wären sie auch in seinen Mund gekrochen.

In dem Sandsteinhaus in Caldwell, in das er einziehen würde, duschte Lash mit träger Präzision. Er ließ sich Zeit mit dem Waschlappen, ging zwischen die Zehen und hinter die Ohren, verwandte besondere Sorgfalt auf die Schultern und den unteren Rücken. Es gab keinerlei Anlass zur Eile.

Je länger er wartete, desto besser.

Außerdem: Was für ein Badezimmer, um sich etwas Zeit zu lassen. Alles vom Feinsten: Boden und Wände aus Carrara-Marmor, goldene Armaturen, ein prächtiger geschliffener Spiegel über den eingelassenen Waschbecken.

Nur die Handtücher an den verschnörkelten Haltern waren von Wal-Mart.

Aber sie würden bald ersetzt werden. Etwas anderes hatte Mr D nicht vorrätig gehabt, und Lash wollte keine Zeit damit verschwenden, in Caldwell herumzufahren, nur um etwas Besseres zu finden, womit er sich den Hintern abtrocknen konnte – nicht, wenn es sein neues Turngerät einzuweihen galt. Nach dem heutigen Morgentraining würde er sich jedoch ans Netz hängen und sich erst mal anständige Möbel, Bettzeug, Teppiche und Küchengeräte bestellen.

Der ganze Krempel müsste allerdings an die beschissene Ranch geliefert werden, in der Mr D und die anderen jetzt hausten. UPS-Männer waren hier nicht willkommen.

Lash ließ das Licht im Bad an und trat hinaus ins große Schlafzimmer. Es war ein Raum in Altbauhöhe, so hoch, dass sich bei günstigen atmosphärischen Bedingungen Quellwolken bilden und unter der stuckverzierten Decke herumtreiben konnten. Den Boden bedeckte ein wunderschönes Hartholzparkett mit eingelegten Kirschholzelementen, und auf den Tapeten kräuselten sich verschlungene dunkelgrüne Wirbel, wie auf dem Innenumschlag eines alten Buches.

Das Fenster war mit billigen Decken verhängt, die er an den Stuck hatte nageln müssen – eine absolute Schande. Aber so wie die Handtücher würden auch sie bald ersetzt werden. Genau wie das Bett – das im Moment nichts anderes war als eine große Matratze auf dem Boden, die mit ihrer weißen, gesteppten Hülle aussah wie ein sonnenhungriger Pauschaltourist an einem mondänen Strand.

Lash ließ das Handtuch von den Hüften gleiten, so dass seine Erektion emporhüpfte. »Ich bin so froh, dass du gelogen hast.«

Die Prinzessin hob den Kopf, ihr glänzend schwarzes Haar schimmerte bläulich. »Machst du mich los? Dann macht das Vögeln noch mehr Spaß, das verspreche ich dir.«

»Ich mache mir keine Sorgen, dass es gut wird.«

»Sicher nicht?« Sie zerrte an den Stahlketten, die im Boden verankert waren. »Willst du nicht, dass ich dich berühre?«

Lash lächelte auf die nackte Gestalt herab – die jetzt ihm gehörte und mit der er machen konnte, was er wollte. Der König der *Symphathen* hatte sie ihm geschenkt, als Geste des Vertrauens, eine Gabe, die gleichzeitig eine Bestrafung für ihren Verrat war.

»Du gehst nirgendwohin«, sagte er. »Und wir werden großartig vögeln.«

Er würde sie benutzen, bis sie zerbrach, und dann würde er sie mit auf die Jagd nehmen und sie dazu bringen, Vampire für ihn aufzuspüren, die er töten konnte. Es war die perfekte Beziehung. Und wenn er ihrer überdrüssig wurde und sie entweder beim Sex oder als Wünschelrute versagte, würde er sich ihrer entledigen.

Die Augen der Prinzessin funkelten zu ihm auf, ihr blutiges Rot wie ein Fluch in voller Lautstärke. »Du wirst mich losmachen.«

Lash langte hinunter und strich über seinen Schwanz. »Nur, um dich ins Grab zu betten.«

Ihr Lächeln war so niederträchtig, dass sich seine Eier zusammenzogen und er fast auf der Stelle gekommen wäre. »Das werden wir sehen«, sagte sie mit leiser, tiefer Stimme.

Die königliche Leibgarde hatte sie betäubt, als Lash mit ihr die Kolonie verlassen hatte, und als man sie auf diese Matratze fesselte, hatte man ihre Arme und Beine so weit wie möglich gespreizt.

Also sah er, dass ihr Geschlecht für ihn glitzerte.

»Ich lasse dich niemals gehen«, sagte er, kniete sich auf die Matratze und packte einen ihrer Knöchel.

Ihre Haut war weich und weiß wie Schnee, ihr Kern rosa wie ihre Nippel.

Er würde eine Menge Flecken auf ihrem hageren Leib hinterlassen. Und nach der Art zu schließen, wie ihre Hüften rotierten, würde es ihr gefallen.

»Du bist mein«, knurrte er.

Plötzlich kam ihm die Idee, ihr das Halsband seines alten Rottweilers um den schlanken Hals zu legen. Die Hundemarke von King würde ihr ausgezeichnet stehen, genauso wie die Leine.

Perfekt. Einfach perfekt.

27

Einen Monat später ...

Ehlena erwachte vom Klimpern von Porzellan auf Porzellan und dem Geruch von Earl Grey Tee. Als sie die Augen aufschlug, stand eine uniformierte *Doggen* vor ihr und kämpfte mit dem Gewicht eines Silbertabletts. Darauf befand sich ein frischer Bagel unter einer Kristallglasglocke, ein Töpfchen Erdbeermarmelade, ein Klacks Frischkäse auf einem winzigen Porzellantellerchen und, für sie immer das Schönste, eine Langhalsvase.

Jede Nacht gab es eine andere Blume. Heute Abend war es ein Stechpalmenzweig.

»Oh, Sashla, das ist doch wirklich nicht nötig.« Ehlena setzte sich auf und schob himmlisch feingewebte Laken zurück, die sich weicher auf der Haut anfühlten als Sommerluft. »Es ist reizend von dir, aber ehrlich ...«

Das Zimmermädchen verbeugte sich und lächelte schüchtern. »Madam sollte mit einem anständigen Mahl aufwachen.«

Ehlena hob die Arme, als ein Gestell über ihre Beine drapiert und das Tablett obendrauf platziert wurde. Als sie auf das wundervoll polierte Silber und das liebevoll zubereitete Essen blickte, freute sie am meisten, dass ihr Vater gerade das Gleiche bekommen hatte, serviert von einem Butler-*Doggen* namens Eran.

Sie strich über den fein ziselierten Griff des Messers. »Ihr seid sehr gut zu uns. Ihr alle.«

Als sie aufblickte, glitzerten Tränen in den Augen der *Doggen,* die sie hastig mit einem Taschentuch fortwischte. »Madam … Ihr und Euer Vater habt dieses Haus verwandelt. Wir freuen uns so, dass Ihr unsere Herren seid. Alles ist … anders, seid Ihr hier seid.«

Mehr wollte das Zimmermädchen nicht sagen, aber nachdem sie und der Rest des Personals in den ersten zwei Wochen bei jeder Gelegenheit zusammengezuckt waren, vermutete Ehlena, dass Montrag nicht gerade ein einfacher Hausherr gewesen war.

Ehlena nahm die Hand der *Doggen* und drückte sie. »Ich bin froh, dass wir alle zufrieden sind.«

Als sich das Zimmermädchen abwandte, um sich ihren Pflichten zu widmen, schien sie verlegen, aber glücklich zu sein. An der Tür machte sie noch einmal Halt. »Ach ja, die Sachen von Madam Lusie sind angekommen. Wir haben ihr das Gästezimmer neben Eurem Vater eingerichtet. Außerdem kommt in einer halben Stunde der Schlosser, wie Ihr es gewünscht habt.«

»Ausgezeichnet, vielen Dank.«

Die Tür wurde leise geschlossen, und die *Doggen* verschwand, ein Lied aus dem Alten Land summend. Ehlena hob die Glocke von ihrem Teller und strich etwas Frischkäse auf das Messer. Lusie hatte sich bereiterklärt, bei ihnen einzuziehen und als Pflegerin und persönliche Assistentin für Ehlenas Vater zu fungieren – was großartig war. Alles in allem hatte er den Wohnortwechsel gut verkraftet, und sein Zustand war besser als seit Jahren, aber die Intensivbetreuung half Ehlena über ihre verbleibenden Sorgen hinweg.

Auch weiterhin war größte Vorsicht mit ihm geboten.

Doch hier im Herrenhaus brauchte er zum Beispiel keine Alufolie über den Fenstern. Stattdessen zog er es vor, in die Gartenanlage zu sehen, die selbst im Winter schön war, obwohl die Beete abgedeckt waren. Im Nachhinein fragte sich Ehlena, ob er früher die Außenwelt mit auf Grund des Wohnortes ausgesperrt hatte. Außerdem war er hier viel entspannter und ruhiger und arbeitete stetig in dem Gästezimmer auf der anderen Seite neben seinem Schlafzimmer. Die Stimmen suchten ihn immer noch heim, und Ordnung war von größter Wichtigkeit. Auch die Medikamente brauchte er weiterhin. Aber verglichen mit den letzten zwei Jahren war das hier der Himmel.

Beim Essen ließ Ehlena den Blick durch das Schlafzimmer schweifen, das sie für sich ausgewählt hatte. Es erinnerte sie an das Haus ihrer Eltern. Die Vorhänge waren ganz ähnlich wie früher daheim, lange Stoffbahnen in Pfirsich, Cremeweiß und Rot hingen unter gerüschten Kopfleisten mit Fransen herab. Das Rosenmuster der luxuriösen Seidentapete passte perfekt zu den Vorhängen, genauso, wie es mit dem gestickten Teppich harmonierte.

Auch Ehlena fühlte sich wohl in dieser Umgebung und doch völlig losgelöst – und das nicht nur, weil ihr Leben wie ein Segelboot war, das in eisiger See gekentert war, nur um sich abrupt in den Tropen wieder aufzurichten.

Rehvenge war bei ihr. Unablässig.

Ihr letzter Gedanke vor dem Schlafengehen und der erste beim Erwachen war, dass er am Leben war. Und dann diese Träume. Sie sah ihn, die Arme seitlich angelegt und mit hängendem Kopf, wie er sich von einem schwarz schimmernden Hintergrund abhob. Was für ein Widerspruch:

Einerseits die Überzeugung, dass er lebte, andrerseits dieses Traumbild, das auf seinen Tod hinzuweisen schien.

Sein Geist verfolgte sie.

Oder besser gesagt: Folterte sie.

Frustriert stellte sie das Tablett zur Seite, stand auf und duschte. Danach zog sie sich an. Ihre Kleider waren die gleichen wie vorher, Sachen, die sie bei *Target* bekommen hatte oder online im Schlussverkauf bei *Macy's*, bevor sich alles geändert hatte. Die Schuhe ... waren die billigen Turnschuhe, die Rehv in der Hand gehalten hatte.

Doch diesen Gedanken schob sie beiseite.

Ehlena hätte ein komisches Gefühl dabei gehabt, große Anschaffungen von ihrem Erbe zu machen. Nichts von alledem fühlte sich an, als würde es ihr gehören, weder das Haus noch das Personal oder die Autos. Die ganzen Nullen auf ihrem Kontoauszug. Sie rechnete immer noch allnächtlich damit, dass Saxton auftauchen und erklären würde, das alles ein großer Irrtum war.

Hoppla, was für ein Missgeschick.

Ehlena nahm das Silbertablett und machte sich zu ihrem Vater auf, der am hinteren Ende des Flügels wohnte. Mit der Spitze ihres Turnschuhs klopfte sie an seine Tür.

»Vater?«

»Trete ein, geliebte Tochter!«

Sie stellte das Tablett auf einem Mahagonitisch ab und öffnete die Tür zu seinem neuen Arbeitszimmer. Sie hatten seinen alten Tisch aus dem Mietshaus hergebracht, genau wie sein Bett, das nebenan stand, und ihr Vater setzte sich an seine Arbeit, wie er es immer getan hatte, inmitten verstreuter Blätter.

»Wie geht es dir?«, fragte sie und küsste ihn auf die Wange.

»Mir geht es gut, sehr gut. Der Doggen *hat mir gerade meinen Saft und mein Mahl gebracht.«* Seine elegante, knochige Hand deutete auf ein Silbertablett, ähnlich dem, das man

Ehlena gebracht hatte. »*Ich bin begeistert von dem neuen* Doggen, *du nicht auch?*«

»*Ja, Vater, das bin ...*«

»*Ah, meine verehrte Lusie!*«

Als ihr Vater aufstand und sein samtenes Smokingjackett glatt strich, blickte Ehlena über die Schulter. Tatsächlich, Lusie kam herein, in einem taubengrauen Schlauchkleid, ein handgestrickter Pulli darüber. An den Füßen trug sie Birkenstocks und dicke, zusammengeraffte Stricksocken, vermutlich ebenfalls aus eigener Herstellung. Ihr langes, welliges Haar hatte sie aus dem Gesicht gekämmt und mit einer nüchternen Spange im Nacken zusammengefasst.

Im Gegensatz zu allem anderen um Ehlena herum, das sich geändert hatte, war Lusie noch ganz die Alte.

»*Ich habe das Kreuzworträtsel mitgebracht.*« Sie hielt eine *New York Times* hoch, die sie zu einem Quadrat gefaltet hatte, dazu einen Bleistift. »*Ich brauche Hilfe.*«

»*Und ich stehe wie immer zur Verfügung.*« Ehlenas Vater kam um den Tisch herum und zog galant einen Stuhl für Lusie heran. »*Setzen Sie sich nur, und wir werden sehen, wie viele Kästchen wir füllen können.*«

Lusie lächelte Ehlena an, als sie sich setzte. »*Ohne ihn würde ich es nie schaffen.*«

Ehlena bemerkte skeptisch eine leichte Röte auf den Wangen der Frau und prüfte dann das Gesicht ihres Vaters. Das auch eine deutliche Röte zeigte.

»Dann überlass ich euch beide eurem Rätsel«, sagte sie mit einem Lächeln.

Als sie ging, tönte ihr ein doppeltes *Bis später* hinterher, und ihr fiel auf, dass dieser Stereoeffekt sehr hübsch klang.

Unten in der großen Eingangshalle ging sie in das große Esszimmer und blieb stehen, um all das Kristallglas und Porzellan zu bewundern, das dort ausgestellt war – so wie die funkelnden Kandelaber.

Obwohl keine Kerzen auf den eleganten Silberarmen standen.

Keine Kerzen im Haus. Auch keine Streichhölzer oder Feuerzeuge. Und vor ihrem Einzug hatte Ehlena den Gaskocher durch einen Elektroherd ersetzen lassen. Außerdem hatte sie die zwei Fernseher im Wohntrakt an das Personal verschenkt und die Überwachungsmonitore von einem offenen Schreibtisch in der Butlerkammer in einen geschlossenen Raum mit versperrter Tür verbannt.

Es gab keinen Anlass, das Schicksal herauszufordern. Elektronische Bildschirme, inklusive Displays auf Handys und Taschenrechnern, machten ihren Vater immer noch nervös.

In der ersten Nacht im neuen Heim hatte Ehlena ihren Vater durch das Haus geführt und ihm alle Überwachungskameras und Bewegungsmelder gezeigt, außerdem die Strahler im Haus und auf dem Grundstück. Weil sie sich nicht sicher war, wie er das neue Haus und die Sicherheitsvorkehrungen aufnehmen würde, hatte sie die Führung direkt nach Verabreichung seiner Medizin veranstaltet. Glücklicherweise hatte er die gehobene Umgebung als Rückkehr zur Normalität betrachtet und Gefallen an dem Gedanken gefunden, dass ein Sicherheitssystem über das Anwesen wachte.

Vielleicht war das ein weiterer Grund, warum er keine zugeklebten Fenster mehr brauchte. Er hatte das Gefühl, jetzt auf angenehme Weise beobachtet zu werden.

Ehlena schob die Schiebetür auf und ging durch die Vorratskammer in die Küche. Nach einem Gespräch mit dem Butler, der mit den Vorbereitungen für das Letzte Mahl begonnen hatte, und einem Kompliment an eines der Dienstmädchen über das polierte Geländer der großen Treppe, machte sich Ehlena zum Arbeitszimmer auf, das am anderen Ende des Hauses lag.

Es war ein langer Gang, durch viele hübsche Räume, und im Vorbeigehen ließ sie sanft die Hand über Antiquitäten, verschnörkelte Türrahmen und seidenbezogene Möbel gleiten. Dieses Prachthaus machte das Leben ihres Vaters um so vieles einfacher, und als Folge daraus hätte sie viel mehr Zeit und geistige Energie, um sich auf sich selbst zu besinnen.

Was für ein Alptraum. Das Letzte, was sie brauchte, waren unausgefüllte Stunden, in denen sie dem Müll in ihrem Kopf ausgeliefert war. Und selbst wenn sie gerade für Miss Superangepasst kandidierte, so wollte sie doch produktiv sein. Sie brauchte das Geld jetzt vielleicht nicht mehr, um eine Bleibe für den kärglichen Rest ihrer Familie zu finanzieren, aber sie hatte immer gearbeitet und Sinn und Zweck ihrer Arbeit in der Klinik geliebt.

Nur, dass sie hinter sich alle Brücken abgebrochen hatte. Und zwar gründlich.

So wie die anderen circa dreißig Zimmer des Hauses war auch das Arbeitszimmer in fürstlicher europäischer Manier gehalten, mit dezenten Damastmustern an den Wänden und auf den Sofas, jeder Menge Quasten an den Vorhängen und vielen dunkel leuchtenden Gemälden, die sich wie Fenster in andere, noch perfektere Welten öffneten. Nur eines schien seltsam: Der Boden war nackt, der imposante Schreibtisch, die Sitzgarnituren und Beistelltischchen standen direkt auf dem polierten Parkett, das in der Mitte etwas dunkler war als am Rand, als wäre es früher bedeckt gewesen.

Als Ehlena die *Doggen* darauf ansprach, hatten sie erklärt, der Teppich habe einen Fleck bekommen, der sich nicht mehr entfernen ließ, weswegen ein neuer beim hauseigenen Antiquitätenhändler in Manhattan bestellt worden sei. Sie nannten keine Details zu dem Vorkommnis, aber so nervös sie alle waren, ihre Anstellungen zu verlieren, konnte sich Ehlena nur zu gut vorstellen, wie Montrag auf etwaige Leistungsmängel reagiert hatte, ob sie nun nachvollziehbar waren oder nicht. Ein herabgefallenes Teetablett? Sicherlich ein großes Problem.

Ehlena ging um den Tisch herum und setzte sich. Auf der Lederunterlage lag das aktuelle *Caldwell Courier Journal*, daneben standen ein Telefon und eine hübsche französische Lampe sowie die bezaubernde Kristallstatuette eines Vogels im Flug. Ihr alter Laptop, den sie versucht hatte, der Klinik zurückzugeben, passte perfekt in die obere flache Schublade – wo er immer stand, nur für den Fall, dass ihr Vater hereinkam.

Wahrscheinlich konnte sie sich einen neuen Computer leisten, doch das wollte sie nicht. Ähnlich wie ihre Kleidung tat es der alte ganz genauso gut, und sie war an ihn gewohnt.

Außerdem hatte das alte Gerät etwas Vertrautes. Und das konnte sie gerade nur allzu gut brauchen.

Sie stützte die Ellbogen auf den Tisch und blickte über den Tisch auf den Punkt an der Wand, wo ein spektakuläres Seegemälde hätte hängen sollen. Das Gemälde stand jedoch in den Raum hinein und die freigelegte Tür des Tresors dahinter war wie eine unscheinbare Frau, die sich hinter einer glamourösen Ballmaske versteckt hatte.

»Madam, der Schlosser ist hier.«

»Bitte schick ihn rein.«

Ehlena stand auf und ging zu dem Safe, um die matte Tür mit ihrem schwarz-silbernen Drehknopf zu berühren. Sie hatte das Ding nur entdeckt, weil sie so von diesem Sonnenuntergang über dem Meer gefesselt gewesen war, dass sie aus einem Impuls heraus die Hand auf den Rahmen gelegt hatte. Als das ganze Bild ein Stück nach vorne sprang, hatte sie einen Heidenschreck bekommen. Sie dachte, sie hätte vielleicht irgendwie die Aufhängung beschädigt, doch als sie hinter den Rahmen blickte ... na, wer hätte das gedacht.

»Madam? Hier ist Roff, Sohn des Ross.«

Ehlena lächelte und ging auf einen Mann in schwarzem Overall mit schwarzem Werkzeugkasten zu. Als sie ihm die Hand entgegenstreckte, nahm er seine Kappe ab und verbeugte sich tief, als wäre sie jemand ganz Besonderes. Was mehr als befremdlich war. Nach Jahren als Zivilistin war ihr das formelle Gehabe unangenehm, aber Ehlena hatte bereits gelernt, dass sie den Leuten keinen Gefallen tat, wenn sie auf die Etikette verzichtete. Sie zu bitten, ihre Höflichkeit zu unterlassen, sei es nun *Doggen*, Handwerker oder Ratgeber, machte es nur schlimmer.

»Danke fürs Kommen«, sagte sie.

»Es ist mir ein Vergnügen, behilflich zu sein.« Er warf einen Blick auf den Safe. »Ist er das?«

»Ja, ich habe keine Kombination dazu.« Sie stellten sich vor das Ding. »Ich hatte gehofft, du wüsstest vielleicht eine andere Möglichkeit, wie man ihn aufbekommt?«

Der Mann fuhr unmerklich zusammen, was nicht gerade ermutigend war. »Nun, Madam, ich kenne diese Sorte. Das wird nicht leicht. Die Stifte dieser Tür bekomme ich nur mit dem Industriebohrer auf, und das wird laut. Außerdem ist dieser Safe danach ruiniert. Ich will nicht unhöflich erscheinen, aber gibt es wirklich keine Möglichkeit, an die Kombination heranzukommen?«

»Ich wüsste nicht, wo ich danach suchen sollte.« Ihr Blick schweifte über die Bücherregale und blieb dann am Schreibtisch hängen. »Wir sind gerade erst eingezogen, und es gab keine Anleitung.«

Der Schlosser tat es ihr gleich und blickte sich in dem Raum um. »Normalerweise hinterlegen die Besitzer so etwas an einem versteckten Ort. Wenn Sie den finden, könnte ich Ihnen zeigen, wie man eine neue Kombination einstellt, so dass Sie den Safe wiederverwenden können. Wie gesagt, wenn ich bohre, muss er ersetzt werden.«

»Den Schreibtisch bin ich durchgegangen, als ich nach unserer Ankunft alles angesehen habe.«

»Sind Sie auf irgendwelche Geheimfächer gestoßen?«

»Äh ... nein. Aber ich bin nur oberflächlich durch ein paar Dokumente gegangen und habe versucht, etwas Platz für meine Sachen zu schaffen.«

Der Mann nickte mit dem Kinn Richtung Schreibtisch. »In diesen alten Tischen gibt es meistens mindestens eine Schublade mit doppeltem Boden oder doppelter Rückwand, hinter der sich ein kleines Fach verbirgt. Ich möchte mich nicht aufdrängen, aber soll ich Ihnen vielleicht bei der Suche helfen? Gerne verbergen sich Geheimfächer auch im Stuck solcher Räume.«

»Es wäre schön, wenn sich das noch jemand anschauen würde, danke.« Ehlena zog nacheinander die Schubladen aus dem Tisch und legte sie nebeneinander auf den Boden. Der Schlosser holte ein Taschenlämpchen heraus und leuchtete in die Löcher, die dabei entstanden.

Sie zögerte, als sie zur großen Schublade unten links kam, weil sie nicht sehen wollte, was sie dort verwahrte. Aber der Schlosser konnte schließlich nicht durch das verdammte Ding hindurch sehen.

Mit einem kurzen Fluch zog sie an dem Messingknauf und ignorierte all die Zeitungsausschnitte aus dem *Caldwell Courier Journal,* die sie dort aufbewahrte, säuberlich gefaltet, so dass man die Artikel nicht sah, die sie gelesen und ausgeschnitten hatte, obwohl sie sie eigentlich nie wieder lesen wollte.

Sie legte die Schublade weg. »Das ist die letzte.«

Unter dem Tisch heraus drang die Stimme des Mannes: »Ich glaube, da ist ein ... ich brauche das Meterband aus meinem Werkzeug ...«

»Ich hole es.«

Der Handwerker war verdutzt, als sie ihm half. »Danke, Madam.«

Sie kniete sich neben ihn und blickte mit ihm unter den Tisch. »Stimmt etwas nicht?«

»Hier scheint ein ... ja, die hier ist nicht so tief wie die anderen. Lassen Sie mich nur kurz ...« Es quietschte, und der Arm des Mannes zuckte. »Hab's.«

Als er sich aufsetzte, hielt er eine grobgezimmerte Kiste in seinen Handwerkerhänden. »Ich glaube, den Deckel kann man aufklappen, aber das lasse ich lieber Sie machen.«

»Wow, ich komme mir vor wie Indiana Jones, nur ohne die Peitsche.« Ehlena hob den Deckel an und ... »Tja, keine Kombination. Nur ein Schlüssel.« Sie holte ihn heraus und betrachtete ihn, dann legte sie ihn zurück. »Wir können ihn genauso gut dort drin lassen.«

»Dann zeige ich Ihnen, wie man die Geheimschublade wieder einsetzt.«

Zwanzig Minuten später verabschiedete sich der Schlosser, nachdem sie zusammen alle Wände, Regale und Stuckverzierungen abgeklopft und nichts gefunden hatten. Ehlena plante, den Raum noch ein letztes Mal allein zu untersuchen. Sollte sie dabei nichts finden, würde sie Roff bitten, mit der großen Kanone wiederzukommen, um den Safe aufzusprengen.

Sie ging zum Schreibtisch und schob die Schubladen zurück in die Führungen. Als sie zu der mit den Zeitungsartikeln kam, hielt sie inne.

Vielleicht lag es daran, dass sie sich nicht mehr so um ihren Vater sorgen musste. Vielleicht war es, dass sie etwas Zeit für sich hatte.

Wahrscheinlich hatte sie aber nur einen schwachen Moment, in dem sie ihr Bedürfnis zu wissen nicht stark genug unterdrückte.

Ehlena holte alle Artikel heraus, faltete sie auf und breitete sie auf dem Schreibtisch aus. Alle handelten von Rehvenge und dem zerbombten *ZeroSum*, und wenn sie die heutige Zeitung aufschlug, würde sie zweifelsohne ein weiteres Stück für ihre Sammlung finden. Die Story war ein gefundenes Fressen für Reporter, und im letzten Monat hatte es tonnenweise Berichte dazu gegeben – nicht nur gedruckt, sondern auch in den Abendnachrichten.

Keine Verdächtigen. Keine Verhaftungen. Ein männliches Skelett wurde in den Trümmern gefunden. Andere Läden, die dem Reverend gehört hatten, wurden jetzt von seinen Geschäftspartnern betrieben. Der Drogenhandel in Caldwell war zum Erliegen gekommen. Weitere Morde an Dealern hatte es nicht gegeben.

Ehlena nahm einen Artikel von dem Haufen. Es war nicht der aktuellste, aber sie hatte ihn so oft betrachtet, dass die Druckerschwärze verschmiert war. Neben dem Text war ein Bild von Rehvenge, aufgenommen von einem verdeckten Ermittler der Polizei vor zwei Jahren. Rehvenges Gesicht lag im Schatten, aber Zobelmantel, Stock und Bentley waren unverkennbar.

Die letzten vier Wochen hatten ihre Erinnerungen an Rehvenge destilliert, von ihrer gemeinsam verbrachten Zeit bis hin zu dem Ende im *ZeroSum*. Doch anstatt im Laufe der Zeit zu verblassen, waren die Bilder in ihrem Kopf immer klarer geworden, wie Whiskey, der mit der Zeit immer stärker wurde. Und es war merkwürdig. Von all den Dingen, die gesagt worden waren, guten wie schlechten, erinnerte sich Ehlena am häufigsten an die wütenden Worte der Sicherheitsfrau, als sie auf dem Weg aus dem Club gewesen war:

Dieser Mann hat sich für mich und für Mutter und Schwester in eine beschissene Situation gebracht. Und du hältst dich für zu gut für ihn? Wie reizend. Aus welcher heilen Welt bist du denn entlaufen?

Seine Mutter. Seine Schwester. Diese Sicherheitsfrau.

Als die Worte einmal mehr in ihrem Kopf nachhallten, ließ Ehlena den Blick im Arbeitszimmer umherwandern, bis er an der Tür hängenblieb. Das Haus war still, ihr Vater war mit Lusie und dem Kreuzworträtsel beschäftigt, die Dienstboten waren geschäftig bei der Arbeit.

Zum ersten Mal seit einem Monat war sie allein.

Eigentlich hätte sie ein heißes Bad nehmen und es sich mit einem guten Buch gemütlich machen sollen ... stattdessen holte sie ihren Laptop heraus, klappte den Bildschirm auf und startete das Ding. Sie hatte so eine Ahnung, dass sie ihr Vorhaben in einen tiefen, dunklen Strudel hineinziehen würde.

Aber sie konnte nicht anders.

Sie hatte die Krankenakten von Rehv und seiner Mutter damals bei ihrer Suche gespeichert, und nachdem man beide mittlerweile für tot erklärt hatte, waren die Dokumente sozusagen öffentlich zugänglich – also hatte sie etwas weniger das Gefühl, in ihre Privatsphäre einzudringen, als sie die beiden Dokumente aufrief.

Als Erstes nahm sie sich die Krankenakte der Mutter vor. Sie fand vertraute Einträge, die sie bei ihrer ersten Ansicht überflogen hatte, als sie etwas über die Frau erfahren wollte, die ihn zur Welt gebracht hatte. Doch diesmal nahm sich Ehlena Zeit. Sie suchte nach etwas Bestimmten. Gott allein wusste, was das war.

Die jüngeren Eintragungen waren nichts Außergewöhnliches, lediglich Havers Kommentare über Madalinas jährliche Vorsorgeuntersuchungen oder Behandlungen gelegentlicher Erkrankungen. Als sich Ehlena so durch die Seiten scrollte, fragte sie sich, warum sie eigentlich ihre Zeit vergeudete – bis sie zu einer Knieoperation kam, die fünf

Jahre zurücklag. In der Voruntersuchung erwähnte Havers eine Abnutzung im Gelenk, die Ergebnis einer chronischen Druckbelastung war.

Chronische Druckbelastung? Bei einer geachteten Dame aus der *Glymera*? Das klang nach einer Verletzung für einen Footballspieler, aber doch nicht nach einer vornehmen Person wie Rehvenges Mutter.

Das passte nicht zusammen.

Ehlena ging weiter und weiter zurück, ohne etwas Auffälliges zu entdecken ... doch dann, dreiundzwanzig Jahre und noch weiter zurück, kamen die Einträge. Einer nach dem anderen. Knochenbrüche. Prellungen. Gehirnerschütterungen.

Hätte Ehlena es nicht besser gewusst ... sie hätte auf häusliche Gewalt getippt.

Immer hatte Rehv seine Mutter in die Klinik gebracht. Und er war bei ihr geblieben.

Ehlena ging zurück zu dem letzten Eintrag, der auf einen Fall von Misshandlung durch einen *Hellren* hinwies. Hier hatte Bella Madalina begleitet. Nicht Rehv.

Ehlena starrte auf das Datum, als müsste sich aus den Zahlen eine plötzliche Erkenntnis ergeben. Als sie fünf Minuten später noch immer darauf starrte, hatte sie erneut das Gefühl, von den Schatten der Krankheit ihres Vaters heimgesucht zu werden. Warum war sie nur so versessen auf diese Geschichte?

Und doch, selbst mit diesem Gedanken folgte sie einem Impuls, der ihre Besessenheit nur verschlimmern würde: Sie öffnete die Suche in Rehvs Akte.

Weiter und weiter ging sie zurück durch die Einträge ... Genau um die Zeit herum, als die Verletzungen seiner Mutter aufhörten, bekam er die ersten Male Dopamin.

Vielleicht war es nur ein Zufall.

Mit dem Gefühl, halb verrückt zu werden, loggte sich Ehlena im Internet in das Datenverzeichnis ihres Volkes ein. Als sie Madalinas Name eingab, fand sie den Eintrag über ihren Tod, dann ging sie zu ihrem *Hellren,* Rempoon ...

Ehlena beugte sich vor und atmete zischend aus. Ungläubig blickte sie erneut in Madalinas Krankenakte.

Ihr *Hellren* war in der Nacht gestorben, in der sie das letzte Mal verletzt in die Klinik gekommen war.

Mit dem Gefühl, kurz vor einer Antwort zu stehen, betrachtete sie das übereinstimmende Datum im Licht der Worte der Sicherheitsfrau aus dem *ZeroSum:* Was, wenn Rehvenge den Mann getötet hatte, um seine Mutter zu schützen? Was, wenn ...

Aus dem Augenwinkel sah sie das Foto von Rehvenge aus dem *Caldwell Courier Journal,* sein Gesicht im Schatten, sein Auto und der Zuhälter-Stock so offensichtlich protzig.

Mit einem Fluch klappte sie den Laptop zu und steckte ihn zurück in die Schublade. Sie stand auf. Über ihr Unterbewusstsein hatte sie vielleicht keine Kontrolle, aber wenigstens konnte sie über ihre wachen Stunden bestimmen und diesen Unsinn nicht noch vorantreiben.

Anstatt sich weiter verrückt zu machen, würde sie in Montrags ehemaliges Schlafzimmer gehen und sich umsehen, ob sie nicht irgendwo die Kombination für den Tresor fand. Später würde sie mit ihrem Vater und Lusie das Letzte Mahl essen.

Und dann musste sie sich überlegen, was sie mit dem Rest ihres Lebens anstellen sollte.

»›... hat den Anschein, als wären die jüngsten Morde unter Drogendealern unserer Region mit dem vermutlichen Tod des Clubbesitzers und als Drogenbaron verdächtigten Richard Reynolds zu einem Ende gekommen.‹« Es raschelte, als Beth das *Caldwell Courier Journal* auf den Tisch legte. »Ende des Artikels.«

Wrath verschob die Beine, um das Gewicht seiner Königin auf seinem Schoß in eine angenehmere Position zu verlagern. Vor zwei Stunden war er bei Payne gewesen und hatte ordentlich eingesteckt, was sich wirklich gut anfühlte.

»Danke für's Vorlesen.«

»Gern geschehen. So, jetzt musst du mich kurz zum Kamin lassen. Da rollt gleich ein Scheit auf den Teppich.« Beth küsste ihn und stand auf, der zierliche Stuhl ächzte erleichtert. Als sie durch das Arbeitszimmer zum Kamin ging, schlug die Standuhr.

»Oh, gut«, meinte Beth. »Bald kommt Mary. Sie hat etwas für dich.«

Wrath nickte und tastete mit den Fingerspitzen über die Tischplatte, bis er sein Rotweinglas fand. Am Gewicht erkannte er, dass es fast leer war, und in seiner gegenwärtigen Verfassung würde er mehr wollen. Der Scheiß mit Rehv ging ihm an die Nieren. Ernsthaft.

Er kippte seinen Bordeaux, stellte das Glas ab und rieb sich die Augen unter der Sonnenbrille, die er immer noch trug. Es war vielleicht seltsam, die Brille aufzubehalten – aber die Vorstellung, andere Leute könnten in seine ungerichteten Pupillen blicken, ohne dass er es merkte, bereitete ihm Unbehagen.

»Wrath?« Beth kam zu ihm, und er erkannte an ihrem gepressten Ton, dass sie versuchte, ihre Besorgnis zu verbergen. »Ist bei dir alles in Ordnung? Hast du Kopfweh?«

»Nein.« Wrath zog seine Königin zurück auf seinen Schoß. Der kleine Stuhl knarzte, und die dünnen Beinchen wackelten. »Alles in Ordnung.«

Sie strich ihm die Haare aus der Stirn. »So wirkst du aber nicht.«

»Ich …«, er ertastete ihre Hand und hielt sie fest. »Scheiße, ich weiß nicht.«

»Doch, das tust du.«

Er verzog das Gesicht. »Es geht nicht um mich. Streng genommen.«

Es gab eine lange Pause, und dann sprachen sie beide gleichzeitig:

»Was ist los?«

»Wie geht es Bella?«

Beth räusperte sich, als wäre sie von seiner Frage überrascht. »Bella ... hält sich so gut sie kann. Wir lassen sie nicht viel allein, und es hilft, dass Zsadist sich ein bisschen freigenommen hat. Es ist nur so hart, dass sie die beiden innerhalb weniger Tage verloren hat. Ich meine, Mutter und Bruder ...«

»Diese ganze Scheiße mit Rehv ist eine Lüge.«

»Wie meinst du das?«

Wrath langte nach dem *Caldwell Courier Journal,* das sie ihm vorgelesen hatte und tippte darauf. »Ich kann mir kaum vorstellen, dass ihn jemand in die Luft gesprengt hat. Rehv war kein Dummkopf. Außerdem hatte er diese Mauren zu seinem Schutz und seine Sicherheitschefin. Ein Bombenleger wäre doch nicht einmal in die Nähe dieses Clubs gekommen, das kann mir keiner erzählen. Außerdem hat Rhage erzählt, dass er neulich mit V im *Iron Mask* war, um John heimzuschleifen, und alle drei arbeiten dort – iAm, Trez und Xhex sind weiterhin zusammen. Normalerweise verlaufen sich Leute nach solchen Tragödien. Aber diese drei bleiben, wo sie waren, als würden sie nur darauf warten, dass er zurückkommt.«

»Aber sie haben ein Skelett aus den Trümmern gezogen, oder nicht?«

»Könnte jedem gehören. Okay, es war männlich, aber was wissen die Cops denn sonst? Nichts. Wenn ich aus der Menschenwelt verschwinden wollte – Hölle, selbst aus der Vampirwelt –, würde ich auch eine Leiche platzieren und mein Haus in die Luft sprengen.« Er schüttelte den Kopf und dachte daran, wie Rehv in seinem Sommerhaus im Bett gelegen hatte, so krank und fertig ... und trotzdem in der Lage, eine Killerin auf den Typ anzusetzen, der Wrath hatte töten wollen. »Mann, der Kerl war für mich da. Er hätte mich problemlos fertigmachen können, als Montrag sich mit ihm getroffen hat. Ich schulde ihm etwas.«

»Aber warum sollte er seinen eigenen Tod vortäuschen? Er liebte Bella und ihre Kleine doch so sehr. Er hat seine Schwester praktisch aufgezogen, und ich kann mir einfach nicht vorstellen, dass er sie so verletzen würde. Und wohin sollte er denn gehen?«

In die Kolonie, dachte Wrath.

Wrath hätte Beth gern gesagt, was ihm im Kopf herumging, aber er zögerte, weil es alles so viel komplizierter machen würde. Doch diese E-Mail bezüglich Rehv – Wraths Instinkt sagte ihm, dass Rehv ihn angelogen hatte. Der Zufall war einfach zu groß: Das Ding kam rein, und in der folgenden Nacht »starb« Rehv. Die Mail musste echt gewesen sein. Aber wer konnte davon gewusst haben, nachdem Montrag tot war ...

Dann krachte es laut, und Wrath und Beth landeten unsanft auf ihren Hintern.

Beth quietschte auf, und Wrath fluchte: *»Was zum Donner?«*

Er tastete um sich herum und spürte Splitter von altem, zerbrechlichem Holz aus Frankreich.

»Bist du verletzt, *Lielan?«,* fragte er besorgt.

Beth lachte und stand auf. »Ach du Scheiße ... der Stuhl ist zerbrochen.«

»Zerstäubt trifft es eher ...«

Es klopfte, und Wrath erhob sich stöhnend vor Schmerz. Langsam war er daran gewöhnt. Payne ging immer auf die

Schienbeine, und sein linkes Bein war völlig im Arsch. Aber wenigstens hatte er sich revanchiert. Nach ihrer letzten Session kurierte sie vermutlich gerade eine Gehirnerschütterung aus.

»Herein«, rief er.

Wrath erkannte sofort, wer es war ... und dass sie nicht allein war.

»Wen hast du bei dir, Mary?«, fragte er unwirsch und griff nach dem Messer, das er an der Hüfte trug. Der Geruch war nicht menschlich ... aber es war auch kein Vampir.

Es klimperte leise, und dann seufzte seine *Shellan* langgezogen, als sähe sie etwas, das ihr sehr gefiel.

»Das ist George«, sagte Mary. »Bitte steck deine Waffe weg. Er tut dir nicht weh.«

Wrath behielt seinen Dolch in der Hand und blähte die Nasenflügel. Der Geruch war ... »Ist das ein Hund?«

»Ja. Das ist ein ausgebildeter Blindenhund.«

Beim B-Wort zuckte Wrath leicht zusammen, er kämpfte noch immer damit, dass es jetzt auf ihn passen sollte.

»Ich würde ihn gern zu dir bringen«, sagte Mary mit ihrer ruhigen Stimme. »Aber nicht, solange du die Waffe in der Hand hältst.«

Beth schwieg, und Mary hielt sich zurück, was klug von ihnen war. In Wrath kämpften die widersprüchlichsten Gefühle, und seine Gedanken überschlugen sich. Im letzten Monat hatte es viele Triumphe und eine Menge beschissener Niederlagen gegeben: Nach seinem ersten Treffen mit Payne war ihm bewusstgeworden, dass ein langer, steiniger Weg vor ihm lag, aber er entpuppte sich als länger und steiniger als gedacht.

Seine zwei größten Probleme waren die Abhängigkeit von Beth und den Brüdern, und wie anstrengend es war, die einfachsten Dinge neu zu erlernen. Wie zum Beispiel ... verdammt, sich einen Toast zu schmieren war jetzt eine echte Aufgabe. Gestern hatte er es erneut versucht und dabei die Butterglocke zerbrochen. Und das Saubermachen hatte natürlich ewig gedauert.

Trotzdem war die Vorstellung, mit einem Hund durch die Gegend zu laufen ... einfach zu viel.

Marys Stimme drang durch den Raum, beiläufig, unaufdringlich. »Fritz hat sich beibringen lassen, wie man mit ihm umgeht, und zusammen sind er und ich vorbereitet, mit dir und George zu arbeiten. Wir hätten eine zweiwöchige Versuchszeit, nach der wir das Tier zurückgeben können, wenn es nicht funktioniert oder dir nicht gefällt. Es besteht keinerlei Verpflichtung, Wrath.«

Er wollte schon sagen, dass sie den Hund wegbringen sollten, als er ein leises Winseln hörte und wieder dieses Klingeln.

»Nein, George«, mahnte Mary. »Du kannst nicht zu ihm gehen.«

»Er will zu mir?«

»Wir haben ihn mit einem Hemd von dir trainiert. Er kennt deinen Geruch.«

Wrath schwieg lange, dann schüttelte er den Kopf. »Ich weiß nicht, ob ich der Hundetyp bin. Außerdem, was ist mit Boo...«

»Er ist hier«, meldete sich Beth. »Er sitzt neben George. Er kam gestern herunter, als der Hund ins Haus kam, und ist seitdem nicht von seiner Seite gewichen. Ich glaube, sie mögen sich.«

Verdammt, selbst der Kater fiel ihm in den Rücken.

Wrath schwieg erneut.

Dann steckte er langsam den Dolch in die Scheide und machte zwei große Schritte nach links, um den Schreibtisch zu umgehen. Dann kam er vor und blieb in der Mitte vom Arbeitszimmer stehen.

George winselte leise, und wieder klingelte sein Geschirr.

»Lass ihn zu mir kommen«, brummte Wrath und fühlte sich bedrängt, was ihm gar nicht behagte.

Er hörte, wie das Tier auf ihn zukam, das Tapsen von Pfoten und das Klingeln des Halsbands kam näher und dann ...

Eine samtweiche Schnauze stupste seine Handfläche und eine raue Zunge schleckte kurz über seine Haut. Dann duckte sich der Hund unter seine Hand und drückte sich sanft an seinen Schenkel.

Die Ohren waren seidig und warm, das Fell des Tiers leicht gekräuselt.

Es war ein großer Hund mit dickem, eckigem Kopf.

»Was für einer ist er?«

»Ein Golden Retriever. Fritz hat ihn ausgesucht.«

Der *Doggen* sprach von der Tür aus, als fürchte er bei dieser angespannten Stimmung hereinzukommen. »Ich hielt es für die perfekte Rasse, Sire.«

Wrath tastete sich an den Flanken des Hundes entlang und fand das Geschirr um seine Brust, von dem aus ein Griff abging, an dem sich der Blinde festhalten konnte. »Was kann er denn so?«

Mary ergriff das Wort: »Alles, was du brauchst. Er kann sich das Haus merken. Wenn du ihm befiehlst, dich in die Bibliothek zu führen, tut er das. Er kann dir in der Küche helfen, das Telefon beantworten, Sachen finden. Er ist ein fantastisches Tier, und wenn ihr beide fit seid, hast du mit ihm die Unabhängigkeit, nach der du dich sehnst.«

Dieses Miststück. Sie wusste genau, was ihn nervte. Aber war ein Tier die Antwort?

George winselte leise, als wollte er den Job unbedingt haben.

Wrath ließ den Hund los und trat einen Schritt zurück. Er fing an zu zittern. »Ich weiß nicht, ob ich das kann«, krächzte er heiser. »Ich weiß nicht, ob ich ... blind sein kann.«

Beth räusperte sich leise, als schnürte sich ihr die Kehle zu, weil seine das tat.

Nach einem Moment sprach Mary in ihrer freundlichen, festen Art die harte Wahrheit aus, die ausgesprochen werden musste: »Wrath, du *bist* blind.«

Das ungesagte »Also finde dich damit ab« tönte in seinem Kopf und warf ein Schlaglicht auf die Realität, durch die er sich geschleppt hatte. Klar, er hatte aufgehört, jede Nacht mit der Hoffnung aufzuwachen, dass er sein Sehvermögen zurückerlangen würde. Er hatte mit Payne gekämpft und mit seiner *Shellan* geschlafen, deshalb fühlte er sich nicht körperlich schwach, und er hatte gearbeitet und sich um seine Königspflichten gekümmert und all das. Aber das hieß noch lange nicht, dass irgendetwas rosig war: Er stolperte durch die Gegend, rempelte gegen Möbelstücke, schmiss Sachen runter ... klammerte sich an seine *Shellan* – die wegen ihm seit einem Monat nicht aus dem Haus gegangen war ... brauchte seine Brüder, um ihn herumzuführen ... er war allen eine Last und hasste es.

Diesem Hund eine Chance zu geben bedeutete nicht, dass er seine Blindheit freudig annahm, sagte er sich. Aber vielleicht konnte er sich mit ihm wieder selbstständig bewegen.

Wrath drehte sich, so dass er und George in die gleiche Richtung blickten, dann trat er näher an den Hund. Er beugte sich zur Seite, fand den Griff und umfasste ihn.

»Also, wie funktioniert das jetzt?«

Nach einer erschrockenen Stille, als hätte er seine Zuschauerschaft komplett überrumpelt, folgten Erklärungen und Demonstrationen, von denen er nur ein Viertel aufnahm. Offensichtlich reichte es aber fürs Erste, denn bald drehten er und George eine Runde durch das Arbeitszimmer.

Der Griff musste bis zum Ende ausgefahren werden, damit sich Wrath nicht seitlich hinunterlehnen musste, und der Hund stellte sich viel geschickter an als sein Schützling. Doch nach einer Weile gingen die beiden aus dem Arbeitszimmer hinaus und den Gang hinunter. Der nächste Trip war die große Freitreppe hinunter und wieder hinauf.

Allein.

Wrath kam ins Arbeitszimmer zurück und stellte sich der Gruppe, die sich dort angesammelt hatte – sie war groß, da sich mittlerweile all seine Brüder und auch Lassiter eingefunden hatten. Wrath erkannte jeden einzelnen am Geruch ... außerdem lag eine geballte Ladung Hoffnung und Sorge in der Luft.

Er konnte ihnen ihre Gefühle nicht verübeln, aber die geballte Aufmerksamkeit war ihm unangenehm. »Wonach hast du die Rasse ausgesucht, Fritz?«, fragte er, denn irgendwie musste er die Stille füllen. Und warum nicht den Gegenstand des allgemeinen Interesses ansprechen?

Die Stimme des alten Butler zitterte, als sei er wie alle anderen zutiefst bewegt. »Ich, äh ... ich habe ihn ausgewählt ...« Der Doggen räusperte sich. »Ich habe ihn dem Labrador vorgezogen, weil er mehr haart.«

Wraths blinzelte mit blinden Augen. »Und warum ist das gut?«

»Euer Personal saugt so gerne. Ich hielt es für ein wunderbares Geschenk.«

»Oh, äh ... natürlich.« Wrath gluckste ein bisschen und fing dann an zu lachen. Als die anderen einfielen, löste sich die Spannung im Raum etwas. »Dass ich daran nicht gedacht habe.«

Beth kam zu ihm und küsste ihn. »Wir sehen einfach, wie es dir mit ihm geht, okay?«

Wrath streichelte George den Kopf. »Ja. Okay.« Dann hob er die Stimme: »Genug gequatscht. Wer ist heute alles im Dienst? V, ich brauche den Finanzbericht. Liegt John noch immer betrunken im Bett? Tohr, ich möchte, dass du die verbleibenden Familien der *Glymera* kontaktierst und schaust, ob wir ein paar Schüler dazu bewegen können, zurückzukommen ...«

Wrath bellte Befehle. Es war ein gutes Gefühl, dass Antworten kamen, die Brüder sich auf ihre Plätze setzten, Fritz ging, um das Erste Mahl aufzuräumen und Beth sich in Tohrs altem Sessel fläzte.

»Ach, und ich brauche eine neue Sitzgelegenheit«, bemerkte er, als er mit George hinter den Schreibtisch ging.

»Wow, du hast das Ding atomisiert«, staunte Rhage.

»Ich kann dir etwas basteln«, schlug V vor. »Ich kann gut schnitzen.«

»Wie wäre es mit einem Clubsessel«, meinte Butch.

»Willst du diesen Sessel hier?«, bot Beth an.

»Wenn mir einfach jemand den Ohrensessel vom Kamin geben könnte«, bat Wrath.

Phury brachte ihn, Wrath setzte sich und zog ihn an den Schreibtisch – und knallte mit beiden Knien an die Schubladen.

»Okay, das hat sicher wehgetan«, murmelte Rhage.

»Wir brauchen etwas Niedrigeres«, bemerkte jemand.

»Passt schon«, presste Wrath hervor, ließ George los und rieb sich die Knie. »Mir ist egal, worauf ich sitze.«

Als sich die Bruderschaft ihren Geschäften zuwandte, fiel ihm auf, dass er die Hand auf den großen Kopf des Hundes gelegt hatte und seinen weichen Pelz streichelte ... mit einem Ohr spielte ... nach unten langte und in das langen Kraushaar griff, das an der starken, breiten Brust des Tiers hinab führte.

All das bedeutete natürlich nicht, dass er das Tier behalten würde.

Es fühlte sich einfach nur nett an, das war alles.

28

Am folgenden Abend sah Ehlena dabei zu, wie ihr neuer Freund Roff der Schlosser den Wandsafe mit einem Hochleistungsbohrer bearbeitete. Das Jaulen seines Werkzeugs dröhnte in ihren Ohren, und der beißende Geruch von heißem Metall erinnerte sie an das Desinfektionsmittel, mit dem die Böden in Havers Klinik geputzt wurden. Doch das Gefühl, etwas zu erledigen – egal, was es war , entschädigte sie für alles.

»Fast fertig«, rief der Schlosser über das Getöse hinweg.

»Lass dir Zeit«, schrie sie zurück.

Es war zu einer persönlichen Sache zwischen ihr und dem Safe geworden, und dieses Miststück würde heute Nacht geöffnet werden, komme, was da wolle. Nachdem sie mit Hilfe des Personals Montrags Schlafzimmer durchsucht hatte und sogar seine Kleidung durchgesehen hatte, was gruselig war, hatte sie den Schlosser angerufen und erfreute sich nun an dem Anblick, wie sich der Bohrkopf immer weiter in das Metall fraß.

Eigentlich war es ihr egal, was in dem verdammten Ding

lag, entscheidend war, das Hindernis der fehlenden Kombination zu überwinden – und es war angenehm, wieder sie selbst zu sein. Sie hatte es schon immer auch mit harten Fällen aufgenommen … ähnlich diesem Bohrer.

»Ich bin durch«, verkündete Roff und zog sein Werkzeug heraus. »Endlich! Kommen Sie, sehen Sie es sich an.«

Als das Jaulen sich in Stille verwandelte und der Schlosser durchatmete, ging Ehlena zu ihm und zog die Tür auf. Dahinter war es nachtschwarz.

»Erinnern Sie sich?«, meinte Roff und fing an, seine Werkzeuge zusammenzupacken. »Wir mussten die Elektronik kappen, die ihn mit dem Alarmsystem verbunden hat. Normalerweise geht ein Licht an.«

»Okay.« Sie lugte trotzdem in den Safe. Er war wie eine Höhle. »Vielen herzlichen Dank.«

»Wenn Sie wollen, dass ich einen Neuen für Sie besorge, kann ich das tun.«

Ihr Vater hatte immer Safes gehabt, manche davon in die Wand eingelassen, andere unten im Keller, groß und schwer wie Autos. »Ich schätze … wir werden einen brauchen.«

Roff sah sich in dem Arbeitszimmer um und lächelte sie an. »Ja, Madam, das glaube ich auch. Ich kümmere mich darum. Damit Sie das Richtige bekommen.

Sie drehte sich um und streckte die Hand aus. »Du hast mir sehr geholfen.«

Er errötete vom Kragen seines Overalls bis zum dunklen Haaransatz. »Madam, es war mir ein Vergnügen, für Sie zu arbeiten.«

Ehlena brachte ihn an die große Eingangstür und ging dann mit einer Taschenlampe, die sie sich beim Butler besorgt hatte, zurück ins Arbeitszimmer.

Sie knipste den Lichtstrahl an und blickte in den Safe. Ordner. Jede Menge Ordner. Ein paar flache Lederschatullen, wie Ehlena sie aus den Zeiten kannte, als ihre Mutter noch Schmuck besaß. Noch mehr Ordner. Aktienzertifikate. Bargeldbündel. Zwei Haushaltsbücher.

Sie zog sich einen Beistelltisch heran und leerte den ganzen Safe, indem sie Stapel bildete. Ganz hinten stieß sie auf eine Kassette, die sie nur ächzend hinausbekam.

Sie brauchte drei Stunden, um sich durch die ganzen Akten zu arbeiten, und als sie fertig war, war sie absolut fassungslos.

Montrag und sein Vater waren die reinsten Unternehmensgangster gewesen.

Sie erhob sich aus dem Sessel, in dem sie die letzten Stunden verbracht hatte, und ging hinauf in ihr Zimmer. Dort zog sie die Schublade der antiken Kommode auf, in der sie ihre Kleider verwahrte. Das Manuskript ihres Vaters wurde von einem einfachen Gummiband zusammengehalten, das sie abstreifte. Dann blätterte sie durch die Seiten, bis sie die Beschreibung des Geschäfts fand, das ihre Familie in den Ruin gestürzt hatte.

Ehlena nahm die Manuskriptseite mit nach unten zu den Ordnern und Hauptbüchern aus dem Safe. In den Akten, die Hunderte von Transaktionen von Geschäftsanteilen, Grundstücken und anderen Investitionen dokumentierten, fand sie die eine, in der Datum, Dollarbeträge und Gegenstand auf die von ihrem Vater beschriebene passten.

Da lag es vor ihr. Montrags Vater hatte ihren Vater übers Ohr gehauen, und der Sohn hatte dabei die Finger mit im Spiel gehabt.

Ehlena ließ sich in den Sessel zurückfallen und fasste das Arbeitszimmer hart ins Auge.

Karma konnte mies sein, nicht wahr?

Ehlena wandte sich wieder den Hauptbüchern zu, um zu überprüfen, ob das Duo noch andere Mitglieder der

Glymera übervorteilt hatte. Doch da war nichts, nicht, seit Montrag und sein Vater ihre Familie ruiniert hatten, und Ehlena fragte sich, ob sie sich danach wohl menschlichen Geschäftspartnern zugewandt hatten, um nicht beim eigenen Volk als Schwindler und Verbrecher aufzufliegen.

Sie blickte auf die Kassette hinab.

Nachdem es eindeutig die Nacht zum Waschen schmutziger Wäsche war, hob sie das Ding auf. Es hatte kein Zahlenschloss, sondern ein Schlüsselloch.

Sie blickte über die Schulter zum Schreibtisch.

Fünf Minuten später hatte sie erfolgreich das Geheimfach in der untersten Schublade aufgestemmt und den Schlüssel geholt, den sie in der Vornacht gefunden hatten. Sie zweifelte nicht daran, dass er zu der Kassette gehörte.

Und so war es.

Drinnen lag ein einziges Dokument. Als sie die dicken, cremefarbenen Blätter entrollte, hatte sie das gleiche Gefühl wie bei ihrem ersten Telefongespräch mit Rehv, als er fragte: *Bist du da, Ehlena?*

Das hier würde alles ändern, dachte sie unwillkürlich.

Und das tat es.

Es war eine eidesstattliche Versicherung von Rehvenges Vater, in dem er seinen Mörder benannte. Verfasst, während er seinen tödlichen Wunden erlag.

Ehlena las sie zweimal. Und ein drittes Mal.

Bezeugt war sie von Rehm, Vater des Montrag.

Ein Geistesblitz durchfuhr sie, und sie sprintete an ihren Laptop und rief Madalinas Krankenakte auf … Tja, wer hätte das gedacht: Das Datum der eidesstattliche Versicherung stimmte mit der Nacht überein, in der Rehvs Mutter zusammengeschlagen ins Krankenhaus gebracht worden war.

Ehlena nahm die eidesstattliche Versicherung und

las sie erneut. Laut seinem Stiefvater war Rehvenge ein *Symphath* und ein Mörder. Rehm hatte es gewusst. Und Montrag auch.

Ihre Augen fielen auf die Hauptbücher. Diese Aufzeichnungen entlarvten Vater und Sohn als absolute Opportunisten. Es fiel schwer zu glauben, dass sie diese Art von Information nicht irgendwann verwendet hatten. Sehr schwer.

»Madam? Ich bringe Euren Tee.«

Ehlena blickte auf. Eine *Doggen* stand in der Tür. »Ich muss etwas wissen.«

»Selbstverständlich, Madam.« Sashla trat lächelnd einen Schritt nach vorne. »Wie kann ich Euch behilflich sein?«

»Wie ist Montrag gestorben?«

Ein lautes Klappern ertönte, als die Dienstmagd das Tablett beinahe auf den Couchtisch fallen ließ. »Madam ... sicher wollt Ihr nicht von solchen Dingen sprechen.«

»Wie?«

Die *Doggen* blickte auf die Dokumente, die verstreut um den ausgeweideten Safe herumlagen. Der Resignation in Sashlas Augen nach zu schließen, ahnte sie, dass gerade Geheimnisse aufgedeckt worden waren, die kein günstiges Licht auf ihren früheren Herrn warfen.

Diplomatie und Respekt ließen die Dienstmagd leise sprechen: »Ich möchte nicht schlecht von den Toten reden, oder respektlos gegenüber Sire Montrag erscheinen. Aber nachdem Ihr nun unser Haushaltsvorstand seid und es erbeten habt ...«

»Es ist in Ordnung. Du tust nichts Falsches. Und ich muss es wissen. Betrachte es als Befehl, wenn dir das hilft.«

Das schien Sashla zu erleichtern, und sie nickte, dann begann sie stockend zu reden. Als sie verstummte, blickte Ehlena auf das glänzende Parkett.

Zumindest wusste sie jetzt, warum der Teppich fehlte.

Xhex hatte die Schlussschicht im *Iron Mask,* wie davor im *ZeroSum.* Als ihre Uhr Viertel vor vier anzeigte, war es deshalb Zeit für sie, alle aus den Toiletten zu werfen, während die Barleute die letzte Runde ausschenkten und die Türsteher Betrunkene und Zugedröhnte auf die Straße beförderten.

Oberflächlich betrachtet konnte man das *Mask* nicht mit dem *ZeroSum* vergleichen. Statt funkelnden Stahl und Glas zu präsentieren war hier alles neoviktorianisch in Schwarz und Dunkelblau durchgestylt. Es gab jede Menge Samtvorhänge und abgeschiedene Nischen mit Sofas. Und vergiss den beschissenen Technopop – hier lief akustischer Selbstmord, das Depressivste, was der Backbeat je hervorgebracht hatte. Keine Tanzfläche. Keine VIP-Lounge. Mehr Örtlichkeiten für Sex. Weniger Drogen.

Aber der eskapistische Vibe war der Gleiche, und auch hier verdienten die Mädchen, und der Sprit floss in Strömen.

Betreiber Trez agierte im Hintergrund. Hier gab es kein verstecktes Backoffice und keinen extravaganten Besitzer, der wie ein Zuhälter durch den Laden stolzierte. Trez war Manager, kein Drogenbaron, und die Geschäftspolitik und Abläufe im *Mask* beinhalteten kein Knochenbrechen oder Waffengefuchtel. Letztlich gab es viel weniger zu regeln, weil die kleinen und großen Drogendeals wegfielen – außerdem waren Goths schwermütiger und introvertierter als das hyperaktive, aufgedrehte Zappelvolk aus dem *ZeroSum.*

Aber Xhex vermisste das Chaos. Vermisste ... vieles.

Mit einem Fluch ging sie in die Damentoilette, die neben der größeren der beiden Bars lag, und traf auf ein Mädchen, das sich über das Waschbecken beugte, um den verdunkelten Spiegel darüber besser zu sehen. Voller Konzentration wischte sie mit dem Finger unter ihrem Auge herum, nicht um ihren Kajal abzuwischen, sondern um ihn noch weiter auf ihrer papierweißen Haut zu verteilen. Sie hatte genug von der schwarzen Schmiere zur Verfügung, so viel, dass sie aussah, als hätte ihr jemand zwei Veilchen verpasst.

»Wir schließen«, erklärte Xhex.

»Okay, kein Problem. Bis morgen.« Das Mädchen zog sich von ihrem Zombie-Spiegelbild zurück und drückte sich durch die Tür.

Das war das Verrückte an den Goths. Sie sahen zwar allesamt aus wie Freaks, waren in Wirklichkeit aber viel cooler als die frustrierten College Kids und Möchtegern-Paris Hiltons. Außerdem hatten sie die besseren Tattoos.

Ja, das *Mask* war viel unkomplizierter ... Und so blieb Xhex mehr als genug Zeit für ihre sich vertiefende Beziehung mit Detective de la Cruz. Sie war jetzt schon zweimal zum Verhör auf der Polizeistation von Caldwell gewesen, genauso wie viele ihrer Türsteher – inklusive Big Rob und Silent Tom, die sie damals ausgeschickt hatte, um nach Grady zu suchen.

Natürlich hatten die beiden formvollendet unter Eid gelogen und ausgesagt, dass sie zum Zeitpunkt von Gradys Tod mit Xhex zusammengearbeitet hätten.

Mittlerweile war klar, dass die Sache vor Gericht gehen würde, aber die Anklage würde nicht standhalten. Sicher hatten die CSIler Fasern und Haare bei Grady untersucht, aber das würde sie kaum weiterbringen, denn so wie sich Vampirblut schnell zersetzte, zerfiel auch ihre DNS. Außerdem hatte Xhex Kleidung und Stiefel aus dieser Nacht längst verbrannt, und das Messer, das sie verwendet hatte, bekam man in jedem Jagdgeschäft.

De la Cruz hatte nichts als Indizien.

Nicht, dass es eine Rolle spielte. Sollte die Sache aus irgendwelchen Gründen zu heiß werden, würde Xhex einfach verschwinden. Vielleicht Richtung Westen. Vielleicht ins Alte Land.

Verdammt, sie hätte Caldwell längst verlassen sollen. Dass Rehv so nah und gleichzeitig völlig unerreichbar war, brachte sie um den Verstand.

Nach einem Blick in die Kabinen ging Xhex hinaus und um die Ecke zur Herrentoilette. Sie klopfte laut und steckte den Kopf hinein.

Das Klappern, Stöhnen und Rumpeln ließ auf mindestens eine Frau und einen Mann schließen. Vielleicht auch zwei von jeder Sorte.

»Wir schließen«, blaffte sie.

Offensichtlich war sie genau zum richtigen Zeitpunkt gekommen, denn ein spitzer Schrei zeugte vom Orgasmus einer Frau und hallte von den Kacheln wieder. Danach hörte man ein erschöpftes Keuchen.

Für das Xhex gar nicht in Stimmung war. Es erinnerte sie an ihre kurze Episode mit John … Andrerseits, was erinnerte sie nicht daran? Seit Rehv verschwunden war und sie das Schlafen aufgegeben hatte, standen ihr viele, viele Stunden unter Tag zur Verfügung, in denen sie die Decke in ihrer Hütte anstarren und durchzählen konnte, in wie vielerlei Hinsicht sie versagt hatte.

Sie war seitdem nicht mehr in ihrer Kellerwohnung gewesen. Vermutlich würde sie sie verkaufen müssen.

»Kommt schon, raus da«, rief sie. »Wir schließen.«

Nichts, nur das Schnaufen.

Xhex hatte genug von den postkoitalen Atmungsübungen im Behindertenklo. Sie ballte die Hand zur Faust und donnerte sie auf den Papierhandtuchspender. »Schwingt eure Ärsche hier raus. *Jetzt.*«

Das brachte Bewegung in die Truppe.

Als Erstes kam eine Frau aus der Kabine, die trotz ihrer Eigenwilligkeit wohl jedem gefallen hätte. Ihr Styling war ganz Goth, mit zerrissenen Stumpfhosen, zentnerschweren Stiefeln und ordentlich verschnürt mit Lederriemen, aber ihr hübsches Gesicht hätte für jede Misswahl getaugt, genauso wie ihre Barbie-Figur.

Und man hatte es ihr ordentlich besorgt.

Ihre Wangen waren gerötet, und ihr pechschwarzes Haar war flachgedrückt. Beides rührte zweifellos davon, dass sie beim Sex gegen die gefliese Wand gepresst worden war.

Qhuinn kam als Nächster aus der Kabine, und Xhex versteifte sich. Sie wusste genau, wer hier noch seinen Schwanz im Spiel gehabt hatte.

Qhuinn nickte ihr hölzern zu, als er an ihr vorbeikam. Sie wusste, er würde nicht weit gehen. Nicht ohne ...

John Matthew war noch mit der Knopfleiste seiner Hose beschäftigt, als er herauskam. Ein Affliction-Shirt war über sein Sixpack hochgeschoben, und er trug keine Boxershorts. Im fluoreszierenden Licht der Toilette war die glatte, haarlose Haut unter seinem Nabel so gespannt, dass man die Muskelfasern sah, die an seinem Torso hinab bis zu den Beinen verliefen.

Er blickte nicht zu Xhex auf, aber nicht aus Schüchternheit oder Verlegenheit. Es kümmerte ihn nicht, dass sie da war, und das war nicht gespielt. Sein emotionales Raster war ... leer.

Er ging zum Waschbecken, drehte das heiße Wasser auf und pumpte eine ordentliche Portion Seife aus dem Spender. Als er sich die Hände wusch, mit der er die Frau bearbeitet hatte, rollte er die Schultern, als wären sie verspannt.

Sein Kinn war unrasiert, und er hatte Ringe unter den Augen. Und sein Haar war eine Weile nicht geschnitten worden, so dass es sich im Nacken und um die Ohren kringelte. Vor allem aber stank er nach Alkohol, der Dunst quoll aus jeder Pore, als käme seine Leber nicht hinterher, den Dreck aus seinem Blut zu filtern, egal, wie hart sie arbeitete.

Das war nicht gut. Es war gefährlich: Xhex wusste, dass er weiter im Kampfeinsatz war. Immer mal wieder kam er mit frischen Prellungen herein, manchmal mit einem Verband.

»Wie lang willst du noch so weitermachen?«, fragte sie tonlos. »Mit dem Gesaufe und Gehure?«

John drehte das Wasser ab und ging zu dem Handtuchspender, in den sie gerade eine spektakuläre Delle geschlagen hatte. Er stand keinen halben Meter von ihr entfernt, als er ein paar Tücher herauszog und seine Hände so gründlich abtrocknete, wie er sie gewaschen hatte.

»Himmel, John, das ist doch keine Art zu leben.«

Er warf die nassen Tücher in die Stahltonne. Als er an die Tür kam, sah er sie zum ersten Mal an, seit sie ihn in ihrem Bett zurückgelassen hatte. In seinem Gesicht flackerte kein Erkennen oder Erinnern oder irgendetwas auf. Die einst funkelnden blauen Augen waren trüb.

»John ...«, ihre Stimme klang etwas heiser. »Es tut mir wirklich leid.«

Betont umständlich streckte er den Mittelfinger aus und hielt ihn ihr entgegen. Dann war er weg.

Allein in der Toilette ging Xhex zu dem verdunkelten Spiegel und beugte sich vor, so wie es das Mädchen nebenan getan hatte. Als sich ihr Gewicht nach vorne verlagerte, bohrten sich die Büßergurte in ihre Schenkel. Sie war überrascht, sie überhaupt zu spüren.

Seit sich Rehv geopfert hatte, war ihr Kummer so groß, dass sie dieses Hilfsmittel nicht mehr brauchte, um ihre böse Veranlagung zu kontrollieren.

Ihr Handy klingelte in ihrer Lederhose. Das hatte ihr gerade noch gefehlt. Sie holte das Ding aus der Tasche, sah auf die Nummer ... und kniff die Augen zu.

Darauf hatte sie gewartet. Seit sie die Rufumleitung von Rehvs altem Handy eingerichtet hatte.

Sie nahm den Anruf an. »Hallo, Ehlena«, grüßte sie ruhig.

Es gab eine lange Pause. »Ich hatte nicht erwartet, dass jemand drangeht.«

»Warum hast du dann angerufen?« Wieder eine lange Pause. »Schau, wenn es um das Geld geht, da bin ich machtlos. Er hat es in seinem Testament verfügt. Wenn du es nicht willst, spende es für einen wohltätigen Zweck.«

»Was ... was für Geld?«

»Vielleicht ist es noch nicht auf deinem Konto. Ich dachte, das Testament wäre vom König anerkannt worden.« Wieder gab es eine lange Pause. »Ehlena? Bist du noch dran?«

»Ja ...«, kam die leise Antwort. »Bin ich.«

»Aber warum rufst du an, wenn es nicht ums Geld geht?«

Das Schweigen war nach dem bisherigen Verlauf dieses Gesprächs keine Überraschung. Was danach kam, war der Schocker.

»Ich rufe an, weil ich nicht glaube, dass er tot ist.«

29

Ehlena wartete auf eine Antwort von Rehvs Sicherheitschefin. Je länger keine kam, desto sicherer war sie sich, dass sie richtiglag.

»Er ist nicht tot, stimmt's«, sagte sie mit Nachdruck. »Ich habe Recht, oder?«

Als Xhex schließlich sprach, war ihre tiefe, volle Stimme merkwürdig reserviert. »Ich denke, du solltest wissen, dass du hier mit einer zweiten *Symphathin* redest.«

Ehlena umfasste ihr Handy fester. »Irgendwie überrascht mich das nicht sonderlich.«

»Warum sagst du mir nicht, was du zu wissen glaubst?«

Interessante Antwort, dachte Ehlena. Nicht etwa *Er ist nicht tot*. Weit davon entfernt. Andrerseits, wenn diese Frau *Symphathin* war, konnte das Gespräch überall hinführen.

Weswegen es keinen Grund gab, irgendetwas zurückzuhalten. »Ich weiß, dass er seinen Stiefvater getötet hat, weil er seine Mutter geschlagen hat. Und dass sein Stiefvater wusste, dass er ein *Symphath* ist. Außerdem weiß ich, dass Montrag, Sohn des Rehm, auch von seiner *Symphathen-*

abstammung wusste, und dass Montrag rituell in seinem Arbeitszimmer ermordet wurde.«

»Und was schließt du daraus?«

»Ich glaube, Montrag hat Rehvs Identität aufgedeckt, deshalb musste Rehv in die Kolonie. Mit dieser Explosion im Club sollte verhindert werden, dass seine Umwelt von seiner Natur erfährt. Ich glaube, dass er mich deshalb ins *ZeroSum* gebracht hat. Um mich auf sichere Weise loszuwerden. Und was Montrag betrifft ... ich glaube, dass Rehvenge sich im Gehen um ihn gekümmert hat.« Ein extrem langes Schweigen folgte. »Xhex ... bist du noch dran?«

Die Frau stieß ein kurzes, hartes Lachen aus. »Rehv hat Montrag nicht umgebracht. Das war ich. Und es hatte nicht direkt mit Rehvs Identität zu tun. Aber woher weißt du von dem toten Mann?«

Ehlena beugte sich auf ihrem Stuhl nach vorne. »Ich glaube, wir sollten uns treffen.«

Jetzt war das Lachen länger und ein bisschen natürlicher. »Du hast Nerven! Ich erzähle dir, dass ich einen Mann umgebracht habe, und du willst mich treffen?«

»Ich will Antworten. Ich will die Wahrheit.«

»Entschuldige, wenn ich hier kurz den Jack Nicholson geben muss, aber bist du sicher, dass du die Wahrheit verträgst?«

»Ich habe diese Nummer gewählt, oder? Ich rede mit dir, oder nicht? Schau, ich weiß, dass Rehvenge am Leben ist. Ob du es nun zugibst oder nicht, es ändert nichts für mich.«

»He, du hast keine Ahnung.«

»Das glaubst du! Er hat sich von mir genährt. Er trägt mein Blut in sich. Deshalb weiß ich, dass er noch immer atmet.«

Lange Pause, dann ein kurzes Lachen. »Ich verstehe langsam, was ihm an dir gefallen hat.«

»Wollen wir uns also treffen?«

»Okay, in Ordnung. Wo?«

»In Montrags sicherem Haus in Connecticut. Wenn du ihn umgebracht hast, weißt du ja, wo es steht.« Ehlena fühlte eine kurze Befriedigung, als es totenstill in der Leitung wurde. »Hatte ich vergessen zu erwähnen, dass mein Vater und ich die nächsten Verwandten von Montrag sind? Wir haben seinen gesamten Besitz geerbt. Ach ja, und sie mussten den Teppich rausnehmen, den du versaut hast. Warum konntest du den Mistkerl nicht auf dem Marmor im Foyer umbringen?«

»Scheiße ... Du bist ein bisschen mehr als bloß eine kleine Krankenschwester, oder?«

»Ja. Also, kommst du nun?«

»Ich bin in einer halben Stunde da. Und keine Sorge, ich bleibe nicht über Tag. *Symphathen* vertragen Tageslicht.«

»Dann bis gleich.«

Als Ehlena auflegte, stand sie völlig unter Strom. Eilig begann sie aufzuräumen, sammelte alle Hauptbücher, Schatullen und Dokumente ein und steckte sie in das jetzt ungeschützte Innere des Safes. Dann klappte sie die Seelandschaft wieder an die Wand, fuhr den Computer herunter, gab den *Doggen* Bescheid, dass sie Besuch erwartete und ...

Die Glocke hallte durchs Haus. Ehlena war froh, dass sie es als Erste an die Haustür schaffte. Irgendwie hatte sie den Verdacht, der Umgang mit Xhex könnte den Hausangestellten unangenehm sein.

Sie zog die mächtigen Flügel auf und trat einen Schritt zurück. Xhex sah genauso aus wie in ihrer Erinnerung, eine knallharte Frau in schwarzem Leder und mit männlichem Kurzhaarschnitt. Doch etwas hatte sich geändert, seit sie die Sicherheitsfrau das letzte Mal gesehen hatte. Sie schien ... dünner, älter. Irgendetwas.

»Was dagegen, wenn wir ins Arbeitszimmer gehen?«, fragte Ehlena und hoffte, dass sie es hinter geschlossene Türen schafften, bevor der Butler und die Zimmermädchen auftauchten.

»Du bist mutig. Wenn man bedenkt, was ich als Letztes in diesem Zimmer getan habe.«

»Du hattest deine Chance, mir nachzustellen. Trez kannte meine alte Adresse. Wenn du dich wirklich so über Rehv und mich geärgert hast, hättest du mich längst erledigt. Sollen wir?«

Als Ehlena den Arm in Richtung des betreffenden Zimmers ausstreckte, deutete Xhex ein Lächeln an und ging los.

Als sie sich hinter verschlossener Tür befanden, fragte Ehlena: »Also, wie viel habe ich richtig geraten?«

Xhex wanderte im Arbeitszimmer umher und blieb nur ab und an stehen, um sich ein Bild, ein Buch im Regal oder die Lampe auf einer orientalischen Vase anzusehen.

»Du hast Recht. Er hat seinen Stiefvater für das getötet, was dieses Schwein bei ihm zu Hause angerichtet hat.«

»Meintest du das damit, dass er sich für Mutter und Schwester in eine beschissene Situation gebracht hat?«

»Zum Teil. Sein Stiefvater hat diese Familie terrorisiert, insbesondere Madalina. Dummerweise glaubte sie, es nicht anders zu verdienen, und außerdem war er noch milde im Vergleich zu Rehvs Vater. Sie war eine Frau von Wert. Ich mochte sie, obwohl ich sie nur ein-, zweimal getroffen habe. Ich war niemand nach ihrem Geschmack, ganz und gar nicht, aber sie war freundlich zu mir.«

»Ist Rehvenge in der Kolonie? Hat er seinen eigenen Tod vorgetäuscht?«

Xhex blieb vor der Seelandschaft stehen und sah Ehlena über die Schulter hinweg an. »Er würde nicht wollen, dass wir dieses Gespräch führen.«

»Dann lebt er.«

»Ja.«

»In der Kolonie.«

Xhex zuckte die Schultern und nahm ihre Wanderung wieder auf. Die langsamen, gelassenen Schritte konnten nicht verhehlen, welche Kraft in ihrem Körper steckte. »Wenn er gewollt hätte, dass du in diese Geschichte hineingezogen wirst, hätte er die Sache ganz anders angefangen.«

»Hast du Montrag getötet, damit diese eidesstattliche Versicherung nicht ans Licht kommt?«

»Nein.«

»Warum dann?«

»Das geht dich nichts an.«

»Falsche Antwort.« Als Xhexs Kopf herumwirbelte, straffte Ehlena die Schultern. »Ich könnte auf der Stelle zum König gehen und deine Deckung auffliegen lassen. Also denke ich, dass du es mir sagen solltest.«

»Du willst eine *Symphathin* bedrohen? Vorsicht, ich beiße.«

Das gelangweilte Lächeln, das ihre Worte untermalte, jagte Ehlena eisige Schauer über den Rücken und erinnerte sie daran, dass sie noch nie mit jemandem wie Xhex zu tun gehabt hatte. Und das nicht nur, weil sie *Symphathin* war: Diese kalten, metallgrauen Augen, die sie da von der anderen Seite des Zimmers aus ansahen, hatten auf eine Menge Tote geblickt – die sie selbst umgebracht hatte.

Aber Ehlena ließ sich nicht einschüchtern.

»Du wirst mir nichts tun«, sagte sie voll Überzeugung.

Xhex fletschte lange weiße Fänge, und ein leises Fauchen drang aus ihrer Kehle. »Tatsächlich?«

»Nein ...« Ehlena schüttelte den Kopf. Plötzlich hatte sie das Bild vor Augen, wie Rehvenge ihren Turnschuh festhielt. Jetzt, wo sie wusste, was er zum Schutz von Mutter und Schwester getan hatte ... glaubte sie an das, was sie in diesem Moment in seinem Gesicht gesehen hatte. »Sicher hat er dir verboten, mich anzurühren. Sicher hat er für meinen Schutz gesorgt, als er ging. Deswegen die Show im *ZeroSum*.«

Rehvenge war nicht unfehlbar gewesen. Weit davon entfernt. Aber sie hatte ihm in die Augen gesehen und seinen Bindungsduft gerochen und seine zärtlichen Hände auf ihrer Haut gespürt. Im *ZeroSum* hatte sie den Schmerz in seinen Augen gesehen und die angespannte Verzweiflung in seiner Stimme gehört. Damals hatte sie geglaubt, es sei entweder gespielt gewesen, oder seiner Enttäuschung zuzuschreiben, dass seine Lügen aufgeflogen waren, doch jetzt sah sie die Sache anders.

Sie kannte ihn, verdammt. Selbst nach allem, was er ihr verschwiegen hatte, selbst nach all den Lügen *kannte* sie ihn.

Ehlena hob das Kinn und blickte einer routinierten Killerin ins Gesicht.

»Ich will alles wissen, und du wirst es mir sagen.«

Xhex sprach eine halbe Stunde lang durchgehend und war überrascht, wie gut es ihr tat. Außerdem war sie zunehmend angetan von Rehvs Wahl. Die ganze Zeit, während Xhex von den Schrecken erzählte, saß Ehlena still und gefasst auf dem Seidensofa – obwohl es eine Menge unangenehmer Details gab.

»Die Frau, die mich an meiner Tür abgefangen hat«, sagte Ehlena, »war seine Erpresserin?«

»Ja. Seine Halbschwester. Sie ist mit seinem Onkel verheiratet.«

»Gott, wie viel Geld hat sie im Laufe dieser zwanzig Jahre von ihm kassiert? Kein Wunder, dass er den Club betreiben musste.«

»Sie war nicht nur hinter Geld her.« Xhex sah Ehlena in die Augen. »Er musste sich auch prostituieren.«

Ehlena wurde bleich. »Wie meinst du das?«

»Was glaubst du, wie ich das meine?« Xhex fluchte und nahm ihre Wanderung wieder auf, ging zum hundertsten Mal die Längen des herrschaftlichen Zimmers ab. »Hör zu ... vor fünfundzwanzig Jahren habe ich Mist gebaut, und um mich zu schützen, ist Rehv einen Deal mit der Prinzessin eingegangen. Einmal im Monat ist er in den Norden gereist und hat ihr Geld gezahlt ... und mit ihr geschlafen. Es war ihm zuwider, und er hat sie verabscheut. Außerdem hat sie ihn krank gemacht, im wörtlichen Sinne – sie hat ihn vergiftet, wenn er tat, wozu sie ihn zwang, deswegen brauchte er auch dieses Antiserum. Und dennoch ... obwohl es ihn eine Menge kostete, nahm er diesen Trip immer wieder auf sich, damit sie uns nicht verriet. Er hat für meinen Fehler bezahlt, Monat für Monat, Jahr für Jahr.«

Ehlena schüttelte langsam den Kopf. »Lieber Himmel ... seine Halbschwester ...«

»Wage nicht, ihm das zur Last zu legen. Es gibt nur noch wenige *Symphathen,* Inzucht ist bei ihnen ganz normal, aber vor allem hatte er keine Wahl, denn ich habe ihn in diese Position gebracht. Wenn du glaubst, er habe diese kranke Scheiße freiwillig getan, hast du den Verstand verloren.«

Ehlena hob abwehrend die Hand. »Ich verstehe. Es ... es tut mir nur leid für dich und ihn.«

»Verschwende keine Gefühle an mich.«

»Sag mir nicht, was ich fühlen soll.«

Xhex musste lachen. »Weißt du, unter anderen Umständen könnte ich dich mögen.«

»Komisch. Mir geht es genauso.« Die Frau lächelte, aber es war ein trauriges Lächeln. »Dann ist er also bei der Prinzessin?«

»Ja.« Xhex wandte sich von dem Sofa ab, um zu verbergen, was sich zweifelsohne in ihren Augen zeigte. »Die Prinzessin hat seine Deckung auffliegen lassen, nicht Montrag.«

»Aber Montrag wollte diese eidesstattliche Versicherung benutzen, oder? Hast du ihn deshalb ermordet?«

»Das war nur ein Teil seines Plans. Den Rest kann ich nicht verraten, nur so viel, dass Rehv eine tragende Rolle darin spielte.«

Ehlena runzelte die Stirn und lehnte sich in die Kissen zurück. Sie hatte mit ihrem Pferdeschwanz herumgespielt und dabei etliche Strähnen aus dem Gummi gelöst – so dass es jetzt aussah, als hätte sie einen Heiligenschein, so wie sie vor der Lampe saß.

»Muss es auf der Welt immer so grausam zugehen?«

»Meiner Erfahrung nach – ja.«

»Warum hast du nicht versucht, ihn zu befreien?«, fragte Ehlena ruhig. »Und das soll keine Kritik sein – ehrlich nicht. Es scheint nur so gar nicht zu dir zu passen.«

So gefragt, fühlte sich Xhex etwas weniger in die Defensive getrieben. »Er hat mich schwören lassen, es nicht zu tun. Er hat es sogar schriftlich festgehalten. Und sollte ich mein Wort brechen, werden zwei seiner besten Freunde sterben – weil sie mir folgen würden.« Mit einem verlegenen Schulterzucken holte Xhex den verdammten Brief aus ihrer Hosentasche. »Ich muss das Ding immer bei mir tragen, weil es das Einzige ist, was mich zurückhält. Sonst wäre ich noch heute früh in dieser verdammten Kolonie.«

Ehlenas Blick klebte auf dem gefalteten Umschlag. »Darf ... darf ich den bitte sehen?« Zitternd streckte sie ihre hübsche Hand aus. »Bitte.«

Das Gefühlsraster der Frau war ein einziges Chaos aus Fetzen von Verzweiflung und Angst, eingewickelt in Stränge von Traurigkeit. Sie war in den letzten vier Wochen durch die Hölle gegangen und vollkommen überdreht ... aber im Kern, im Zentrum, tief in ihrem Herzen ... brannte Liebe.

Und sie brannte tief.

Xhex legte den Brief in ihre Hand und hielt ihn einen kurzen Moment fest. Erstickt sagte sie: »Rehvenge ... ist seit Jahren mein Held. Er ist ein guter Mann trotz seiner *Symphathen*seite, und er ist es wert, was du für ihn empfindest. Er hätte ein besseres Leben verdient ... und ich kann mir gar nicht vorstellen, was die Prinzessin in diesem Moment mit ihm anstellt.«

Xhex ließ den Umschlag los, und Ehlena blinzelte heftig, als versuche sie, die Tränen aufzuhalten.

Xhex konnte diese Frau nicht ansehen, deshalb stellte sie sich vor ein Ölgemälde mit einem prächtigen Sonnenuntergang über einer ruhigen See. Die Farben waren so warm und wohltuend, dass das Bild tatsächlich eine glühende Wärme auszustrahlen schien, die man auf Gesicht und Schultern spürte.

»Er hätte ein wirkliches Leben verdient«, murmelte Xhex. »Mit einer *Shellan,* die ihn liebt, ein paar Kindern und ... stattdessen wird er misshandelt und gefoltert für ...«

Weiter kam sie nicht, denn ihre Kehle schnürte sich zu, so dass sie kaum noch Luft bekam. Als Xhex vor dem strahlenden Sonnenuntergang stand, hätte sie beinahe losgeheult: Der Druck von Vergangenheit, Gegenwart und Zukunft, den sie in ihrem Inneren eingesperrt hatte, köchelte bedrohlich auf, so dass sie auf ihre Arme und Hände blickte, ob sie nicht vielleicht angeschwollen waren.

Doch sie sahen aus wie immer.

Alles blieb eingesperrt unter ihrer Haut.

Sie hörte ein leises Rascheln, als der Brief zurück ins Kuvert gesteckt wurde.

»Nun, da bleibt uns nur eines«, stellte Ehlena fest.

Xhex konzentrierte sich auf die brennende Sonne in

der Mitte des Bildes und riss sich zusammen. »Und das wäre?«

»Wir gehen da hoch und holen ihn raus.«

Xhex warf Ehlena einen Blick über die Schulter zu. »Auf das Risiko hin, wie ein Typ aus einem billigen Actionfilm zu klingen: Wir zwei hätten keine Chance gegen eine Armee von *Symphathen*. Außerdem hast du den Brief gelesen. Du weißt, wozu ich mich verpflichtet habe.«

Ehlena tippte mit dem Brief an ihr Knie. »Aber hier heißt es, du darfst nicht seinetwegen gehen, oder? Und was, wenn ich dich bitte, mit mir zu kommen? Dann wäre es doch meinetwegen, oder? Ihr *Symphathen* schätzt doch solche Winkelzüge.«

Xhex überlegte und lächelte kurz: »Guter Gedanke. Aber nimm es mir nicht übel, du bist Zivilistin. Für diese Aktion bräuchte ich mehr Hilfe als dich.«

Ehlena erhob sich von dem Sofa. »Ich kann schießen und bin ausgebildete Rettungsschwester, also kann ich auch mit Feldverletzungen umgehen. Und ohne mich kommst du nicht um deinen Schwur herum. Also, was sagst du?«

Xhex war ganz und gar für *Feuer frei*, aber wenn Ehlena bei einem Befreiungsversuch von Rehv ums Leben käme, hätte sie ein ernsthaftes Problem.

»In Ordnung, ich gehe allein«, verkündete Ehlena und warf den Brief aufs Sofa. »Ich finde ihn und ...«

»Moment, Moment!« Xhex atmete tief durch, nahm Rehvs letzte Nachricht und gestattete sich, für alle Möglichkeiten offen zu sein. Was, wenn es einen Weg gab, um ...

Und wie aus dem Nichts wurde sie plötzlich von Tatendrang erfasst, und in ihren Adern floss endlich wieder etwas anderes als Schmerz.

»Ich weiß, an wen wir uns wenden können.« Sie strahlte. »Ich weiß, wie wir es anstellen.«

»An wen?«

Xhex streckte Ehlena die Hand entgegen. »Wenn du da hoch willst, bin ich dabei, aber wir machen es auf meine Art.«

Rehvs Freundin blickte zu Boden, dann bohrten sich ihre karamellfarbenen Augen in Xhexs Gesicht. »Ich gehe mit dir. Das ist meine einzige Bedingung. Ich gehe mit.«

Xhex nickte langsam. »Ich verstehe. Aber alles andere überlässt du mir.«

»Abgemacht.«

Sie gaben sich die Hände. Ehlenas Handschlag war bestimmt und fest. Was angesichts ihres Vorhabens hoffen ließ, dachte Xhex, wenn Ehlena eine Pistole halten sollte.

»Wir holen ihn da raus«, hauchte Ehlena.

»Der Himmel steh uns bei.«

30

»Okay, pass auf, George: Siehst du diese Mistdinger? Das sind hinterhältige Biester. Ich weiß, wir haben das schon ein paarmal gemacht, aber das ist kein Grund zum Übermut.«

Wrath stupste mit dem Fuß gegen die unterste Stufe der Freitreppe und stellte sich in Gedanken die mit rotem Teppich bespannte Rutschbahn vor, die von der Eingangshalle auf die Balustrade im ersten Stock führte. »Das Gute daran: Du siehst, was du tust. Das Schlechte: Wenn ich falle, reiße ich dich wahrscheinlich mit. Das gilt es zu verhindern.«

Vorsichtig streichelte er den Kopf des Hundes. »Sollen wir?«

Er gab das Signal zum Aufbruch und begann den Aufstieg. George blieb ganz dicht bei ihm, und die fließende Bewegung seiner Schultern übertrug sich durch den Haltegriff. Oben angekommen blieb George stehen.

»Arbeitszimmer«, sagte Wrath.

Zusammen gingen sie geradeaus. Als der Hund erneut

stehen blieb, orientierte sich Wrath am Knistern des Kaminfeuers und konnte mit dem Hund zum Schreibtisch laufen. Er setzte sich auf den neuen Stuhl, und George setzte sich auch, direkt neben ihn.

»Ich kann nicht glauben, dass du das tust«, sagte Vishous von der Tür aus.

»Pech gehabt.«

»Sag mir, dass du uns dabeihaben willst.«

Wrath streichelte Georges Flanke. Sein Fell war so weich. »Nicht von Anfang an.«

»Bist du sicher?« Wrath ließ eine hochgezogene Braue für sich sprechen. »Ja, okay, in Ordnung. Aber ich werde vor der Tür stehen.«

Und V würde nicht allein sein, kein Zweifel. Als Bellas Handy mitten während des Letzten Mahls bimmelte, war es eine Überraschung: Alle, die üblicherweise bei ihr anriefen, saßen mit ihr im Raum. Sie war drangegangen, und nach einem langen Schweigen hörte Wrath, wie ein Stuhl zurückgeschoben wurde und sanfte Schritte auf ihn zukamen.

»Für dich«, meinte sie mit zitternder Stimme. »Es ist … Xhex.«

Fünf Minuten später hatte er zugestimmt, Rehvenges Stellvertreterin zu empfangen, und obwohl Xhex nichts Genaues gesagt hatte, musste man kein Hellseher sein, um Grund und Zweck ihres Anrufs zu erraten. Schließlich war Wrath nicht nur König, sondern auch Erster der Bruderschaft.

Die alle fanden, Wrath sei verrückt, sie zu empfangen, aber das war das Coole daran, Anführer seines Volkes zu sein: Man konnte tun, was man wollte.

Unten in der Eingangshalle öffnete sich die Tür, und die Stimme von Fritz hallte zu ihnen herauf, als er die beiden Gäste ins Haus geleitete. Der alte Butler kam nicht allein mit den zwei Frauen herein, er selbst war von Rhage und Butch eskortiert worden, als er sie mit dem Mercedes abgeholt hatte.

Stimmen und Schritte näherten sich über die Treppe.

George spannte sich an, seine Hüften hoben sich und seine Atmung ging etwas schneller.

»Ist schon okay, Junge«, raunte Wrath ihm zu. »Kein Grund zur Aufregung.«

Der Hund entspannte sich sofort, und Wrath blickte ihn verwundert an, obwohl er ihn nicht sehen konnte. Dieses bedingungslose Vertrauen war ... eigentlich ganz nett.

Es klopfte, und er drehte den Kopf. »Herein.«

Sein erster Eindruck von Xhex und Ehlena war die wilde Entschlossenheit, die von ihnen ausstrahlte. Als Zweites witterte er eine große Nervosität bei Ehlena, die rechts stand.

Aus dem verhaltenen Rascheln von Kleidung schloss er, dass sie sich verbeugten, und ein doppeltes »Eure Hoheit« bestätigte seine Vermutung.

»Setzt euch«, forderte er sie auf. »Alle anderen verlassen den Raum.«

Keiner seiner Brüder wagte zu murren, denn es galt, die Etikette zu wahren: Im Beisein von Außenstehenden behandelten sie ihn als ihren Herrscher und König. Rumgezicke und Ungehorsam waren tabu.

Vielleicht brauchten sie öfter Besuch in diesem verdammten Haus.

Als sich die Türen schlossen, sagte Wrath: »Sagt mir, warum ihr hier seid.«

Es entstand eine Pause, und Wrath stellte sich vor, dass sich die Frauen wahrscheinlich ansahen und überlegten, wer zuerst das Wort ergreifen sollte.

»Lasst mich raten«, kam er ihnen zuvor. »Rehvenge lebt, und ihr wollt ihn aus diesem Drecksloch befreien.«

Als Wrath, Sohn des Wrath, sprach, war Ehlena nicht im Geringsten überrascht, dass er den Grund ihres Kommens erraten hatte. Der König auf der anderen Seite dieses entzückenden, zierlichen Schreibtisches sah genauso aus, wie sie ihn von ihrem Zusammenprall in der Klinik in Erinnerung hatte: Grausam und schlau zugleich, ein Führer in der Blüte seiner geistigen und körperlichen Kraft.

Dieser Mann kannte sich aus in der Welt. Und er war es gewohnt, die nötige Kraft zu haben, um auch schwierige Aufgaben zu lösen.

»Ja, mein Herr«, sagte sie nickend. »Deswegen sind wir hier.«

Er wandte ihr seine schwarze Panoramabrille zu. »Du bist doch die Krankenschwester aus Havers Klinik. Die sich als Montrags Erbin entpuppt hat.«

»Das bin ich, ja.«

»Darf ich fragen, was du mit dieser Sache zu tun hast?«

»Es ist persönlich.«

»Ach so.« Der König nickte. »Verstehe.«

Xhex meldete sich in ernstem und respektvollem Ton: »Rehvenge hat dir einen Gefallen getan. Einen großen Gefallen.«

»Daran musst du mich nicht erinnern. Deshalb sitzt ihr beiden jetzt hier bei mir zu Hause.«

Ehlena musterte Xhex von der Seite und versuchte zu ergründen, worauf sich die beiden bezogen. Doch ihre Miene verriet nichts. Wie zu erwarten.

»Eine Frage«, meinte Wrath. »Was machen wir mit dieser E-Mail, wenn wir ihn zurückholen? Rehvenge sagte, sie sei unbedeutend, aber offensichtlich war das gelogen. Jemand aus dem Norden drohte, ihn auffliegen zu lassen, und wenn er freikommt ... wird diese Drohung vielleicht wahrgemacht.«

Xhex meldete sich zu Wort: »Ich garantiere persönlich

dafür, dass der Verfasser dieser Drohung keinen Laptop mehr verwenden kann, wenn ich fertig bin.«

»Wundervoll.«

Während der König das Wort lächelnd in die Länge zog, lehnte er sich auf die Seite und schien etwas zu streicheln ... Verblüfft bemerkte Ehlena, dass neben ihm ein Golden Retriever saß, dessen Kopf nur ein paar Zentimeter über den Schreibtisch ragte. Wow. Seltsame Wahl, dachte sie. Der Gefährte des Königs schien so sanftmütig und anschmiegsam, genau das Gegenteil seines Besitzers – und doch ging Wrath liebevoll mit dem Tier um, seine große, breite Hand strich langsam über den Rücken des Hundes.

»Ist das die einzige Bedrohung für seine Tarnung?«, wollte der König wissen. »Oder gibt es noch weitere Löcher zu stopfen?«

»Montrag ist tot«, murmelte Xhex. »Ich wüsste nicht, wer es sonst wissen sollte. Natürlich könnte ihm der König der *Symphathen* nachstellen, aber den könntest du stoppen. Rehv ist schließlich auch dein Untertan.«

»Stimmt genau, verdammt, und ich habe das ältere Besitzrecht.« Wraths Lächeln kehrte kurz zurück. »Außerdem will es sich der *Symphathen*-König sicher nicht mit mir verscherzen, denn wenn ich ernsthaft sauer werde, könnte ich ihm sein hübsches kleines Exil da oben im Land der abgefrorenen Eier abnehmen. Er ist König von meinen Gnaden, wie man im Alten Land sagte, er regiert nur so lange, wie ich ihn lasse.«

»Also werden wir die Sache durchziehen?«, fragte Xhex.

Wrath schwieg lange, und während sie auf seine Antwort warteten, blickte sich Ehlena in dem hübschen Arbeitszimmer im französischen Stil um, um Wraths Augen auszuweichen. Sie wollte ihn nicht sehen lassen, wie aufgeregt sie war, und keine Schwäche in ihrem Gesicht zeigen. Sie fühlte sich völlig fehl am Platz, wie sie hier vor dem König ihres Volkes saß und einen Plan präsentierte, der beinhaltete, ins Herz eines finsteren Ortes vorzustoßen. Aber sie konnte nicht riskieren, dass er an ihrem Entschluss zweifelte oder sie von der Reise ausschloss, denn auch wenn sie nervös war, würde sie nicht nachgeben. Angst zu haben hieß nicht, dass man kniff. Zur Hölle, sonst säße ihr Vater längst in einer Anstalt, und sie wäre vielleicht wie ihre Mutter geendet.

Der richtige Weg konnte manchmal beängstigend sein, aber ihr Herz hatte sie bis hierher geführt und würde sie nicht im Stich lassen ... was auch geschah und was es auch brauchte, um Rehvenge aus der Kolonie zu holen.

Ehlena ... bist du da?

Ja, verdammt, das war sie.

»Zwei, drei Dinge«, meinte Wrath, als er unter leichtem Zusammenzucken sein Gewicht verlagerte, als hätte er eine Kampfverletzung. »Dem König da oben wird es nicht schmecken, wenn wir in sein Reich spazieren und einen seiner Leute mitnehmen.«

»Bei allem Respekt«, unterbrach Xhex, »Rehvs Onkel soll sich ins Knie ficken.«

Ehlena horchte auf. Rehvenge war der Neffe des Königs?

Wrath zuckte die Schultern. »Zufällig stimme ich zu, trotzdem wird es zu einem Konflikt kommen. Zu einem bewaffneten Konflikt.«

»In so was bin ich gut«, sagte Xhex so beiläufig, als ginge es nur darum, welchen Film man ansehen wollte. »Sehr gut.«

Ehlena hatte das Gefühl, sich auch einbringen zu müssen: »Ich auch.«

Der König versteifte sich leicht, und Ehlena bemühte sich, nicht zu sehr zu drängen, denn sie wollte nicht wegen

Respektlosigkeit vor die Tür gesetzt werden: »Ich meine, nichts anderes ist zu erwarten, und ich bin darauf eingestellt.«

»Du bist darauf eingestellt? Nimm's mir nicht übel, aber wenn es zum Kampf kommt, kann man keinen zivilen Anhang brauchen.«

»Bei allem Respekt«, benutzte sie Xhex' Worte, »ich gehe mit.«

»Selbst wenn das hieße, dass ich meine Männer zurückziehe?«

»Ja.« Der König atmete hörbar ein, als überlege er, wie er sie höflich loswerden konnte. »Du verstehst nicht, mein Herr. Rehvenge ist mein ...«

»Dein was?«

Aus einem Impuls heraus und um ihrem Anliegen mehr Gewicht zu verleihen, sagte sie: »Er ist mein *Hellren*.« Aus dem Augenwinkel sah sie, wie Xhexs Kopf zu ihr herumwirbelte, aber sie war bereits ins Wasser gesprungen, und nun konnte sie nicht noch nässer werden. »Er ist mein Mann, und ... er hat sich vor einem Monat von mir genährt. Wenn er versteckt wird, kann ich ihn finden. Außerdem, wenn sie ihm etwas ...« oh, Himmel, »angetan haben, braucht er vielleicht medizinische Hilfe. Die werde ich ihm bieten.«

Der König spielte mit dem Ohr seines Hundes und rieb den Daumen an dem weichen, hellbraunen Fell. Dem Tier gefiel das ganz offensichtlich, und es drückte sich mit einem Seufzer an den Schenkel seines Herrn.

»Wir haben einen Sanitäter«, sagte Wrath. »Und eine Ärztin.«

»Aber nicht seine *Shellan*, oder?«

»Brüder«, rief Wrath plötzlich aus. »Schwingt eure Ärsche hier rein.«

Die Flügeltüren des Arbeitszimmers flogen auf, und

Ehlena blickte ängstlich über die Schulter. War sie zu weit gegangen und würde nun aus dem Haus »eskortiert«? Diese Aufgabe hätte jeder der zehn riesenhaften Männer, die eben hereinkamen, locker allein bewältigt. Ehlena kannte sie alle aus der Klinik, außer den mit dem blond-schwarzen Haar, und es erstaunte sie gar nicht, dass alle voll bewaffnet waren.

Zu ihrer Erleichterung kamen sie nicht, um sie hinauszubefördern, sondern verteilten sich in dem eleganten, hellblauen Raum und füllten ihn bis zu den Deckenbalken. Es schien ein bisschen seltsam, dass Xhex sie keines Blickes würdigte und sich weiter ganz auf Wrath konzentrierte – andrerseits war es logisch: So furchterregend die Brüder aussahen, entscheidend war einzig die Meinung des Königs.

Wrath blickte in die Runde seiner Krieger. Seine Panoramasonnenbrille verdeckte die Augen, so dass man nicht in seinem Gesicht lesen konnte.

Das Schweigen war unerträglich, und Ehlenas Herz hämmerte in ihren Ohren.

Schließlich sprach der König. »Gentlemen, diese reizenden Damen möchten gerne in den Norden reisen. Ich bin bereit, sie ziehen zu lassen, damit sie Rehv zu uns nach Hause bringen, aber sie gehen nicht allein.«

Die Antwort der Brüder kam sofort.

»Ich bin dabei.«

»Setz mich auf die Liste.«

»Wann soll's losgehen?«

»Wurde auch Zeit.«

»Oh, Mann, morgen ist *Beaches Night*. Können wir nach zehn gehen, damit ich einmal alle Folgen sehen kann?«

Alles drehte sich nach dem Mann mit dem blond-schwarzen Haar in der Ecke um, der die mächtigen Arme vor der Brust verschränkt hatte.

»Was ist?«, fragte er. »Kommt schon, das ist nicht *Mary Tyler Moore*. Kein Grund also, sich aufzuregen.«

Vishous, der mit dem schwarzen Handschuh, funkelte ihn an. »Das ist *schlimmer* als *Mary Tyler Moore*. Und ›Idiot‹ würde dir noch schmeicheln.«

»Machst du Witze? Bette Midler hat's echt drauf. Und ich steh nun mal auf das Meer. Na und?«

Vishous blickte hilfesuchend zum König. »Du hast gesagt, ich darf ihn schlagen. Du hast es versprochen.«

»Sobald wir heimkommen«, sagte Wrath und stand auf. »Wir hängen ihn in der Turnhalle auf, und du kannst ihn als Sandsack benutzen.«

»Vielen Dank. Es gibt einen Gott.«

Der mit dem blond-schwarzen Haar schüttelte den Kopf. »Ich schwöre, bald gehe ich.«

Wie auf Kommando zeigten alle Brüder auf die offene Tür und ließen das Schweigen für sich sprechen.

»Ihr seid echt scheiße.«

»Okay, genug.« Wrath kam um den Tisch und ...

Ehlena setzte sich ruckartig auf. Die Hand des Königs umschloss den Griff eines Geschirrs um die Brust des Hundes, und sein Gesicht war nach vorne gerichtet, das Kinn hochgeschoben, so dass er den Boden nicht sehen konnte.

Er war blind. Und zwar nicht im Sinne von kurzsichtig oder dergleichen. Er sah offenbar überhaupt nichts. Seit wann denn das, fragte sich Ehlena. Bei ihrem letzten Zusammentreffen schien er noch nicht blind gewesen zu sein.

Ehrfurcht erfüllte sie, als sie wie alle anderen im Raum zu ihm aufblickte.

»Die Sache wird heikel«, erklärte Wrath. »Wir brauchen genügend Leute, denn wir wollen sowohl Deckung als einen Such- und Rettungstrupp, aber wir sollten nicht mehr Wirbel verursachen, als unbedingt nötig. Ich will zwei

Teams, das zweite in Bereitschaft. Außerdem brauchen wir eine Transportmöglichkeit, für den Fall, dass Rehvenge bewegungsunfähig ...«

»Wovon redet ihr?«, fragte eine Frauenstimme aus der Tür.

Ehlena blickte über die Schulter und erkannte, wer es war: Bella, die Frau von Bruder Zsadist, die regelmäßig im Refugium half. Die Frau stand in dem verschnörkelten Rahmen, ihr Kind im Arm, das Gesicht aschfahl, die Augen leer.

»Was ist mit Rehvenge?«, fragte sie, und ihr Ton wurde schärfer. »Was ist mit meinem Bruder?«

Während Ehlena langsam verstand, ging Zsadist zu seiner *Shellan*.

»Ich glaube, ihr beide solltet euch unterhalten«, meinte Wrath sanft. »Zu zweit.«

Zsadist nickte und führte seine Familie aus dem Zimmer. Als das Paar den Flur hinunterging, hörte man Bella weiter mit zunehmend schriller und panischer Stimme Fragen stellen.

Und dann ertönte ein ungläubiges »*Was?!*« der absoluten Fassungslosigkeit.

Ehlena sah betroffen auf den hübschen blauen Teppich. Sie wusste nur zu gut, was Bella in diesem Moment durchmachte. Die Schockwelle, das in Schieflage geratene Weltbild, das Gefühl betrogen worden zu sein.

Kein schönes Gefühl. Und auch keins, das man leicht überwand.

Nachdem sich eine Tür geschlossen hatte, und die Stimmen dadurch gedämpft wurden, blickte Wrath in die Runde, als gebe er jedem die Chance, seine Entschlossenheit zu prüfen.

»Morgen Nacht ist Showdown, heute reicht das Tageslicht nicht mehr aus, um ein Auto hochzubringen.« Der

König nickte Ehlena und Xhex zu. »Ihr beide bleibt bis dahin hier.«

Also hieß das, dass sie mitgehen konnte? Der Jungfrau der Schrift sei Dank! Was das Bleiben betraf, würde Ehlena ihren Vater anrufen müssen, aber mit Lusie im Haus machte sie sich keine Sorgen deswegen. »Kein Problem ...«

»Ich muss nochmal weg«, sagte Xhex gepresst. »Aber ich komme zurück bis ...«

»Das ist keine Einladung. Du bleibst, damit ich weiß, wo du bist und was du tust. Sollte es dir um Waffen gehen – davon haben wir genug. Scheiße, wir haben erst letzten Monat eine ganze Kiste voll von den *Lessern* kassiert. Also, willst du diese Sache durchziehen? Dann bleib bis heute Abend hier.«

Es war offensichtlich, dass der König Xhex nicht traute, so, wie er die Worte hervorpresste und dabei grimmig lächelte.

»Also, wie hätten wir es gerne, Sündenfresserin?«, fragte er ruhig. »So oder gar nicht?«

»In Ordnung«, knurrte Xhex. »Was immer du wünschst.«

»Ganz genau«, murmelte Wrath. »Ganz genau.«

Eine Stunde später stand Xhex mit ausgestreckten Armen und hüftbreit gespreizten Beinen im Schießstand der Bruderschaft. In ihren Händen hielt sie eine nach Talkum stinkende SIG Sauer Vierzig, aus der sie Salven auf eine menschenförmige Zielscheibe zwanzig Meter von sich entfernt feuerte. Trotz des Gestanks war es eine fantastische Waffe, mit hübschem Rückstoß und ausgezeichneter Zielgenauigkeit.

Während sie die Pistole ausprobierte, fühlte sie die neugierigen Blicke der Männer hinter sich. Man musste ihnen zugutehalten, dass sie nicht auf ihren Hintern gerichtet waren.

Nein, die Brüder waren nicht an ihr interessiert. Keiner von ihnen mochte sie sonderlich, obwohl Xhex beim Nachladen der Pistole spürte, dass sie ihr widerwillig Treffsicherheit zugestanden und das als Vorzug betrachteten.

Auf der Bahn nebenan bewies Ehlena, dass sie nicht gelogen hatte und tatsächlich mit einer Waffe umgehen konnte. Sie hatte eine Halbautomatik mit etwas weniger Feuerkraft gewählt, was klug war, weil sie lange nicht Xhexs Kraft im Oberkörper besaß. Für eine Amateurin zielte sie fantastisch, und vor allem behandelte sie die Waffe mit einer ruhigen Sicherheit, die hoffen ließ, dass sie niemandem versehentlich ins Knie schießen würde.

Xhex nahm ihren Ohrenschutz ab und wandte sich zur Bruderschaft um, die Waffe am Schenkel baumelnd. »Ich würde gerne noch die andere probieren, aber mit den beiden müsste ich gut auskommen. Und ich will mein Messer zurück.«

Die Klinge hatte man ihr abgenommen, bevor sie und Ehlena in diesem schwarzen Mercedes in das Haus der Bruderschaft gefahren wurden.

»Du bekommst sie«, sagte jemand. »Wenn du sie brauchst.«

Gegen ihren Willen schaute sie sich kurz um, wer alles da war. Die gleiche Crew wie vorher. John Matthew hatte sich also nicht in den Raum geschlichen.

Bei der Größe dieses Anwesens konnte er vermutlich überall sein, selbst in der nächsten Stadt, verdammt. Nach der Besprechung im königlichen Arbeitszimmer war er einfach rausspaziert, und seitdem hatte sie ihn nicht gesehen.

Was gut war. Im Moment musste sie sich auf das bevorstehende Ereignis konzentrieren, nicht auf ihr erbärmliches, verhindertes Liebesleben. Zum Glück schien sich alles zu regeln. Sie hatte iAm und Trez angerufen und eine

Nachricht hinterlassen, dass sie sich einen Tag freinahm. ein Rückruf hatte bestätigt, dass das kein Problem sei. Bestimmt würden sie später nochmal bei ihr durchrufen, aber mit Unterstützung der Bruderschaft war sie hoffentlich in der Kolonie und wieder draußen, bevor ihre Babysitterimpulse die Mauren übermannten.

Zwanzig Minuten später hatte sie die andere SIG zu Genüge ausprobiert und war nicht im Geringsten überrascht, als beide Waffen konfisziert wurden. Der Weg zurück ins Haus war lang und angespannt. Xhex warf einen Seitenblick zu Ehlena, um zu sehen, wie sie sich hielt. Es war schwer, die Entschlusskraft im Gesicht dieser Krankenschwester nicht zu bewundern. Rehvs Frau wollte sich ihren Mann zurückholen, und nichts würde sie davon abhalten.

Was super war ... Trotzdem machte es Xhex nervös. Sie war sich sicher, dass Murhder die gleiche Entschlossenheit zur Schau getragen hatte, als er zur Kolonie kam, um sie zu retten.

Und sieh nur an, wie das gelaufen war.

Andrerseits war dieser ewige Einzelkämpfer allein gegangen. Ehlena und Xhex waren wenigstens schlau genug gewesen, sich handfeste Unterstützung zu suchen. Man konnte nur hoffen, dass dieses feine Detail den Unterschied ausmachen würde.

Zurück im Haus holte sich Xhex etwas zu Essen aus der Küche und wurde in ein Gästezimmer im ersten Stock geführt, das man durch einen Flur voller Statuen erreichte.

Essen. Trinken. Duschen.

Sie ließ das Licht im Bad an, weil ihr das Zimmer unbekannt war, legte sich nackt ins Bett und schloss die Augen. Als eine halbe Stunde später die Tür aufging, war sie geschockt und nicht überrascht zugleich, als ein großer Schatten im Licht des Flurs stand.

»Du bist betrunken«, bemerkte sie.

John Matthew kam ohne Einladung herein und verschloss ohne Erlaubnis die Tür. Er war tatsächlich betrunken, aber das war ja nichts Neues.

Auch der Umstand, dass er sexuell erregt war, würde es nicht auf die Titelseite schaffen.

Als er die mitgeführte Flasche auf die Kommode stellte, und die Hände zur Knopfleiste seiner Hose führte, gab es hunderttausend Gründe, warum sie ihn aufhalten und zum Teufel hätte schicken sollen.

Stattdessen warf Xhex die Decke zurück und legte die Hände hinter den Kopf. Ein Schauer lief über ihre Brüste, und das nicht nur vor Kälte.

Denn bei all den Gründen, die gegen ihr Vorhaben sprachen, gab es ein Argument, das über alle vernünftigen Einwände gewann: Es bestand die Möglichkeit, dass einer oder beide von ihnen nach der morgigen Nacht nicht wieder heimkamen.

Selbst mit Unterstützung der Bruderschaft war es ein Selbstmordkommando, in die Kolonie einzudringen – und Xhex konnte sich vorstellen, dass unter dem Dach der Bruderschaft gerade so manches Paar Sex hatte. Manchmal musste man das Leben noch einmal auskosten, bevor man beim Sensenmann an die Tür klopfte.

John zog Jeans und T-Shirt aus und ließ die Sachen liegen, wo sie hinfielen. Dann kam er zu ihr. Er sah fantastisch aus im leuchtenden Licht, der Schwanz aufrecht und hart, die muskulöse Gestalt alles, was sich eine Frau im Bett nur wünschen konnte.

Doch all diese Pracht interessierte sie nicht, als er zur Matratze kam und sie bestieg. Xhex wollte seine Augen sehen.

Doch leider hatte sie Pech. Das Licht aus dem Bad kam von hinten, und sein Gesicht lag im Schatten. Einen Moment lang hätte sie fast die Nachttischlampe angestellt, doch dann wurde ihr bewusst, dass sie die taube Kälte nicht sehen wollte, die ohne Zweifel in seinem Blick lag.

Sie würde von ihm nicht bekommen, was sie wollte, dachte Xhex. Bei dieser Sache würde es nicht darum gehen, sich lebendig zu fühlen.

Und sie hatte Recht.

Kein Auftakt, kein Vorspiel. Sie öffnete die Beine für ihn, und er stieß in sie. Ihr Körper entspannte sich und nahm ihn auf, allein aufgrund der Biologie. Als er sie vögelte, lag sein Kopf neben ihrem auf dem Kissen, aber er hielt sein Gesicht von ihr abgewandt.

Sie kam nicht. Er schon. Viermal.

Als er sich von ihr hinunterwälzte und schwer atmend auf dem Rücken lag, war ihr Herz in tausend Splitter zerbrochen: Seit sie ihn in ihrer Kellerwohnung zurückgelassen hatte, hatte es einen Sprung gehabt, doch mit jedem Stoß, mit dem er jetzt in sie eingedrungen war, war ein weiteres Stück abgesplittert.

Ein paar Minuten später stand John auf, zog sich an, griff nach seiner Flasche und ging.

Als sich die Tür mit einem Klicken schloss, zog Xhex die Decke über sich.

Sie unternahm keinen Versuch, das Zittern zu kontrollieren, das sie erfasste, und versuchte auch nicht, die Tränen zurückzuhalten. Sie sammelten sich in ihren Augenwinkeln und rannen über ihre Schläfen. Ein paar landeten in ihren Ohren. Einige rollten über ihren Hals und wurden vom Kissen aufgesaugt. Andere trübten ihre Sicht, als wollten sie ihr Zuhause nicht verlassen.

Sie kam sich lächerlich vor und führte die Hände ans Gesicht, um sie aufzufangen und an der Decke abzuwischen.

Sie weinte stundenlang.

Allein.

31

Am nächsten Abend lenkte Lash seinen Mercedes fünfzehn Meilen südlich von Caldwell auf einen Feldweg und stellte die Scheinwerfer aus. Langsam fuhr er den mit Schlaglöchern übersäten Feldweg entlang und nutzte den aufgehenden Mond als Orientierung in dem schmuddeligen, abgeernteten Kornfeld.

»Haltet eure Waffen parat«, sagte er.

Auf dem Beifahrersitz nahm Mr D seine Vierzig, und hinten spannten die zwei Jäger die Schrotflinten, die man ihnen gegeben hatte, bevor Lash sie alle aus der Stadt gefahren hatte.

Hundert Meter weiter trat Lash auf die Bremse und fuhr mit der behandschuhten Hand das mit Leder ummantelte Lenkrad nach. Das Gute an einem protzigen schwarzen Mercedes war, dass man wie ein Geschäftsmann aussah und nicht wie ein aufgemotzter Drogengangster, wenn man daraus ausstieg. Außerdem passten die Leibwächter auf die Rückbank.

»Also, ziehen wir es durch.«

Es klickte, als alle gleichzeitig die Türen entriegelten und ausstiegen, wo sie auf verschneiter Erde einem zweiten protzigen Mercedes gegenüberstanden.

Einem kastanienbraunen AMG. Hübsch.

Und Lash war nicht der Einzige, der ein paar Waffen zu dem Treffen mitgebracht hatte. Die Türen des AMG öffneten sich, und heraus stiegen drei Kerle mit Vierzigern und ein scheinbar unbewaffneter Mann.

Während die Limousinen einen gewissen Anstand vermittelten, repräsentierten diese Männer die raue Seite des Drogengeschäfts – die verdammt wenig mit Taschenrechnern, Auslandskonten und Geldwäsche zu tun hatte.

Lash ging auf den Mann zu, der keine Waffe zu tragen schien, und seine Hände hingen neben den Taschen seines *Joseph Abboud* Mantels. Im Laufen durchforstete er den Geist des kolumbianischen Importeurs, der laut Aussage des Drogendealers, den sie ebenso zum Spaß wie zum Nutzen gefoltert hatten, große Mengen an Rehvenge verkauft hatte.

»Sie wollten ein Treffen mit mir?« Der Mann sprach mit starkem Akzent.

Lash steckte die Hand in die Brusttasche seines Mantels und lächelte. »Du bist nicht Ricardo Benloise.« Er blickte zu dem anderen Mercedes hinüber. »Und ich lasse mich ungern verarschen. Sag deinem Boss, er soll aus dem Auto steigen, oder ich verschwinde – und dann macht er keine Geschäfte mit dem Mann, der in Caldwell aufgeräumt hat und den Markt vom Reverend übernimmt.«

Der Mensch schien einen Moment verblüfft. Dann warf er einen Blick auf die drei Kerle hinter ihm, bevor seine Augen zu dem braunen Mercedes huschten und er unauffällig den Kopf schüttelte.

Es gab eine Pause. Schließlich öffnete sich die Beifahrertür, und ein kleiner, älterer Herr stieg aus. Er war makellos gekleidet, trug einen schwarzen Mantel, der maßgeschneidert von seinen schmalen Schultern hing, und seine glänzenden Budapester hinterließen eine Schlurfspur im Schnee.

Seelenruhig spazierte er auf Lash zu, als wäre er sich tausendprozentig sicher, dass seine Männer jede Situation im Griff hätten.

»Sie werden meine Vorsicht verstehen«, sagte Benloise mit einer Mischung aus französischem und lateinamerikanischem Akzent. »Es ist die Zeit der Umsicht.«

Lash zog die Hand aus seinem Mantel und ließ die Waffe, wo sie war. »Es besteht kein Grund zur Sorge.«

»Sie scheinen da sehr sicher zu sein.«

»Nachdem ich die Konkurrenz selbst aus dem Weg geschafft habe, bin ich das auch.«

Die Augen des älteren Mannes wanderten an Lash auf und ab und musterten ihn. Lash wusste, dass er nichts als Stärke entdeckte.

Lash sah nicht ein, warum er Zeit verschwenden sollte, und kam gleich zum Punkt: »Ich will die gleichen Mengen verschieben wie der Reverend, und das ab sofort. Ich habe die nötigen Männer, und das Gebiet gehört mir. Was ich brauche, ist ein verlässlicher, professioneller Pulverlieferant, deswegen dieses Treffen mit Ihnen. Eigentlich ist es ganz einfach: Ich übernehme die Geschäfte des Reverends, und nachdem Sie mit ihm gearbeitet haben, möchte jetzt ich Geschäfte mit Ihnen machen.«

Der alte Mann lächelte. »Nichts ist jemals einfach. Aber Sie sind jung, und werden das selbst erkennen, wenn Sie lang genug dazu leben.«

»Ich werde lange da sein. Vertrauen Sie mir.«

»Ich vertraue niemandem, nicht einmal meiner Familie. Und leider weiß ich nicht, wovon Sie sprechen. Ich bin Importeur für hochwertige kolumbianische Kunst und habe keine Ahnung, wie Sie an meinen Namen geraten sind oder warum Sie ihn mit illegalen Geschäften in Verbindung bringen.« Der alte Mann verbeugte sich leicht. »Ich wünsche Ihnen einen angenehmen Abend und schlage vor, dass Sie sich legale Betätigungsfelder für Ihre zweifellos vielen Talente suchen.«

Lash runzelte die Stirn, als sich Benloise umdrehte und zu dem AMG zurückkehrte, während seine Männer zurückblieben.

Was zum Teufel? Wenn das mal keine Bleidusche gab ...

Lash griff nach seiner Waffe, gefasst auf eine Schießerei ... Aber nein. Der Mann, der sich anfangs als Benloise ausgegeben hatte, kam einen Schritt auf ihn zu und streckte ihm die Hand entgegen.

»Es war nett, Ihre Bekanntschaft zu machen.«

Lash blickte auf die Hand herab und sah etwas darin liegen. Eine Karte.

Also schüttelte Lash die Hand, nahm das Ding und ging zurück zu seinem eigenen Mercedes. Dort setzte er sich hinters Steuer und sah zu, wie der AMG den Feldweg hinunterzuckelte, wobei der Auspuff in der Kälte rauchte.

Er blickte auf die Karte. Es war eine Nummer.

»Was haben Sie da, Sir?«, wollte Mr D wissen.

»Ich glaube, wir sind ins Geschäft gekommen.« Lash nahm sein Handy und wählte, dann legte er den Gang ein und fuhr in die entgegengesetzte Richtung von Benloises Crew davon.

Benloise ging dran. »Es ist doch so viel komfortabler, im warmen Auto miteinander zu plaudern, finden Sie nicht?«

Lash lachte. »Ja.«

»Hier mein Angebot: Ein Viertel der Menge, die ich monatlich an den Reverend verkauft habe. Wenn Sie in der

Lage sind, es sicher auf der Straße an den Mann zu bringen, können wir unsere Geschäfte ausbauen. Sind wir uns einig?«

Es war so angenehm, mit einem Profi zu verhandeln, dachte Lash. »Das sind wir.«

Nachdem sie Preis und Lieferungsbedingungen ausgehandelt hatten, legten sie auf.

»Wir sind uns einig«, stellte er zufrieden fest.

Als allgemeines Schulterklopfen im Mercedes ausbrach, erlaubte sich Lash, wie ein Idiot zu grinsen. Selbst Labore hochzuziehen, erwies sich als schwieriger als erwartet – obwohl er immer noch dran war, brauchte er einen großen, verlässlichen Lieferanten, und seine Beziehung mit Benloise war der Schlüssel dazu. Mit dem Erlös daraus konnte er Jäger rekrutieren, moderne Waffen anschaffen, Grundstücke erwerben, die Brüder angreifen. Er hatte das Gefühl, dass die Gesellschaft der *Lesser* seit seiner Übernahme auf der Stelle getreten war, aber das war nun vorbei, dank des älteren Herrn mit dem Akzent.

Zurück in der Stadt setzte Lash Mr D und die anderen *Lesser* bei der baufälligen Ranch ab und fuhr durch die Stadt zu seinem Sandsteinhaus. Als er in der Garage parkte, war er ganz aufgeregt angesichts all der Möglichkeiten, die die Zukunft bot. Die Aufregung machte ihm bewusst, wie beschissen es ihm davor gegangen war. Geld war wichtig. Es war die Freiheit, zu tun, was man wollte, zu kaufen, was man brauchte.

Es war Macht, gestapelt zu ordentlichen Bündeln und mit Gummibändern der Autorität verschnürt.

Es war der Stoff, den er brauchte, um er selbst zu sein. Er ging durch die Küche ins Haus und genoss einen Moment die Fortschritte, die er bereits gemacht hatte: Keine leeren Arbeitsflächen und Schränke mehr. Es gab eine Espressomaschine, Cuisinarts, Geschirr und Gläser, und nichts davon von *Target*. Außerdem lagerte Feinkost im Kühlschrank, guter Wein im Keller und erstklassiger Sprit in der Bar.

Er ging ins immer noch kahle Wohnzimmer und zur Treppe, wo er mit jedem Schritt zwei Stufen nahm. Im Gehen lockerte er schon mal die Kleider, während sein Schwanz mit jedem Schritt steifer wurde. Oben wartete seine Prinzessin auf ihn. Wartete auf ihn und verzehrte sich nach ihm. Gebadet, eingeölt und einparfümiert von zweien seiner Jäger, eine Sexsklavin, vorbereitet für sein Vergnügen.

Mann, war er froh, dass *Lesser* impotent waren. Sonst hätte es eine Serie von Kastrationen in der Gesellschaft gegeben.

Als er im ersten Stock ankam, knöpfte er sein Hemd auf und entblößte unzählige Kratzer, die sich über seine Brust zogen. Sie stammten von den Fingernägeln seiner Gespielin, und er lächelte, bereit, der Sammlung ein paar neue Stücke hinzuzufügen. Nach zwei Wochen, in denen er sie ganz angekettet gelassen hatte, war er dazu übergegangen, eine Hand und einen Fuß loszubinden. Je mehr sie sich widersetzte, desto besser.

Gott, sie war ein Höllenweib ...

Doch am Ende der Treppe erstarrte er. Der Geruch, der ihm aus dem Flur entgegenschlug, brachte ihn zum Stehen. Oh ... verflucht, die Luft war so süßlich, als wären hundert Parfumflacons zerbrochen.

Lash raste auf die Schlafzimmertür zu. Wenn ihr irgendetwas zugestoßen war ...

Die Verwüstung war verheerend: Überall war schwarzes Blut auf dem neuen Teppich und der frischen Tapete. Die zwei *Lesser*, die er zur Bewachung seiner Frau zurückgelassen hatte, lagen dem Himmelbett gegenüber auf dem Boden, jeder ein Messer in der Rechten. Beide hatten sich unzählige glitzernde Schnitte in die Hälse zugefügt, bis sie so viel Blut verloren hatten, dass sie sich nicht mehr bewegen konnten.

Er blickte auf das Bett. Die Satinlaken waren zerwühlt, und die vier Ketten, die ihm der *Symphathen*könig zur Bändigung der Prinzessin gegeben hatte, hingen schlaff an den Ecken.

Lash wirbelte zu seinen Männern herum. Jäger starben nicht, es sei denn, man bohrte ihnen rostfreien Stahl in die Brust. Man hatte sie unschädlich gemacht, aber sie waren noch am Leben.

»Was zum Donner ist hier passiert?«

Zwei Münder mahlten, aber Lash verstand kein Wort – diese Idioten hatten keine Luftzufuhr zu ihren Kehlköpfen mehr, dank des Saftes, der aus all diesen Löchern blubberte, die sie sich selbst zugefügt hatten.

Minderbemittelte Versager ...

Aber was war das? Oh, nein, das hatte sie nicht getan.

Lash ging zu den zerknautschten Laken und entdeckte das Halsband seines alten, toten Rottweilers. Er hatte es der Prinzessin um den Hals gelegt, um sie als sein Eigentum zu kennzeichnen, und es auch nicht abgenommen, wenn er sich beim Sex von ihr nährte.

Sie hatte es aufgeschnitten, statt die Schnalle zu öffnen. Sie hatte es zerstört.

Lash warf das Halsband aufs Bett, knöpfte sein Seidenhemd zu und stopfte es in die Hose. Dann nahm er eine weitere Pistole und ein Messer von der antiken Kommode, die er vor drei Tagen gekauft hatte, um sie dem Arsenal zuzufügen, das er bei seinem Treffen mit Benloise bei sich getragen hatte.

Es gab nur einen Ort, an den sie gehen würde.

Und er würde ihr dorthin folgen und sich seine Schlampe zurückholen.

Von George geleitet, verließ Wrath um zweiundzwanzig Uhr sein Arbeitszimmer und gelangte mit einer Sicherheit zur Treppe, die ihn selbst überraschte. Doch langsam fing er an, sich auf den Hund zu verlassen und die Signale vorherzusehen, die er ihm durch den Griff gab: Am Kopf der Treppe blieb George immer stehen und wartete, bis Wrath die erste Stufe fand. Und unten pausierte der Hund erneut und zeigte Wrath dadurch, dass sie in der Eingangshalle waren. Dann wartete er, bis Wrath die Richtung angab, in die es gehen sollte.

Es war eigentlich ein sehr gutes System.

Während er und George die Stufen hinunterstiegen, sammelten sich unten die Brüder, überprüften ihre Waffen und redeten. V rauchte seinen türkischen Tabak, Butch murmelte leise ein paar Ave Maria, und Rhage wickelte einen Tootsie Pop aus. Die beiden Frauen waren auch schon da, Wrath erkannte sie an ihren Düften. Die Krankenschwester war nervös, aber nicht hysterisch, und Xhex konnte den Kampfeinsatz kaum erwarten.

Als seine Füße den Mosaikboden berührten, umschloss Wrath das Treppenländer fest mit der Hand, und die Muskeln in seinem Unterarm spannten sich an. Scheiße, er und George blieben daheim. Und das nervte total.

Welch Ironie. Vor gar nicht langer Zeit hatte es ihm leidgetan, Tohr zurückzulassen wie einen Hund. Was für ein Rollentausch. Jetzt ging Bruder Tohr da raus ... und Wrath musste zu Hause bleiben.

Ein schriller Pfiff von Tohr brachte alle zum Schweigen. »V und Butch, ihr seid mit Xhex und Z im ersten Team. Rhage, Phury und ich sind im zweiten Team und geben euch vier Deckung, zusammen mit den Jungs. Qhuinn hat eben eine SMS geschickt. Er, Blay und John sind im Norden angekommen und haben sich zwei Meilen vor dem Eingang zur Kolonie in Position gebracht. Wir sind bereit zu ...«

»Und was ist mit mir?«, fragte Ehlena.

Tohrs Stimme war sanft. »Du wartest mit den Jungs zusammen im Hummer ...«

»Zur Hölle warte ich. Ihr braucht einen Sanitäter ...«

»Und Vishous ist einer. Weswegen er auch mit dem ersten Team reingeht.«

»Zusammen mit mir. Ich kann ihn finden – er hat sich von mir genäh...«

Wrath wollte sich schon einschalten, als Bella sie plötzlich unterbrach.

»Lasst sie mit reingehen.« Einen Moment lang hielten alle die Luft an, als Rehvenges Schwester in scharfem Ton sprach: »Ich will, dass sie mit reingeht.«

»Danke«, sagte Ehlena schüchtern, als sei es damit entschieden.

»Du bist seine Frau«, murmelte Bella. »Nicht wahr?«

»Ja.«

»Du warst in seinen Gedanken, als ich ihn das letzte Mal sah. Es war klar, was er für dich empfand.« Bellas Stimme wurde noch lauter. »Sie muss mit. Auch wenn ihr ihn findet, leben wird er für sie.«

Wrath, der von Anfang an dagegen gewesen war, dass diese Krankenschwester mitging, wollte schon etwas sagen ... doch dann fiel ihm ein, wie man ihm vor ein, zwei Jahren in den Magen geschossen hatte, und Beth danach an seiner Seite gewesen war. Ohne sie hätte er nicht überlebt. Ihre Stimme und ihre Berührung und die Stärke ihrer Verbindung waren das Einzige gewesen, das ihn am Leben gehalten hatte.

Der Himmel wusste, was die *Symphathen* in der Kolonie mit Rehv angestellt hatten. Wenn er noch atmete, war es gut möglich, dass sein Leben an einem seidenen Faden hing.

»Sie geht mit«, bestimmte Wrath. »Sie ist vielleicht das Einzige, was ihn da lebend rausbringt.«

Tohr räusperte sich. »Ich glaube nicht ...«

»Das ist ein Befehl.«

Es gab ein langes, ablehnendes Schweigen, das Wrath schließlich brach, indem er die rechte Hand hob und den großen schwarzen Diamanten blitzen ließ, der seit je vom König der Vampire getragen wurde.

»Okay, in Ordnung.« Tohr räusperte sich erneut. »Z, du passt auf sie auf.«

»In Ordnung.«

»Bitte ...«, sagte Bella heiser. »Bringt meinen Bruder heim. Bringt ihn zu uns zurück, wo er hingehört.«

Einen Moment lang herrschte Schweigen.

Dann schwor Ehlena: »Das werden wir. Auf welche Art auch immer.«

Diese Worte bedurften keiner Erläuterung. Ehlena meinte lebendig oder tot, und das verstanden alle, auch Rehvs Schwester.

Wrath sagte ein paar Worte in der Alten Sprache, Worte, die sein Vater manchmal an die Bruderschaft gerichtet hatte, wie er sich erinnerte. Doch bei Wrath klangen sie anders. Seinen Vater hatte es nicht gestört, zu Hause auf dem Thron sitzen zu bleiben.

Wrath fraß es regelrecht von innen auf.

Nach einer kurzen Verabschiedung gingen die Brüder und die Frauen, und ihre Tritte hallten auf dem Mosaik.

Die Tür der Eingangshalle schloss sich.

Beth nahm seine freie Hand. »Wie geht es dir?«

Ihre gepresste Stimme verriet, dass sie nur zu genau wusste, wie ihm zumute war, aber er nahm ihr die Frage nicht übel. Sie war betroffen und besorgt, genau wie er es an ihrer Stelle gewesen wäre, und manchmal konnte man eben nicht mehr tun, als zu fragen.

»Es ging mir schon besser.« Er zog sie an sich, und als

sie sich an ihn schmiegte, schob George seinen Kopf dazwischen, um sich streicheln zu lassen.

Doch selbst mit diesen beiden war Wrath einsam.

Als er so in der großen Eingangshalle stand, deren Farben und Pracht er nicht mehr sehen konnte, hatte er das Gefühl, genau da gelandet zu sein, wo er niemals hingewollt hatte: Als er sich in den Kampf gestürzt hatte, obwohl ihm das als König untersagt war, war es nicht nur um den Krieg und sein Volk gegangen, sondern auch um ihn. Er wollte mehr sein, als ein König, der Dokumente auf seinem Schreibtisch hin und her schob.

Doch anscheinend war sein Schicksal festgelegt und wild entschlossen, ihn an diesen Thron zu ketten, egal, mit welchen Mitteln.

Er drückte Beths Hand, dann ließ er los und gab George den Befehl, geradeaus zu laufen. Zusammen gingen sie in den Eingangsflur und durch eine Reihe von Türen bis vor das Haus.

Wrath stand im Hof, das Gesicht in den kalten Wind gedreht, der in sein Haar fuhr und es nach hinten blies. Er atmete ein und roch Schnee, fühlte jedoch nichts auf den Wangen. Das Unwetter kündigte sich wohl erst an.

George setzte sich neben ihn, als Wrath den Himmel absuchte, den er nicht sehen konnte. Wenn es bald schneien würde, war es dann wohl schon bewölkt? Oder sah man noch die Sterne? In welcher Phase war der Mond?

Das Sehnen in seiner Brust trieb ihn dazu, die Augen anzustrengen, um irgendwelche Umrisse in der Welt zu erkennen. Früher hatte es funktioniert … er hatte Kopfschmerzen davon bekommen, aber es hatte funktioniert.

Jetzt bekam er einfach nur die Kopfschmerzen.

Hinter ihm sagte Beth: »Soll ich dir eine Jacke bringen?«

Er lächelte leicht und blickte über die Schulter. Er stellte sich vor, wie sie in der großen Tür des Hauses stand, umrahmt vom Leuchten der Lichter drinnen.

»Weißt du«, meinte er, »darum liebe ich dich so.«

Ihr Ton war herzerweichend warm. »Wie meinst du das?«

»Du bittest mich nicht reinzukommen, weil es kalt ist. Du willst es mir nur dort angenehmer machen, wo ich stehe.« Er drehte sich ganz zu ihr um. »Manchmal verstehe ich nicht, dass du noch bei mir bist. Nach all dem Mist ...« Er deutete auf das Haus. »Die ständigen Unterbrechungen durch die Bruderschaft, die Kämpfe, das Königsamt. Dass ich ein Arschloch bin und dir Sachen verschweige.« Er tippte an seine Panoramabrille. »Die Blindheit ... ich schwöre, du bist auf dem besten Weg, heiliggesprochen zu werden.«

Als sie zu ihm kam, wurde der Geruch von nachtblühenden Rosen trotz des starken Windes stärker. »Das ist es nicht.«

Sie berührte seine Wangen, doch als er sich zu ihr hinunterbeugte, um sie zu küssen, hielt sie ihn auf. Sie hielt sein Gesicht fest, schob die Sonnenbrille fort und strich mit der freien Hand über seine Brauen.

»Ich bleibe bei dir, weil ich in deinen Augen die Zukunft sehe, ob blind oder nicht.« Seine Lider flatterten, als sie sanft über die Wurzel seiner Nase strich. »Meine. Die der Bruderschaft. Die des ganzen Vampirvolkes ... deine Augen sind so schön. Und für mich bist du jetzt noch tapferer als zuvor. Du brauchst nicht mit den Händen zu kämpfen, um Mut zu beweisen. Oder der König zu sein, den wir brauchen. Oder mein *Hellren*.« Sie legte ihm die Hand auf die breite Brust. »Von hier aus lebst und führst du. Von diesem Herz aus ... hier.«

Wrath musste blinzeln.

Merkwürdig, prägende Erlebnisse kamen nicht immer nach Plan und nicht immer erwartet. Sicher, die Transition verwandelte eine Memme in einen Mann. Und wenn man sich vereinigte, wurde man Teil eines Ganzen und war nicht länger allein. Durch Todesfälle und Geburten sah man die Welt in einem anderen Licht.

Aber ab und an drang völlig unerwartet jemand an diesen stillen Ort vor, an den man sich sonst nur alleine zurückzog, und veränderte die Art, wie man sich selbst sah. Wenn man Glück hatte, war es der Lebensgefährte ... und das prägende Erlebnis bestätigte, dass man absolut und hundert Prozent mit dem richtigen Partner zusammen war: Dann berührte einen das Gesagte nicht, weil es aus diesem speziellen Mund kam, sondern weil es stimmte.

Paynes Schlag ins Gesicht hatte ihn aufgeweckt.

George hatte ihm seine Unabhängigkeit wiedergegeben.

Aber Beth hatte ihm seine Krone gereicht.

Denn wenn sie ihn in dieser Stimmung erreichen konnte, bewies sie, dass es möglich war. Man konnte ergründen, was jemand hören musste. Das Herz war die Antwort. Damit hatte sie ihr Argument belegt.

Er hatte den Thron bestiegen und das eine oder andere Gesetz beschlossen. Doch tief im Inneren war er immer noch ein Kämpfer mit einem lästigen Bürojob gewesen. Sein Widerwille hatte ihn reizbar gemacht, und obwohl er sich dessen nicht bewusst war, hatte er jede Nacht nach dem Ausgang geschielt.

Kein Augenlicht. Kein Ausgang.

Und was, wenn das im Grunde ... in Ordnung war? Was, wenn diese beschissenen Kalendersprüche stimmten? Eine Tür schloss sich, eine andere tat sich auf? Was, wenn er sein Augenlicht verlieren musste, um ... der wahre König des Vampirvolkes zu sein?

Nicht nur ein Sohn, der sich den Verpflichtungen seiner Erbschaft fügt?

Wenn es stimmte, dass der Verlust des Sehvermögens die anderen Sinne schärfte, war es bei ihm vielleicht das Herz. Und wenn das stimmte ...

»Die Zukunft«, flüsterte Beth, »liegt in deinen Augen.«

Wrath drückte seine *Shellan* an sich, so dass er sie mit seinem Körper umschloss. Als sie zusammengedrängt dastanden, geschützt gegen den Winterwind, wurde seine innere Dunkelheit von einem warmen Leuchten durchbrochen.

Ihre Liebe war das Licht in seiner Blindheit. Sie zu fühlen war der Himmel, den er nicht sehen musste, um ihn zu kennen. Und wenn sie ihm so sehr vertraute, war sie auch sein Mut und seine Entschlusskraft.

»Danke, dass du bei mir geblieben bist«, sagte er heiser in ihr langes Haar.

»Nirgends wäre ich lieber.« Sie legte den Kopf an seine Brust. »Du bist mein Mann.«

32

Als sich Ehlena zusammen mit den Brüdern in den Norden materialisierte, musste sie ständig an Bella denken. Die Frau hatte merkwürdig durchscheinend gewirkt, als sie da in der großen, vornehmen Eingangshalle stand, umgeben von den schwer bewaffneten Männern. Ihre Augen waren leer gewesen und ihre Wangen blass und hohl, als hätte man ihren Willen auf eine grässliche Probe gestellt.

Trotzdem wollte sie ihren Bruder zurück.

Lügen funktionierten immer auf die gleiche Art und Weise: Die objektive Wahrheit wurde verdreht, verdeckt oder schlicht übertüncht, mit der Absicht zu täuschen. Schwieriger wurde es bei den Motiven hinter den Unwahrheiten. Ehlena dachte daran, was sie getan hatte, um Rehvenge Tabletten zu besorgen. Sie hatte nur die besten Absichten gehabt, und obwohl das ihr Handeln nicht rechtfertigte oder sie vor verdienten Konsequenzen bewahrte, hatte sie zumindest nicht aus Boshaftigkeit gehandelt. Bei Rehvenge war es das Gleiche. Sein Handeln konnte nicht gerechtfertigt werden, aber er hatte Ehlena und seine

Schwester und andere beschützt, so wie es das Alte Gesetz gebot.

Aus diesem Grund vergab Ehlena Rehvenge – und sie hoffte, seine Schwester würde es auch tun.

Natürlich hieß das nicht, dass Ehlena mit diesem Mann zusammenkommen würde – dass Rehv ihr *Hellren* war, hatte sie nur gesagt, um mit in die Kolonie zu kommen. Es hatte nichts zu bedeuten. Außerdem, wer wusste, ob sie überhaupt in einem Stück zurück nach Caldwell kamen.

Die heutige Nacht konnte leicht einige Leben kosten.

Ehlena und die Brüder nahmen im Windschatten eines dichten Kiefernwäldchens Gestalt an, an einem geschützten Punkt, den Xhex nach einer Erkundung der Gegend ausgewählt hatte. Vor ihnen lag, wie von Xhex beschrieben, ein malerisches weißes Farmhaus mit einem Schild TAOISTISCHER KLOSTERORDEN GEGR. 1982.

Von außen betrachtet war schwer vorstellbar, das innerhalb der schmucken weißen Schindelwände etwas anderes vorging als das Einkochen von Marmelade oder das Nähen von Patchworkdecken. Noch schwerer war vorstellbar, dass dieses entzückende Haus der Eingang zur Kolonie der *Symphathen* war. Dennoch fühlte sich irgendwie alles falsch an, als läge ein Kraftfeld des Schreckens auf dem einladenden Anblick.

Ehlena blickte sich um. Sie spürte Rehvs Nähe. Kurz bevor Xhex sprach, richtete sie den Blick auf ein Nebengebäude, das hundert Meter von dem Farmhaus entfernt stand. Da ... ja, *da* war er.

»Wir gehen durch diesen Stall«, flüsterte Xhex und deutete auf das Gebäude, das Ehlenas Aufmerksamkeit auf sich gezogen hatte. »Das ist der einzige Zugang zum Labyrinth. Wie ich letzte Nacht schon sagte, wissen sie sicher längst, dass wir hier sind. Wenn wir ihnen also gegenüberstehen, sollten wir uns möglichst diplomatisch geben – wir holen nur zurück, was uns gehört, und wollen kein Blut vergießen. Sie werden die Argumentation verstehen und akzeptieren – bevor sie den Kampf beginnen ...«

Ein süßlicher Geruch wehte mit dem kalten Wind zu ihnen herüber, und alle drehten die Köpfe.

Verwundert blickte Ehlena den Mann an, der da aus dem Nichts auf dem Rasen vor dem Farmhaus erschienen war. Sein blondes Haar war zurückgegelt, und seine Augen leuchteten in einem seltsamen Schwarz. Als er auf die Veranda zuging, strotzte sein Gang nur so vor Wut und Kraft, und seine Haltung war angespannt, wie zum Kampf bereit.

»Ach du Scheiße«, hauchte V. »Sollte das etwa Lash sein?«

»Sieht ganz so aus«, sagte Butch.

»Das wusstet ihr nicht?«, wunderte sich Xhex.

Die Brüder starrten sie an. »Was, dass er noch lebt und ein *Lesser* ist?«, knurrte V. »Äh ... nein, verdammt. Und warum bist du nicht überrascht?«

»Ich bin ihm vor ein paar Wochen begegnet. Ich dachte einfach, die Bruderschaft wüsste Bescheid.«

»So, dachtest du also.«

»Ja, denken – hat was mit Gehirn zu tun.«

»Hört auf«, zischte Z. »Beide.«

Alle Blicke richteten sich wieder auf den Mann, der mittlerweile auf die Veranda gesprungen war und gegen die Tür schlug.

»Ich rufe die anderen«, flüsterte V. »Der *Lesser* muss weg, bevor wir reingehen.«

»Aber vielleicht ist er auch eine gute Ablenkung«, bemerkte Xhex weise.

»Oder wir stellen uns nicht wie Idioten an und bitten um Unterstützung«, knurrte V.

»Sicher hart für dich.«

»Fick di...«

Z presste V ein Handy in die behandschuhte Hand. »Ruf an.« Dann deutete er auf Xhex. »Hör auf, ihn zu reizen.«

Während V redete und Xhex den Mund hielt, wurden Dolche und Schusswaffen aus Halftern gezogen. Einen Moment später erschienen die anderen.

Xhex ging zu Bruder Tohrment. »Schau, ich glaube wirklich, wir sollten uns trennen. Ihr kümmert euch um Lash, und ich geh rein und suche nach Rehv. Der Kampf ist eine gute Ablenkung für die Kolonie. Es ist besser so.«

Alle schwiegen und sahen Tohr an. »Ich stimme zu«, meinte er. »Aber du gehst nicht allein. V und Zsadist gehen mit, und Ehlena ebenfalls.«

Alle nickten kollektiv, und dann waren sie unterwegs, auf freiem Feld, und joggten über den Schnee.

Beim Sprint zum Stall knirschten die Stiefel, die man Ehlena gegeben hatte, auf dem frostigen Grund, ihre Hände schwitzten in den Handschuhen, und der Rucksack mit der medizinischen Notfallversorgung zerrte an ihren Schultern. Die Waffe zog sie nicht, nachdem sie sich einverstanden erklärt hatte, das nur im Notfall zu tun. Das konnte sie einsehen. Die Notaufnahme wurde für üblich auch nicht mit einem Amateur besetzt. Es gab keinen Grund, die Sache komplizierter zu machen, indem sie vorgab, so vertraut im Umgang mit Waffen zu sein wie Xhex oder die Brüder.

Vor ihnen lag ein mittelgroßer Stall mit ein paar Toren, die auf gut geölten Rädern zur Seite geschoben werden konnten. Doch Xhex nahm nicht den offensichtlichen Eingang, sondern führte sie um das Gebäude herum zu einer niedrigen Tür an der Seite.

Kurz bevor sie in den geräumigen, leeren Stall drängten, warf Ehlena einen Blick zurück zum Haus.

Der Blonde stand mit erhobenen Fäusten einem Halbkreis aus Brüdern gegenüber, so gelassen und cool, als wäre er auf einer Cocktailparty. Sein selbstgefälliges Lächeln verhieß Probleme, dachte Ehlena. Nur wer ordentlich bewaffnet war, stand so viel Muskel- und Feuerkraft in dieser Haltung gegenüber.

»Beeilung«, drängte Xhex.

Ehlena duckte sich durch die Tür und zitterte noch immer, obwohl sie dem kalten Wind entwischt war. Verflixt ... hier war einfach alles seltsam. Wie beim Farmhaus stimmte hier etwas ganz und gar nicht: Es gab kein Heu, kein Futter, keinen Sattel oder Halfter. Auch kein Pferd. Versteht sich.

Der Fluchtimpuls schnürte ihr die Kehle zu, und sie griff sich an den Kragen ihres Parkas.

Zsadist legte ihr die Hand auf die Schulter. »Das ist ein *Symphathen-Mhis*. Atme einfach. Es ist nur eine Illusion, die die Luft verpestet. Was du fühlst ist nicht real.«

Ehlena schluckte und blickte in das vernarbte Gesicht des Bruders. Seine Stärke gab ihr Kraft. »Okay. Okay, ... geht schon wieder.«

»Gutes Mädchen.«

»Hier drüben.« Xhex ging zur Box und öffnete eine zweigeteilte Tür.

Der Boden darin war aus Zement und mit einem seltsamen geometrischen Muster versehen.

»Sesam öffne dich.« Xhex bückte sich und hob etwas an, das sich als Steinplatte entpuppte. Die Brüder halfen ihr mit dem Gewicht.

Darunter kam eine Treppe zum Vorschein, die schummrig rot beleuchtet war.

»Ich habe das Gefühl, in einen Pornofilm abzutauchen«, murmelte V, als sie vorsichtig die Stufen hinabstiegen.

»Bräuchtest du dafür nicht ein paar schwarze Kerzen?«, witzelte Zsadist.

Am Fuß der Treppe blickten sie links und rechts in einen in den Stein geschlagenen Gang, beleuchtet von reihenweise ... schwarzen Kerzen mit rubinroten Flammen.

»Ich nehm's zurück«, meinte Z.

»Wenn jetzt gleich noch die schmalzige Orgel einsetzt«, meinte V, »darf ich Zorro zu dir sagen, oder?«

»Nicht, wenn dir dein Leben lieb ist.«

Ehlena wandte sich nach rechts, überwältigt von einem Gefühl der Dringlichkeit. »Er befindet sich in dieser Richtung. Ich kann ihn spüren.«

Ohne auf die anderen zu warten, joggte sie los.

Unter allen göttlichen Wundern, die einem Ausrufe von *Oh, mein Gott, du lebst!* oder *Danke, Jungfrau der Schrift, er ist geheilt!* entlockt hätten, war die Wiederauferstehung, die John jetzt vor sich sah, der absolute Tiefpunkt.

Lash stand vor dem weißen Bilderbuchhäuschen, gehüllt in edlen Zwirn, und sah nicht nur quicklebendig aus und so selbstgefällig wie eh und je, sondern irgendwie auch turbomäßig getunt: Er roch wie ein *Lesser*, aber als er von der Veranda herunterblickte, hatte er die Ausstrahlung von Omega selbst – nichts als böse Macht, unbeeindruckt von jeglicher Kraft, die Sterbliche aufbringen konnten.

»Johnny-Boy«, näselte er langgezogen. »Ich kann dir gar nicht sagen, wie toll es ist, deine Schwuchtelfresse wiederzusehen. Fast so gut wie meine Wiedergeburt.«

Gütiger ... Himmel. Warum kam ein solches Geschenk nicht jemandem wie Wellsie zuteil? Warum diesem Psychopathen mit dem narzisstischen Tick? Warum durfte gerade Lash den Lazarus geben?

Ironischerweise hatte John genau dafür gebetet. Scheiße, als Qhuinn die Kehle dieses Idioten aufgeschnitten hatte, hatte John gebetet, dass Lash diesen massiven Blutverlust irgendwie überlebte. Er erinnerte sich, wie er auf die nassen Fliesen der Dusche im Trainingszentrum gesunken war und versucht hatte, die Wunde mit seinem T-Shirt zu stopfen. Er hatte zu Gott gebetet, zur Jungfrau der Schrift, zu jedem, der ihn vielleicht erhören würde, um die Situation irgendwie zu retten.

Ein Vampirmonster nach Art des Antichristen hatte ihm dabei allerdings nicht vorgeschwebt.

Während Schnee aus dem bewölkten Himmel fiel, lieferten sich Rhage und Lash einen verbalen Schlagabtausch, doch das Rauschen in Johns Ohren übertönte das meiste davon.

Deutlich hörte er nur Qhuinns Stimme direkt hinter ihm: »Sieh's mal so: Auf diese Weise können wir ihn wenigstens noch einmal umbringen.«

Und dann waren sie plötzlich im Zentrum einer Explosion.

Völlig aus dem Nichts formte sich ein Meteor in Lashs Hand und schoss direkt auf John und die Brüder zu, wie eine Bowlingkugel aus der Hölle. Es war ein Volltreffer. Leuchtende Schockwellen rissen alle von den Füßen.

John landete flach auf dem Rücken und rang nach Atem, während Schneeflocken sanft auf seinen Wangen und Lippen landeten. Der nächste Schlag kam. Musste kommen.

Das oder etwas Schlimmeres.

Ein Brüllen hallte durch die Nacht. Es kam von vor ihnen, und erst dachte John, Lash hätte sich in irgendein fünfköpfiges Monster verwandelt und wollte sie lebendig verspeisen.

Und es war tatsächlich ein Ungeheuer, aber als violette Schuppen aufblitzten, und ein gestachelter Schwanz durch die Luft peitschte, war John dennoch erleichtert. Es war der Bruderschafts-Godzilla, nicht der von Omega: Rhages Alter Ego war aus ihm hervorgebrochen, und der riesige Drache war verdammt wütend.

Selbst Lash schien ein bisschen überrascht.

Der Drache nahm einen tiefen Zug Nachtluft, streckte den Kopf vor und stieß einen Feuerstrahl aus, bei dessen sengender Hitze sich Johns Gesichtshaut zusammenzog – obwohl er reichlich Abstand hatte.

Als sich die Flammen lichteten, stand Lash zwischen angesengten Balken auf der Veranda. Seine Kleidung rauchte, aber ansonsten war er körperlich unversehrt.

Na prima. Der Wichser war feuerfest.

Und bereit, die nächste Wasserstoffbombe loszuschicken. Wie in einem Videospiel formte er einen Feuerball in seiner Hand und schleuderte ihn gegen den Drachen.

Der es wie ein Mann nahm. Rhages andere Hälfte ließ den Angriff über sich ergehen und gab dem Rest von ihnen die dringend benötigte Pause, in der sie sich aufrappeln und zum Schuss bereitmachen konnten. Es war ein tapferer, freundlicher Akt – doch wenn man eine Feuerbrunst erzeugen konnte, sollte man wohl auch hitzeresistent sein, sonst versengte man sich beim Rülpsen das Maul.

John eröffnete das Feuer, genau wie die anderen, obwohl er bezweifelte, dass man diesen neuen und verbesserten Lash mit simplen Kugeln in die Knie zwingen konnte.

Gerade legte er einen neuen Ladestreifen ein, als zwei Autos voller *Lesser* erschienen.

33

Xhex ließ sich gern von Ehlena die Richtung zeigen, aber ihr war nicht wohl dabei, dass die Frau vorauslief. Also beschleunigte sie und überholte Rehvs Gefährtin kurzerhand.

»Du sagst Bescheid, wenn wir falsch abbiegen, okay?« Als Ehlena nickte, fielen die Brüder in einen Trott hinter ihnen und gaben ihnen Rückendeckung.

Xhex hatte kein gutes Gefühl. Während sie den Gang entlangliefen, konnte sie Rehv überhaupt nicht spüren. Aus Vampirsicht überraschte sie das nicht – Ehlena war die letzte Frau, von der er sich genährt hatte, deshalb war ihr Blut an die Stelle von Xhex' getreten. Doch sie witterte ihn auch nicht von *Symphath* zu *Symphath*. Tatsächlich witterte sie niemanden in dieser Kolonie. Das verstand sie nicht. *Symphathen* konnten alles aufspüren, was Gefühle besaß, überall. Eigentlich hätte sie alle möglichen Raster finden sollen.

Ihr Blick streifte über die Wand des Gangs, durch den sie eilten. Bei ihrem letzten Besuch hier war die Wand noch grob gehauener Stein gewesen, doch jetzt war sie glatt verputzt. Wahrscheinlich hatten sie im Laufe der Jahrzehnte ein paar Verbesserungen vorgenommen.

»In hundert Metern teilt sich der Gang«, flüsterte sie über die Schulter. »Die Gefangenen sind links untergebracht, rechts geht es zu den Wohn- und Gemeinschaftsräumen.«

»Woher weißt du das?«, fragte Vishous.

Xhex antwortete nicht. Kein Grund zu erwähnen, dass sie in einer dieser Gefängniszellen gewesen war. Sie lief einfach weiter, vorbei an den endlosen Reihen von schwarzen Kerzen und drang tiefer in die Kolonie ein, näher an den Ort, wo ihre Bewohner schliefen und aßen und ihre Psychospielchen miteinander trieben. Und noch immer fühlte sie nichts.

Nein, das stimmte nicht ganz. Da war ein seltsames statisches Rauschen. Erst hatte sie geglaubt, es käme von den sanften roten Flammen, denn ein leichter Luftzug brachte die schwarzen Kerzen zum Flackern. Aber nein ... es war etwas anderes.

Als sie zu der dreifachen Abzweigung kamen, wandte sich Xhex automatisch nach links, aber Ehlena sagte: »Nein, geradeaus.«

»Aber in dieser Richtung ist nichts.« Xhex blieb stehen und hielt die Stimme gesenkt. »Das sind nur die Lüftungsschächte.«

»Rehv ist dort.«

Vishous drängte sich an die Spitze. »Schau, lass uns Ehlena folgen. Wir müssen Rehv finden, bevor die Schlacht von draußen hier runter dringt.«

Der Bruder rannte los und brachte Xhex um ihre Führungsposition. Es nervte, aber sie wollte keine Zeit mit Streit vertun, also gab sie sich mit dem zweiten Platz zufrieden.

Sie hasteten voran und gerieten in ein Netzwerk aus kleineren Tunneln, die zu den Heizungsräumen und Lüftungsschächten führten. Die Kolonie war wie ein Ameisenhaufen aufgebaut, der im Laufe der Zeit gewachsen war, mit immer weiteren Abzweigungen, die sich tiefer in die Erde bohrten. Bau und Wartung oblag der Arbeiterklasse der *Symphathen,* die nicht mehr als Sklaven waren. Man ermutigte sie, sich zu vermehren, so dass sich ihre Anzahl im Laufe der Zeit verdoppelt hatte. Eine Mittelschicht existierte nicht. Unmittelbar über den Dienern kam der königliche Haushalt und die Aristokratie.

Und die zwei Klassen konnten sich niemals vermischen.

Xhexs Vater hatte der Dienerklasse angehört. Weswegen Xhex unter Rehvenge stand, und nicht nur, weil er königlicher Abstammung war. Theoretisch stand sie bloß eine Stufe höher als Hundescheiße.

»Stopp!«, rief Ehlena.

Sie holten auf und standen vor ... einer Steinwand.

Sogleich streckten alle die Hände aus und tasteten die glatte Oberfläche ab. Zsadist und Ehlena fanden gleichzeitig die versteckte Fuge, die fast unsichtbar ein großes Quadrat bildete.

»Wie zum Donner sollen wir hier reinkommen?«, fragte Z und tätschelte den Stein.

»Tretet zurück«, bellte Xhex.

Als alle Platz gemacht hatten und eindeutig irgendeinen speziellen Trick erwarteten, nahm sie Anlauf und warf sich mit voller Wucht gegen die Wand. Der einzige Effekt war, dass ihre Zähne wie Murmeln in einer Kiste klapperten.

»Verdammt«, stieß sie aus.

»Das hat sicher wehgetan«, murmelte Z. »Ist bei dir alles in Ord...«

Ein Zittern lief durch die Wand, und alle sprangen zur Seite und richtete die Waffen auf die Tür, die sich jetzt deutlich im Stein abzeichnete und schließlich zur Seite glitt.

»Wahrscheinlich hatte sie Angst vor dir«, bemerkte Vishous mit einem Anflug von Respekt.

Xhex runzelte die Stirn, als das statische Rauschen plötzlich lauter wurde, so laut, bis ihre Ohren klingelten. »Ich glaube nicht, dass er hier drin ist. Ich spüre überhaupt nichts.«

Ehlena trat nach vorne, drauf und dran, in die Dunkelheit zu stürzen, die sich da auftat. »Aber ich. Er ist direkt ...«

Drei Paar Hände packten sie und hielten sie zurück.

»Warte«, sagte Xhex und nahm eine MagLite von ihrem Gürtel. Als sie den Strahl anknipste, erschien ein schmaler Gang von fünfzig Metern vor ihnen. Am Ende war eine Tür.

Vishous ging voraus, und Xhex folgte ihm dicht auf den Fersen, während Ehlena und Z schnell nachkamen.

»Er lebt«, sagte Ehlena, als sie das Ende des Gangs erreichten. »Ich kann es fühlen!«

Xhex erwartete Probleme an der Stahltür – aber nein, sie schwang einfach auf und eröffnete den Blick in ein Zimmer, das ... schimmerte?

V fluchte, als Xhexs Strahl in den Raum hineinleuchtete. »Was zum ... *Henker?*«

In der Mitte eines Raumes mit anscheinend fließenden Wänden hing etwas Riesiges, Kokonartiges, dessen schwarze Hülle glitzerte und sich bewegte.

»Oh ... Gott«, hauchte Ehlena. »*Nein.*«

Lash hatte bei Omega an seinen neuen Fertigkeiten gefeilt, und hey, in einer Nacht wie heute zahlte sich diese Arbeit wirklich aus. Während die zwei Abteilungen von *Lessern*, die er aus dem Nachbarort herbeordert hatte, mit den Brüdern kämpften, vergnügte er sich mit einem Biest in der Größe eines Ford Expedition – und warf sich gegenseitig mit ihm Feuerbälle an den Kopf.

Als er vom Haus wegsprang, damit nicht am Ende noch die Plattsburgher Feuerwehr anrückte, erhaschte er einen Blick auf eine Splittergruppe von Vampiren, die zu einem Nebengebäude über die Wiese huschte. Als sie darin verschwanden und nicht mehr auftauchten, regte sich in ihm der Verdacht, dass dies der Eingang in die Kolonie war.

Und so schön es war, sich Feuerbälle mit dem Schmunzelmonster um die Ohren zu hauen – er musste aufhören und sich auf die Suche nach seiner Frau machen. Er hatte keine Ahnung, warum die Brüder genau zur gleichen Zeit aufgetaucht waren wie er, aber bei *Symphathen* glaubte er nicht an Zufälle. Hatte die Prinzessin sein Kommen vorhergesehen und der Bruderschaft einen Tipp gegeben?

Der Drache spie erneut, und der Flammenstrahl erleuchtete den Kampf auf dem Rasen rund um das Farmhaus: Wo Lash hinsah, standen sich Brüder mit geballten Fäusten und Jäger mit nackten schwingenden Knöcheln gegenüber. Dolche blitzten und Stiefel flogen. Die Symphonie aus Gebrüll und Flüchen und die krachende Wucht der Schläge ließen sich Lash noch stärker und mächtiger fühlen.

Seine Truppen bekämpften seine Lehrer.

Wie beschissen poetisch war das denn?

Aber genug der Nostalgie. Lash konzentrierte sich auf seine Hand und schuf einen Wirbelsturm aus Molekülen, die er kraft seiner Gedanken immer schneller antrieb, bis sie sich durch Zentrifugalkraft spontan entzündeten. Als sich die wirbelnde Energiemasse zusammenzog, hielt er sie in der Hand und rannte auf das lila geschuppte Ungetüm zu, denn er wusste, dass es nach jedem Feuerstoß eine Atempause brauchte.

Der Drache war nicht blöd. Er duckte sich und riss eine Klaue mit gemeinen Krallen hoch, um sich zu verteidigen. Lash hielt kurz vor Klauenreichweite an und gab dem Mistviech keine Chance, sich auf ihn zu stürzen. Er schleuderte den Energieball direkt auf die Brust des Ungetüms zu und mähte ihn nieder, so dass er ohnmächtig zu Boden sank.

Lash blieb nicht stehen, um sich Marshmallows über dem qualmenden Gerippe zu rösten. Man konnte Gift drauf nehmen, dass dieser Drache nach ein paar tiefen Atemzügen wieder zu sich kam und aufsprang wie das Duracell-Häschen, aber im Moment hatte Lash freie Bahn zum Stall.

In Windeseile rannte er über den Rasen und stürzte in den leeren, unscheinbaren Bau. Im hinteren Eck war eine Pferdebox, und er folgte den nassen Fußspuren bis dorthin. Die Spuren verschwanden in einem schwarzen Quadrat.

Den Stein anzuheben war Schwerstarbeit, aber die Spuren, die eine Treppe herunter führten, versetzten ihn in Aufregung. Er folgte ihnen bis zum Fuß der Treppe und erreichte einen Gang. Dank des Kerzenscheins konnte er den nassen Schritten weiter folgen – obwohl die Spur nicht lange hielt. Die Wärme der Kerzen trocknete das Wasser schnell, und als er an die Dreifachabzweigung kam, gab es keinen Hinweis mehr, in welche Richtung sie gegangen waren.

Lash atmete ein und hoffte, einen Geruch aufzufangen, aber er bemerkte nichts als brennendes Wachs und Erde.

Auch sonst nichts. Kein Geräusch. Keine Bewegung. Als wären die vier, die er gesehen hatte, hier unten verschwunden.

Er blickte nach links. Nach rechts. Geradeaus.

Einem Impuls folgend wandte er sich nach links.

34

Ehlenas Augen weigerten sich aufzunehmen, was sie da sah: Sie lehnten die Erkenntnis schlicht und ergreifend ab.

Das konnten unmöglich Spinnen sein. Sie konnte unmöglich auf Tausende und Abertausende von Spinnen blicken ... oh, Gott, Spinnen und Skorpione ... die nicht nur Wände und Boden bedeckten, sondern ...

Voll Entsetzen erkannte sie, was da inmitten des Raumes hing. An Seilen oder Ketten. Bedeckt von den wimmelnden Massen, die jeden Zentimeter der Zelle überzogen.

»Rehvenge ...«, stöhnte sie. »Gütige Jungfrau ... der Schrift.«

Ohne nachzudenken stürzte sie nach vorne, aber Xhex hielt sie zurück. »Nein.«

Ehlena wehrte sich gegen den stählernen Griff an ihrem Oberarm und schüttelte wild den Kopf. »Wir müssen ihn retten!«

»Ich sage ja nicht, dass wir ihn hierlassen«, zischte Xhex. »Aber wenn wir da reingehen, erleben wir einen Angriff wie aus der Bibel. Wir müssen uns überlegen, wie ...«

Ein grelles Leuchten erstrahlte und schnitt Xhex das Wort ab. Ehlena drehte den Kopf. Vishous hatte den Handschuh von seiner rechten Hand abgestreift, und als er die Handfläche hob, zeichneten sich die tätowierten Verschlingungen um sein Auge scharf in seinem harten Gesicht ab.

»Insektenvertilgungsmittel.« Er krümmte seine leuchtenden Finger. »Besser als jedes Spray«

»Ich habe eine Kreissäge«, sagte Z und nahm ein schwarzes Werkzeug von seinem Gürtel. »Wenn du den Weg freimachst, können wir ihn runterholen.«

Vishous kauerte sich an den Rand des wogenden Getiers, und seine Hand beleuchtete das Gewirr kleiner Leiber und zuckender Beine.

Ehlena schlug sich die Hand auf den Mund, um nicht laut zu würgen. Sie konnte sich nicht vorstellen, diese ... Dinger ... überall auf ihrem Körper zu haben. Rehvenge war am Leben ... aber wie hatte er überlebt? Ohne zu Tode gestochen und gebissen zu werden? Ohne dem Wahnsinn zu verfallen?

Das Licht aus der Hand des Bruders bildete einen geraden Strahl und sengte einen Pfad zu dem Ort, an dem Rehv hing. Zurück blieb nichts als Asche und ein beißender, feuchter Gestank, bei dem sich Ehlena nach Nasenstöpseln sehnte. Als der Strahl bis zu Rehv reichte, verbreiterte V ihn und schaffte so einen Pfad.

»Ich kann es aufrechterhalten, aber macht schnell«, drängte Vishous.

Xhex und Zsadist stürzten in die Höhle. Die Spinnen an der Decke reagierten, indem sie Fäden spannen und sich daran herunterließen wie Blut, das aus einer tiefen Wunde troff. Ehlena sah zu, wie die beiden versuchten, die Spinnentiere wegzuschlagen, aber nur einen Moment lang, dann riss sie sich den Rucksack vom Rücken und griff hinein.

»Du rauchst, oder?«, fragte sie Vishous, während sie ihren Schal vom Hals wickelte und ihn sich um den Kopf band. »Sag mir, dass du dein Feuerzeug dabeihast.«

»Was hast du vor ...« V lächelte, als er das Desinfektionsspray in ihrer Hand sah. »In meiner hinteren Tasche. Rechte Seite.«

Er drehte sich, so dass sie das schwere Goldding befreien konnte. Entschlossen trat sie in die Kammer. Die Dose würde nicht lang halten, deshalb setzte Ehlena sie erst ein, als sie direkt hinter Xhex und Zsadist stand.

»Bückt euch!«, rief sie, drückte den Sprühknopf und zündete das Feuerzeug.

Die beiden duckten sich, und Ehlena zerstörte die Luftangreifer in einem Feuerstrahl.

Als die Bahn vorübergehend frei war, kletterte Xhex auf Zs Schultern und griff mit der Kreissäge nach den Ketten. Während ein hohes Surren die Höhle erfüllte, hielt Ehlena ihre Offensive aufrecht und stieß immer neue Feuerstöße aus, so dass die meisten der Biester an der Decke blieben und nicht auf den Köpfen und Hälsen des Befreiungsteams landeten. Die Säge half auch, indem sie Funken versprühte, vor denen die achtbeinigen Wächter zurückwichen, doch wie als Rache landeten Spinnen auf den Ärmeln von Ehlenas Jacke und krabbelten an ihr hoch.

Rehvenge zuckte. Und rührte sich.

Einer seiner Arme langte in ihre Richtung, Skorpione fielen von ihm ab, Spinnen zappelten, um sich oben zu halten. Der Arm bewegte sich langsam, als wäre die Last der zweiten Haut aus Spinnentieren zu schwer.

»Ich bin hier«, sagte Ehlena heiser. »Wir sind gekommen, um dich zu ...«

Von der Tür aus ertönte ein Schlag. Auf einmal erlosch das Licht, das von Vishous ausging, und tauchte die Höhle in vollkommene Dunkelheit.

Und gab der Armee der Höhlenwächter freien Zugang zu ihnen allen.

Unter den grässlichen Massen, die ihn bedeckten, erwachte Rehvenges geschwächtes Bewusstsein in dem Moment, als Ehlena in die Tür der Höhle trat. Doch zuerst traute er seinen Gefühlen nicht. In den tausend Jahren, die er nun schon in dieser Hölle hing, hatte er viel von ihr geträumt. Sein Hirn klammerte sich an die Erinnerungen und nutzte sie als Speise, Trank und Atemluft.

Doch das hier fühlte sich anders an.

Vielleicht war es nur endlich der Bruch mit der Realität, um den er so gebetet hatte? Obwohl er beim Tod seiner Mutter noch betrauert hatte, dass Dinge zu einem Ende kommen mussten, sehnte er es jetzt nur noch herbei – ob physisch oder psychisch war ihm egal.

Also war ihm vielleicht endlich eine Gnade in seinem verhunzten, kaputten Leben zuteilgeworden.

Außerdem war die Vorstellung, Ehlena könnte tatsächlich zu seiner Rettung geeilt sein, schlimmer, als dieser Ort hier oder die Folter, die ihm vielleicht noch bevorstand.

Doch ... nein. Sie war es, und es waren noch andere bei ihr ... er hörte ihre Stimmen. Dann nahm er einen Lichtschein wahr ... und roch einen ranzigen Gestank, der ihn an einen Strand bei Ebbe erinnerte.

Ein hohes Surren folgte. Zusammen mit einer Serie von ... kleinen Explosionen?

Rehv hatte schnell an Kraft verloren. Schon nach ein paar Tagen hatte er sich nicht mehr bewegen können, doch jetzt musste er die Hand ausstrecken, um Ehlena und ihren Begleitern zu signalisieren, dass sie diesen schrecklichen Ort schleunigst verlassen mussten.

Er nahm all seine Kraft zusammen und hob den Arm, um sie fortzuwinken.

Das Licht erlosch so schnell wie es erschienen war.

Nur um von einem roten Schein ersetzt zu werden, der bedeutete, dass seine Geliebte in tödlicher Gefahr war.

Die Angst um Ehlena versetzte ihn in Panik. Er zuckte in den Ketten und wand sich wie ein Tier in der Falle.

Er musste verdammt nochmal aufwachen. Er musste ... *aufwachen!*

35

Nichts. Verfluchte Scheiße.

Lash blieb stehen und blickte in eine weitere Zelle aus dieser seltsamen Art von Glas. Leer. Genau wie die vorigen drei.

Er atmete tief ein, schloss die Augen und verhielt sich regungslos. Keine Geräusche. Kein Geruch außer dem Gemisch aus Bienenwachs und frischer Erde, das ihn schon die ganze Zeit begleitete.

Wo diese Gruppe auch war, hier jedenfalls nicht. Verdammt.

Er ging zurück und kam wieder an den Punkt, an dem sich der Gang in drei Richtungen aufteilte. Er blickte zu Boden. Jemand war vor nicht allzu langer Zeit hier vorbeigekommen: Eine dunkelblaue Spur zog sich in zwei Richtungen, eine nach rechts, die andere geradeaus, was hieß, dass jemand aus der einen Richtung gekommen und in die andere gegangen war.

Lash bückte sich, zog den Zeigefinger durch die eklige blaue Substanz und rieb sie zwischen den Fingern. *Sympha-*

*then*blut. Er hatte genug vom Blut der Prinzessin vergossen, um das zu erkennen.

Er hob die Hand an die Nase und schnupperte. Nicht von seiner Prinzessin. Es war das Blut von jemand anderem. Und er konnte nicht erkennen, aus welcher Richtung die Spur kam und wo sie hinführte.

Nachdem er keine weiteren Anhaltspunkte hatte, wollte er gerade nach rechts laufen, als ein heller roter Lichtschein aus dem kleinsten der drei Gänge loderte, aus dem, der direkt vor ihm lag. Lash sprang auf die Füße und rannte in diese Richtung, immer der Blutspur nach.

Der Gang machte eine Kurve, und das Leuchten wurde heller. Lash hatte keine Ahnung, in was er da hineinplatzen würde, aber es war ihm auch egal. Seine Prinzessin war hier, und irgendjemand würde ihm sagen, wo er diese Schlampe finden konnte.

Ohne Vorwarnung tauchte ein versteckter Tunnel auf, der ohne Rahmen oder Schwelle von seinem Gang abzweigte. Vom Ende dieses Ganges her strahlte ein roter Schein hell genug, um in den Augen zu brennen, und auf diese Lichtquelle ging Lash zu.

Und spazierte mitten hinein in ein total bizarres Szenario.

Zusammengerollt am Eingang einer Höhle lag Bruder Vishous, und dahinter präsentierte sich eine Gruppenaufstellung, die jeglichen Sinns entbehrte:

Die Prinzessin stand da, in den Klamotten, die Lash ihr in der Vornacht angezogen hatte. Das Bustier, die hohen Strümpfe und die Stilettos wirkten hier, außerhalb des Schlafzimmers, lächerlich. Ihr blauschwarzes Haar war zerzaust, von ihren Händen triefte blaues Blut, und ihre wilden, roten Augen waren die Quelle des Leuchtens, das ihn geleitet hatte. Vor ihr hing etwas, das sie unendlich zu faszinieren schien und aussah, wie eine gigantische Rinderhälfte, bedeckt von – einer Lastwagenladung Insekten.

Verdammt, diese Dinger waren überall.

Und zusammengedrängt um den hängenden Leib standen dieser vernarbte Bruder Zsadist, Xhex, die Sicherheitslesbe, und irgendeine Vampirin mit einem Feuerzeug in der einen und einer Sprühdose in der anderen Hand.

Doch die Gruppe würde nicht mehr lange auf diesem Planeten weilen. Spinnen und Skorpione strömten von allen Seiten auf sie zu, und Lash hatte eine kurze, blutige Vision von abgenagten Skeletten.

Aber das war nicht seine Sorge.

Er wollte seine Prinzessin zurück.

Die offensichtlich ihre eigenen Pläne verfolgte. Sie hob die blutige Hand, und wie auf Kommando verschwand das krabbelnde Heer, das Wände, Decke und Boden überzogen hatte, wie eine Flut, die von der durstigen Erde aufgesaugt wird. Rehvenge wurde freigelegt und hing nackt und schwer an Bolzen, die durch seine Schultern getrieben worden waren. Wie durch ein Wunder war seine Haut nicht von Millionen Bissen und Einstichen überzogen. Er war so unversehrt, als wäre er unter diesem Teppich achtbeiniger und zweiklauiger Monster konserviert gewesen.

»Er gehört mir«, schrie die Prinzessin an niemanden im Speziellen gerichtet. »*Und niemand nimmt ihn mir weg.*«

Lashs Oberlippe kräuselte sich nach oben, und seine Fänge schossen hervor. Das hatte sie nicht gesagt. Das hatte sie so was von nicht gesagt.

Sie war *sein*.

Doch ein Blick in ihr Gesicht offenbarte ihm die Wahrheit. Die krankhafte Verzückung, mit der sie Rehvenge fixierte, war Lash nie zuteilgeworden, egal, wie intensiv der Sex war ... Nein, diese unbeirrbare Besessenheit hatte sie nie für ihn aufgebracht. Sie hatte sich die Zeit mit ihm vertrieben und darauf gewartet, freizukommen – nicht, weil sie etwas gegen die Gefangenschaft hatte, sondern weil sie zurück zu Rehvenge wollte.

»Du miese Schlampe«, fluchte er.

Die Prinzessin wirbelte herum, so dass ihr Haar einen Bogen in der Luft beschrieb. »Du wagst es, so mit mir zu red...«

Schüsse hallten durch die Steinhöhle, einer, zwei, drei, vier, laut wie Planken, die auf harten Boden krachten. Die Prinzessin erstarrte, als sich die Kugeln in ihre Brust bohrten und ihr Herz und ihre Lungen zerrissen. Blaues Blut sprudelte aus den Austrittswunden und spritzte an die Wand hinter ihr.

»Nein!«, brüllte Lash und stürzte zu ihr. Er fing seine Gespielin auf und hielt sie zärtlich in den Armen. »Nein!«

Er blickte in die Richtung, aus der die Schüsse gekommen waren. Xhex ließ ihre Waffe sinken. Ein leichtes Lächeln umspielte ihre Lippen, als hätte sie gerade eine besondere Spezerei gegessen.

Die Prinzessin klammerte sich an den Kragen von Lashs versengtem Mantel, und der Ruck lenkte seinen Blick zurück zu ihrem Gesicht.

Doch sie sah ihn nicht an. Sie starrte zu Rehvenge ... und streckte die Hand nach ihm aus.

»Mein Geliebter ...« Die letzten Worte der Prinzessin zitterten in der Höhle nach.

Lash fauchte und schleuderte sie an die nächstgelegene Wand. Er hoffte, dass die Wucht des Aufpralls ihren Tod bedeutete, denn er brauchte die Befriedigung, dass er ihr letztlich den Rest gegeben hatte.

»Du« – er deutete auf Xhex – »schuldest mir jetzt schon *doppelt* ...«

Der Singsang war erst leise, nicht mehr als ein Echo, das vom Gang vor der Höhle her zu ihnen drang, doch er wurde immer lauter und intensiver, lauter ... und intensiver, bis Lash jede einzelne Silbe hörte, die aus hundert Mündern zu kommen schienen. Er verstand sie nicht, denn er kannte diese Sprache nicht, aber es war ein ehrfürchtiger Gesang, so viel stand fest.

Lash drehte sich in die Richtung des Singsangs und wich an die Wand zurück. Vage hatte er das Gefühl, dass sich die anderen genauso gegen das wappneten, was da kam.

Die *Symphathen* kamen in Zweierreihen näher, und ihre weißen Roben wallten um ihre langen, dünnen Leiber, als sie sich mehr vorwärts wiegten als liefen. Sie trugen weiße Gesichtsmasken mit Löchern für die Augen, die Kinn und Kiefer freiließen. Sie kamen in die Höhle und begannen, Rehvenge zu umkreisen. Die Vampire, die Leiche der Prinzessin und Lash schienen sie nicht im Geringsten zu interessieren.

Nach und nach kamen sie herein und füllten den Raum. Die Eindringlinge wurden zurückgedrängt, bis sie alle eng an die Wand gepresst dastanden, so wie Lash und die tote Prinzessin.

Höchste Zeit, sich aus dem Staub zu machen. Was immer diese Veranstaltung sollte, Lash wollte nicht hineingezogen werden. Zum einen beeinträchtigte eine immense Wut seine Fertigkeiten, und zum anderen konnte diese Situation hier jederzeit außer Kontrolle geraten – und die Sache war nur zum Teil sein Kampf.

Doch er würde nicht allein gehen. Lash war gekommen, um sich eine Frau zu holen, und er würde nicht ohne gehen.

Blitzschnell drückte er sich durch die enge Lücke zwischen zwei Reihen der *Symphathen* zu Xhex hindurch. Sie blickte zu Rehvenge auf, in Ehrfurcht erstarrt, als bedeute diese Versammlung etwas. Es war die perfekte Ablenkung für Lash.

Er streckte die Hände aus, zauberte einen Schatten aus

dem Nichts und ließ ihn wie einen ausgebreiteten Umhang auf dem Boden schweben. Mit einem schnellen Schwung warf er ihn in die Höhe und Xhex über den Kopf, so dass sie verschwand, obwohl sie in der Höhle blieb. Wie erwartet kämpfte sie dagegen an, doch ein gezielter Faustschlag auf den Schädel ließ sie erschlaffen und erleichterte Lash den Rückzug immens.

Lash schleifte sie einfach aus der Höhle, direkt vor den Augen aller anderen.

Gesang ... Gesang, der anhob und die Luft mit rhythmischen Tönen erfüllte.

Aber zuerst waren auch Schüsse gefallen.

Rehvenge öffnete mühsam die Augenlider und musste sich die rote Sicht erst freiblinzeln. Die Spinnen krabbelten nicht mehr auf ihm herum, krabbelten nicht mehr in der Höhle herum ... sie wurden ersetzt von seinen sich versammelnden *Symphathen*brüdern. Ihre Masken und Roben machten ihre Züge anonym, so dass die Macht ihrer Geister umso heller leuchtete.

Und da war frisches Blut.

Seine Blicke schossen suchend umher – Gütige Jungfrau der Schrift, Ehlena lebte, und Zsadist stand schützend vor ihr. Das war gut. Dumm nur, dass sie an der Rückwand der Höhle standen. Den Weg in die Freiheit verbauten ihnen nur, ach, na ja, vielleicht hundert Sündenfresser.

Obwohl, so wie Ehlena seinem Blick standhielt, würde sie nicht ohne ihn gehen.

»Ehlena ...«, flüsterte er heiser. »Nein.«

Sie nickte und formte ein *Wir holen dich hier raus* mit den Lippen.

Frustriert wandte er den Blick ab und beobachtete das Wiegen seiner Brüder. Im Gegensatz zu Ehlena wusste er, was diese Prozession und der Gesang bedeuteten.

Himmel nochmal. Aber wie war das möglich?

Die Frage wurde beantwortet, als er die Leiche der Prinzessin an der Wand entdeckte. Ihre Hände waren blau gefärbt, und er wusste, warum: Sie hatte seinen Onkel, ihren Mann, getötet ... den König der *Symphathen*.

Rehv schüttelte sich und fragte sich, wie ihr das gelungen war – an der königlichen Leibgarde vorbeizukommen war so gut wie unmöglich, und ihr Onkel war ein gerissener, misstrauischer Zeitgenosse gewesen.

Die Vergeltung war jedoch nicht ausgeblieben. Obwohl sie nicht auf *Symphathen*art den Tod gefunden hatte, die ihre Opfer bevorzugt unfreiwilligen Selbstmord begehen ließen. Sie hatte vier Löcher in der Brust, und bei der Präzision der Einschüsse tippte Rehv auf Xhex.

Sie kennzeichnete ihre Opfer immer, und das Kreuz der vier Himmelsrichtungen war einer ihrer Favoriten, wenn sie mit der Schusswaffe arbeitete.

Rehv konzentrierte sich wieder auf Ehlena. Sie sah immer noch zu ihm auf, mit einer unglaublichen Wärme im Blick. Einen Moment lang ließ er sich von ihrem Mitgefühl forttragen, doch dann gewann der Vampir in ihm die Oberhand. Als gebundener Vampir war die Sicherheit seiner Gefährtin die erste Priorität, und trotz seiner Schwäche kämpfte er gegen die Ketten, an denen er hing.

Geh!, formten seine Lippen. Als sie den Kopf schüttelte, funkelte er sie an. *Warum nicht?*

Sie legte sich die Hand aufs Herz und flüsterte zurück: *deswegen*.

Er ließ den Kopf fallen. Was hatte sie bloß zu diesem Sinneswandel veranlasst? Warum wollte sie ihn retten, nach allem, was er ihr angetan hatte? Und wer war eingeknickt und hatte ihr die Wahrheit gesteckt?

Rehv würde diese Person umbringen.

Vorausgesetzt, irgendjemand kam hier überhaupt lebend raus.

Die *Symphathen* beendeten ihren Gesang und verstummten. Nach einem Moment der Stille drehten sie ihm mit militärischer Präzision die Gesichter zu und verbeugten sich tief.

Ihre Raster stürmten auf Rehv ein, als sie sich ihm alle gleichzeitig präsentierten ... es waren alle, an die er sich von früher erinnerte, seine ganze Sippe.

Sie wollten ihn als König. Ungeachtet des Testaments seines Onkels wählten sie ihn.

Durch seine Ketten ging ein Ruck, dann wurde er langsam herabgesenkt. Rasende Schmerzen fuhren durch seine Schultern, und sein Magen rebellierte. Aber er durfte sich seine Schwäche nicht anmerken lassen. Er kannte diese Psychopathen, er wusste, dass ihre respektvollen Unterwerfungsgesten nicht lange anhalten würde. Wenn er sich auf irgendeine Weise verletzlich zeigte, war er verloren.

Also tat er das einzig Vernünftige.

Als seine Füße den kalten Steinboden berührten, ließ er seine Knie sanft einknicken und zwang seinen Oberkörper zu einer aufrechten Haltung – als wäre diese klassische Pose des Königs von ihm gewählt und nicht das Einzige, zu dem er fähig war, nach all der Zeit, die man ihn an den Schlüsselbeinen aufgehängt hatte.

Wie lange mochte es gewesen sein? Er wusste es nicht.

Er sah an sich herab. Dünner. Viel dünner. Aber seine Haut war intakt, was in Anbetracht all der schauerlichen Krabbeltierchen ein verdammtes Wunder war.

Er holte tief Luft ... und schöpfte Kraft aus seiner Vampirseite, um seinen *Symphathen*geist zu stärken: Der Beschützerinstinkt für seine bedrohte *Shellan* setzte Kraftreserven frei, die er für niemand sonst hätte mobilisieren können.

Rehvenge hob den Kopf, erleuchtete die Höhle mit seinen Amethystaugen und nahm die Huldigung an.

Die Kerzen draußen im Flur erstrahlten in hellem Licht, und eine Welle der Macht durchströmte ihn. Er würde die Befehlsgewalt übernehmen und seine Brüder unterwerfen. Seine Sicht färbte sich vom Roten ins Violette. Er fand seine innere Mitte, stählte seinen Geist und injizierte dann jedem einzelnen *Symphathen* der Kolonie die Gewissheit, dass er sie zu allem bringen konnte. Sich den Hals aufzuschlitzen. Fremde Partner zu vögeln. Tiere zu erlegen oder Menschen oder alles, was ein Herz hatte.

Der König war die Schaltzentrale des Systems. Das hatten die Untertanen unter seinem Onkel und seinem Vater zu spüren bekommen. Und der *Symphath* war eine Spezies mit ausgeprägtem Selbsterhaltungstrieb. Den Mischling Rehvenge wählten sie zum König, um sich die Vampire vom Leib zu halten. Eine Regentschaft von Rehvenge ermöglichte es ihnen, weiter unter sich zu leben, allein in ihrer Kolonie.

Aus einer Ecke ertönte ein Schaben und Knurren.

Die Prinzessin erhob sich trotz ihrer Wunden. Das wirre Haar klebte auf ihrem verzerrten Gesicht, ihre Reizwäsche war durchtränkt von ihrem blauen Blut.

»*Ich bin die rechtmäßige Herrscherin.*« Ihre Stimme war dünn, aber entschlossen, ihre Besessenheit belebte, was tot sein sollte. »Ich regiere, und du gehörst *mir.*«

Die versammelten Massen drehten die gebeugten Köpfe zur Prinzessin. Dann sahen sie zurück zu Rehv.

Verdammt, der Bann war gebrochen.

Eilig sandte Rehv die Botschaft an Ehlena und Zsadist, ihre Köpfe zu verschließen, indem sie an irgendetwas dachten, egal, was es war, je klarer desto besser. Sogleich änderten sich ihre Raster. Ehlena dachte an ... das Ölgemälde in Montrags Arbeitszimmer?

Rehv konzentrierte sich wieder auf die Prinzessin.

Die auf Ehlena aufmerksam geworden war und jetzt mit einem Dolch in der Hand auf sie zuschlich.

»Er gehört mir!«, gurgelte sie und blaues Blut floss aus ihrem Mund.

Rehvenge bleckte die Fänge und zischte wie eine Riesenschlange. Dann tauchte er in das Bewusstsein der Prinzessin ein und pflügte alle Wehranlagen nieder, mit denen sie sich schützte. Er übernahm die Kontrolle und entfesselte ihren Machthunger und ihren Besitzanspruch auf ihn. Ihr Verlangen lenkte sie von Ehlena ab und auf ihn zu, ihr irrer Blick war voller Liebe. Überwältigt von ihrem Begehren erzitterte sie in ekstatischen Visionen, ihrer Schwäche komplett ausgeliefert ...

Rehv wartete, bis sie sich so richtig warm gelaufen hatte.

Und dann vernichtete er sie mit einer einzigen Botschaft: *Ehlena ist meine Königin.*

Die vier Worte schmetterten sie nieder. Sie vernichteten sie mit mehr Gewalt, als jede Schusswaffe es vermocht hätte.

Er hatte, was sie wollte.

Er war, was sie wollte.

Und sie ging leer aus.

Die Prinzessin presste die Hände an die Ohren, um den Tumult in ihrem Kopf zu stoppen, doch Rehvenge ließ ihre Gedanken nur noch schneller und schneller wirbeln.

Mit einem kratzigen Schrei nahm sie den Dolch in ihrer Hand und rammte ihn sich bis zum Heft in den Bauch. Unwillig, jetzt schon aufzuhören, ließ Rehv sie die Waffe mit einem schnellen Ruck nach rechts ziehen.

Und dann rief er seine kleinen Freunde zur Hilfe.

Als schwarze Flut kehrten die Spinnen und Skorpione aus den Ritzen in der Wand zurück. Einst von seinem Onkel beherrscht, unterstanden diese Horden nun Rehvenge, und sie strömten auf die Prinzessin zu und hüllten sie ein.

Und Rehvenge gab ihnen den Befehl, zu beißen.

Die Prinzessin schrie und schlug um sich, doch sie hatte keine Chance. Sie sank auf ein Bett aus den Kreaturen, die sie umbringen würden.

Die *Symphathen* beobachteten das Geschehen.

Während Ehlena das Gesicht an Zsadists Schulter vergrub, schloss Rehv die Augen und saß reglos wie eine Statue in der Mitte der Höhle. Dann versprach er jedem einzelnen Untertan das Gleiche und Schlimmeres, wenn sie sich ihm widersetzten. Was in ihrem verdrehten Wertesystem nur ihre Überzeugung bestärkte, den richtigen Herrscher gewählt zu haben.

Als die Schluchzer der Prinzessin verebbten und sie reglos liegen blieb, hob Rehv die Lider und rief seine krabbelnde Armee zurück. Ihr Rückzug legte einen aufgedunsenen, zerstochenen Leib frei. Die Prinzessin würde nicht mehr aufstehen – das Gift in ihren Adern hatte ihr Herz gestoppt, ihre Lungen verklebt und ihr Nervensystem lahmgelegt.

Egal, wie groß ihr Verlangen war, diesen Körper konnte man nicht wiederbeleben.

Rehv befahl seinen maskierten Untertanen ruhig, dass sie sich in ihre Quartiere zurückziehen und über das Gesehene nachdenken sollten. Im Gegenzug bekam er, was für *Symphathen* mit Liebe zu vergleichen war: Sie fürchteten ihn uneingeschränkt und respektierten ihn deshalb.

Zumindest für den Moment.

Wie als Einheit erhoben sich die *Symphathen* und gingen Reihe um Reihe aus der Höhle hinaus. Rehv schüttelte den Kopf in Richtung Ehlena und Z und betete, dass sie seinen Wink verstanden – und sich nicht von der Stelle rührten.

Mit etwas Glück würden seine Brüder in den Roben annehmen, dass er die Eindringlinge zu seinem Vergnügen töten würde.

Rehv wartete, bis der letzte Sündenfresser aus dem Gang vor der Höhle verschwunden war. Dann entspannte er seinen Rücken.

Als er zu Boden fiel, kam Ehlena zu ihm gerannt. Ihr Mund bewegte sich, doch er hörte nicht, was sie sagte, und ihre karamellfarbenen Augen sahen ganz anders aus, durch *Symphathen*augen gesehen.

Es tut mir leid, formte er mit den Lippen. *Es tut mir leid.*

Dann passierte etwas Merkwürdiges mit seiner Sicht, und plötzlich durchsuchte Ehlena einen Rucksack, den ihr jemand brachte, und zwar ... wie? Vishous war auch hier?

Rehv kam zu Bewusstsein und dämmerte wieder weg, während Dinge mit ihm getan und Spritzen gesetzt wurden. Kurz darauf setzte das Surren wieder ein.

Wo war Xhex, fragte er sich benommen. Vielleicht sorgte sie für einen sicheren Fluchtweg, nachdem sie die Prinzessin getötet hatte. So war sie, immer auf die Rückzugsstrategie bedacht. Das hatte sie ihr Leben gelehrt.

Beim Gedanken an seine Sicherheitschefin ... seine Kameradin ... seine Freundin ... ärgerte er sich, dass sie ihren Schwur gebrochen hatte, obwohl es ihn nicht überraschte. Die eigentliche Frage war, wie es ihr gelungen war, ohne die Mauren zu kommen. Oder waren die etwa auch hier?

Das Surren erstarb. Zsadist ließ sich auf die Fersen zurückfallen und schüttelte den Kopf.

In Zeitlupe blickte Rehv an sich herab.

Ach so, er hing noch immer an den Schultern fest, und ihre Säge kam nicht durch die Ketten. So wie er seinen Onkel kannte, waren sie aus etwas Härterem geschmiedet, als Sägen es durchtrennen konnten.

»Lasst mich ...«, murmelte er. »Lasst mich einfach. Geht ...«

Ehlenas Gesicht erschien wieder in seinem Sichtfeld, und ihre Lippen bewegten sich eindringlich, als würde sie versuchen, ihm etwas zu erklären ...

Als er sie so nahe vor sich hatte, erwachte auf einmal der gebundene Vampir in ihm, und er gewann etwas von seiner räumlichen Wahrnehmung zurück – erleichtert sah er, wie ihr Gesicht wieder normale Konturen annahm ... und Farben.

Rehv hob eine zitternde Hand und fragte sich, ob sie sich wohl von ihm berühren ließe.

Sie tat mehr als das. Sie umschloss seine Hand, führte sie an die Lippen und drückte einen Kuss darauf. Sie redete immer noch auf ihn ein, ohne dass er etwas hörte. Er versuchte, sich zu konzentrieren. *Bleib bei mir.* War es das? Oder folgerte er das aus der Art, wie sie seine Hand hielt?

Ehlena strich ihm das Haar zurück, und ihm schien, als sagte sie: *tief einatmen.*

Rehv atmete tief ein, um sie glücklich zu machen, und sie nickte jemandem zu, der hinter ihm zu sitzen schien.

Und dann fuhr ein Schmerz in seine rechte Schulter, der so gewaltig war, dass sich sein ganzer Körper krümmte, und er den Mund aufriss, um einen Schrei auszustoßen.

Er hörte seinen eigenen Schrei nicht. Sah nichts mehr. Der Schmerz überwältigte ihn und raubte ihm das Bewusstsein.

36

Ehlena fuhr in einem schwarzen Escalade heim, Rehv zusammengerollt in ihrem Schoß. Sie saßen zusammengepfercht auf der Ladefläche, aber es kümmerte sie nicht, dass dort eigentlich kaum Platz genug für ihn allein war. Sie wollte bei ihm sein.

Musste ihn berühren und konnte nicht mehr loslassen.

Sobald sie die Bolzen aus Rehvs Schultern gerissen hatten, hatte Ehlena die scheußlichen Wunden so gut es ging versorgt und mit sterilem Verbandmull bedeckt, den sie mit Klebeband fixierte. Danach hatte Zsadist ihn aufgehoben und aus dieser gottverfluchten Höhle getragen, während Vishous und Ehlena ihm Deckung gaben.

Xhex war ihnen auch auf dem Weg nach draußen nirgends begegnet.

Ehlena versuchte sich einzureden, dass sich Xhex den Kämpfen gegen die Jäger angeschlossen hatte, aber ganz konnte sie das nicht glauben. Xhex hätte Rehvenge niemals im Stich gelassen, bevor sie ihn sicher aus der Kolonie geholt hatten.

Als Angst in Ehlenas Herz aufkeimte, versuchte sie sich zu beruhigen, indem sie den Streifen dichten dunklen Haars streichelte, der über Rehvs Kopf verlief. Als Antwort vergrub er das Gesicht in ihrem Schoß, als bräuchte er den Trost.

Wirklich, er mochte eine *Symphathen*seite haben, aber er hatte bewiesen, für wen sein Herz schlug: Er hatte die Prinzessin vernichtet und sie alle vor diesen schreckenerregenden Kreaturen mit den Masken und den wallenden Roben geschützt. Was ja wohl zeigte, auf wessen Seite er stand, oder etwa nicht? Hätte er nicht irgendwie die Kontrolle übernommen, wäre niemand von ihnen heil aus dieser Kolonie gekommen, auch nicht die Brüder, die auf dem Rasen gegen die *Lesser* kämpften.

Ehlena musterte die anderen Insassen des SUVs. Rhage war in mehrere Lederjacken eingewickelt. Er war nackt und zitterte, und seine Haut war grau wie kalt gewordener Haferschleim. Zweimal hatten sie bereits anhalten müssen, weil er sich übergeben musste, und so, wie er jetzt schon wieder krampfhaft schluckte, mussten sie das bald wieder tun. Vishous saß neben ihm und sah nicht viel besser aus. Er hatte die schweren Beine über Rhages Schoß gelegt, den Kopf auf die Seite gedreht und presste die Augen zu. Es war ziemlich offensichtlich, dass er vom Schlag der Prinzessin eine Gehirnerschütterung davongetragen hatte. Und ganz vorne saß Butch und verbreitete einen üblen süßlichen Gestank, der Rhages Magen sicherlich zusätzlich zu schaffen machte.

Tohrment saß am Steuer und fuhr ruhig und gleichmäßig.

Zumindest mussten sie sich keine Sorgen machen, heil nach Hause zu kommen.

Rehvenge regte sich, und Ehlena sah ihn an. Als seine Lider flatterten, schüttelte sie den Kopf.

»Sch ... bleib einfach liegen.« Sie streichelte sein Gesicht. »Sch ...«

Er bewegte die Schultern und zuckte dabei so stark zusammen, dass sein Hals knackte. Ehlena wünschte, sie könnte mehr für ihn tun, und steckte die Decke fest, in die sie ihn eingewickelt hatten. Sie hatte ihm so viele Schmerzmittel gegeben, wie sie sich getraut hatte, genauso wie Antibiotika wegen der Schulterverletzungen, aber Antiserum hatte sie keines verabreicht, da er keine Bisse zu haben schien.

Nachdem die Prinzessin so übel zugerichtet wurde, schienen diese Spinnen und Skorpione nur auf Befehl zu beißen, und Rehv war aus irgendeinem Grund verschont geblieben.

Auf einmal knurrte er, spannte sich an und grub die Hände in die Matte unter ihm.

»Nein, versuch nicht, dich hinzusetzen.« Sie drückte sanft seine Brust herunter. »Bleib einfach hier bei mir liegen.«

Rehvenge fiel zurück in ihren Schoß und streckte eine suchende Hand aus. Als er ihre Finger fand, murmelte er: »Warum ...?«

Sie musste lächeln. »Das fragst du häufig, weißt du das?«

»Warum bist du gekommen?«

Nach einem Moment sagte sie leise: »Ich bin meinem Herzen gefolgt.«

Offensichtlich machte ihn das nicht glücklich. Im Gegenteil, er machte ein gequältes Gesicht. »Verdiene ... nicht ... von dir ...«

Ehlena versteifte sich besorgt, als Blut aus seinen Augen rann. »Rehvenge, ganz ruhig, bitte.« Sie versuchte, nicht in Panik auszubrechen, und griff nach ihrem Erste-Hilfe-Rucksack. Sie fragte sich, was das für Symptome waren.

Rehvenge hielt ihre Hände fest. »Sind nur ... Tränen.«

Sie starrte auf die roten Tropfen auf seinen Wangen. »Bist du dir sicher?« Als er nickte, holte sie ein Taschentuch aus ihrem Parka und tupfte ihm vorsichtig das Gesicht ab. »Weine nicht. Bitte weine nicht.«

»Du hättest ... mich nicht holen sollen. Du hättest ... mich dortlassen sollen.«

»Ich habe es dir schon mal gesagt«, flüsterte sie und wischte weitere Tränen weg. »Jeder verdient es, gerettet zu werden. So sehe ich nun einmal die Welt.« Als sie in seine wundervollen Augen blickte, schienen sie noch magischer, weil sie mit den frischen roten Tränen schimmerten. »So sehe ich dich.«

Er presste die Lider zu, als könne er ihr Mitgefühl nicht ertragen.

»Du hast versucht, mich vor all dem zu bewahren, nicht wahr?«, sagte sie. »Darum hast du mich ins *ZeroSum* geholt.« Als er nickte, zuckte sie die Schultern. »Wenn du das Gleiche für mich getan hast, müsstest du doch eigentlich verstehen, warum ich dich retten will.«

»Anders ... bin ... *Symphath* ...«

»Aber du bist nicht nur *Symphath*.« Sie dachte an seinen Bindungsduft. »Nicht wahr?«

Rehvenge schüttelte widerwillig den Kopf. »Aber nicht ... genug Vampir ... für dich.«

Seine Traurigkeit schwoll an, und dunkle Wolken zogen sich über ihnen zusammen. Sie rang um Worte und berührte erneut sein Gesicht – und bemerkte, wie kalt er war. Das gefiel ihr gar nicht. Verdammt, er starb ihr unter den Händen weg. Mit jeder Meile, die sie näher an den sicheren Hafen kamen, verloren sie ihn mehr, wurde seine Atmung schwerfälliger, sein Herz langsamer.

»Kannst du etwas für mich tun?«, fragte sie.

»Bitte ... ja«, antwortete er rau, obwohl sich seine Lider flatternd schlossen und er zu zittern begann. Als er sich noch enger zusammenrollte, sah Ehlena, wie sich seine Wirbel durch die Haut am Rücken abzeichneten, selbst durch die Decke hindurch.

»Rehvenge? Wach auf.« Er sah sie an, aber seine Augen hatten jetzt das Violett einer Prellung, trüb und gequält. »Rehvenge, würdest du bitte meine Vene nehmen?«

Er riss die Augen auf, als wäre dieser Satz neben *Wir fahren nach Disneyland!* und *Wie wär's mit Fastfood zum Abendessen?* das Letzte, was er aus ihrem Mund erwartet hatte.

Als er zum Reden ansetzte, hielt sie ihn auf: »Wenn du mich jetzt fragst, warum, muss ich dir den Hintern versohlen.«

Ein leichtes Lächeln spielte um seinen Mund, verlor sich aber schnell wieder. Und obwohl seine Fänge ausgefahren waren und sie plötzlich ihre scharfen Spitzen sah, schüttelte er den Kopf.

»Nicht wie du«, murmelte er und fasste sich mit schwacher Hand an die tätowierte Brust. »Nicht gut genug … für dein Blut.«

Sie streifte den Parka von einer Schulter ab und zog einen Ärmel ihres Rollkragenpullis hoch. »Das entscheide ich, wenn's recht ist.«

Als sie ihm das Handgelenk über den Mund hielt, leckte er sich die Lippen. Sein Hunger erwachte so schnell und heftig, dass ein wenig Farbe in seine blassen Wangen zurückkehrte. Und dennoch zögerte er. »Bist du dir … sicher?«

Sie musste daran denken, wie sie sich vor Ewigkeiten in der Klinik getroffen hatten, wie sie einander getriezt und belagert hatten, beide wollten und nicht nahmen. Sie lächelte. »Sicher. Ganz sicher.«

Sie legte die Vene auf seine Lippen und wusste, dass er ihr nicht widerstehen können würde – und tatsächlich versuchte er, dagegen anzukämpfen … und verlor. Rehvenge biss zu und trank einen tiefen Schluck. Ein Stöhnen entrang sich seinen Lippen, als sich seine Augen verzückt verdrehten.

Ehlena streichelte das Haar, das auf beiden Seiten neben seinem Iro nachgewachsen war, und freute sich still, während er trank.

Das würde ihn retten.

Sie würde ihn retten.

Nicht ihr Blut, sondern ihr Herz.

Als Rehvenge vom Handgelenk seiner Geliebten trank, war er gleichzeitig überwältigt und überfordert, Gefühlen ausgeliefert, die stärker waren als er. Sie hatte nach ihm gesucht. Sie hatte ihn befreit. Und trotz allem, was sie über ihn wusste, ließ sie ihn von sich trinken und blickte voll Zärtlichkeit auf ihn herab.

Aber war das nicht eher ihrer Wesensart zuzuschreiben als ihren Gefühlen für ihn? Standen nicht statt Liebe Pflicht und Mitleid hinter ihren Taten?

Er war zu schwach, um ihr Verhalten zu deuten. Zumindest zuerst.

Doch als sein Körper neue Kraft schöpfte, gewann auch sein Geist an Stärke, und er erkannte ihre Motive ...

Pflicht. Mitleid.

Und Liebe.

Freude flammte in seiner Brust auf, aber sie war nicht unbeschwert. Ein Teil von ihm jubelte, dass er gegen jede Wahrscheinlichkeit im Lotto gewonnen hatte. Doch tief im Inneren wusste er, dass sein Mischlingsblut sie auseinandertreiben würde, selbst wenn der Rest der Vampirbevölkerung nie davon erfuhr: Angeblich war er der Anführer dieser Kolonie.

Und das war kein Ort für Ehlena.

Er löste sich von ihrer Ader und leckte sich die Lippen.

Gott ... sie schmeckte köstlich.

»Willst du mehr?«, fragte sie.

Ja. »Nein. Das war genug.«

Sie streichelte wieder sein Haar, und ihre Nägel kratzten über seine Kopfhaut. Er schloss die Augen und spürte, wie Kraft in seine Muskeln und Knochen strömte und er durch ihre großzügige Gabe belebt wurde.

Tja, aber nicht nur Arme und Beine erwachten. Sein Schwanz schwoll an, und seine Hüften drängten nach vorne, obwohl er halbtot war und seine Schultern in Flammen standen. Aber Ständer waren nun mal das Ergebnis, wenn sich männliche Vampire an ihren Partnerinnen nährten.

Biologie. Was konnte er dagegen tun?

Als sich seine Körpertemperatur stabilisierte, gab er die Embryonalhaltung auf, wobei seine Decke etwas verrutschte. Hektisch wollte er sie wieder hochziehen, damit Ehlena die Erektion nicht sah.

Sie kam ihm zuvor.

Und ihre Augen leuchteten in der Dunkelheit, als sie die Decke zurechtzupfte. Rehv schluckte ein paarmal. Er hatte noch immer ihren Geschmack auf der Zunge und in der Kehle. »Ich muss mich entschuldigen.«

»Nein.« Sie lächelte und blickte ihm in die Augen. »Du kannst nichts dafür. Außerdem heißt das vermutlich, dass du aus dem kritischen Bereich heraus bist.«

Und dass er übergangslos in den erotischen Bereich eingetaucht war. Großartig. Es gab doch nichts so Erfrischendes wie ein Wechselbad der Extreme.

»Ehlena ...« Er stieß langgezogen den Atem aus. »Ich kann nicht mehr sein wie früher.«

»Wenn das heißt, du musst es aufgeben, ein Drogenbaron und Zuhälter zu sein, komme ich darüber hinweg.«

»Ach, das wäre ohnehin vorbei. Nein. Ich kann nicht mehr zurück nach Caldwell.«

»Warum nicht?« Als er nicht gleich antwortete, sagte sie: »Ich würde es mir wünschen.«

Der gebundene Vampir in ihm jubelte *Jippie, wir sind dabei*. Aber er musste praktisch denken.

»Ich bin anders als du«, wiederholte er, als wäre es seine Erkennungsmelodie.

»Nein, bist du nicht.«

Weil er sie überzeugen musste und ihm nicht einfiel, wie er es sonst anstellen sollte, führte er ihre Hand unter die Decke und legte sie auf seinen Schwanz. Die Berührung elektrisierte ihn, und seine Hüften schossen nach oben, aber er erinnerte seine Libido daran, dass dies eine reine Demonstration seiner Andersartigkeit war.

Er führte sie zu seinem Stachel, zu der Stelle am Ansatz, die etwas uneben war. »Fühlst du das?«

Sie schien einen Moment um Kontrolle bemüht, als kämpfe sie gegen den gleichen erotischen Sog an wie er. »Ja ...«

Die rauchige Art, wie sie das Wort in die Länge zog, sandte eine Welle durch seine Wirbelsäule, so dass seine Erektion in ihrer Hand auf und ab glitt. Als sein Atem kürzer wurde und sein Herz zu hämmern begann, wurde seine Stimme tiefer. »Er verankert sich, wenn ich ... wenn ich komme. Ich bin nicht so, wie die Männer, die du kennst.«

Rehv bemühte sich reglos zu bleiben, während sie forschte, doch die Kraft, die ihm ihr Blut gegeben hatte, verbunden mit der Stelle, die sie da abtastete, erwies sich als zu übermächtig. Er drängte sich in ihre Hand, bäumte sich in ihrem Schoß auf und fühlte sich ihr seltsam ausgeliefert.

Was ihn nur noch mehr erregte.

»Hast du ihn deshalb zu früh rausgezogen?«, fragte sie.

Rehv befeuchtete sich erneut die Lippen. Er erinnerte sich an den Druck ihres Innersten um seinen ...

Der Escalade fuhr über eine Bodenschwelle, und Rehv wurde plötzlich daran erinnert, dass der dunkle Hafen hinten im Escalade nur halb privat war: Sie waren nicht allein.

Aber Ehlena ließ ihre Hand, wo sie war. »Ist das der Grund?«

»Ich wollte nicht, dass du von alldem erfährst. Ich wollte ... normal für dich sein. Ich wollte, dass du dich bei mir sicher fühlst ... und ich wollte mit dir zusammen sein. Deswegen habe ich gelogen. Ich wollte mich nicht in dich verlieben. Ich wollte nicht, dass du ...«

»Was hast du gesagt?«

»Ich ... ich liebe dich. Es tut mir leid, aber so empfinde ich.«

Ehlena wurde so still, dass er schon fürchtete, in seinem Delirium alles völlig falsch gedeutet zu haben. Hatte er nur das auf sie projiziert, was der schwache Teil in ihm suchte?

Doch dann senkte sie ihren Mund an sein Ohr und flüsterte: »Verstell dich nie wieder vor mir. Ich liebe dich so, wie du bist.«

Eine Riesenwelle der ungläubigen Dankbarkeit schlug über ihm zusammen und schwemmte jegliche Logik hinweg. Rehv umfasste vorsichtig ihren Kopf und küsste sie. In diesem Moment kümmerte es ihn einen Dreck, dass es Komplikationen jenseits ihres Einflussbereichs gab, Dinge, die sie auseinandertreiben würden, so sicher, wie die brennende Sonne am Ende dieser Nacht aufging.

Aber angenommen zu werden ... angenommen und geliebt zu werden, so, wie man war, von der Frau, die man liebte – dieses Glück war zu groß, um von der kalten Realität besiegt zu werden.

Als sie sich küssten, fing Ehlena an, ihre Hand unter der Decke zu bewegen und an seinem harten Schaft auf und ab zu fahren.

Als er sich von ihr lösen wollte, fing sie seinen Mund erneut mit ihrem auf: »Sch ... vertrau mir.«

Rehvenge wurde von seinem Begehren überwältigt und ließ sich von der Welle der Lust davontragen, die Ehlena in ihm erzeugte. Er gab sich ihr vollkommen hin. Er versuchte, still zu bleiben, damit es die anderen Insassen nicht mitbekamen, und betete, dass zumindest die beiden auf der Bank vor ihnen eingeschlafen waren.

Es dauerte nicht lange, bis sich seine Eier fest zusammenzogen und sich seine Hände in ihrem Haar vergruben. Er stöhnte gepresst an ihrem Mund, stieß ein letztes Mal die Hüften empor und kam heftig über ihre Hand und seinen Bauch und in die Decke.

Als ihre Finger zu seinem Stachel wanderten und sie die Ausbuchtung ertastete, erstarrte er und betete, dass sie seine Anatomie nicht abstoßend finden würde.

»Ich will das in mir fühlen«, stöhnte sie an seinen Lippen.

Bei diesen Worten wurde Rehvenge erneut von einem Orgasmus geschüttelt.

Mann ... er konnte es kaum erwarten anzukommen – wo immer sie auch hinfuhren.

37

Am nächsten Morgen erwachte Ehlena nackt in dem Bett, in dem sie schon vor ihrer Reise in die Kolonie geschlafen hatte. An sie gedrängt lag Rehvenge, riesig und warm. Und er war wach.

Zumindest in gewisser Weise.

Seine Erektion drückte sich heiß und hart gegen ihren Oberschenkel, und er rieb sich an ihr. Sie wusste, was als Nächstes kommen würde, und empfing ihn freudig, als er sich auf sie rollte, sich aufrichtete und ihre Schenkel auseinanderdrängte. Als er tief in ihr versank und mit schläfrigem Instinkt die Hüften bewegte, nahm sie seinen Rhythmus auf und schloss die Arme um seinen Hals.

An seinem Hals waren Bissspuren. Eine Menge davon.

An ihrem auch.

Sie schloss die Augen und verlor sich einmal mehr in Rehvenge ... in ihnen.

Der Tag, den sie zusammen im Gästezimmer der Bruderschaft verbracht hatten, war nicht allein von Sex bestimmt gewesen. Sie hatten viel geredet. Ehlena hatte ihm erzählt, was alles passiert war. Von der Erbschaft, wie sie alles herausgefunden hatte und das Xhex streng genommen ihren Schwur nicht gebrochen hatte, indem sie mit zur Kolonie gekommen war.

Gott ... Xhex.

Niemand hatte von ihr gehört. Und niemand konnte die Erleichterung und den Triumph über die gelungene Operation so richtig genießen.

Rehvenge würde sich bei Nachtanbruch in die Kolonie aufmachen und nach ihr suchen, aber Ehlena las in seinem Gesicht, dass er nicht erwartete, sie dort zu finden.

Es war einfach zu seltsam und unheimlich. Niemand hatte ihre Leiche gesehen, aber es hatte auch niemand mitbekommen, wie sie gegangen war. Oder sie nochmal außerhalb dieser Höhle gesehen. Sie war wie vom Erdboden verschluckt.

»Oh, Himmel, Ehlena ... ich komme ...«

Rehvs Hüften hämmerten gegen ihr Becken, und Ehlena hielt sich an ihrem Partner fest und ließ sich davontragen, obwohl sie wusste, dass Ungewissheit und Sorge nach dem Orgasmus wieder da wären. Er rief ihren Namen aus, als er kam, und Ehlena spürte das aufregende Einrasten, als er sich tief in ihr verankerte.

Allein der Gedanke daran brachte ihren eigenen Orgasmus mit und trug sie über die Klippe.

Als sie beide befriedigt waren, rollte sich Rehvenge auf die Seite, sorgsam darauf bedacht, sich nicht zu früh von ihr zu trennen. Seine Amethystaugen gewannen an Schärfe, und er strich ihr das Haar aus der Stirn.

»Die perfekte Art aufzuwachen«, murmelte er.

»Ganz deiner Meinung.«

Ihre Augen trafen sich, und ihr Blick verweilte aufeinander, und nach einer Weile sagte er: »Kann ich dich etwas fragen? Und es ist kein ›Warum‹, es ist ein ›Was‹.«

»Nur zu.« Sie hob den Kopf und küsste ihn schnell.

»Was hast du mit dem Rest deines Lebens vor?«

Ehlena stockte der Atem. »Ich dachte ... du hättest gesagt, du könntest nicht in Caldwell bleiben.«

Er zuckte die riesigen Schultern, die immer noch verbunden waren. »Ich kann dich nicht verlassen. Es geht einfach nicht. Mit jeder Stunde bei dir wird mir das deutlicher bewusst. Ich kann wörtlich ... nicht gehen, es sei denn, du bittest mich darum.«

»Was nicht passieren wird.«

»Das ... wird es nicht?«

Ehlena umfasste sein Gesicht und sofort wurde er reglos. Das passierte jedes Mal, wenn sie ihn berührte. Es war, als würde er ständig auf irgendeinen Befehl von ihr warten ... doch andrerseits war das nun mal so bei gebundenen Vampiren, nicht wahr? Ja, sie waren stärker und ihren Partnerinnen körperlich überlegen, aber die *Shellans* bestimmten dennoch über sie.

»Sieht aus, als würde ich meine Zukunft mit dir verbringen«, hauchte sie an seinem Mund.

Er erschauerte, als ließe er seine letzten Zweifel fahren. »Ich verdiene dich nicht.«

»Doch, das tust du.«

»Ich werde für dich sorgen.«

»Ich weiß.«

»Und wie gesagt, werde ich meine alten Betätigungen in der Stadt nicht mehr aufnehmen.«

»Gut.« Er verstummte, als wollte er noch weitere Beteuerungen machen und suchte nach Worten. »Hör auf zu reden und küss mich noch einmal. Mein Herz ist fest entschlossen und ebenso mein Kopf. Es gibt nichts, was du noch sagen musst. Ich weiß, wer du bist. Du bist mein *Hellren*.«

Als sich ihre Münder trafen, war sie sich durchaus bewusst, dass sie eine Menge Probleme vor sich hatten. Wenn sie unter Vampiren lebten, mussten sie seine Identität weiter verschleiern. Und Ehlena wusste nicht, was sie mit der Kolonie im Norden tun sollten – sie hatte so das Gefühl, dass dieses Umkreisen und Huldigen bedeutete, dass er da oben so eine Art Führungsrolle übernommen hatte.

Aber all dem würden sie sich gemeinsam stellen.

Und allein das zählte.

Schließlich löste er sich von ihr. »Ich werde jetzt duschen und dann zu Bella gehen, okay?«

»Gut. Ich bin froh.« Rehvenge und seine Schwester hatten sich nur kurz und verlegen umarmt, bevor sich alle in ihre Zimmer zurückgezogen hatten. »Sag mir, wenn ich irgendetwas tun kann.«

»Das werde ich.«

Eine halbe Stunde später verließ Rehvenge das Schlafzimmer, gekleidet in eine Jogginghose und einen dicken Pulli, den ihm einer der Brüder gegeben hatte. Weil er nicht wusste, wo er hingehen musste, tippte er einen *Doggen* an, der im Flur staubsaugte, und fragte nach dem Zimmer von Bella und Z.

Es war nicht weit. Gerade mal ein paar Türen weiter.

Rehv ging ans Ende des Flurs mit den griechisch-römischen Statuen und klopfte an die Tür. Als keine Antwort kam, versuchte er es eine Tür weiter, hinter der er leise Nalla weinen hörte.

»Komm rein«, rief Bella.

Vorsichtig öffnete Rehv die Tür zum Kinderzimmer. Er war sich nicht sicher, wie willkommen er war.

Im hinteren Teil eines Zimmers mit Häschentapete saß Bella in einem Schaukelstuhl und wiegte ihre Tochter in den Armen. Doch trotz der zärtlichen Zuwendung war Nalla unglücklich. Ihr wehmütiges Wimmern zeugte von tiefer Unzufriedenheit mit der Welt.

»Hallo«, sagte Rehv, bevor seine Schwester aufsah. »Ich bin's.«

Bella blickte mit ihren blauen Augen zu ihm auf, und er sah alle möglichen Gefühlsregungen über ihr Gesicht huschen. »Hallo.«

»Darf ich reinkommen?«

»Bitte.«

Er schloss die Tür hinter sich, fragte sich aber sogleich, ob sich seine Schwester jetzt mit ihm eingesperrt fühlte. Er wollte sie schon wieder öffnen, doch Bella hielt ihn auf.

»Ist schon okay.«

Er war sich da nicht so sicher, deshalb hielt er sich auf der anderen Seite des Zimmers und sah zu, wie Nalla ihn bemerkte. Und die Hand nach ihm ausstreckte.

Vor einem Monat, vor einer Ewigkeit, wäre er zu Bella gegangen und hätte die Kleine in die Arme genommen. Nicht so heute. Vermutlich nie mehr.

»Sie ist heute so quengelig«, seufzte Bella. »Und meine Beine sind schon wieder müde. Ich kann sie keine Minute länger herumtragen.«

»Ja.«

Es entstand eine lange Pause, als sie beide die Kleine anschauten.

»Ich hab das nie von dir gewusst«, sagte Bella schließlich. »Ich hätte es nie erraten.«

»Ich wollte nicht, dass du es weißt. Und *Mahmen* wollte es auch nicht.« Sobald er diese Worte ausgesprochen hatte, sagte er ein schnelles, stilles Gebet für ihre Mutter und hoffte, dass sie ihm vergeben würde, dass das dunkle, schreckliche Geheimnis nun doch ans Licht gekommen war. Doch das Leben hatte ihm einen Streich gespielt, und die Enthüllung hatte sich seiner Kontrolle entzogen.

Er hatte wirklich sein Bestes gegeben, um die Lüge aufrechtzuerhalten.

»Wurde sie ... wie ist es passiert?«, fragte Bella kleinlaut. »Wie ... kam ... es zu dir?«

Rehvenge überlegte, wie er es sagen sollte, ging in Gedanken einige Formulierungen durch, änderte Worte, fügte neue hinzu. Doch das Gesicht seiner Mutter stand ihm immer wieder vor Augen, und letztlich sah er seine Schwester nur an und schüttelte langsam den Kopf. Als Bella erblasste, wusste er, dass sie das Wesentliche erfasst hatte. Es war immer wieder vorgekommen, dass *Symphathen* Frauen aus der Zivilbevölkerung entführten. Insbesondere die Schönen. Frauen von Wert.

Das war einer der Gründe dafür, warum die Sündenfresser in die Kolonie abgeschoben worden waren.

»Oh, Gott ...« Bella schloss die Augen.

»Es tut mir leid.« Rehvenge wäre so gerne zu seiner Schwester gegangen. So gerne.

Sie schlug die Augen auf, wischte ein paar Tränen fort und straffte die Schultern, als sammelte sie Kraft.

»Mein Vater ...« Sie räusperte sich. »Wusste er über dich Bescheid, als er sich mit ihr verband?«

»Ja.«

»Sie hat ihn nie geliebt. Zumindest nicht, soweit ich sehen konnte.« Rehvenge schwieg weiter. Er wollte nicht über diese Ehe reden, solange er nicht musste. Bella runzelte die Stirn. »Wenn er über dich Bescheid wusste ... hat er ihr gedroht, sie und dich zu verraten, wenn sie sich ihm nicht fügte?«

Rehvs Schweigen schien Antwort genug, denn seine Schwester nickte angespannt. »Das erklärt so einiges. Es macht mich sehr wütend ... aber jetzt verstehe ich, warum sie ihn nicht verlassen hat.« Es gab eine verbitterte Pause. »Was verschweigst du mir noch, Rehvenge?«

»Hör zu, was in der Vergangenheit passiert ist ...«

»Ist mein *Leben!*« Als die Kleine aufheulte, senkte Bella

die Stimme. »Es ist mein Leben, verdammt. Ein Leben, von dem alle um mich herum mehr wussten als ich selbst. Also erzähl mir verdammt nochmal alles, Rehvenge. Wenn du willst, dass wir weiterhin in irgendeiner Beziehung zueinander stehen, erzähl mir besser *alles*.«

Rehv stieß lautstark die Luft aus. »Was willst du als Erstes wissen?«

Seine Schwester schluckte. »Die Nacht, in der mein Vater starb ... ich habe *Mahmen* in die Klinik gebracht. Sie war die Treppe hinunter gestürzt.«

»Ich erinnere mich.«

»Sie ist nicht gestürzt, oder?«

»Nein.«

»Kein einziges Mal.«

»Nein.«

Bellas Augen glitzerten, und um sich abzulenken, versuchte sie, eine von Nallas Fäustchen aufzufangen. »Hast du ... in dieser Nacht, hast du da ...«

Rehv wollte diese unfertige Frage nicht beantworten, aber er war es so leid, die Leute anzulügen, die ihm am nächsten standen. »Ja. Früher oder später hätte er sie umgebracht. Es war die Entscheidung zwischen ihm oder *Mahmen*.«

Eine zitternde Träne hing an Bellas Wimpern. Sie fiel und landete auf Nallas Wange. »Oh ... Gott.«

Rehv sah, wie seine Schwester die Schultern einzog, als wäre ihr kalt und sie bräuchte Wärme. Er wollte ihr erklären, dass sie sich noch immer an ihn wenden konnte. Dass er noch immer für sie da wäre, wenn sie das wollte. Dass er ihr Rehvenge blieb, ihr Bruder, ihr Beschützer. Aber er war nicht mehr derselbe für sie und würde es nie mehr sein: Obwohl er sich nicht verändert hatte, nahm sie ihn nun ganz anders wahr, und damit war er eine andere Person für sie.

Ein Fremder mit einem erschreckend vertrauten Gesicht.

Bella wischte die Tränen unter den Augen fort. »Ich habe das Gefühl, mein eigenes Leben nicht zu kennen.«

»Kann ich ein bisschen näher kommen? Ich tu dir und der Kleinen nichts.«

Er wartete ewig. Und noch ein bisschen länger.

Bellas presste die Lippen zu einem schmalen Strich zusammen, als versuche sie, herzzerreißende Schluchzer zu unterdrücken. Dann nahm sie die Hand, mit der sie sich die Tränen weggewischt hatte, und streckte sie ihm entgegen.

Rehv materialisierte sich durch den Raum. Rennen hätte zu lang gedauert.

Er ging neben ihr in die Hocke, nahm ihre Hand zwischen seine beiden und führte ihre kalten Finger an die Wange.

»Es tut mir so leid, Bella. Es tut mir so leid für dich und *Mahmen*. Ich wollte mich bei ihr für meine Geburt entschuldigen ... ich schwöre, das wollte ich. Aber ... darüber zu reden war immer zu schwer, für sie und mich.«

Bellas leuchtende Augen blickten zu ihm auf, und die Tränen darin machten das Blau nur intensiver. »Aber warum solltest du dich entschuldigen? An all dem warst nicht du schuld. Du konntest doch gar nichts dafür. Du bist unschuldig, Rehvenge ... völlig unschuldig. Un-schul-dig.«

Sein Herz setzte aus, als er erkannte ... das hatte er hören müssen. Sein ganzes Leben lang hatte er sich Vorwürfe wegen seiner Geburt gemacht und gewünscht, er könnte das Verbrechen an seiner Mutter gutmachen, aus dem er hervorgegangen war.

»Du konntest nichts dafür, Rehvenge. Und *Mahmen* hat dich geliebt. Von ganzem Herzen.«

Er wusste nicht, wie es dazu kam, aber auf einmal lag seine Schwester in seinen Armen, fest an seine Brust gepresst, sie und ihre Kleine im Schutz der Kraft und Liebe, die er ihnen so gerne bieten wollte.

Sein Wiegenlied war kaum mehr als ein Hauchen – es gab keinen Text zu der sanften Melodie, weil seine Stimme versagte. Heraus kam nur der Rhythmus des alten Lieds.

Doch mehr brauchten sie nicht – das, was man nicht hörte, reichte, um Vergangenheit und Gegenwart zu verbinden, und Bruder und Schwester wieder zusammenzubringen.

Als Rehvenge nicht weitersingen konnte, nicht einmal die leisen Töne, die er herausbrachte, legte er den Kopf auf die Schulter seiner Schwester und summte, um nicht aufzuhören ...

Und unterdessen schlummerte die nächste Generation friedlich im Schoß der Familie.

38

John Matthew lag ausgestreckt auf dem Bett von Xhex, auf Kissen und Laken, die nicht nur nach ihr rochen, sondern auch nach dem kalten, seelenlosen Sex, den er mit ihr gehabt hatte. Nach der turbulenten Nacht waren die *Doggen* noch nicht dazugekommen, die Zimmer sauberzumachen, und sollte schließlich ein Dienstmädchen auftauchen, würde er sie fortschicken.

Niemand berührte dieses Zimmer. Punkt. John war vollständig bewaffnet und trug die Kleidung, die er beim Kampf angehabt hatte. Er hatte eine Reihe von Wunden, von denen eine immer noch blutete, dem nassen Ärmel nach zu schließen, und er hatte Kopfschmerzen, die entweder auf einen Kater oder eine weitere Kampfverletzung zurückzuführen waren. Nicht, dass es eine Rolle spielte.

Sein Blick blieb an der Kommode gegenüber haften.

Die üblen Büßergurte, die Xhex sonst immer an den Oberschenkeln trug, lagen oben auf dem Möbelstück und sahen neben der silbernen Bürste ungefähr so deplatziert aus wie er selbst auf diesem Bett.

Dass sie ihre Büßergurte zurückgelassen hatte, machte ihm Hoffnung. Er vermutete, dass sie normalerweise den Schmerz benutzte, um ihre innere *Symphathin* in Schach zu halten. Ohne die Gurte stand ihr also eine weitere Waffe in ihrem Kampf zur Verfügung.

Denn sie würde kämpfen. Wo sie auch war, sie würde kämpfen, denn das lag in ihrer Natur.

Obwohl, Mann, er wünschte, er hätte sich von ihr genährt. Auf diese Weise hätte er vielleicht herausfinden können, wo sie war. Oder hätte die Gewissheit gehabt, dass sie noch lebte.

Um nicht gewalttätig zu werden, ging er in Gedanken noch einmal die Berichte durch, die sie gehört hatten, nachdem alle zurück im Haus waren.

Zsadist und V waren mit ihr und Ehlena in der Höhle gewesen, in der sie schließlich Rehvenge fanden. Die Prinzessin war aufgetaucht, ebenso Lash. Xhex hatte die *Symphathen*schlampe erschossen ... kurz bevor die gesamte Kolonie beschloss, eine Huldigungsnummer um Rehv abzuziehen, ihren neuen König.

Dann hatte die Prinzessin einen Auftritt à la *Nacht der lebenden Toten* hingelegt, bis Rehv sie endgültig erledigte. Der Staub hatte sich gelegt ... und Lash und Xhex waren seitdem nicht mehr gesehen worden.

Mehr war nicht bekannt.

Offensichtlich plante Rehv, bei Nachtanbruch zur Kolonie zurückzukehren, um nach ihr zu suchen ... Aber John wusste, dass er mit leeren Händen zurückkommen würde. Sie war nicht bei den *Symphathen*.

Lash hatte sie sich unter den Nagel gerissen. Das war die einzig mögliche Erklärung. Schließlich hatte man auf dem Weg nach draußen keine Leiche gefunden, und Xhex wäre niemals ohne die Gewissheit abgehauen, dass alle anderen in Sicherheit waren. Außerdem hatte Rehv Berichten zufolge den Willen aller *Symphathen* beherrscht. Auch von ihnen hätte sich also keiner losreißen und sie mental überrumpeln können.

Lash hatte sie.

Irgendwie war der Bastard vom Tod zurückgekehrt und mit Omega im Bunde. Und auf seinem Weg aus der Kolonie hatte er Xhex mitgenommen.

John würde diesen Wichser umbringen. Mit bloßen Händen.

Wut kochte in ihm hoch, bis er zu ersticken glaubte, und er wandte sich von dem ab, was auf der Kommode lag. Der Gedanke, dass Xhex leiden könnte, war unerträglich.

Wenigstens waren *Lesser* impotent. Wenn Lash ein *Lesser* war ... war er impotent.

Gott sei Dank.

Mit einem traurigen Seufzer presste John das Gesicht an eine Stelle, die besonders stark nach Xhex' wundervollem, dunklem Duft roch.

Wäre es ihm möglich gewesen, hätte er die Zeit zum vorigen Tag zurückgedreht und ... er wäre immer noch nicht an ihrer Tür vorbeigegangen. Nein, er wäre wieder hier hereingekommen. Aber er hätte sie freundlicher behandelt, als sie ihn bei ihrem ersten Mal.

Und er hätte ihr auch vergeben, als sie sagte, dass es ihr leidtat.

Jetzt lag er mit seiner Reue und seiner Wut in der Dunkelheit, zählte die Stunden bis zum Anbruch der Nacht und schmiedete Pläne. Er wusste, dass Qhuinn und Blay ihn begleiten würden – nicht, weil er sie darum bat, sondern weil sie nicht auf ihn hören würden, wenn er ihnen sagte, sie sollten sich um ihren eigenen Dreck scheren.

Aber damit war es gut. Wrath und die Brüder würden nichts davon erfahren. John hatte kein Interesse daran, dass sie seine Desperadoaktion mit allen möglichen Sicherheitsvorkehrungen lähmten. Nein, zusammen mit seinen Kumpeln würde John herausfinden, wo Lash schlief, und ihn ein für alle Mal abschlachten. Wenn man John dafür aus dem Haus warf? Auch gut. Er war sowieso allein.

Denn so war es nun einmal: Xhex war seine Frau, ob sie es wollte oder nicht.

Und er war kein Typ, der auf dem Hintern hockte, während seine Partnerin in einer Notlage war.

Er würde für sie tun, was sie für Rehvenge getan hatten.

Er würde sie rächen.

Er würde sie heil nach Hause bringen ... und ihren Entführer zur Hölle schicken.

39

Als es klopfte, stand Wrath von seinem Platz hinter dem Schreibtisch auf. Kaum zu glauben, Beth und er hatten eine volle Stunde gebraucht, um dieses filigrane Ding leerzuräumen. Es war erstaunlich, was sie alles aus den winzigen Schubladen zutage gefördert hatten.

»Ist er hier?«, fragte er seine *Shellan*. »Sind sie es?«

»Hoffen wir es.« Wrath hörte Beths Schritte, als die Tür aufging, als würde sie versuchen, einen Blick zu erhaschen. »Oh ... er ist wunderschön.«

»Sauschwer trifft es eher«, ächzte Rhage. »Mein Herr, hätte es nicht vielleicht etwas ... Kleineres getan?«

»Das sagst ausgerechnet du«, konterte Wrath. Mit George trat er zwei Schritte nach links und dann einen zurück und tastete nach den Vorhängen. Als Fransen über seine Handfläche streiften, blieb er stehen.

Leute in schweren Stiefeln liefen geschäftig umher, begleitet von derben Flüchen. Und Ächzen. Und Stöhnen. Dazu gab es unterdrücktes Gemurre über nervige Könige und ihre Flausen.

Dann rumpelte es zweimal gehörig, als zwei schwere Gegenstände auf dem Boden aufschlugen, ungefähr mit der Wucht von zwei Safes, die von einer Klippe stürzten.

»Können wir den Rest von den Ziermöbelchen hier verbrennen?«, erkundigte sich Butch. »Wie die Sofas und die ...«

»Nein, alles andere bleibt«, bestimmte Wrath und fragte sich, ob der Weg zu seinem neuen Möbel frei war. »Ich brauchte bloß einfach eine Veränderung.«

»Und uns willst du weiter verarschen?«

»Das Sofa haben wir bereits für deinen fetten Hintern verstärkt. Gern geschehen.«

»Nun, das hier ist wirklich eine Verbesserung«, meinte Vishous. »Dieses Monstrum ... ist ziemlich chefmäßig.«

Wrath hielt sich weiter am Rand, während Beth seinen Brüdern erklärte, wo sie die Möbel hinstellen sollten.

»Okay, willst du es mal probieren, mein Gebieter?«, fragte Rhage. »Ich glaube, es ist bereit.«

Wrath räusperte sich. »Ja. Ja, das will ich.«

Begleitet von George machte er ein paar Schritte vorwärts und streckte die Hand aus, bis er ...

Der Tisch seines Vaters war aus Ebenholz, mit filigranen Schnitzereien um den Rand, die von einem echten Meister seines Handwerks stammten.

Wrath beugte sich hinab und betastete das Möbelstück. Er erinnerte sich, wie er den Tisch durch seine jungen Augen gesehen hatte, entsann sich, wie sich die imposante Schönheit durch die kriegerischen Jahrhunderte nur noch gesteigert hatte. Die mächtigen Tischbeine bestanden aus vier Männerstatuen, die die vier Jahreszeiten darstellten, und in die glatte Tischplatte waren die gleichen Symbole und Abstammungslinien der Geschlechter eingelassen, wie sie auf Wraths Unterarmen eintätowiert waren. Wrath tastete sich weiter und fand die drei breiten

Schubladen, die unter der Tischplatte ansetzten. Er erinnerte sich, wie sein Vater hinter diesem Ding saß, während es von Dokumenten, Erlassen und Federkielen übersät war.

»Er ist außergewöhnlich«, hauchte Beth ehrfürchtig. »Lieber Gott, das ist ...«

»So groß wie mein verdammtes Auto«, murmelte Hollywood. »Und doppelt so schwer.«

»... der schönste Tisch, den ich je gesehen habe«, führte seine *Shellan* zu Ende.

»Er stammt von meinem Vater.« Wrath räusperte sich. »Der Stuhl ist auch dabei, oder? Wo ist der Stuhl?«

Butch stöhnte und etwas Schweres wurde herumgehievt. »Und ... ich ... dachte schon, ... das wäre ein ... Elefant.« Die Stuhlbeine krachten donnernd auf den Aubusson. »Aus was ist dieses verdammte Ding? Stahlbeton mit Holzfurnier?«

Vishous stieß türkischen Tabakrauch aus. »Ich habe dir gesagt, du sollst ihn nicht alleine tragen, Bulle. Willst du als Krüppel enden?«

»Er war nicht schwer. Die Treppen waren ein Kinderspiel.«

»Ach wirklich? Und warum stehst du jetzt so gebückt da und reibst dir den Rücken?«

Ein weiteres Stöhnen ertönte, und dann murmelte der Ex-Cop: »Ich stehe nicht gebückt.«

»Nicht mehr.«

Wrath fuhr mit der Hand über die Armstützen des Throns und spürte die Symbole in der Alten Sprache. Hier stand, dass dies nicht nur ein einfacher Stuhl war, sondern der Sitz des Regenten. Er war genau so, wie in seiner Erinnerung ... und ja, an der Spitze der hohen Rückenlehne ertastete er kaltes Metall und glatte Steine und erinnerte sich an das Schimmern von Gold, Platin, Diamanten ...

und eines rohen, ungeschliffenen Rubins in der Größe einer Faust.

Der Tisch und der Thron waren die einzigen Überbleibsel aus dem Haus seiner Eltern, und nicht Wrath hatte sie aus dem Alten Land hergebracht, sondern Darius. D hatte den Menschen ausfindig gemacht, der die Garnitur erstanden hatte, nachdem *Lesser* ihre Beute verscherbelt hatten. Er hatte sie gefunden und zurückgekauft.

Ja ... Darius hatte außerdem sichergestellt, dass der Thron des Volkes und der dazugehörige Tisch des Königs mit übers Meer kamen, als die Bruderschaft übersiedelte.

Wrath hatte nie gedacht, dass er jemals eines dieser Möbel in Gebrauch nehmen würde.

Aber als er und George jetzt ihre Plätze einnahmen und sich setzten ... fühlte es sich richtig an.

»Verdammter Mist, hat sonst noch jemand das Gefühl, sich verbeugen zu wollen?«, fragte Rhage.

»Ja«, krächzte Butch. »Aber ich versuche, den Druck von meiner Leber zu nehmen. Ich glaube, sie hat sich um meine Wirbelsäule gewickelt.«

»Ich habe dich gewarnt«, stichelte V.

Wrath ließ seine Brüder weiterstreiten. Sie brauchten die Entspannung und Ablenkung durch ihren verbalen Schlagabtausch.

Der Einsatz in der Kolonie war nicht gut gelaufen. Zwar hatten sie Rehv befreit, und das war gut, aber die Bruderschaft ließ keine Kämpfer zurück. Und Xhex war nirgends zu finden.

Auch das nächste Klopfen hatte Wrath erwartet. Rehv und Ehlena traten ein. Während sie mit vielen Aahs und Oohs die Veränderung honorierten, verschwand die Bruderschaft nacheinander aus dem Arbeitszimmer und ließ Wrath, Beth und George allein mit dem Paar.

»Wann willst du in den Norden?«, erkundigte sich Wrath. »Um nach ihr zu suchen?«
»Sobald ich das schwindende Sonnenlicht ertrage.«
»Gut. Willst du Unterstützung?«
»Nein.« Es raschelte leise, als hätte Rehv seine Frau an sich gezogen, weil ihr unwohl bei dem Gedanken war. »Ich gehe allein. Es ist besser so. Abgesehen davon, dass ich nach Xhex suche, muss ich einen Nachfolger ernennen, und das könnte brenzlig werden.«
»Einen Nachfolger?«
»Mein Leben findet hier statt. In Caldwell.« Obwohl Rehvs Stimme ruhig war und voll tönte, schwankten seine Gefühle heftig, und Wrath war davon nicht überrascht. Der Mann war in den letzten vierundzwanzig Stunden ordentlich durch die Gefühlsmangel gedreht worden. Wrath wusste aus erster Hand, dass eine Rettung genauso verstörend sein konnte wie eine Gefangennahme.

Wenn auch das Ergebnis der Rettung weitaus angenehmer war. Möge die Jungfrau der Schrift dies auch Xhex vergönnen.

»Schau, was Xhex betrifft«, fing Wrath an, »was immer wir dir an Unterstützung bei deiner Suche bieten können hast du.«
»Danke.«

Beim Gedanken an Xhex fiel Wrath auf, dass es zum jetzigen Zeitpunkt freundlicher wäre, ihr den Tod zu wünschen als das Leben. Unwillkürlich legte er Beth einen Arm um die Hüfte und zog sie an sich, um sie sicher an seiner Seite zu wissen.

»Hör zu, was die Zukunft betrifft ...«, sagte er zu Rehv. »Ich muss meine Interessen anmelden.«
»Wie meinst du das?«
»Ich möchte, dass du da oben regierst.«
»*Was?*«

Bevor Rehv protestieren konnte, erklärte Wrath: »Das Letzte, was ich im Moment gebrauchen kann, ist Instabilität in der Kolonie. Ich weiß nicht, was verdammt nochmal mit Lash und den *Lessern* abgeht, oder was er da oben wollte, oder was er mit der Prinzessin zu schaffen hatte, aber eins weiß ich sicher – laut Z haben diese Sündenfresser einen Höllenrespekt vor dir. Selbst wenn du nicht ständig dort oben wohnst, möchte ich, dass du sie anführst.«

»Ich verstehe, worauf du hinauswillst, aber …«

»Ich gebe dem König Recht.«

Es war Ehlena, die sprach, und offensichtlich hatte sie ihren Partner völlig überrumpelt, denn Rehv geriet ins Stottern.

»Wrath hat Recht«, wiederholte Ehlena. »Du musst ihr König sein.«

»Nehmt es mir nicht übel«, brummte Rehv, »aber so hatte ich mir meine Zukunft nicht vorgestellt. Erstens verspüre ich nicht die geringste Lust, jemals dorthin zurückzugehen. Und zweitens bin ich nicht daran interessiert, sie zu regieren.«

Wrath fühlte den harten Thron unter seinem Hintern und musste lächeln. »Witzig, manchmal geht es mir mit meinem Volk genauso. Aber das Schicksal hat andere Pläne für Leute wie dich und mich.«

»Zur Hölle mit dem Schicksal. Ich habe keine Ahnung, wie man regiert. Ich kann doch nicht einfach blind drauflos …« Es gab eine kurze Pause. »Ich meine … verdammt … nicht dass die Unfähigkeit zu sehen … verflucht.«

Wrath grinste und stellte sich die Verlegenheit in Rehvs Gesicht vor. »Ist schon in Ordnung. Ich bin, was ich bin.« Als Beth seine Hand nahm, drückte er sie, um sie zu beruhigen. »Ich bin, was ich bin, und du bist du. Wir brauchen dich da oben, um den Laden zu schmeißen. Du hast mich früher nicht im Stich gelassen, und ich weiß, dass du mich auch jetzt nicht enttäuschen wirst. Was das Regieren betrifft ... Überraschung: Alle Könige sind blind, Freundchen. Aber wenn du deinem Herzen folgst, siehst du den Weg immer klar vor dir.«

Wrath blickte blind zum Gesicht seiner *Shellan* auf. »Das hat mir mal eine außergewöhnlich weise Frau gesagt. Und sie lag sehr, sehr richtig.«

Zum Henker, dachte Rehv, als er den großen, blinden König des Vampirvolkes ansah. Der Typ saß auf einem Thron der alten Schule, wie man es von einem Anführer erwartete – ein regelrechtes Monstrum –, und der Tisch war auch nicht von schlechten Eltern. Und während er da so majestätisch thronte, schleuderte er lässig Ungeheuerlichkeiten aus dem Handgelenk, mit der Selbstverständlichkeit eines Monarchen, dessen Weisungen immer erfüllt wurden.

Himmel, er schien zu erwarten, dass man ihm bedingungslos gehorchte, auch wenn er absoluten Scheiß redete.

Und damit ... na ja, hatten er und Wrath etwas gemeinsam, oder etwa nicht?

Aus gänzlich unerfindlichen Gründen musste Rehv daran denken, von wo aus der König der *Symphathen* regierte. Ein einfacher Sessel auf einem weißen Marmorsockel. Nichts Besonderes, aber andrerseits zählten da oben die geistigen Kräfte – auf äußere Zeichen der Autorität wurde wenig Wert gelegt.

Das letzte Mal war Rehv im Thronsaal gewesen, als er seinem Vater die Kehle aufgeschlitzt hatte, und er erinnerte sich daran, wie das blaue Blut des Mannes über den feinkörnigen, makellosen Marmor gelaufen war wie Tinte aus einem verschütteten Fass.

Das Bild behagte Rehv nicht sonderlich. Nicht, weil er seine Tat bereute, sondern ... was, wenn ihm die gleiche Zukunft blühte? Wenn er sich Wrath fügte, würde ihm dann auch irgendwann ein Mitglied seiner Sippe ein Messer in den Rücken rammen?

War das das Schicksal, das ihn erwartete?

Gefangen in seinen Gedanken, blickte er zu Ehlena hinüber ... und fand bei ihr die Kraft, die er brauchte. Sie sah mit solch fester, brennender Liebe zu ihm auf, dass ihm sein Schicksal gleich schon viel weniger düster erschien.

Und als er den Blick wieder auf Wrath richtete, sah er, dass der König seine *Shellan* auf die gleiche Weise hielt, wie er seine.

Hier war das Modell für ihn, dachte Rehv. Direkt vor ihm saß sein Vorbild: Ein guter, starker Führer mit einer Königin, die an seiner Seite stand und mit ihm zusammen regierte.

Nur, dass seine Untertanen ganz anders waren als die von Wrath. Und Ehlena nicht mit der Kolonie in Berührung kommen durfte. Niemals.

Obwohl sie sicher eine gute Ratgeberin wäre: Er konnte sich niemanden vorstellen, von dem er sich lieber Ratschläge erteilen ließe ... außer diesem verdammten Vampir auf seinem Thron ihm gegenüber.

Rehv nahm Ehlenas Hand. »Hör gut zu. Wenn ich mich dazu bereiterkläre, zu regieren, dann habe nur ich Kontakt mit der Kolonie. Du kannst dort nicht mit hinauf. Und ich sage dir schon jetzt: Es werden hässliche Dinge passieren. Sehr hässliche Dinge. Dinge, die deine Meinung von mir vielleicht ändern werden ...«

»Entschuldige, aber das haben wir doch alles schon gehabt.« Ehlena schüttelte den Kopf. »Und was auch passiert, du bist ein guter Kerl. Das wird immer überwiegen – du hast es mehrfach bewiesen, und eine größere Garantie gibt es für niemanden.«

»Gott, ich liebe dich.«

Und doch, als sie ihn anstrahlte, musste er sich noch einmal vergewissern. »Aber bist du dir wirklich sicher? Wenn wir das einmal ...«

»Ich bin mir absolut, total« – sie ging auf die Zehenspitzen und küsste ihn – »sicher.«

»Heiße Scheiße.« Wrath klatschte in die Hände, als hätte sein Lieblingsteam gerade ein Tor geschossen. »Ich lobe mir eine Frau von Wert.«

»Ja, ich mir auch.« Mit einem kleinen Lächeln schloss Rehv seine *Shellan* in die Arme und hatte das Gefühl, dass sich seine Welt gerade in so vielerlei Hinsicht zurechtgerückt hatte. Wenn sie jetzt nur noch Xhex zurückholen könnten.

Aber das war allein eine Frage der Zeit, sagte er sich.

Als Ehlena den Kopf an seine Brust legte, rieb er ihren Rücken und blickte zu Wrath. Nach einem Moment wandte sich der König von seiner Königin ab und sah Rehv an, als spürte er seinen Blick.

In der Stille dieses entzückend hellblauen Arbeitszimmers wurde ein seltsamer Bund geschlossen. Obwohl sie sich in so vielem unterschieden, obwohl sie so wenig gemeinsam hatten und sich kaum kannten, verband sie doch eine Gemeinsamkeit, die sie mit niemand sonst auf diesem Planeten teilten.

Sie waren Herrscher, die allein auf ihrem Thron saßen.

Sie waren ... Könige.

»Das Leben ist ein herrliches Chaos, nicht wahr?«, murmelte Wrath.

»Ja.« Rehv küsste Ehlena auf den Scheitel und dachte, bevor er ihr begegnet war, hätte er das »herrlich« aus diesem Satz gestrichen. »Ganz genau das ist es.«

J. R. Wards
BLACK DAGGER

wird fortgesetzt in:

VAMPIRSEELE

Leseprobe

Auf der anderen Seite der Stadt, fernab von den Bars und Tätowierstudios in der Trade Street, in einem Viertel mit Sandsteingebäuden und Kopfsteinpflastergassen, stand Xhex an einem Erkerfenster und blickte durch die alte, verzogene Scheibe nach draußen.

Sie war nackt und fror, und ihr Körper war mit blauen Flecken übersät.

Aber sie war nicht schwach.

Unten auf dem Gehsteig spazierte eine Menschenfrau mit einem kleinen Kläffer an der Leine und ihrem Handy am Ohr vorbei. Auf der anderen Straßenseite saßen die Bewohner der eleganten Altbauwohnungen gerade beim Abendessen, genehmigten sich einen Drink oder schmökerten in einem Buch. Autos strömten vorbei – die Fahrer fuhren langsam, sowohl aus Respekt vor den Nachbarn, als auch aus Angst um die Federung ihres Wagens auf der unebenen Straße.

Die Menschen da draußen konnten sie weder sehen noch hören. Und das nicht nur, weil ihre Sinne im Vergleich zu jenen eines Vampirs stumpf und nur schwach ausgebildet waren.

Oder wie in Xhex' Fall Halb-*Symphathin* und Halb-Vampirin.

Selbst wenn sie das Licht an der Decke eingeschalten und schreien würde, bis ihr die Stimme versagte, oder mit den Armen wedelte, bis sie ihr aus den Schultergelenken sprangen – die Männer und Frauen um sie herum würden sie nicht bemerken und einfach mit dem weitermachen, was sie gerade taten. Keine Menschenseele ahnte, dass sie in diesem Schlafzimmer gefangen gehalten wurde – quasi mitten unter ihnen. Und es war ihr auch nicht möglich, mit dem Nachttisch oder dem Sekretär das Fenster einzuschlagen, die Tür einzutreten oder durch den Lüftungsschacht im Bad davonzukriechen.

All das hatte sie nämlich bereits erfolglos versucht.

Die Unüberwindbarkeit der unsichtbaren Gefängnismauern hatte die Kämpferin in ihr ziemlich beeindruckt. Denn es gab buchstäblich keinen Weg, die Barrieren zu umgehen, zu durchbrechen oder zu überwinden.

Xhex wandte sich vom Fenster ab und wanderte um das große Doppelbett mit seinen seidenen Laken und schrecklichen Erinnerungen ... vorbei am marmornen Bad ... und an der Tür, die zum Flur führte. So wie die Sache mit ihrem Entführer lief, benötigte sie eigentlich nicht noch mehr körperliche Ertüchtigung. Aber sie konnte einfach nicht still dasitzen, war voller Unruhe und Nervosität.

Sie hatte dieses unfreiwillige Spiel schon einmal durchgemacht. Daher wusste sie, dass der Verstand dazu neigte, nach längerer Zeit wie ein Kannibale über sich selbst herzufallen, wenn man ihm keine Nahrung gab.

Ihre bevorzugte Ablenkung waren Cocktails. Nachdem sie jahrelang in verschiedenen Clubs gearbeitet hatte, kannte sie unzählige Rezepte auswendig, und die ging sie nun eins nach dem anderen durch. Sie stellte sich genau vor, wie sie die verschiedenen Zutaten im Shaker oder im Rührglas mixte und den fertigen Cocktail dann mit Eis und einer passenden Garnitur servierte.

Diese Barkeeper-Routine sorgte dafür, dass sie nicht verrückt wurde.

Bis jetzt hatte sie darauf gesetzt, dass ihr Kerkermeister einmal einen Fehler machen und sich ihr eine Gelegenheit zur Flucht bieten würde. Aber das war nicht geschehen, und langsam verlor sie die Hoffnung. Sie blickte in ein großes schwarzes Loch, das sie zu verschlingen drohte. Deshalb mixte sie in Gedanken weiterhin einen Cocktail nach dem anderen und suchte weiter nach einem Ausweg.

Die Erlebnisse der Vergangenheit halfen ihr nun auf seltsame Weise. Was auch immer hier mit ihr geschah, wie schlimm es auch werden würde und wie sehr es sie auch körperlich schmerzte, es war nichts im Vergleich zu dem, was sie damals durchgestanden hatte.

Das hier war nur die zweite Liga.

Oder zumindest versuchte sie, sich das einzureden. Manchmal fühlte es sich schlimmer an.

Xhex setzte ihre Wanderung durch das Zimmer fort, vorbei an den zwei Erkerfenstern an der Vorderseite bis zum Sekretär und dann wieder um das Bett herum. Diesmal ging sie ins Bad. Dort gab es weder Rasierklingen noch Bürsten oder Kämme, nur ein paar leicht feuchte Handtücher und das eine oder andere Stück Seife.

Als Lash sie entführt hatte, und zwar mit Hilfe derselben Magie, die sie jetzt in dieser Zimmerflucht gefangen hielt, hatte er sie in diesen eleganten Unterschlupf gebracht, und die erste Nacht und der erste Tag, die sie zusammen verbrachten, hatte sie erahnen lassen, wie die Zukunft aussehen würde.

Sie betrachtete sich im Spiegel über dem Doppelwaschbecken und unterzog ihren Körper einer objektiven Prüfung. Er war mit blauen Flecken übersät ... und auch voller Schrammen und Kratzer. Lash ging sehr brutal vor, und sie wehrte sich heftig, denn sie würde sich bestimmt nicht von ihm besiegen lassen. Daher konnte sie schwer sagen, welche der Flecken von ihm stammten und welche sie sich versehentlich eingehandelt hatte, als sie sich gegen den Bastard zur Wehr setzte.

Xhex würde ihren letzten Atemzug darauf verwetten, dass er auch nicht viel besser aussah als sie selbst, wenn er seinen nackten Hintern im Spiegel betrachtete.

Auge um Auge, Zahn um Zahn.

Unglücklicherweise gefiel es ihm, dass sie Feuer mit Feuer bekämpfte. Je mehr Widerstand sie leistete, desto geiler wurde er, und sie konnte spüren, dass ihn seine eigenen Gefühle überraschten. Während der ersten Tage war Lash nur auf Bestrafung aus gewesen und hatte versucht, ihr heimzuzahlen, was sie mit seiner letzten Freundin angestellt hatte. Offenbar hatten ihn die Kugeln, mit denen sie die Brust des Miststücks durchlöchert hatte, stinksauer gemacht. Aber dann wurde es anders. Er redete immer weniger über seine Ex, sondern immer mehr über seine Fantasien, die sich unter anderem um eine Zukunft mit ihr als Mutter seiner Höllenbrut drehten.

Na toll! Bettgeflüster mit einem Soziopathen.

Jetzt glühten seine Augen aus einem anderen Grund, wenn er zu ihr kam. Und wenn er sie wieder einmal bewusstlos geschlagen hatte, hielt er sie für gewöhnlich eng umschlungen, wenn sie wieder zu sich kam.

Xhex wandte sich von ihrem Spiegelbild ab und erstarrte mitten in der Bewegung.

Da war jemand im unteren Stockwerk.

Sie verließ das Bad und ging zur Tür, die auf den Flur hinausführte. Sie atmete langsam tief ein. Als ihr der Geruch eines frisch überfahrenen Tiéres in die Nase stieg, war ihr klar, dass es ein *Lesser* war, der unten herumtappte – aber nicht Lash.

Nein, das war sein Lakai, der jeden Abend kurz vor der Ankunft ihres Entführers herkam, um Lash etwas zu Essen zu machen. Was bedeutete, dass Lash selbst auf dem Weg hierher war.

Mann, was hatte sie doch für ein Glück: Sie wurde ausgerechnet vom einzigen Mitglied der Gesellschaft der *Lesser* entführt, das essen musste und ficken konnte! Alle anderen waren so impotent wie Neunzigjährige und brauchten auch keinerlei Nahrung. Nicht jedoch Lash. Das Arschloch war voll funktionsfähig!

Xhex ging zurück zum Fenster und streckte die Hand nach der Scheibe aus. Die Grenze, die ihr Gefängnis umgab, war ein Energiefeld, das sich wie ein heißes Prickeln anfühlte, wenn sie damit in Kontakt geriet. Das verdammte Ding wirkte wie ein unsichtbarer Zaun für größere Kreaturen als Hunde – mit dem zusätzlichen Vorteil, dass kein Halsband benötigt wurde.

Die unsichtbare Grenze war aber nicht ganz starr. Wenn sie dagegen drückte, gab sie etwas nach, aber nur bis zu einem bestimmten Punkt. Dann zogen sich die bewegten Moleküle zusammen, und das brennende Gefühl wurde so stark, dass sie ihre Hand ausschütteln und herumgehen musste, bis der Schmerz wieder nachließ.

Während sie darauf wartete, dass Lash zu ihr kam, wanderten ihre Gedanken zu dem Mann, an den sie eigentlich niemals denken wollte.

Insbesondere dann nicht, wenn Lash da war. Sie wusste nicht, wie weit ihr Entführer in ihren Kopf eindringen konnte, aber sie wollte nichts riskieren. Wenn der Bastard nur den geringsten Hinweis darauf bekam, dass der stumme Soldat ihr »Seelenquell« war, wie ihr Volk es nannte, würde er das gegen sie verwenden ... und gegen John Matthews.

Das Bild des Mannes erschien dennoch vor ihrem inneren Auge. Die Erinnerung an seine blauen Augen war so klar und deutlich, dass sie die dunkelblauen Sprenkel darin erkennen konnte. Himmel, was hatte er doch für schöne blaue Augen!

Sie konnte sich noch genau daran erinnern, wann sie John zum ersten Mal getroffen hatte. Damals war er noch ein Prätrans gewesen und hatte sie so ehrfürchtig und staunend angeblickt, als ob sie überlebensgroß, eine Offenbarung sei. Zu diesem Zeitpunkt hatte sie über ihn nur gewusst, dass er das *ZeroSum* mit versteckten Waffen betreten hatte. Und als Sicherheitschefin des Clubs war sie wild entschlossen gewesen, ihn zu entwaffnen und vor die Tür zu setzen. Aber dann hatte sie erfahren, dass der blinde König sein *Whard* war, und das änderte natürlich alles.

Nachdem bekanntgeworden war, zu wem John gehörte, durfte er nicht nur bewaffnet in den Club, sondern wurde zusammen mit den zwei Jungs, die ihn stets begleiteten, auch als besonderer Gast behandelt. Von da an war er regelmäßig ins *ZeroSum* gekommen und hatte sie stets genau beobachtet. Seine blauen Augen waren ihr auf Schritt und Tritt gefolgt. Und dann hatte seine Transition stattgefunden, bei der er sich in einen verdammt riesigen Kerl verwandelt hatte. Und plötzlich lag in seinem sonst so sanften, scheuen Blick ein warmes Feuer.

Es hatte einiges gebraucht, um seine Liebenswürdigkeit abzutöten. Aber getreu ihrer Killernatur war es ihr schließlich gelungen, das warme Feuer in seinem Blick zu ersticken.

Xhex blickte auf die Straße hinunter und dachte an die Zeit, die sie zusammen in ihrer Wohnung verbracht hatten. Nach dem Sex, als er versuchte, sie zu küssen und seine blauen Augen sie mit der für ihn typischen Verletzlichkeit und voller Mitgefühl anblickten, hatte sie sich schnell von ihm losgemacht und sich abgekapselt.

Sie hatte einfach die Nerven verloren. Sie fühlte sich von dem ganzen romantischen Kram zu sehr unter Druck gesetzt ... und von der Verantwortung, die man auf sich nahm, wenn man mit jemandem zusammen war, der so für einen empfand ... und von der Tatsache, dass sie in der Lage war, seine Liebe zu erwidern.

Das Ergebnis war, dass dieser spezielle Blick aus seinen Augen verschwand.

Sie tröstete sich damit, dass von den Männern, die jetzt wahrscheinlich nach ihr suchen würden – Rehvenge, iAm und Trez ... die Mitglieder der Bruderschaft –, keiner einen Kreuzzug für sie veranstalten würde, auch John nicht. Falls er nach ihr suchte, dann deshalb, weil er als Soldat dazu verpflichtet war, und nicht weil er sich zu einem persönlichen Himmelfahrtskommando gezwungen sah.

Nein, John Matthew würde sich bestimmt nicht wegen seiner Gefühle für sie auf den Kriegspfad begeben.

Und so würde sie wenigstens nicht noch einmal mit ansehen müssen, wie sich ein Mann von Wert beim Versuch, sie zu retten, selbst zerstörte.

Als der Duft von frisch gegrilltem Steak durchs Haus zog, unterbrach sie ihre Gedankengänge und versammelte ihre gesamte Willenskraft um sich wie eine Ritterrüstung.

Ihr »Liebhaber« würde nun jeden Moment auftauchen. Deshalb musste sie mental ihre Schotten dicht machen und sich auf den abendlichen Kampf vorbereiten. Tiefe

Erschöpfung drohte, sie zu übermannen, aber sie kämpfte mit eisernem Willen dagegen an. Was sie noch mehr benötigte als eine ordentliche Mütze Schlaf, war frisches Blut. Aber weder das eine noch das andere würde sie in der nächsten Zeit bekommen.

Im Moment ging es nur darum, einen Schritt nach dem anderen zu machen, bis etwas zerbrach.

Und darum, den Kerl umzubringen, der es wagte, sie gegen ihren Willen festzuhalten.

Lesen Sie weiter in:
J. R. Ward: VAMPIRSEELE

Entdecken Sie die magische Welt von ...

... J. R. Ward

FALLEN ANGELS

Sieben Schlachten um sieben Seelen. Die gefallenen Engel kämpfen um das Schicksal der Welt. Und ein Unentschieden ist nicht möglich ...

Erster Band: **Die Ankunft**
Seit Anbeginn der Zeit herrscht Krieg zwischen den Mächten des Lichts und der Finsternis. Nun wurde Jim Heron, ein gefallener Engel, dafür auserwählt, den Kampf ein für alle Mal zu entscheiden. Sein Auftrag: Er soll die Seelen von sieben Menschen erlösen. Sein Problem: Ein weiblicher Dämon macht ihm dabei die Hölle heiß ...

Sie sind eine der geheimnisvollsten Bruderschaften, die je gegründet wurde: die Gemeinschaft der BLACK DAGGER. Und sie schweben in tödlicher Gefahr: Denn die BLACK DAGGER sind die letzten Vampire auf Erden, und nach jahrhundertelanger Jagd sind ihnen ihre Feinde gefährlich nahe gekommen. Doch Wrath, der ruhelose, attraktive Anführer der BLACK DAGGER, weiß sich mit allen Mitteln zu wehren ...

Erster Band: **Nachtjagd**
Wrath, der Anführer der BLACK DAGGER, verliebt sich in die Halbvampirin Elisabeth und begreift erst durch sie seine Verantwortung als König der Vampire.

Zweiter Band: **Blutopfer**
Bei seinem Rachefeldzug gegen die finsteren Vampirjäger der *Lesser* muss Wrath sich seinem Zorn und seiner Leidenschaft für Elisabeth stellen – die nicht nur für ihn zur Gefahr werden könnte.

Dritter Band: **Ewige Liebe**
Der Vampirkrieger Rhage ist unter den BLACK DAGGER für seinen ungezügelten Hunger bekannt: Er ist der wildeste Kämpfer – und der leidenschaftlichste Liebhaber. In beidem wird er herausgefordert ...

Vierter Band: **Bruderkrieg**
Als Rhage Mary kennenlernt, weiß er sofort, dass sie die eine Frau für ihn ist. Nichts kann ihn aufhalten – doch Mary ist ein Mensch. Und sie ist todkrank ...

Fünfter Band: **Mondspur**
Zsadist, der wohl mysteriöseste und gefährlichste Krieger der BLACK DAGGER, muss die schöne Vampirin Bella retten, die in die Hände der *Lesser* geraten ist.

Sechster Band: **Dunkles Erwachen**
Zsadists Rachedurst kennt keine Grenzen mehr. In seinem Zorn verfällt er zusehends dem Wahnsinn. Bella, die schöne Aristokratin, ist nun seine einzige Rettung.

Siebter Band: **Menschenkind**
Der Mensch und Ex-Cop Butch hat ausgerechnet an die Vampiraristokratin Marissa sein Herz verloren. Für sie – und aufgrund einer dunklen Prophezeiung – setzt er alles daran, selbst zum Vampir zu werden.

Achter Band: **Vampirherz**
Als Butch, der Mensch, sich im Kampf für einen Vampir opfert, bleibt er zunächst tot liegen. Die Bruderschaft der BLACK DAGGER bittet Marissa um Hilfe. Doch ist ihre Liebe stark genug, um Butch zurückzuholen?

Neunter Band: **Seelenjäger**
In diesem Band wird die Geschichte des Vampirkriegers Vishous erzählt. Seine Vergangenheit hat ihn zu einer atemberaubend schönen Ärztin geführt. Nur ist sie ein Mensch, und ihre gemeinsame Zukunft birgt ungeahnte Gefahren …

Zehnter Band: **Todesfluch**
Vishous musste Jane gehen lassen und ihr Gedächtnis löschen. Doch bevor er seine Hochzeit mit der Auserwählten Cormia vollziehen kann, wird Jane von den *Lessern* ins Visier genommen und Vishous vor eine schwere Entscheidung gestellt …

Elfter Band: **Blutlinien**
Vampirkrieger Phury hat es nach Jahrhunderten des Zölibats auf sich genommen, der Primal der Vampire zu werden. Hin- und hergerissen zwischen Pflicht und der Leidenschaft zu Bella, der Frau seines Zwillingsbruders, bringt er sich in immer größere Gefahr …

Zwölfter Band: **Vampirträume**
Während Phury noch zögert, seine Rolle als Primal zu erfüllen, lebt sich Cormia im Anwesen der Bruderschaft immer besser ein. Doch die Beziehung der beiden ist von Zweifeln und Missverständnissen geprägt, und Phury glaubt kaum daran, seiner Aufgabe gewachsen zu sein.

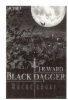
Dreizehnter Band: **Racheengel**
Der *Symphath* Rehvenge lernt in Havers Klinik die Krankenschwester und Vampirin Ehlena kennen und fühlt sich sofort zu ihr hingezogen. Doch er verheimlicht ihr seine Vergangenheit und seine Geschäfte, und Ehlena gerät dadurch in große Gefahr …

Vierzehnter Band: **Blinder König**
Die Beziehung zwischen Rehvenge und Ehlena wird jäh zerstört, denn Rehvs Geheimnis steht kurz vor der Enthüllung, was seine Todfeinde auf den Plan ruft – und die Tapferkeit Ehlenas auf die Probe stellt, da von ihr verlangt wird, ihn und seinesgleichen auszuliefern …

Fünfzehnter Band: **Vampirseele**
Der junge Vampir John Matthews ist in Leidenschaft zu der mysteriösen Xhex entbrannt, doch diese verbirgt ein Geheimnis, das die Bruderschaft der BLACK DAGGER in tödliche Gefahr bringt ...

Sechzehnter Band: **Mondschwur**
Xhex wendet sich von John ab, um ihn zu schützen. Doch als der Kampf gegen das Böse ihr alles abfordert, erkennt sie, dass man dem Schicksal der Liebe nicht entkommen kann ...

Anne Bishop

Die Königin der Dark Fantasy

»Magisch, dunkel, erotisch – Anne Bishop ist eine mehr als außergewöhnliche Autorin!« *Charles de Lint*

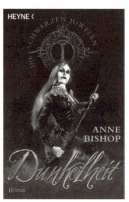

978-3-453-53016-4

Die schwarzen Juwelen

Dunkelheit
978-3-453-53016-4

Dämmerung
978-3-453-53063-8

Schatten
978-3-453-53045-4

Zwielicht
978-3-453-53248-9

Finsternis
978-3-453-52250-3

Nacht
978-3-453-52427-9

Blutskönigin
978-3-453-52609-9